U0052751

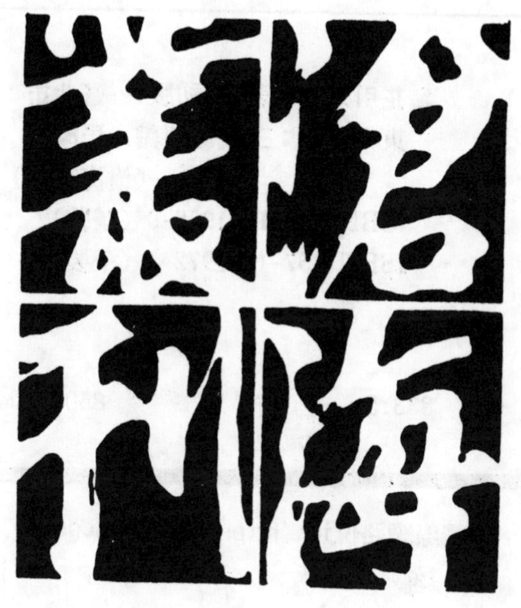

# 梅花引

樸 月著　東大圖書公司印行

國家圖書館出版品預行編目資料

梅花引／樸月著.--初版.--臺北市：
東大發行：三民總經銷，民85
面；　公分.--(滄海叢刊)
ISBN 957-19-1978-0（精裝）
ISBN 957-19-1972-1（平裝）

833.5　　85007304

網際網路位址　http://Sanmin.com.tw



著作人　樸　月
發行人　劉仲文
著作財產權人　東大圖書股份有限公司
臺北市復興北路三八六號
發行所　東大圖書股份有限公司
地　址／臺北市復興北路三八六號
郵　撥／〇一〇七一七五──〇號
印刷所　東大圖書股份有限公司
總經銷　三民書局股份有限公司
門市部　復北店／臺北市復興北路三八六號
重南店／臺北市重慶南路一段六十一號
初　版　中華民國八十五年八月
編　號　E 82077
基本定價　陸　元
行政院新聞局登記證局版臺業字第〇一九七號



ISBN 957-19-1972-1（平裝）

音，
洞明作者心。
熱忱傳國粹，
突破尋常例。
格調最清新，
偏宜年少人。

# 菩薩蠻

## (題劉明儀女士梅花引續編)

韋瀚章作詞

黃友棣作曲

Moderato (♩=88)

(註)第一次用獨唱,再唱時用二部合唱。

# 梅花引　目次

# 更漏子

溫庭筠

玉爐香，紅蠟淚，偏照畫堂秋思。眉翠薄，鬢雲殘，夜長衾枕寒。

梧桐樹，三更雨，不道離情正苦；一葉葉，一聲聲，空階滴到明。

像一縷最輕軟的絲，自玉爐中向外輕噓，飄浮，縈裊；由凝聚的淡紫，而乳白，而無色；不再能見，更無可捉摸，卻那麼確然知道它的存在；自那幽幽淡淡，散布在堂中的清香中。

微黃的燭焰，輕輕地搖曳，晃動，一寸寸地煎熬著那裹著喜氣洋溢紅衣內的燭芯；是怎樣的痛楚呵？只見那潸然紅淚滾滾，凝成淚珠疊成的瀑布江河。

她，一尊雕像般的獨坐在燭影中；輕曳的燭光，在她眉上、眸中，拂著淡淡光影。釀寒的無情秋意，使得這精美絕倫的畫堂，平添了幾分蕭瑟寂寥；一樣的爐香飄渺；一樣的紅燭高燒，曾映著畫堂一派春意融融；為什麼如今卻偏照著孤寂，照著淒冷，牽引著秋思綿長？

那顰蹙的眉黛褪色了，那如雲的鬢髮零亂了。她不是沒有花粉螺黛，不是沒有香膏玉脂，只是呵！「豈無膏沐，誰適為容」？

紅蠟一寸寸銷融了，玉爐中的名香，只剩下一堆冷灰。她不忍歸眠；不能忍受那枕兒孤、衾兒冷的淒涼況味，寧可獨對熒然燭光，守候天明。只是，時光何以停滯了？為什麼夜，如此冗長；冗長得無邊無極？

梧桐，站在西風中嘆息，瑟瑟復蕭蕭。遠遠傳來單調的更鼓，鼕、鼕、鼕；三更天了，冷酷的夜神，仍披著他那深沈得一望無底的黑衣，留連；徘徊。

窗前，飄下了雨；敲在梧桐葉上，敲在寂寂無人的秋階上，淅淅瀝瀝，吟著，唱著；怎麼全然不念畫堂中，無眠的思婦，正被離情別緒煎熬著；被這冗長的寂寂寒夜摧折著？冗自，一聲聲敲在葉上，打在她脆弱淒苦的心上。

淅淅，瀝瀝；點點，滴滴……這夜，何時終了？這雨，何時停止？那階前的雨聲喲，伴著長夜漫漫，縈著愁心淒淒，任性地在梧桐葉上吟唱著淒寂的曲調，直到破曉，直到天明……。

❀

這一闋〈更漏子〉的作者，是晚唐的名詩人溫庭筠。詩，到了晚唐，逐漸沒落；詞，則才開始興起，詩人往往也嘗試作些小詞來遊戲。第一個認真作詞，並有專集的，就是溫庭筠，可說，在詞史上是一位開路先鋒。

他的詞，如精工錦繡，精麗絕倫，文字之美，世罕其匹。王國維《人間詞話》稱：「飛卿句秀」，又說：「畫屏金鷓鴣，飛卿語也，其詞品似之。」他的詞，擅長以客觀的立場，作細膩的描繪。在唐、五代詞人的合集《花間集》中，他不論在時代上，或詞作上，都堪稱領袖群倫的人物，故後人尊之為

「花間鼻祖」。

**溫庭筠小傳**　溫庭筠，本名岐，字飛卿，晚唐并州祁（今山西太原）人。

他少年時，就有敏悟之名；工於辭章，能下筆萬言，又妙解音律，善於鼓琴吹笛。自謂：「有孔即吹，有絃即彈，何必爨桐與柯亭也。」尤喜作側艷之詞。為人率性，不拘小節，就世俗標準，行為不甚檢點，頗為人側目。

唐代以進士為貴，他也幾度參加科考。因才思敏捷，八叉手，便能成八韻，故有「溫八叉」的外號。又喜在場中代鄰鋪作「槍手」，令主考官十分頭痛，監視特別嚴格，卻防不勝防，難奈他何。因而「無行」之名遠播，也因此，數舉不第，反而他暗助的人，卻上了榜。

他自負才華，愛自炫才華，傲慢公卿，每譏刺在位者不學無術。當時，與他甚是友好的令狐綯當宰相。因皇帝很喜愛當時流行的新曲調〈菩薩蠻〉，令狐綯不擅此道，溫庭筠卻是當代高手，就向他「借用」他的作品，獻給皇帝邀寵。再三請他保密，他卻毫不忌憚的到處宣揚。而在令狐綯向他請教〈玉條脫〉的典故時，他毫不客氣的說：

「〈玉條脫〉出於《南華經》，並不是什麼僻書，相公都不知道！可見相公在治事之餘讀書太少，該多多讀書！」

不僅如此，還向人諷刺：

「如今是『中書省裡坐將軍』！」

這樣的個性，當然不容於官場和士林，也因此造成他一生潦倒的命運。

他的文詞堪稱精艷絕倫，相貌卻奇醜，有「溫鍾馗」之稱。詩、詞兩道都出色當行；詩與李商隱齊名，稱「溫李」；詞與韋莊齊名，稱「溫韋」。上結唐詩，下啟宋詞，他都處於在文學史上的關鍵地位。

晚唐時，詞正在萌芽時代，尚未定名；或稱「長短句」，或稱「曲子詞」。如白居易的〈望江南〉、〈花非花〉、〈長相思〉，都屬後世定名為「詞」的小令。但真正用心致力於這一新體裁創作，使「詞」在樂工、歌妓競相傳唱下，廣傳於市井歌樓，並引動士林的注意，投入創作行列，不能不推溫庭筠為第一人。所以後蜀趙崇祚編唐、五代人詞作為《花間集》時，就是以溫庭筠領袖群倫的。後世人稱「花間鼻祖」，並非過譽之詞。有《握蘭集》、《金荃集》行世。

# 女冠子

韋莊

四月十七，正是去年今日，別君時。忍淚佯低面，含羞半斂眉。

不知魂已斷，空有夢相隨。除卻天邊月，沒人知。

昨夜夜半，枕上分明夢見，語多時。依舊桃花面，頻低柳葉眉。

半羞還半喜，欲去又依依。覺來知是夢，不勝悲。

天上那輪明月，在充分圓滿後，又悄悄地消減了清輝；看起來雖依然瑩潔，依然明亮，卻總令人感覺到那一絲無奈和感傷。

人生的無奈和感傷總是難免的，只是，今天，這一輪月格外勾起心中的惆悵，因為……今天是四月十七日。

四月十七！在韋莊的記憶中是難以磨滅的日子；溫暖而又悲傷；去年的今天，就是在這樣一輪清輝初減的月光下，和她分別的。

緊緊握著她小小的手。她那柔軟如棉、白皙如玉的纖纖素手，平時總是溫溫暖暖的，那夜，卻是那麼冰冰涼涼。在他深情的凝注下，她微顫著，垂下頭去。在那垂首低眉的一瞥間，他看到了她雙睫間閃過的一抹淚光；她假裝低頭，只是為了掩飾眼中的淚；她不願意讓他難過，不願意讓他看見她的淚；那會使離愁更重、更苦、更難消受、更難負荷；他要走了，讓他無牽無掛地走……。

久久，她在千迴百轉的思維中斂抑了，才又抬起頭來；在她抬頭的一剎那，她知道自己的淚，並沒有逃過他那一直凝注在她身上的炯炯目光；那目光中包涵著深情、憐愛、關注、了解。她臉上泛起了微微的紅暈，含羞半垂的雙睫，含愁半斂的雙眉，深深地烙上了他的心頭，再也拂拭不去了。

她沈默著，他沈默著；在這時候，言語已是多餘的了；惟其情深，所以無言。在緊握的雙手間，在無聲的眼波中所交流的，又何止千言萬語。

「黯然消魂者，唯別而已矣……。」

豈止是銷魂，直是魂為之斷啊！

她知道嗎？也許不知道更好些，就讓他一個人品味這魂斷神傷的苦澀吧，不要讓她受這些苦。她那麼嬌小，那麼纖柔，那麼弱不禁風，他都承受不住的，她情何以堪？

情何以堪！從今以後，千山萬水，恐怕只有在夢中才能再形影相隨如昔日了。夢，畢竟是空幻的，易逝的。然而，千山萬水，除了夢魂還可寄望，又能期望甚麼呢？

捧起那一張蒼白、美麗淒傷的臉，含淚的雙眸在月光下瑩澈如水晶；他凝視著她，她凝視著他，久久，久久……。

更深，夜闌，人寂寂，夜悄悄，這天地之間，就只剩下他和她交織的目光……。

他抬起頭來，多情的明月懸掛在天邊，俯視著一切，默察著一切，柔和的月光，彷彿含著無限的溫慰與了解……。

輾轉反側，他久久不能成眠。更聲、漏聲，在他耳畔交替著。案上的燭火，閃著紅焰，織出一片幽淡的朦朧……。

他感覺到門外響起了細碎的足音，夾著輕微的窣窸，是那麼熟悉，那麼親切。他不由抬起眼來，注視著低垂的門簾。一隻纖纖素手，搴開垂簾。呵！一陣暖流流遍了全身，搴簾微笑的人兒，正是他神牽魂縈、無時或忘的她。

他激動而快樂，來不及問她怎麼來的，來不及問她千里途程的行旅艱難；他有太多太多積聚的相思要傾吐，有太多太多縈腸的情愫要披露。他訴著、說著，她靜靜聽著，臉上帶著微笑，眼中漾著柔情；一切的一切，似乎又回到往昔。

到乍見的狂喜在盡情傾訴中平靜了下來，他才失笑於剛才的滔滔不絕。執著她的纖手，就著燈火，細細端詳：一樣的霧鬢雲鬟，一樣的秋水春山；那泛著暈紅的笑靨，依舊燦爛如在春風中盛放的桃花。

在他灼灼目光的凝視下，她不勝羞怯的低眉垂目。那柳葉似的青黛蛾眉，在微微顰蹙中，宛似清晨籠著淡煙的青山；那羞怯避人，宛如秋水橫波一般的雙眸，隱藏不住她心中的欣喜；怎能不欣喜呢？在久別之後，在諳盡相思之後，他們終於又重逢了，他永遠也不要離開她了。

可是，她卻站起來，向他深深凝注，目光中含著留戀和不捨，他驚問：

「你要走了?」

她淒然點頭，腳步向門口移去，卻是遲挨淹留，一步一回首，不勝依依。他想喊住她，拉住她，卻喊不出聲來。腳彷彿也釘在地上了，無法移動。眼見她漸行漸遠，再度回頭向他凝望，已看不清她的眉目面容，只見那個淡雅身影，在輕風中衣袂飄飄，綽約如仙……。

他要失去她了!他著急地想追上去，喊出了聲音來：

「你等等我，不要走!」

聲音在斗室中迴盪，他驀然坐起身來，欲俯身向前，撲了個空。這才驚覺，他正坐在床上，門簾仍低垂著。只有案上的燭，剩下短短一小截，在銷融的一灘蠟淚中，曳著殘焰，搖搖欲熄。東窗透進了魚肚色的微白，天，快亮了。

他廢然而嘆，黯然神傷；他是看見她了，在昨夜更聲漏聲交織的半夜時，在他輾轉反側朦朧睡去的孤枕上，在迷離虛幻，欲追難尋的夢中。

一陣悲不自勝，一陣鼻酸，那垂簾，那燭光，在他眼中又漸朦朧、模糊、淡去……。

❀

韋莊的感情豐富且深摯，在他的詞章中，每覺「其中有人，呼之欲出」，也因此引起不少附會傳說。關於他的「情史」，我們不必深究，也無法深究；在當時社會，像他這樣的才子，「一生風月，到處煙花」，簡直不算一回事。他能以真摯之情相待，已算是難能可貴了。他的作品如〈菩薩蠻〉、〈荷葉盃〉、〈浣溪沙〉及〈女冠子〉等，莫不蘊蓄著纏綿婉轉的深情。

他雖是五代「花間」派中的翹楚，與花間鼻祖溫庭筠分庭抗禮，合稱「溫韋」；但他的詞風不同於溫庭筠或一般花間詞人的穠艷綺側，自有一番疏秀淡雅的丰韻。而且在感情上，也不同於那些「艷詞」的浮浪儇薄。他深摯的感情，直自胸臆間流於筆下，自然深切感人。如前列〈女冠子〉幾近於白描，毫無詞藻堆砌的俗艷，清雅可人。

近人王國維評溫韋詞，認為飛卿句秀，端己骨秀；又說，端己詞情深語秀，在飛卿之上。其實，是各有千秋。不同風格的作品，往往是無法強分高下的，主要還是在於讀者自己的喜好。王國維論詞主張「不隔」，溫韋二家，溫多用象徵手法，迷離惝怳，往往如隔霧觀花。韋則清疏俊秀，較合「不隔」之旨，這顯然是王氏偏愛韋詞的原因之一。

**韋莊小傳**　韋莊，字端己，晚唐京兆杜陵（今陝西長安）人。

他少年孤貧力學。中年應舉，逢黃巢之亂，作長達一千三百八十六字的史詩〈秦婦吟〉，其篇幅幾為白居易〈琵琶行〉加〈長恨歌〉之和。以痛切之筆，寫出了他身歷目睹，黃巢之亂帝都天翻地覆，鬼哭神嚎的慘狀。中有「內庫燒為錦繡灰，天街馬踏公卿骨」之句，震驚天下；時人目為「秦婦吟秀才」。

因國亂，他轉徙於江湖間。至昭宗乾寧元年，始成進士，年已五十九歲。作到左補闕，旋應王建之聘入蜀，為掌書記。朱溫弒昭宗篡唐，天下大亂，各方割據，王建也據蜀稱帝，是為前蜀。拜韋莊為相，開國典章制度，都出於韋莊之手。三年後，卒於位，謚「文靖」。

因生長環境艱苦，傳說他生活儉樸至於「數米而炊，秤薪而爨，炙少一臠而覺。」可說是儉而近嗇；這在自命豁達的人看來，不免鄙吝可笑。就他一生經歷看，卻也是其來有自。

韋莊出身孤貧，為人疏儉不拘小節。半生飄泊，所至不免有情。自作詩供：「一生風月供惆悵，到處煙花恨別離」，風流倜儻如此。他晚年的仕途得意，無補於亡國之痛，思鄉之情。回首前塵，舊遊、舊情，在在難忘。以清淡白描的筆法，寫出極深摯、沉痛的情懷，自有一番悱惻動人。

他入蜀之後，尋杜甫「浣花草堂」舊址，結茅而居。工於詩，有《浣花集》行世。詞亦獨步一時，與溫庭筠齊名，稱「溫韋」而風格迥異於溫詞的幽曲精艷，而別有一番清婉深秀，如直抒胸臆，可以說是後世「豪放」一派的濫觴。詞集本無名，緣詩集名，名之為《浣花詞》，也是「花間」時代的翹楚。

# 菩薩蠻

韋　莊

人人盡說江南好，遊人只合江南老；春水碧於天，畫船聽雨眠。
壚邊人似月，皓腕凝雙雪。未老莫還鄉，還鄉須斷腸。

「江南好，風景舊曾諳；日出江花紅勝火，春來江水綠如藍，能不憶江南？」

「若耶溪傍採蓮女，笑隔荷花共人語，日照新妝水底明，風飄香袖空中舉……」

吳娃越女清越的歌聲，和著銀鈴般的笑語，隨著清風陣陣飄送；她們一代一代歌著、唱著，唱著那些歌詠讚美江南的詩篇。

「江南好！」可不是嗎？山明水秀，鶯飛草長。早在還是小蒙童的時候，韋莊就開始嚮往著江南。

「江南可采蓮，蓮葉何田田，魚戲蓮葉間……」

這簡單美麗的古詩，早在他小小的心田中，刻畫出一幅生動可愛的畫圖。

「總有一天，我要到江南去！」

這個願望，就此在他心中生了根。

終於，有一天，他來到了江南。

真難怪外地的人嚮往，江南的人自負。江南，是一個令人喜愛迷醉，令人生終老之想，而不願離去的美麗土地。一個人，到過了江南；一個人，見過了江南之美，就無法再在別處居留生活了。

不是嗎？當桃花泛汎，春水漲波的時候，江南的天空，一碧如洗，幾乎找不到一絲雲翳。而湖泊、池塘、大小河川的溶溶綠波，更瑩潔、澄澈，閃著寶石般的波光粼粼；比天空更藍、更碧，如造化潑灑下的新漉清醴，教人未飲已醺然欲醉。

到了雨季，濛濛煙雨，更為山水平添了幾分朦朧之美。綵舟畫船，是如畫山水間美麗的點綴。細雨，輕敲著船篷，譜成了和諧優美的天籟；宛如一首溫柔的催眠曲。使他聽著、聽著，便在幽柔雨聲中，沈入夢鄉……。

是江南煙水的孕育嗎？還是造化有意炫耀他的神妙化工呢？鍾靈毓秀的，不僅是山水，江南的佳麗，更是明眸皓齒，楚楚動人。

酒帘，在春風裡飄飆著招徠。當壚賣酒的妙齡少女，顧盼之間的明朗笑容，有如秋夜的皎皎明月。那雙半捲衣袖、忙碌操作的皓腕，更是柔滑細膩，如皚皚白雪凝成。

他沈沈醉去。怎能不醉？江南，本是一罈醉人的芳醇。風煙景物、山色湖光，春色已如酒呵！更何況雨聲催眠，佳人勸飲？

醉意朦朧中，他似乎聽到杜鵑聲聲在耳邊催喚：

「不如歸去！不如歸去！」

「不！我不要歸去，至少，在我沒有垂垂老矣之前，不要回鄉去。」

他朦朧地自語：

「要我現在離開江南，回到故鄉，只怕故鄉的一切，只令我寸斷肝腸呵！」

❀

這一闋〈菩薩蠻〉，是韋莊一系列五首〈菩薩蠻〉中的一首，詞中極言「江南」之美。「春水碧於天，畫船聽雨眠」的情致，可以想見其人之風雅，寫得令人愛賞不置。但最後兩句「未老莫還鄉，還鄉須斷腸」，畢竟還是流露出了他對故鄉的思憶，和不得不強自藉詞自解的無奈和隱痛；表面上是眷戀江南，實際上，「斷腸」的卻是「有鄉歸不得」呀！

# 訴衷情

顧夐

永夜拋人何處去？絕來音。香閣掩，眉斂，月將沈。爭忍不相尋？

怨孤衾。換我心，為你心，始知相憶深！

迢迢更漏，漫漫長夜，道是難耐、難挨呵！也就耐到了五更，挨近了黎明。天幕，由越越沈黑，透出了微藍，不再幽深，不再黝黯。

那幽深黝黯的夜，竟自拋下了一夜無眠，數著一點一滴更聲漏聲，廝守過漫漫五更；把自己隱沒在他深黑的披風下，尋求著庇護、慰藉，也忍受著淒寂、孤零的人，就這樣掉頭而去。

掉頭而去的，豈僅是長夜呢？長夜，總是還會回來的；還會曲意呵護著願意把自己深埋潛沈在那溫厚懷抱中的人，撫慰著她被嚙裂的心，優容著她背人偷彈的淚。而他，卻真正是一去就沒了蹤影，甚至，沒了音信；任她相思相憶，任她忍受著離情別緒的蹂躪，有如斷了線的風箏，消失在雲天深處。

重門深掩，簾幕低垂；這曾經充滿柔情蜜意、溫馨可愛的香閣深閨，如今，少了儷影雙雙，少了私語切切，竟是空寂冷落得刺目錐心！爐香將燼，那香閨重門，依然深深掩閉；掩閉如她的心扉，卻擋不住無邊的淒寂。淒寂，徘徊在室中；流連在眉頭；沈壓在心上。

輕揭起垂簾一角，簾外是曉風殘月。斜月將沈呵！爭奈一夕無眠，好夢難尋。

未嘗不想尋夢；怕的是枕冷衾孤，不堪承受；怕的是在夢裡，也難飛越關山，尋找那心心念念牽繫的人兒；更怕呵！縱使夢好，畢竟夢也無憑，一夢覺來，更難堪衾枕孤零！

怎樣才能拭去眉上愁痕？怎樣才能解得心上愁結？除非，他倦鳥知返，揚鞭歸來；除非，也讓他嚐味相思的苦澀，相憶的煎熬；除非……她凝視著殘月，喃喃低語：

「把我心，換成你的心，讓你知道，我有多少相思，多少相憶，多少深情！」

❀

〈訴衷情〉是一闋詞淺情深的小令，後世評價，並不頂高，卻是顧敻詞中最有名的一闋；大概是因為用詞淺明，近於白描，而「換我心，為你心，始知相憶深」一語，怨而不怒，代天下為相思所苦的有情人，訴出了心聲，而博得共鳴吧！

**顧敻小傳**　顧敻，字里不詳。只知道他在前蜀王建朝中，作過小臣，給事內廷。有一次，禿鷹盤旋摩訶池上，他作詩譏刺，幾遭不測不禍。又曾以詼諧之語，作「武舉諜」譏刺武官多拳勇之輩的莽夫，人以滑稽視之。曾任茂州刺史，後蜀開國，他事孟知祥，官至太尉。

他作詞，含情深厚，尤以〈訴衷情〉中：「換你心，為我心，始知相憶深。」最為人稱道，後世論者稱其為「透骨情語」，認為這是開柳永一派的先河。

他的詞，多存於《花間集》中，共有五十五首傳世。

# 生查子

牛希濟

春山煙欲收，天澹稀星小。殘月臉邊明，別淚臨清曉。語已多，
情未了，迴首猶重道：記得綠羅裙，處處憐芳草。

牛希濟望著窗櫺上那一抹魚肚白，低嘆了一聲，自床上坐起。

「天快亮了!」

身邊的伊人，也緩緩回過頭來，睜開了眼。那雙眼眸，清亮如一泓秋水，仍隱隱浮著淚光，看不出一絲乍醒的朦朧。他知道，她也一夜未眠，只是，怕耽誤今天要登程的他睡眠，而隱忍住悲泣，面向內靜臥，默默自煎著內心的苦楚。

他也是一般心情呵!他只當她睡了，不忍驚動，只能強自闔目，品味著無眠之夜的思潮起伏。

卻原來，在彼此善意下，臨別的最後一夜，空自逝去。

梳洗罷，推開窗子，自暮色中甦醒的春山，靜橫在平野的盡頭；在漸漸稀薄的雲煙掩抑下，猶如伊人含顰帶蹙的眉黛，楚楚可憐。曉空，是一片靜澹的靛藍；只剩下半輪殘月，和逐漸失色的寥落晨

星，點綴天際。

多麼不願別離！別離的時刻，卻無情逼近，不容依戀，也不容延擱。就這樣，牛希濟踏出了家門。

殘月，照著他，也照著她的半面側影；曉色晨風中閃爍的，是她終於忍不住湧出了滾滾淚珠……。

「一路上，要多珍重。」

「我知道，你在家，也要多保重。」

「早晚天寒，別忘了添衣；一個人，出門在外，飲食冷暖，沒人照顧，總要自己留意。」

「我會的。」

「未晚先投宿，雞鳴早看天；不要貪趕路，錯過了宿頭。」

「你在家，也要諸事小心；別悶著，傷了身體。」

「到了地頭，快想法子捎信回來；莫讓我終日懸念盼望。」

……

離情別話，說了無數，又何嘗把一腔衷情訴說盡呢？馬，在晨風中長鳴，彷彿催促他登程。在柔腸百折的無奈中，他終於不能不牽著馬，離開了家門。

馬蹄，達達的踏著露珠滋潤的草地，那青葱翠綠的芳草，多麼像一幅平平鋪展的綠羅裙；她經常繫在腰間的綠羅裙。

忍不住回首，那穿著綠羅裙的伊人，仍癡立在門前，依依揮手。

牽著馬，向回走了兩步，他迎向伊人驚喜而不解的目光，深情款款的說出心底的話：

「我會天天想你的，地上的每一根青草，都會加深我對你的想念；只因，青草的顏色，讓我感覺可親可愛；那顏色，像你的裙子！」

❀

這一闋〈生查子〉，題材相當通俗，也不過是離情別緒。但寫得清麗，而見深情，不似一般花間詞作的穠豔富麗。尤以「記得綠羅裙，處處憐芳草」，更是深情款款，令人稱賞，不可以一般豔情詩視之。

牛希濟小傳　牛希濟，字不詳，五代隴西（今甘肅東南部）人。是唐朝宰相牛僧儒的後代。他的叔父是當代詞家牛嶠。

他在後蜀時曾為翰林學士、御史中丞。後蜀亡，入後唐，後唐明宗宣各降官賦「蜀主降唐詩」，大家為討好新主，都諷刺蜀後主僭稱帝號，荒淫失國。只有牛希濟的詩，忠厚和平：

「滿城文武欲朝天，不覺鄰師犯塞煙。唐主再懸新日月，蜀王還卻舊山川。非干將相扶持拙，自是吾君數盡年。古往今來亦如此，幾曾歡笑幾潸然！」

明宗看了他的詩，非常感動，說：

「像牛希濟才思敏妙，不傷兩國威儀，而存忠孝，真是難得！」立即拜為雍州節度副使。

他的叔父以詩詞名擅一時，他也毫不遜色，為時人所稱道。他的詞作流傳的不多，都收錄在《花間集》中，共十一首。

# 鵲踏枝

馮延巳

誰道閒情拋棄久，每到春來，惆悵還依舊。日日花前常病酒，不辭鏡裡朱顏瘦。　河畔青蕪堤上柳，為問新愁，何事年年有？獨立小橋風滿袖，平林新月人歸後。

總以為心已如止水，不再波動；總以為情已如寒灰，不再熾熱；總以為舊夢已殘，往事已空，那往日的情懷，早已自心間拋撇，不復縈繞。他嘗試過，努力過，把那一段情、那一個夢推向時間的盡頭，忘了；推向空間的底層，埋了。他成功了，他對自己說：

「我已把它遺忘了，掩埋了。」

真的，很久很久以來，他都以為他成功了，忘掉了情，埋掉了夢。

然而，他省視著鏡中的人影，豐潤的臉頰凹陷了；光潔的額頭，刻上了歲月的軌跡；眉心糾結，容顏憔悴；炯炯的雙眸，也失去了神采；他苦笑，輕撫著消瘦的臉，向著鏡中，喟然低問：

「誰說情能遺忘、夢能掩埋？」

他知道他失敗了。儘管他掙扎過、抗拒過；他知道他永遠忘不了、埋不掉。他知道，他，只是自欺。

是自欺；不然，為什麼，每到春天來到，萬物茁生的時候，那深埋在心底的惆悵，就如種子萌芽，就如春蠶吐絲，縈繞盤旋，但又惝怳恍惚，抓不住，也揮不去。

一樣的春花吐豔；一樣的春雲舒捲；一樣的春風和暢……怎怪得情懷寥落；眼前那一樣不在喚醒他心底那一縷惆悵，牽動那一分無奈。

景物依舊，惆悵莫名；他不願再想下去，強自寬解地自言自語：

「莫負春光明媚，莫負春花爛漫……賞花飲酒，行樂及時啊！」

擎著酒杯，獨酌無伴，權以這爛漫花枝為侶吧……一杯又一杯，一日又一日，總是不醉不休。醉的滋味並不好受；他撫著消瘦憔悴的臉頰，心裡明白，酒能傷人；他的身體，已為酒所傷。可是，不醉何以遣發這駘蕩的春光，漫長的春日，和隨春而來的繾綣春思。

醉吧！醉鄉路穩宜頻到，只因，此外不堪行。苦笑著，他擎起酒杯，對著鏡中瘦影：

「乾！」

……

不知在這橫架於潺潺清溪兩岸間的小橋上站了多久。隄岸上，裊娜垂柳如披著長長秀髮的少女，千絲萬縷在風中低拂著。小河邊，滋生的是孕育著無限生機，青葱蓊鬱的茂草。這翠柳與青草，相向地伸展著，在他凝聚的眸光中交織成一片。一年年柳發新芽，草生新葉，這幾乎是大自然的定律了；

除非老了，死了，連根拔了，誰能攔住柳不萌芽，草不滋生？人的愁緒情思，也像柳、像草一樣，統屬於自然律吧！不然，為甚麼年年此時，愁思就像隄上的柳、河畔的草一樣，又重新萌芽、滋生、茁長，交織成一片網，將他緊緊籠罩？

他默然凝立著，黯然凝望著，久久、久久。風吹拂著，兜滿風寬大的袖子，像一幅逆風的帆，貼在他的手臂上；而他，卻似一尊雕像，在小橋上生了根……

斜日西落，殘霞褪色，黑夜籠罩，新月爬上了漠漠平林，往來的遊人都回去了，留下一片沈寂，吞噬著無邊的大地，和他孤絕的身影……。

❀

馮延巳，字正中，是五代南唐李昪、李璟朝中的重臣。就歷史來說，南唐君——中主、後主——非明君；臣——馮延巳等——非賢臣，且國小力薄，所以註定了覆亡的命運。馮氏幸因早死，而未親見南唐亡國，比起後主李煜，是幸運多了。但政治和文學是兩回事，政治上的誤國君臣，在文學上卻有著超卓的成就和地位。馮延巳以詞名家，在詞壇上享有很高的聲譽，尤其他的十四闋〈鵲踏枝〉更是膾炙人口的佳作，詞中所表現的執著無悔的深摯感情，雖不必如後人附會，說「忠愛纏綿」，也的確有著震撼人心的力量。清代王鵬運曾依次和之；和前人或當代名家的詞，本是尋常事，常有一闋詞（詩）數十家爭和的情形；有的是心有所感，也有的是應酬文字。但是將古人一系列的詞，依次相和的，殊不多見，可知其推崇喜愛之深。馮正中得此知音於九百多年之後，也真差堪告慰了。

馮延巳小傳　馮延巳，一名延嗣，字正中，五代廣陵（今江蘇江都）人。

他才學過人，多才多藝，在南唐中主李璟未即位，為吳王時，便為李璟掌書記，甚受器重。他雖富才學，卻十足是個恃才傲物，心胸狹窄，不能容納異己的小人，深恐賢能之士會威脅到李璟對他的寵信，必去之而後快。李璟也不是全無所覺，但因他能言善道，又擅文詞，深投李璟所好，因此明知其非端謹之士而不能去。他自負材藝，而好狎侮朝士，曾羞辱丞郎孫晟說：

「你有什麼本事，而為丞郎？」

孫晟憤然回答：

「我是山東書生，論鴻筆藻麗，不及你十分之一；詼諧飲酒，不及你百分之一；諂佞險詐，過幾輩子也趕不及你。可是，陛下讓你到王邸來輔佐吳王，是希望你規過勸善，而不是要你做誘惑他沉迷聲色犬馬的損友呀！」

這是他自取其辱，由此也可知一般人對他的觀感了。

到李璟即位，更拜為平章事，相當於宰相。他自信十足，認為自己的才略，足可經營天下。中主惑於他的詞章才華和浮誇的大話，把政務全權委託。他大權在握，急功近利，把持朝政，任用私人，排除異己，以致綱紀廢弛，民心盡失。朝論藉藉，連他自己都無顏立於朝，自動求去，而中主還相待如初。直到周軍盡取江北之地，中主才如夢初醒，罷了他的相位。而南唐已因而元氣大傷，一蹶不振了，只有先奉後周，後奉大宋正朔，以求自保。

經過了這個教訓，他晚年務為平恕，聲望漸回，可是史書記載上，他還是毀譽參半。而「譽」所著重的，還是他的文采，而非人品、政績。他死於宋太祖建隆元年，年五十八，謚「忠肅」。

他與中主李璟，君臣相得，都愛好文學，彼此之間調侃雅謔，談笑無忌。傳說，有一次，他作了一闋新詞〈謁金門〉，首句：「風乍起，吹皺一池春水」。中主笑問他：

「吹皺一池春水，干卿底事？」

他從容答道：

「臣這句子，怎比得上陛下『小樓吹徹玉笙寒』的高妙絕倫呢！」

由此可知他逢迎人主的本領，分明「巧言佞色」，卻又如此的吐屬典雅，不落痕跡。

他沒有詩文傳世，詞作風格的深美閎約，迥異於當代的主流「花間」一派，對「詞」這一體裁，有開拓之功，有《陽春集》行世。

# 鵲踏枝

馮延巳

六曲闌干偎碧樹，楊柳風輕，展盡黃金縷。誰把鈿箏移玉柱？穿簾燕子雙飛去。

滿眼游絲兼落絮，紅杏開時，一霎清明雨。濃睡覺來鶯亂語，驚殘好夢無尋處。

曲曲折折的迴廊外，栽著幾棵楊柳。每年春天，楊柳垂下了細於金線軟於絲的新發柳條，綴上了片片狹長如眉，含翠籠煙的新葉，便彷彿為迴廊設下了遮護欄干的綠色紗帳。一陣東風吹來，柳條柳葉，競相炫示著自己的窈窕輕盈；把六曲闌干，當成了展示的舞臺，低拂輕掃，裊裊依依。

春，就這樣隨著抽長的柳條，隨著加深的柳葉來到了。二十四番花信，在大自然中，更迭著做主人，統領風騷。把世界粧點得繽繽紛紛，馥馥郁郁。

是誰，在為絃弛柱緩的鈿箏調音呢？不成曲調的音符，驚起了棲在畫樑上的燕子；雙雙呢喃著，穿過低垂的簾幙，投入了春日的原野，向北飛去。

花有信，燕有期，只有人，是遲鈍懵懂的吧？只知欣喜春來，沈湎春光，卻不知，韶華易逝，春光難駐。不是嗎？曾幾何時，游絲橫路，飛絮滿天；當紅杏花開的時候，也就是清明的時候了。

春極盛於清明，極盛之後呢？只怕霎兒風，霎兒雨，陣陣催送著春歸去……。

鶯聲已老；在濃密的枝葉間，此起彼落的，像一闋音符零亂、不成腔調的曲子，把人自沈酣的美夢中驚醒。夢醒了，夢中美好的影像，也隨之殘破模糊；只記得夢境很美，很美，美得像一首春天的詩。

美的事物，就註定短暫易滅吧？夢，在被鶯聲驚破後，便再也無處尋覓；就像，就像那在清明雨中，遠颺的春……。

❀

這一闋〈鵲踏枝〉是五代南唐馮延巳的作品，馮延巳於南唐中主李璟時為相，多才藝，擅言辭，工文章，與中主李璟，共同開創出南唐的文學國度。尤工於詞，詞於「花間」之外，別樹一幟，深美閎約，對北宋詞風，有深遠的影響。尤其晏、歐二家，更是直承餘緒，後世劉熙載云：「馮延巳詞，晏同叔（晏殊）得其俊，歐陽永叔（歐陽修）得其深」，兩位北宋名家，也只各得其一體而已。

# 鵲踏枝

馮延巳

幾日行雲何處去，忘了歸來，不道春將暮！百草千花寒食路，香車繫在誰家樹？

淚眼倚樓頻獨語，雙燕來時，陌上相逢否？撩亂春愁如柳絮，依依夢裡無尋處！

天上的雲，總是飄泊不定的，隨著風東飄西蕩，永遠綰繫不住，永遠沒有安定的時候。而地上的人，有的也像飄泊的雲一樣，沒有固定的居所，行蹤不定，難以捉摸。「你就是這樣一個稟賦雲的性格的人。」她這樣想著。

這些日子，你這朵愛四處乘風旅行的雲，又飄到什麼地方去了呢？現在你所駕的那輛車，又停留到那一個庭院中，繫在那一戶人家的樹蔭下了？那該是一個令人留連忘返的好去處吧！不然，你不會去的那麼久，不會不回家的。

她含淚倚著小樓獨立，凝目望向平野；在這寒食節，原野上一片繁花似錦，芳草競秀；路上熙來攘往都是遊春的士女。知道嗎？這已將是春暮了！他們是怎樣的珍惜著這有限的春光啊！而你，你在那兒？

她喃喃自語著；語聲衝破了岑寂，伴著她淒涼、孤獨的影子；語聲在她自己的耳邊迴盪；她對自己苦笑，這也算是解除寂寞吧！

一雙燕子，忽然越過了原野，飛到了樓前。她有了一份驚喜，熱切地呼喚著：

「哦！燕子！你飛得高，看得遠。你從山野田原之間飛來，經過了大街小巷，可曾遇到他沒有？遇到那像飄泊不定的雲朵似的人沒有？」

那一雙燕子，彷彿沒聽懂她的話，又翩翩地展翼飛開了；留給她的只是一時的驚喜所換取的更大的失望。

一陣風，吹得柳絮滿天飛舞。柳絮，最是輕薄無根的；那麼輕柔，那麼軟弱；沒有主見，沒有目標，只隨著風而東、南、西、北地亂飄。而自己呢？又何嘗不像柳絮一樣，被亂絲一般的愁緒緊緊纏繞著！她望著暮春的景色，思念跟隨著那行蹤不定的雲；就像柳絮依傍著方向不定的風一樣。

落寞和倦怠掌握了她，自言自語：

「睡吧！別再望了，別再想了！」

緩緩移著腳步，拭去淚痕，忍不住又回首凝目：

「讓我在夢中尋你吧！怕的是，在夢中也見不到你的影子，在夢中也只能思念著你，而孤單依舊呵！」

馮延巳這一闋〈鵲踏枝〉，反映出了當時閨中婦女的不自由和寂寞，寫得真摯感人。

# 拋球樂

馮延巳

酒罷歌餘興未闌，小橋流水共盤桓；波搖梅蕊當心白，風入羅衣貼體寒。且莫思歸去，須盡笙歌此夕歡。

筵前以清歌娛賓的歌姬，唱出了曲子的尾聲；裊裊的餘音，在清寒惻惻的早春暮色中迴蕩。席上，杯盤狼藉，座客，也都有了幾分醉意；一席華宴，已到了曲終人散的時候了。

酒樽已空，馮延巳傾盡了杯餘瀝，略一欠伸，笑道：

「諸位寬坐，我酒喝多了，且疏散一下，再來奉陪吧！」

長身而起，緩步走出了設宴的亭子。亭前，溪流蜿蜒，一座朱闌小橋，橫架清溪上。還沒有到春波漲綠的時節，水流清淺，奏著不急不徐的琤琮曲調，隨著蜿蜒之勢，迂曲迴環。配合林泉幽致，正宜詩人名士，曲水流觴，分韻賦詩，雅集文會，詩酒留連。

帶著微醺薄醉的馮延巳，獨步至此，凝視著碧漪清漣，惘然失神。

溪邊一株老梅，綴著滿樹羊脂玉琢出的朵朵白梅；根株縈曲，枝幹橫斜，如蟠龍奮飛，破空而出。

千花萬蕊，俯照清波，在波面映出一片闌珊花影；隨著潺潺水流，起伏搖漾，迷離如幻，猶如莊周蝶夢，不辨孰夢孰真。

人生，也有幾分相似吧？回首前塵，往事歷歷，卻又有如遙夢；瞻望未來，前途茫茫，更是難以逆料。而，置身過去與未來間的此時此刻，此身到底是夢？是醒？

面對著這樣一個生命中難解的問題，他悲從中來；這還是早春，梅花正盛，只怕不旋踵間，這滿樹玉梅，便紛飄如雪，逐水而去。當梅花不再，波心梅影，又復何存？花本是幻，影更是幻中幻；美景如斯，瞬息即滅，那，人生呢？

寒惻的東風，吹拂著他的衣袂；衣襟衣袖，貼向肌膚，如冰刀，如霜劍，細細臠割著他的軀體；頓然，遍體生寒，使他一慄而覺。

花必落，影必滅，這是他無力挽回的自然法則呵！花的開謝，是他眼中的悲愴。那人呢？在造物眼中，人的生死，與人眼中花的開謝，又有什麼不同？

幸得，梅花正開；幸得，此身猶在。不及時行樂，更待何時？須知，須臾之間，花便落，人便老……

他返身回到亭中，同僚們正在等他：

「哎，你往那兒去了，時間不早，該走啦！」

「不！」

他急切地說，彷彿興致高昂：

「良辰難得，美景難逢，何必急著回去？來！來！來！讓他們重整酒饌，彈唱起來，我們且盡此一夕之歡吧！」

# 攤破浣溪沙

李璟

菡萏香銷翠葉殘，西風愁起綠波間。還與韶光共憔悴，不堪看。
細雨夢回雞塞遠，小樓吹徹玉笙寒。多少淚珠何限恨，倚闌干。

依然是一池澄碧。但——

曾幾何時，亭亭無語，倚風凝立，欲笑還羞，彷彿懷著無限柔情，含苞待放的菡萏，已紅衣零落，粉褪香銷。

曾幾何時，田田如蓋，碧玉無瑕，高擎著朵朵綠雲，宛如翡翠玉盤的荷葉，也綠裳凋敝，玉碎翠殘。

一陣西風，拂過平滑的水面，幾片荷瓣無助地跌向綠波；荷葉嘆息著，為芳華老去的荷花黯然搖頭；那池水，宛似不勝淒怨地顰蹙著，泛著細細的波紋；怨著西風無情，怨著韶光難再。

老去的，又豈只是這一池的亭亭？在流光飛逝，歲月交替中，西風也吹向那平滑的額，吹向那烏漆的髮；於是額上也泛起了細細波紋，髮上也洒下了星星秋霜。望著這一池亂紅殘碧，李璟彷彿覺得若有所失，又似若有所悟。他下意識的伸出手，撫向額際，手指感覺著那一道又一道歲月的軌跡，使他不由黯然了。

他是南唐的國主，他是江南的王。他主宰著江南廣大的土地，主宰著千萬的臣民；然而他主宰不了流光，主宰不了生命，主宰不了青春；自己正如池中亂紅一般的老去。那池中，曾含苞，曾盛放，而今日漸零落、枯萎的荷花荷葉，豈不正是他自己的一面鏡子？花曾繁盛，花已蕪穢；他曾年輕，他將老去！

他不忍再看，不忍再想；看那一池在風中飄落、枯裂的紅衣、綠裳；看那曾使他流連徜徉的亭亭田田，已殘殘敗敗，他不能，他不忍……。

他曾年少。在他年少時，心中深藏著一個美麗的夢。江南煙水固然美，他卻一心嚮往著塞外風光，他狂熱地嚮往，日間想著，晚間夢著；那無垠黃沙，無邊白草，成群的牛羊，在落日餘暉中緩緩歸向影幢幢的帳幕。駝隊、馬隊，在夕陽黃沙上投下美得蒼涼的長影，晚霞火一般地焚燒著……忽然，狂風捲起漫天黃沙，耳邊蕭蕭，盡是風沙的奔騰……他奔跑、掙扎著……睜開眼，依舊玉宇，依舊瓊樓；蕭蕭的是江南秋雨，細雨飄洒在屋瓦上、飛簷上，喚回了悠遊在雞塞外的夢魂。那夕陽、晚霞；那白草、黃沙；那馬隊、羊群；那叮噹駝鈴，載著他年輕的夢，在細雨織成的秋意中遠去、遠去。

難駐的美景，易逝的夢境，帶來了幾許無以言宣、又無以自解的感傷和淒惻；無人可與共語，無人能夠分擔。這感傷和淒惻，沈沈地罩在他的心頭上。宛如一幅密密層層的羅網；他和那種使他感覺窒息的網掙扎著，孤立無援地掙扎著。他忽然發覺他孤獨極了，寂寞極了，孤獨寂寞如那池中一莖凋零的芙蓉，一葉殘碎的翡翠。又如大漠中夕陽下，延伸向天際的無垠黃沙上，一匹孤絕駱駝的瘦影。

長夜猶自漫漫。他披衣而起，取出玉笙，捧在唇邊；指冷如水，笙寒如冰，淒冷的曲調，在闃寂的小樓中迴繞。他吹著、吹著，一任指冷，一任笙寒，一任曲不成闋、調不成聲——在這秋雨飄瓦的蕭瑟中。

他說不出為甚麼，甚至不知道為甚麼；只覺心中橫亙著的是淒楚，臉上縱流著的是淚珠；小樓上倚闌凝立的，是一個捧著玉笙吹奏，覓不到知音，無比孤寂、落寞的影子……。

❀

李璟，是五代時南唐的君主。他好學，長於詞賦，是一位極富於文藝氣息的人物。因他的愛好文藝，蔚成了南唐朝廷的濃厚文學風氣，君臣彼此唱和，開拓了文學的新境界。唐、五代溫、韋、馮、李四家中，南唐獨佔其二，且此二家，都是超脫出五代時花間一派綺靡側艷之詞，而開新境、創新局的人物，可知在李璟領導下的南唐文壇之不凡——馮延巳為李璟之臣，李煜為李璟之子，這二人的文學成就，無疑是在李璟所悉心維護的文學溫室中培養出來的奇花異卉。

李璟的詞作，流傳的並不多，其中最膾炙人口的，是分詠春、秋的兩闋〈攤破浣溪沙〉（又名〈山花子〉），其中〈秋恨〉一闋中「細雨夢回雞塞遠，小樓吹徹玉笙寒」一聯，更是傳誦一時的名句。

他後來傳位給了李煜，在李煜手中，斷送了南唐江山。這父子二人，實在是天生的文人，而不是當君王的材料，後人稱李煜為南唐後主，稱李璟為南唐中主。

李璟小傳　李璟，初名景通，字伯玉，五代徐州（今江蘇徐州）人。他的父親李昪，本為南吳之臣，封齊王，篡位自立，號「南唐」。李璟襲父嗣位，是南唐第二個皇帝。因任用馮延巳等五個時人目為「五鬼」的佞臣，國勢大衰。北方強國後周入侵，盡取江北之地。李璟大懼，不得已去帝號，稱「江南國主」，奉後周正朔。在位十九年，於宋建隆二年卒於位。其子李煜嗣立，遣使入宋，求復李璟帝號，宋太主許之，謚曰：「明道崇德文宣孝皇帝」，廟號「元宗」，世稱「南唐中主」。

李璟美容止，好文學，年方十歲，賦詩：「棲鳳枝梢猶軟弱，化龍氣狀已依稀」，為當世人嘆奇。對詞甚為愛好，與馮延巳常以詞語相戲。惜作品流傳甚少，只數首而已，多與後主李煜合集，稱「南唐二主詞」。

# 清平樂

李煜

別來春半，觸目愁腸斷；砌下落梅如雪亂，拂了一身還滿。

雁來音信無憑，路遙歸夢難成；離恨恰如春草，更行更遠還生。

數著一個又一個日子過的時候，總覺得時間過得好慢；從旭日東升，到夕陽西下，好悠長，好難挨，在這個不是自己國土家鄉的地方！但回頭望，時間也並未停下腳步。

李後主獨自站在庭階上，沈思默想。一陣風吹過來，夾著陣陣清香的是滿園飛舞的花瓣，一片片雪白的花瓣隨風飛著、捲著，輕輕地落到他站的地方，落滿他一身，也落滿了庭院。這些花瓣是這樣的潔白、輕柔，真像是紛飛的雪花一樣。不！不是雪花。這又是春天了，是梅花謝的時候了。春天？他又記起了故國，多少往事，一幕又一幕地重現在他的眼前……。一陣落花驚醒了他；他茫然四顧，這是什麼地方？這不是他的家園。這裡多麼陌生，多麼冷寂！哦！他黯然了，他不再是故國的君王，而是階下囚了。又是春天！可是異國的春天，觸目傷心，愁腸寸斷，又那來的歡笑！花瓣飄落在他衣上、身上，他恍如未覺，眼中蘊著淚珠。

雁行一陣又一陣的飛過。雁，往返於江南江北；每年的秋天南飛，春天，又北返了。人們總說：雁，就像信差一樣，為分隔南北的人傳遞信息。又是一陣排成人字的雁群飛過；來了，又走了，沒有停一下翅膀，沒有留一句話語，更沒有帶來片紙隻字。

「你真是不負責任的信差！你不是從江南來嗎？為什麼不肯停一下匆忙的雙翼，告訴我一點我家鄉的消息？要你這種不可靠的信差做什麼？」

他喃喃地埋怨著，嘆了一口氣。別人常說：「日有所思，夜有所夢。」可是江南故國時時都在腦海中迴旋，為什麼總沒有在夢中回去過？如果能在每夜的夢中回去，至少還可以有一半的時間在夢裡的江南生活啊！那，像這樣的夢也真願永遠不醒！可是，他對自己搖搖頭，解嘲地苦笑著：

「大概路太遠了吧？從江南到這裡，要隔幾重山？幾重水？幾千里路？遠得連夢都搆不著了！」

雖然如此，但對家鄉的憶念，對離開故國的惆悵仍天天滋長著、累積著，不斷地加深、加重。他悵然凝望著遠方；在春風吹拂之中，春草向天邊，向江南，展開一片無際的綠。他知道的，這一片氈隨著春神的腳步，會一直延伸到他望不見、卻又心心念念難忘的故國家園。隱隱地，他彷彿看到自己的身影，也順著這一片春草，一步又一步地走向天邊，走向遙遠的故鄉……。

李煜小傳　李煜，初名從嘉，字重光，五代徐州（今江蘇徐州）人。父李璟，為南唐國主。宋太祖建隆二年繼位，以南唐微弱，奉大宋正朔，並去帝號，奉表稱臣。宋屢徵之入朝，李煜懦弱，性好文藝，耽於浮屠，不敢奉詔。又昧於時事，誤信長江天險可恃，致觸宋怒，命曹彬興師渡江；至兵臨城下，李煜猶在夢中。一日登城，見旌旗遍野，始大懼，知受近臣蒙蔽，已悔之不及。城破，侍郎請死，不許，以肉袒出城，降於軍門。北上待罪，宋太祖封為「違命侯」辱之。太宗即位，去違命侯，封隴西郡公。

入宋之後，由一國之主，降為囚虜，生活潦倒，心境淒苦可知。致書金陵舊宮人曰：「此中日夕以眼淚洗面」，當是寫照。太宗性疑忌，命南唐降臣徐鉉往見。李煜生性率真，不知忌諱，直言：「悔殺潘佑、李平。」潘李二人，均以直諫死。太宗聞知此言，銜恨在心。及七夕，李煜生日，召故妓作樂，聲聞於外。又傳新詞，有「小樓昨夜又東風，故國不堪回首月明中」、「問君能有幾多愁，恰似一江春水向東流」等句，故國之思油然，自難容於太宗，併坐前罪，賜牽機藥殺之，得年四十二歲。因為亡國之主，世稱「南唐李後主」。

於政治，李煜可稱昏庸。而於文藝，則可以南面！精於書畫、音律，尤擅填詞。其詞風，可以亡國為一分野，前半生，為無憂天子，倚紅偎翠，備極溫柔綺麗。後半生，淒絕哀怨，如鵑泣猿啼，震懾人心。亦以此之故，為五代詞集大成者，開拓了詞的境界。王國維《人間詞話》賞譽備至，其重要評論有：

「詞至後主，眼界始大，感慨遂深，遂變伶工之詞而為士大夫之詞。」

「溫飛卿之詞，句秀也。韋端己之詞，骨秀也。李重光之詞，神秀也。」

「尼采謂：一切文學，余愛以血書者。後主之詞，真所謂以血書者也。……儼然有釋迦基督擔荷人類罪惡之意。」

周濟亦於比較五代詞人優劣時，稱：

「毛嬙西施，天下美婦人也。嚴妝佳，淡妝亦佳，麤服亂頭，不掩國色。飛卿，嚴妝也。端己，淡妝也，後主則麤服亂頭矣。」

王國維誤解此語為「周介存置諸溫韋之下」，以為貶損後主之詞。實則周氏此語重點不在「麤服亂頭」，而在「不掩國色」，溫韋須仗嚴妝、淡妝，而後主，不假修飾，亦自國色，其高下甚明：是溫不如韋，韋不如李也！

詞與其父李璟合編，稱《南唐二主詞》。

# 相見歡

李　煜

林花謝了春紅，太匆匆！無奈朝來寒雨晚來風。胭脂淚，留人醉，
幾時重？自是人生長恨水長東！

曾經燦爛如錦；曾經蔚薈如霞；曾經，走入這一座滿綴繁花的林木中，宛似滑入花海的小舟，再也辨不出方向，四周，全是桃花煙浪！

何等絢麗，何等爛縵，何等繁盛；幾令人產生錯覺；這就是永恆！

可是……

曾幾何時，枝頭春紅，繽紛飄墜；舞紅成陣，宮錦堆積。昨日枝頭傲然迎風的花朵，今朝片片散落；如斷鍊的珠串，如擊碎的珊瑚，再也湊不成完整的花朵。

花開，花謝，本是尋常呵。只是，李煜低低嘆息了一聲，黯然自語：

「為什麼，花開花謝，匆匆如此？」

為什麼天公費盡心力，才造成的百般妍麗，卻如此不加珍惜的橫加摧折？

不是嗎？花已憔悴，搖搖欲墜，天公卻又毫不容情地，晚上一陣大風，吹得花瓣戀不住花萼，只得隨風而去，漫天旋舞；早上，又一陣冷雨，鞭打下無數落花，幽怨地還歸塵土，化作春泥。

凝望著新綠初點，殘紅疏落的幽林，李煜眼中不禁蓄滿了淚；心魂，又悠悠飛向當年的江南故國……。

江南，春光明媚，遠勝江北。山青水秀，連天公，也不似北方的暴厲，對將謝的花，更是格外呵護溫柔。

霏微煙雨，是繁花的生命之泉；縱使花謝不可避免，卻也是在溫柔撫慰下，安然逝去吧！

花瓣，紅似胭脂；雨珠，宛如清淚；彷彿依依惜別而去的美人，柔情宛轉，留人珍惜這短暫春光，在花間留連沈醉……。

他是留連，也沈醉的；在江南昇平歌舞的花朝月夕，他未曾辭醉。直到……。

兵臨城下，在倉皇中，他由一國之君，變成了亡國降虜，生命中的歡笑，失落於一夕之間。也像這風雨摧殘的落花，再無人憐，無人惜；他的生命，他的尊嚴，在趾高氣昂的異國君臣眼中，甚至不如零落的殘花；殘花，猶有他悲悼，而他，有誰曾寄予半點同情？

江南，遠了。那沈醉花間的日子，幾時才能重溫？他甚至連夢，也不敢奢望；怕只怕，那一夢覺來……。

這就是人生了！而他的人生，歡樂與悲苦，是那麼極端；或許，一生歡樂，在他前半生，就揮霍盡了，剩下的……。

他幽怨一嘆，默默掉轉身去；剩下的，只有綿長如東流水的愁苦，日復日，綿延到他生命的盡頭。

❀

這一闋〈相見歡〉是南唐後主李煜的作品，在政治上，他是亡國之君，在文學上，卻是永垂不朽的詞壇宗匠，他的一生，由南唐為宋所滅，而分割成兩個極端，前一半是不知愁的風流君主，充滿浪漫、旖旎的色彩，一派歌舞昇平，富貴溫柔。後一半，則百感交集，憂苦萬狀，真個以淚洗面，度日如年。〈相見歡〉，是他後半生的作品，共二闋，分詠春秋，這是詠「春」的一闋。

他毫無隱諱，把故國之思寄託詞中，作了許多至今膾炙人口的名作，終也因此，觸宋太宗之諱，以牽機藥毒殺了這位詞壇宗匠。

# 虞美人

李煜

春花秋月何時了？往事知多少！小樓昨夜又東風，故國不堪回首月明中。

雕欄玉砌應猶在，只是朱顏改。問君能有幾多愁？恰似一江春水向東流！

一夜無眠的李煜，像每一個無眠之夜一般，諦聽著他所居住的小樓外，寂靜中那偶然觸動他纖細敏銳聽覺的細微聲音，以遣長夜。

北方的冬，總是特別的漫長，冰封雪鎖著銀白大地。冰封雪鎖的，又豈僅是大地呢，他的心，也如漫長寒冬一般，似乎永遠也盼不到春天。不，他的耳朵，為他傳達了春的消息；呼嘯的北風轉向了，在消融冰雪的滴答聲中，他聽到，東風來了。

是的，東風又來了，春天又到了。過不了多久，北方也會像江南一樣，春光爛縵，繁花似錦。

一年年春花開了又謝，秋月圓了又缺。曾經為江南國主，如今，被俘入宋，先封違命侯，後改隴西公的李煜，在春花秋月的更替中，在思國懷土的悲情中，已過了兩年了。他不知道，還有多少的秋月春花、冬寒夏暑等著他去煎熬；在這不屬於他的國土上，他失去了一切，包括身分地位，包括富貴榮華，乃至，對主宰自己生命的權利。

如今，他唯一擁有的，就是對故國回憶了。雖然，回憶也帶給他太多情何以堪的痛苦；但，除了這一點回憶，他什麼也沒有了。他也只有沈湎在回憶中的時候，他才能短暫的忘記目前的不幸，彷彿回到了過去……。

多少的往事，那麼清晰的在他的腦海中往復回旋，在他默然仰望的明月中歷歷重現；重現著江南的山明水秀；江南的越女吳娃；江南的管絃絲竹；江南的富庶繁華……。

他記得，他在江南時，生活中充滿了詩情畫意，絲竹管絃。他為他美麗多才的大周后寫著：

「晚妝初過，沈檀輕注些兒箇。向人微露丁香顆，一曲清歌，乍引櫻桃破……。」

他為他嬌憨可人的小姨妹，後來的小周后寫著：

「花明月暗飛輕霧，今宵好到郎邊去，剗襪步香階，手提金縷鞋……。」

然而，曾幾何時，城破了，國亡了，他倉倉惶惶的哭拜了太廟，揮別了他那繁華富麗的宮殿，和朝夕相處的宮娥……他的心中，再也沒有了歡愉；他的筆下，也只剩下哀音。他怎能忘記呢：

「最是倉惶辭廟日，教坊猶奏別離歌，揮淚對宮娥……。」

在那之後，秋月春花象徵的再也不是美景良辰，而是以淚洗面的痛苦煎熬。而再望著爛縵春花、玲瓏秋月的時候，也只倍增他的故國之思，和明知不堪回首，又不能不沈湎於往事，以逃避現實的矛盾與悽傷。

江南，在他離開後，是否無恙？那巍峨宮殿，那玉砌雕欄，應該都還矗立原處吧？而他卻由鏡中反映的影子知道，他已老去，無復當年綠鬢朱顏。他怎能不老呢？在無情的歲月摧傷、生活磨難中，他的心，早已因著不堪負荷的悲愁抑鬱逐漸萎縮，逐漸死去。

若一定要問，他的愁鬱到底有多少，也許，也許就像春風解凍後，新漲的江水一樣，溶溶洩洩地向東奔流，無止，無休……。

# 浪淘沙

李煜

簾外雨潺潺，春意闌珊。羅衾不耐五更寒，夢裡不知身是客，一晌貪歡。
獨自莫憑闌，無限江山；別時容易見時難。流水落花春去也，天上人間。

一陣寒意襲來，在朦朧中，李煜下意識地瑟縮著。擁緊了薄薄的羅衾；儘管如此，這單薄的羅衾，仍抵不過直逼而來的寒意。他遂在無奈中逐漸清醒，等著他的，又是一個漫長淒冷的日子。

東方，濛濛地泛著白光，簾外傳來淅淅瀝瀝的雨聲；雨，敲打在屋簷上，又順簷而下，琤琤琮琮地，串成一條又一條水晶般的雨簾；雨，敲打在庭院中，前一天還爛漫的花朵，恐怕禁受不起風雨的摧殘，而憔悴零落了吧？隨著花朵零落的，是春季的終結；那殘餘的一點春意，也只能在雨聲中留下一聲黯然低嘆，依依而去。

五更天了，清曉的寒意，暮春的雨聲，就這樣硬生生逼走了他的夢境；那夢，如許美麗，又如此短暫。他嘗試著去捕捉、縮繫；那夢中的一切，卻已依稀，卻已渺茫。在腦海中掠過的片段，拼湊出歡樂……江南……。是了！在夢中，他又回到了江南，回到了過去的歡樂時光；在夢中，他不是宋室幽囚的違命侯，他是南唐的君王。

那不知愁的歲月呵！從他降生，就享受著世上所有的一切優遇：住的是玉宇瓊樓，穿的是綾羅綢緞，吃的是海味山珍，代步有駿馬華輦；他喜愛文學，文學侍從陪他吟詩作賦；他喜愛繪畫，畫院供奉為他鋪紙拈毫；他喜愛音樂歌舞，妃嬪宮娥羅列殿中吹簫弄笛，翩翻迴旋。他那麼興高采烈，朗聲念出一闋詞：

「晚妝初了明肌雪，春殿嬪娥魚貫列，鳳簫吹斷水雲閒，重按霓裳歌遍徹……。」

他喃喃地念著，目光投向空茫的小窗，噙著一絲苦笑。曾幾何時，國破了，他由君王降為囚虜，生活中，再沒有一絲歡愉；曾幾何時，連這樣的夢，都成了奢侈，不是嗎？美夢已隨著逐漸加深的寒意——那驅除不去，來自心底的寒意——遠了，何其虛渺，何其匆促！他想多沈湎一會兒，多留連一會兒；因為只有在夢中，他才能享有偶然而短暫的歡樂，才能忘掉現實，丟開痛苦。然而，這樣的夢既不能常有，也不能長久；夢去了，留下的是更多的惆悵，更深的悲涼……。

不知何時風止雨息；不知何時日近黃昏。他再三的勸阻著自己，不要倚立那座面南的闌干凝望；是的，是的，他的故國，他的家鄉，他摯愛的臣民，他難忘的往事，都遺落在那江南故土了。可是，任他如何望碎了心，也再也回不到那早已失落的故夢中。只徒增傷感和悲苦罷了。可是……

他又怎能不倚闌凝望？那已是他僅存的一點寄託了。他已失去了曾經擁有的一切，如今，也只剩下這點自由與奢侈：把目光投向南方，讓心魂向南飛馳。於是，他又來到南樓，默默地倚闌凝望……。

清曉、黃昏，日出、日沒，對他早已失去了意義，對一個沒有了期盼的人，時間，又算甚麼呢？他真的沒有期盼了，他自己的未來，都不屬於他啊！他只是忍不住向南凝望；凝望那視野中看不見的故國江山。青翠的山峰，仍舊巍峨峙立；奔騰的江水，仍舊嗚咽東流，這世上能永恆不變的，或許就只有這些了。但江山未改，人事全非，那無限美好的如畫江山，已不是屬於他的國土了；城闕、子民，甚至連他自己，都不是屬於他所有了。

如石破天驚，宋兵南下，驚醒了他的美夢；肉袒出降，押解北行，彷彿都只是指顧間事。就那樣倉倉皇皇辭別了宗廟，告別了國土，告別了子民，也告別了那歌舞昇平的無憂歲月；怎知道告別得那樣輕易，卻再也沒有相見的機會了？

江水不捨晝夜的流著；在江水奔流中，花開、花落；春來、春去。為甚麼一切美好的事物都不久長呢？落花逐著流水歸向何方？春，又去向何處？那兒，也是自己的最終歸宿吧？他凝望著暮色漸濃的蒼茫，這蒼茫充塞著、瀰漫著；那渾沌一體的，是天上？是人間？

❀

李煜，字重光，世稱李後主，是五代南唐的末代君王，是生長在宮廷中天生的藝術家。史書上說他工書畫，精音律，在當代詞壇上，更是領袖群倫。可惜的是「不幸生在帝王家」，卻沒有經國治世的才華和興趣，終於在宋兵南下時，肉袒出降，斷送了南唐的命脈和江山。

入宋之後，他的生活有了一百八十度的轉變，受盡了欺淩奚落，封「違命侯」，不但自身失去了自由，連自己的愛妻——世稱小周后的南唐國后——都保不住。在這樣的境遇中，真可說是生不如死了。

這一轉變，對李煜本人來說，自然是極大的不幸，但對整個詞的歷史上來說，卻是幸事。在李煜前半生的作品中，我們所讀到的如〈玉樓春〉、〈菩薩蠻〉等，也不過是些綺靡側艷之詞，與五代的「花間」、「尊前」等寫閨情、別恨之類的作品同調；頂多是少些堆砌，多些真摯，措詞用句較為清新罷了。絕不足以奠定他今日在文學史，尤其在詞史上的地位。入宋之後，隨著心境、生活的轉變，他的詞風也有了與前半生風格迥異的改變，由綺艷而平實；由歡樂而憂苦；由浮華而深沈；由穠麗而清淡……最重要的，詞不再是茶餘酒後無病呻吟消遣性的文字遊戲，而是有血有淚有生命的文學作品。家國之恨，身世之感，真所謂「以血書者」。

這一闋〈浪淘沙〉和另一闋〈虞美人〉雖使後世人感動，當時，卻激怒了宋太宗，賜牽機藥毒殺了這位才華橫溢的詞壇盟主：李重光。

# 浪淘沙

李煜

往事只堪哀，對景難排。秋風庭院蘚侵階，一桁珠簾閒不捲，終日誰來？　金劍已沈埋，壯氣蒿萊。晚涼天淨月華開，想得玉樓瑤殿影，空照秦淮。

秋風，吹落了黃葉，黃葉在一陣飄浮飛舞後，落到了長滿雜草的庭院中；落到了遍佈著蘚苔的臺階上。

有多少時候，這臺階，不再有人來往，不再有足跡履痕了？怎怪得蘚苔不容情的侵吞佔有，以致，已然無法分辨它原有的形貌。

荒蕪、蕭瑟的，又豈是眼前的景物呢？獨立在小窗前的李煜，不知該嘆息，還是苦笑，這庭院；這秋風；這難遣的黃昏；這夕陽渲染出一派蒼涼殘敗的景象，豈不都是他心境的寫照？

當年，幾曾想過，他有這樣寂寞黯淡的生活？當年……。

「鳳閣龍樓連霄漢，玉樹瓊枝作煙蘿……。」

他低吟著自己〈破陣子〉中的句子，淚，禁不住的湧滿了眼眶。

那時的生活，是何等的富貴溫柔！他有「晚妝初過，沈檀輕注些兒箇，向人微露丁香顆，一曲清歌，乍引櫻桃破」的大周后；有「蓬萊深閉天台女，畫堂晝寢人無語，拋沈翠雲光，繡衣聞異香」的小周后；有「晚妝初了明肌雪，春殿嬪娥魚貫列，鳳簫吹斷水雲閒，重按霓裳歌遍徹」的昇平歌舞，旖旎風情！他從不知寂寞二字何解；因為，他從不寂寞。他生在帝王家，享盡人間一切的幸福；他不知道，這幸福，也可能幻滅於一旦！

他是「一旦」！從兵臨城下，他肉袒出降那一刻起，他失去了一切，包括，人性最基本的尊嚴；他這才如夢初覺的了解：一個失去國家的君王，比一個本來就一無所有的平民百姓，還要慘楚、痛苦。

往事歷歷。如今他幾乎記不起那時的無憂歡樂的心情；如今，想起往事，只增添他深痛沈哀；欲待忘卻，這種種逼人的慘楚，那樣分明的對照著，又何容他忘卻！他無以排遣的漫漫長日、永夜，又何容他不思不想？

黃昏了，宮人該穿梭而至，為他準備晚膳了。點上明晃晃的巨燭，擺上山珍海錯的酒宴，一陣陣環佩琤琮，引他入席……。

是嗎？是……嗎？他不禁望向門戶，門檻寂寂。無人搴捲，而蒙上厚厚灰塵的珠簾，低低的垂掛著，在秋風中悠然搖晃；搖晃出冷冷的琤琮……。

他早該了解的，他這深寂的小樓，會有誰搴簾而入？他，一個失去了國家的亡國之君，門前，早絕了人跡。

不該再有非份之想，人的尊嚴志氣，亡國之君，是不允許有的！只當付之於草萊，一如，他那早已埋葬的國號，和象徵君王權柄的金劍！

是什麼時候天黑的？他不知道，只見，明月掙開了雲的鎖蔽，在夜涼如水的空氣中，漩出一圈月華，那樣澄淨，那樣明朗。

這一輪月，同樣也會照向那江南的故國宮殿吧？只是宮殿依舊，人事全非；不再有笙歌沸天，簫鼓匝地；只能在月光照耀下，把寂靜的樓影，悄悄倒映在秦淮河的碧波上……。

❀

這闋詞顯然是李後主入宋之後的作品，充滿了寂寞悲涼；由「秋風庭院蘚侵階」一句，我們也可了解那一番冷落的苦況。李後主另有一闋膾炙人口的〈浪淘沙〉：「簾外雨潺潺」，和這一闋正是分詠春秋，同時的作品。故國之思濃烈的洋溢在字裡行間，令人讀之亦不禁為他落淚！

范仲淹

塞下秋來風景異，衡陽雁去無留意，四面邊聲連角起。千嶂裡，長煙落日孤城閉。濁酒一杯家萬里，燕然未勒歸無計，羌管悠悠霜滿地。人不寐，將軍白髮征夫淚。

耳邊又傳來一陣陣的號角長鳴；那淒清、低咽的角聲，劃破岑寂，迴漾在這一座扼守邊界的孤城裡。雖然這角聲早已成為生活的一部分，成年累月地聽著；但每聽到它那單調悲涼的嗚咽，仍遏止不住心中那一陣陣的激盪，遏止不住鼻間那一陣陣的酸楚。

「嗚……嗚……」

排成「人」字形的大雁，從一望無際的大漠間飛起；列著整整齊齊的隊形，沒有一絲留戀地搧撲著翅膀，向南方飛去；在難以分辨四季的邊塞，就靠牠來區分季節了。那樣固定的，秋天，牠們自北方飛向衡陽；春天，又自衡陽飛回塞北。是第幾次送牠們向南方飛去了？是第幾個秋天了？他已記不清。但每次看到北雁南飛，總引起他心底淡淡的感傷；秋天，在他記憶中，是多麼美好的季節！南方的秋，是精工織成的錦繡；翻著金浪的田疇，染上酡紅的楓葉；湖泊像一塊晶瑩剔透的藍寶石；湖上帆影片片，漁歌隱隱，有如天籟；水，綠的澄澈；山，青的明朗，白雲悠悠閒閒地偎著藍天……。初換夾衫的人們，是那樣的胸懷開朗；彷彿每個人臉上都盈著笑，悠遊自得地迎接著輕吹的西風……。秋，應該是這樣的！但是邊塞呢？一片遼闊蒼茫，呈現著歷盡風霜的灰暗蒼黃；黃沙如此，牧草如此，重重疊疊的山壁如此，曲曲折折的城牆如此；似乎連應該藍的天，應該白的雲都是如此。單調沈悶得令人疲憊；疲憊，無奈地刻在軍士們灰暗蒼黃的臉上。

一輪紅日，曳著沈重的腳步，蹣跚地移向高峻如屏障的西山。一縷青煙，自山峰間裊裊上騰；顯得那麼孤寂、寥落，彷彿訴說著一個悠長杳遠的故事，用那平平緩緩的調子。守城的軍士們，推上了沈重厚實軋軋嘆息著的城門；千百年來，此時此地日日重映著這一幅畫面。數不清的日子，數不清的落日青煙，被關在城門外了。這一幅畫，卻彷彿融入了永恆中。

幾時才能回去呢？回到那個波光雲影盪漾的故鄉？回到那個遠隔在千山萬水之外的家園！他期望著能如漢代的竇憲一樣，一舉殲滅了敵人，建下燕然山勒石記功、奏凱而歸的功業。但是一年年的征戰，一年年的對峙，勒石燕然的理想是那樣的遙不可期；歸鄉之計也就跟著遙遙無期了。

他了解的，軍士們也全都了解本身職務的重要；邊塞防衛牽繫著整個國家的安危，關聯著故鄉父老的安樂生活。他們甘願為了這些而犧牲；但是誰又能抹去隱藏在心深處的鄉思？尤其在這西風冷肅、群雁南飛的日子裡。

點點滴滴，又彷彿永無盡頭的歲月，積聚成的白霜，悄悄地覆蓋在初秋邊塞的大地上；也悄悄地覆蓋在老將軍的頭髮上。遠處，響起了蘆笛。蘆笛吹奏著悲涼的調子；老將軍舉起了酒杯，咽下了鄉思的苦澀，悄悄拭去了眼角的淚珠；他不願被人看到。但他知道；晶瑩的淚珠，正掛在軍士的臉上，掛在深閨思婦的心上，是永遠揮拭不完的。

蘆笛仍悠悠地吹著；悲涼的調子，迴旋在難以安眠人們的耳邊。夜，已深沈……。

❀

宋朝，在歷史上是一個積弱的國家，這是由於「重文輕武」的政策導致的後果。在這種採取守勢的策略下，邊防的工作，就異常的重要且艱鉅了。范仲淹，就是北宋有名守邊的將軍。由於他的鎮守，而阻止了當時經常窺伺中原的西夏對邊關的騷擾。西夏人敬他如神，尊稱他為「小范老子」，認為「小范老子胸中自有百萬甲兵」，而相戒不敢侵犯。因此軍中流傳著兩句歌謠：「軍中有一范，西賊聞之驚破膽。」

但是，范仲淹並不是一個只懂領兵作戰的武夫，而是出身進士，滿腹經綸的儒將。他有崇高的人格，更有「先天下之憂而憂，後天下之樂而樂」的偉大襟抱。除了運籌帷幄的軍事韜略之外，他還能填詞，雖然作品不多，卻樹立了有別於當時吟風弄月的特殊風格，當時有人譏嘲他是「窮塞主之詞」。這種愛國情操的自然流露，卻不是風花雪月的柔靡作品所能企及的。〈漁家傲〉就是「窮塞主之詞」中的代表作。

范仲淹小傳　范仲淹，字希文，北宋蘇州（今江蘇蘇州）人。

他兩歲而孤，隨母改嫁長山朱氏，從朱姓，名「朱說」。及長知其身世，發奮苦讀，晝夜不息。於真宗大中祥符八年進士及第，授官之後，迎母歸養，始上疏求復本姓。官至樞密副使，參知政事，並以資政殿學士，為陝西四路宣撫使，守邊數年，號令嚴明，而愛撫士卒如赤子。防守西夏，西夏人亦愛敬，呼之「小范老子」。

他一生志行高潔，襟抱過人，〈岳陽樓記〉中，有「先天下之憂而憂，後天下之樂而樂」警句傳世。為北宋一代名臣，詞賦文章，皆為餘事。卒年六十四歲，謚「文正」。詞作不多，盡皆傳世，為人傳誦。

# 蘇幕遮

范仲淹

碧雲天，黃葉地，秋色連波，波上寒煙翠。山映斜陽天接水，芳草無情，更在斜陽外。

黯鄉魂，追旅思，夜夜除非，好夢留人睡。明月樓高休獨倚，酒入愁腸，化作相思淚。

薄暮，清秋。

碧藍如洗的秋空中，飄浮著絲絲輕柔得宛如透明的雲絮；映襯著藍天，宛如飛入大自然的染坊，染上了瑩瑩清碧。滿山滿野的樹木，是幾時換上了鑲鏤著黃金的新衣？取代了夏日的濃綠，隨著漸緊的西風，飄零滿地。真的是秋天了，大地景物，燦爛亮麗如精工的繡品；卻美得讓人無法承受那一分心悸的蒼涼。

秋風，拂過了秋空、秋林，以凌波微步，在萬頃碧波上，醞釀出一片氤氤氳氳的寒煙凝翠；飄浮著，遊移著，靜臥秋山間，融合成一片秋色蒼茫，煙水迷離。彷佛是隔著輕綃薄紗的美人，煙鬟霧鬢，風華絕代，那清清冷冷的剪水秋波，卻無端蒙上了幾分幽怨淒冷的朦朧……。

斜陽，在疊翠繡金的秋山上，不經意地塗染著明明暗暗光影；橘紅、金紫、靛藍、黛綠……泛著粼粼微波，閃著爍爍金光的湖水，溶溶漾漾向天際推展。秋水長天，水天一色，伸展向遼闊無垠的水天接處，終於融成渾沌的一體；是天？是水？再難分割。

斜陽緩緩地向西山逼去；紅日如輪，日復一日地循著一定的路線，升起、落下，落向西方：故鄉的方向……。

山，屹立在平野的盡頭；那重重疊疊的峰巒，對人來說，是那麼遙遠，那麼難以跨越。人；一向自許偉大的人，甚至，是連小小芳草，也不如呵！夸父追日，是一個永難達成的悲劇。而小小芳草，綿綿延延，卻越過了山，跨過了河，直延伸到斜陽之外，那遙遠的故鄉！那翻舞在斜陽影中的草浪，無情地向思鄉的遊子炫耀著，炫耀他所達成的人力所不能達成的成就，全然不管在遊子臉上、行客心中鏤刻的悲哀。

儘管隔著山，隔著水；地遠天遙，羈旅天涯的遊子，心魂總是在故鄉迴繞，黯然追憶著故鄉的風光景物，鄉親父老。那被鄉愁煎熬的心哪，甚麼時候才能得到平靜和安寧？除非；除非夢神用他那無遠弗屆的翅膀，載負著遊子回到故鄉；除非，那歸鄉的好夢，每一夜，在遊子的枕上重現；讓美麗的夢境，把他留在睡鄉裡，撫平他思鄉的苦痛。

然而，再美好的夢，總有幻滅的時候，總有驚覺的時候。再美好的夢，也不允許人長久逗留、沈湎，當夢醒之際，又情何以堪？何況，好夢，又豈能任人召喚，夜夜常有？

當無眠，當夢醒；當一輪明月的清輝，照向高樓，灑向窗櫺。孤影隨形的遊子呵！千萬別獨上高樓凝望；只怕這一輪同樣照著故鄉的明月，所勾勒出的寂寥孤影，更引動你壓抑心底的苦楚和惆悵；望不見故鄉，鄉思卻隨著明月清輝，當頭籠罩。

斟上一杯酒，舉杯邀月；夢難成，醉鄉，也許容易忘卻一切吧？

屹立在月光下孤絕的身影，像一尊黑色大理石鑿成的雕像。那無比的落寞寂寥，散出一股淒冷的氛圍，將他包圍其中。他不言，不動；只有幾粒滾動著的珍珠，在他面頰上、下頦邊，映著月光，閃閃生輝……。

不是珍珠，那是淚珠；酒汁在愁腸中百轉千迴，凝成的淚珠點點，正遏止不住地從眼眸中湧溢，如清泉般地奔流、奔流……。

〈蘇幕遮〉是被西夏人尊稱為「小范老子」的范仲淹的作品，范仲淹，是歷史上的名將，卻不是粗魯不文的武夫，進士出身，以資政殿學士，為陝西四路宣撫使，是一位允文允武的儒將名臣。擅詩文，〈岳陽樓記〉是他傳世不朽的文章。詞作雖不甚富，為後人熟知的，只有〈漁家傲〉、〈蘇幕遮〉、〈御街行〉三闋，但也足流傳千古。

〈蘇幕遮〉前片是「景語」，「碧雲天，黃葉地，秋色連波，波上寒煙翠。」寥寥十餘字，寫出了秋景的燦爛，也寫出了秋景的蒼茫，那充塞天地間的「秋」，直逼讀者胸臆。其氣象的清健雄渾，境界的高曠朗廓，不是一般「文士」所能及。這種以極清麗的字面，表達極渾厚的意境，或許也只有如他「先天下之憂而憂，後天下之樂而樂」的胸襟，才寫得出，容得下，也無怪膾炙人口，傳頌至今。

在《西廂記・哭宴》一折，也借用衍化，但只見麗句，而少氣象，可知這不僅是字句的雕琢可達的境界。〈蘇幕遮〉上片寫景，而蘊情；下片賦情，亦見景。情景交融，秋日景色，人物表情，歷歷如繪，傳世不朽，也是理所當然了。

# 御街行

范仲淹

紛紛墜葉飄香砌，夜寂靜，寒聲碎。真珠簾捲玉樓空，天淡銀河垂地。年年今夜，月華如練，長是人千里。

愁腸已斷無由醉，酒未到，先成淚。殘燈明滅枕頭欹，諳盡孤眠滋味。都來此事，眉間心上，無計相迴避。

像纖指拂過琴絃；秋風，拂過葉兒已轉黃的秋樹，抖落滿階的黃葉，像一串串飄落的音符。黃葉的枯香，和階前黃花的清香，混合成一種秋日特有的氣息，充盈著整個庭院。

夜深了！不知愁的人們，早已進入了夢鄉。使充盈著人聲笑語的世界，回歸了原本的清寂。只有秋日寒蛩，在牆陰、床下，切切低吟著那秋日的悲歌；和風聲、落葉觸階聲應和，奏出了冗長而淒清的「秋夜吟」。

捲起了低垂的珠簾，獨倚在樓頭的范仲淹，默默地把凝注的目光，投向樓外夜空。

秋空，是那樣的明淨，那一條淡白的銀河，橫過星空，直銜接到地平線的那一端。圓整的皓月如輪；而月色，似一匹白練，直瀉而下，讓清涼如水的柔光，灑遍了大地。空氣，澄澈得宛似水晶般的透明。園林、樓閣，都成了銀色背景下，深黑的剪影。那麼寂靜，那麼美，卻又美得令人悽傷……。月，是圓了，可是……

他低低嘆了口氣；他幾乎數不清，他有多少年都是轉徙在外，在異鄉、在沙場上看這一輪皎潔圓月。月圓了，可奈……他低吟著杜甫的詩句：

「今夜鄜州月，閨中只獨看……。」

到幾時，這長久睽隔千里的佳偶，才能在月團圞時，人也團圞，讓多情明月「雙照淚痕乾」呢？

也想藉酒一澆塊壘，在醉鄉中忘卻一切。可是，他苦笑了；醉，又談何容易？對一個早已歷盡滄桑、斷盡愁腸的人來說，醉，也是奢侈呀！常常，他也傳令喚酒，而，在酒還未曾送到之前，他已抑不住心中的傷痛，淚早沾濕了衣襟。

床上，孤單單的枕頭，斜斜靠在床頭上；在忽明忽暗將殘的孤燈燈影中，格外顯得孤零。枕孤，人亦孤；一夜，又一夜，他就在這一只孤枕上，嘗盡了孤眠的淒涼況味。

也想逃避，不去觸碰這令他隱隱作痛的創傷，但……

他嘆息了。這些蘊蓄在眉間，堆積在心中的愁痕，是那麼深，那麼重，又怎拂得完，拭得去，逃避得了呢？

❀

這一闋〈御街行〉，是宋代儒將范仲淹的三闋絕唱之一，范仲淹以一介文士，而建赫赫功勳，在歷史上留芳千古。詞作不多，卻都傳世，且膾炙人口；這一闋詞，寫遊宦羈旅的思家之情，真可謂深情款款，淒美絕倫。較之尋常傷春悲秋、感離泣別的浮豔之詞，不可同日而語。

# 雨霖鈴

柳　永

寒蟬淒切，對長亭晚，驟雨初歇。都門帳飲無緒，方留戀處，蘭舟催發。執手相看淚眼，竟無語凝咽。念去去、千里煙波，暮靄沈沈楚天闊。　多情自古傷離別，更那堪、冷落清秋節！今宵酒醒何處？楊柳岸、曉風殘月。此去經年，應是良辰好景虛設。便縱有、千種風情，更與何人說？

才下了一場大雨，雨停了，也到了黃昏時節。

來到這送別的長亭，周遭寂靜無聲，只有一陣又一陣的蟬鳴，迴盪在初秋的寒風中，竟是如此的悲涼淒切。

她就選在這城門外的河邊，設下了帳棚，為柳永準備了送行的酒宴。可是，面對著美酒佳餚，他又有什麼心情去享用？他只能一杯又一杯的喝著悶酒。原本他是嗜酒的；只是，此時此際，應該香醇的美酒，喝在口中，竟是如此苦澀得難以入喉。

抬眼望向對面的伊人，他緊緊握住她的雙手；想說什麼，聲音卻彷彿哽住了，久久也說不出一句話來。她也幾度欲言，又止；彼此只能淚眼相對，千言萬語，橫亙心中，卻又都默然無語……。

他多麼想對她說：

「我不走了……。」

可是……

在這依依難捨之際，卻傳來木蘭舟上船夫的聲聲催促：

「客官，要開船了，快上船吧！」

柳永嘆了口氣，站起身來。眼前的暮色更濃了；他望向遼闊的南天，南天都被重重的煙霧所籠罩著。水面上，一片迷茫，看不到邊際。他想到，他要去的地方，是那麼的遙遠，而他所乘的這一葉小舟，馬上就要順風逐浪，滑向雲水深處……。

他不禁想：人，活在世上，若沒有感情多好！感情越深，面臨離別時的痛苦越大，這是從古到今不變的定律了。這慘澹淒寒的秋季，更增添了心中的淒楚；這淒楚沈重的壓在他的心上，躲不掉，逃不了，可是，又怎麼負載承擔得起呢？

飲下最後一杯送行的酒，他昏昏沈沈的踏上了小船。

「客官醉了！」

他耳邊依稀聽到舟子的語聲。醉了？醉了也好；省得面對臨別那一剎那的痛苦。醉吧！睡吧！等到醒來，該已離這兒很遠了吧？那時所看到的會是什麼景象呢？大概是在清冷的曉風中，一鉤殘月，掛在江岸邊的楊柳梢頭吧！

今日一別，和那知情解意的紅顏知己，幾時能再見呢？一年？兩年？那可很難說了。離開了她，又到那兒去找那樣不必落言詮，只以眉言，以目語，就能心犀相通的知心人呢？他就算有千絲柔情，萬縷蜜意，又向誰去傾訴呢？

花會再開，月會再圓；可是，身邊少了知音，在花朝月夕，他怎麼提得起精神，有什麼心情去玩賞呢？

而他如今這千回百轉的心情，恐怕也只有她，才能了解吧！

柳永小傳　柳永，初名三變，字耆卿，北宋崇安（今福建崇安）人。

他出身於家風嚴謹的名門世家，少時與兄三復、三接並稱「柳氏三絕」，名重鄉里。自幼喜愛音律文藝，尤擅填詞。當時士大夫填詞風氣甚盛，但都視為雕蟲小技，遊戲筆墨而已。且多倚舊調填詞，並無開創。柳永因擅音律，為人疏儁少檢束，樂工每得新腔，必求他作新詞，始行於世。這些作品，都是為了歌樓舞榭歡場點綴應景，自然以男歡女愛，傷春悲秋為主題，不免纖佻鄙俗，不合於士大夫所要求的「雅馴」之旨。因此，為柳永扣上了「好為淫詞艷曲」之名，乃至造成他被世俗排斥，一生不遇的後果。

相傳，他曾往訪當時的宰相晏殊，晏殊當時也以詞名家。晏殊見了他，問：

「賢俊作曲子麼？」

當時詞尚未有專屬名稱，因入樂能歌，通稱「曲子」，或「曲子詞」。柳永覺得他語氣不善，便答：

「祇如相公，亦作曲子！」

言下之意，身為宰相的你，不也作曲子麼？晏殊笑道：

「殊雖作曲子，不曾道：『綵線慵拈伴伊坐』。」

就是這所謂「雅俗之分」，造成柳永一輩子不得意的後果。乃至，已考試過關，而被當時「留意儒雅，深斥浮艷虛薄之文」的仁宗皇帝，在臨軒放榜前刷下。以子之矛，攻子之盾，用他自己在「鶴沖天」裡寫的句子：「忍把浮名，換了淺斟低唱」，說：

「且去淺斟低唱，何用浮名。」

柳永經此挫折，雖以「奉旨填詞」自解，又何能無憾？他直到五十歲，改名為「永」，才進士及第。及第後，還是因「前科」的影響，一輩子不得意。雖然，他也努力做一個好官，官聲政績都留在地方誌的「循吏」記載中。而他所寫的長詩〈煮海歌〉，更充分表現出他仁民愛物的情操。可知他既非沒有用世之心，也非沒有治事之才，卻不論他如何掙扎努力，也永遠洗不掉少年疏狂留下的烙印，以致於一生沉淪下僚，奔走行役於道路。他前半生的詞，風流浪漫，充滿艷情色彩。後半生卻多羈旅行役的秋士悲歌，原因在此。甚至連死了都無以為葬，還是由風塵中感他恩義的歌妓們集資，才能營葬。

「詞」，影響了他的一生：他因填詞，而名滿天下，乃至：「凡有井水處，即能歌柳詞」。也因填詞而一生失意仕途，流落不偶。但就文學史而言，因為有他，勇於嘗試突破當時小令的格局，成為慢詞的創始者，才有「長調慢詞」的興起和發展，使詞在篇幅上有所拓展，也容納了更豐富的感情與悲慨，這功勞是不可泯沒的。

他因曾作過「屯田員外郎」的官，被稱為「柳屯田」，有《樂章集》行世。

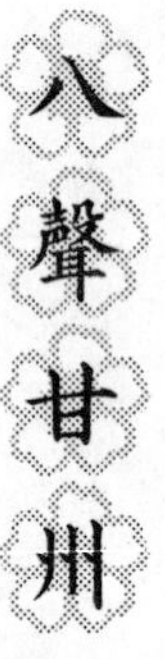

# 八聲甘州

柳永

對瀟瀟暮雨灑江天，一番洗清秋。漸霜風淒緊，關河冷落，殘照當樓。是處紅衰綠減，苒苒物華休。惟有長江水，無語東流。

不忍登高臨遠，望故鄉渺邈，歸思難收。嘆年來蹤跡，何事苦淹留？想佳人、妝樓顒望，誤幾回、天際識歸舟？爭知我、倚闌干處，正恁凝眸？

樓外，雨瀟瀟地下著。

江水、雲天，被雨絲所織成蒼茫的巨網包圍著，有如一幅煙雲朦朧的潑墨畫。天，似乎更低了；江水，似乎更遼闊了——在這無邊無際的雨幕中。

雨漸收、雲漸斂，雨水洗去了天地間的塵翳；洗褪了春的妍紅、夏的濃綠，釀成如水晶般明淨、朗澈、又淒清的秋。

是秋天了。以往江上往來如梭的大小船隻，如今疏疏落落地點綴著，使江上平添了幾分寂寞；一抹雨後殘陽，蒼白地掛在樓前，邁著依依的腳步，沈重蹣跚又無奈地移向天邊。只有夾著沁骨寒意、淒冷的秋風，一陣緊似一陣地嗚咽著，迴旋著，在這秋日的黃昏。

就這樣，一年又一年，物換星移；一年又一年，秋來春去；一年又一年，年華消逝。使人不由懷疑：天下有多少永恆不變的事物呢？也許，只有這滾滾東流的長江水吧；它默默無言地流著，自亙古，流向永恆。

早熟讀了「欲窮千里目，更上一層樓」的句子，卻怎忍，又怎敢登上層樓高處？縱使登上高樓，又怎能望得見遙隔在千里雲山、萬重煙水外的故鄉呵！只怕望見的只是蒼茫暮色中的浩渺煙波吧！只怕那高樓眺望，雖望不見夢縈魂牽的故鄉，卻勾起了無盡的鄉思；那馳向故鄉的鄉思，會像滾滾江流一樣，再也縮繫不住了。

幾時才能如江水歸向大海般，擺脫一切羈縻回去呢？幾時才能不再流浪，不再漂泊呢？還記得臨別時，故鄉那深情的伊人曾說：

「我會天天站在妝樓上，等待那載著你的船，自天邊歸來。」

怎料到，當時雖預許了歸期，今日卻欲歸無計？

她仍等待著吧？她會等待著。她會凝視著一艘又一艘自天邊歸來的船，一次次欣喜，又一次次失望。但她會等待，她會凝望——揉和著希望和失望；揉和著信賴和懷疑；揉和著天邊帆影和天涯遊子的影子。

但她是否能了解呢?在千里之外,有人也倚著欄干凝望著;凝望中,交疊著故鄉和她凝立的倩影,在秋風凜冽的雨後黃昏裡。

# 鳳棲梧

柳　永

竚倚危樓風細細，望極春愁，黯黯生天際。草色煙光殘照裡，無言誰會憑欄意？

也擬疏狂圖一醉，對酒當歌，強樂還無味。衣帶漸寬終不悔，為伊消得人憔悴。

一座高樓，矗立在夕陽影中。柳永孤孑的身影，默然憑欄而立。

鋪展在他眼中的，是一片無邊的草浪；連天的芳草，在夕陽餘暉中，揉合著金紅、紺碧、澄黃、青葱，渲染成一幅絕美的圖畫，卻美得帶著幾分蒼涼；不是嗎？「夕陽無限好，只是近黃昏」。那極目的草原盡頭，沈沈灰紫的暮煙，凝成一片，像一片愁網，正漸次逼近，籠罩。

到底是春愁逼人，還是人自作繭呢？他也無法找到答案。只能佇立在高樓上，任自草原上吹來，帶著草薰的微風，吹拂著他寬大的衣袂，吹亂了他的髮；卻吹不散那心頭的春愁重重。

沒有人知道他為什麼忽然失去了一向的軒朗，失去了那一貫遊戲人間的狂恣；他一向是花叢中的遊蜂浪蝶，到處留情，也從不認真，更遑論為情所困的。他一向是最難耐孤獨，終日金樽檀板，醉舞狂歌的！

而如今，他彷彿在一夕間變了；變得沈默，變得落落寡合，變得成為樓頭上一座默然倚欄孤立的雕像。

沒有人了解他在想些什麼，望些什麼；沒有人知道，他曾掙扎過，曾試圖讓自己回到過去；曾想像過去一樣，狂飲高歌，縱情恣意的尋歡作樂，可是……

他回不去！他已經失落了那份疏狂不羈的浪子情懷。他飲酒，酒不復醇美醉人；他高歌，歌聲是那樣空洞，他唱不出那一份豪情與歡樂。

那一份勉為其難的強顏歡笑，使他自己也深覺痛苦，且無法承荷；他無法投入那不由衷的歡笑中；他在人群中深覺寂寞。他無法逃避，必須找回「自己」！即使，是使他痛苦的，陷在情海波濤中，無以自拔的自己。

終於在痛苦中了悟了「情」字陷人之深；為情，痛苦中，也蘊藏著那樣令人無悔的甘美。

在痛苦的煎熬中，他瘦了，憔悴了；如昔日沈約，不時因衣帶的寬鬆而須移孔。但，他是甘心的；他終於遇到他心目中完美無瑕的伊人，她值得他為她痛苦、憔悴、消瘦，而甘之如飴，死亦無悔！

❀

這一闋〈鳳棲梧〉，是柳永的作品，其中「衣帶漸寬終不悔，為伊消得人憔悴」，更為傳頌人口的警句，並為民初國學大師王國維，列入「人生三境界」的第二境界。（第一境為晏殊〈蝶戀花〉：「昨夜西風凋碧樹，獨上高樓，望盡天涯路。」第三境為辛棄疾〈青玉案〉：「眾裡尋他千百度，驀然回首，那人卻在燈火闌珊處。」）

〈鳳棲梧〉與〈蝶戀花〉同調異名，各家選本亦有作〈蝶戀花〉者，讀者不必以此為異。

# 玉胡蝶

柳永

望處雨收雲斷，凭闌悄悄，目送秋光。晚景蕭疏，堪動宋玉悲涼。水風輕、蘋花漸老；月露冷、梧葉飄黃。遣情傷，故人何在？煙水茫茫。　難忘，文期酒會，幾辜風月，屢變星霜。海闊山遙，未知何處是瀟湘？念雙燕、難憑遠信；指暮天、空識歸航。黯相望、斷鴻聲裡，立盡斜陽。

默默地，柳永憑闌眺望著。

午後的一陣雷雨後，雨點由疏落而歛止；天空，裂出了透著微藍的罅隙，篩下片片光影。烏雲飛捲而去，散落下片片淺灰、柔白的殘絮，掩映著遠處的青峰。一彎斷虹，隱微地在山頭浮起……。

山前，一彎江水，迤邐如一幅才經濯洗的羅裙。煙嵐，在徐徐吹送的晚風中，悠然飄浮遊盪……。

一樣的山，消褪了夏日的濃綠；一樣的水，沈滯了夏日的奔騰。於是，山也清減，水也消瘦，在向晚無力的日影中，更感覺著秋日的那份蕭颯。

可不是秋天了？水中的白蘋花，已在輕拂過水面的秋風中，無怨的老去。而庭間泛黃的梧桐，更在冷月清照下，漸濃的零露中，飄舞、飛墜，落葉滿階。

秋，原是最惹人感傷的季節呀！他忽然了解了當年宋玉何以悲秋，何以作出「悲哉，秋之為氣也，草木搖落而變衰……」的〈九辯〉來。

一個多情善感的靈魂，在這山蒼水瘦、花萎葉凋的季節，怎能無動於衷呵！

何況……

何況，天涯羈旅，友朋星散……。

何況，憑闌獨對這秋空寥廓，煙水蒼茫。

……

那一張張熟悉的笑臉，又不期然在腦際浮現。那一個又一個，令他應接不暇的文會雅集，吟哦酬唱；那些肝膽相照的知己，知情解意的紅粉，他們為他的才情傾倒，為他的落魄惋惜。他不遇的悲憤，潦倒的創痛，在高吟長嘯、淺斟低唱中，被慰藉、被撫平。

「忍把浮名，換了淺斟低唱！」

他苦笑低吟著這令自己一世不遇的「名句」；上動宸聽，而被目為浮浪無行，自此斷絕了宦途的「名句」。

別人不了解的，不了解他這句詞中蘊蓄了多少真摯！不是浮浪，不是儇薄，更不是出於輕佻。他真肯為她做乾坤一擲的！他真為她九死無悔的！然而，他們；他與她，都身不由己。相逢，只合如萍水，只合是偶然。幾闋佳詞，一副淚眼，便又匆匆分散。

多少好風明月的良辰美景被辜負？多少星星點點的秋霜，飄向了綠雲青鬢。行無定止的飄泊流浪，隔著雲山煙水，他甚至無法分辨，他該向那個方向眺望！

「為你奏一曲瀟湘夜雨吧！」

那低眉垂目，輕攏慢撚；在綠竹盈窗、夜雨瀟瀟的清夜中，為他撥動絲絃，吟唱古調的伊人，於今何在？那築巢在他們短暫的「家」的屋梁上，那一雙呢喃雙燕，一年年，是否仍飛回原處築營窩巢？

燕子，原是有定巢的習性的，不定的，是人呵！

燕子歸巢，卻不曾為她帶去片言隻字的遠信。她，會如何的傷情失望？但，他知道，她不會放棄希望的！他知道……。

她會日復一日，把目光投向蒼茫橫亙在天際的江水；自日出，等到日暮，望著江上船隻，等待那熟悉的帆影出現。

自夏等到冬，自春又等到秋……。

她可知道呵！在這鴻雁橫空，聲斷人腸的秋光裡，他也正憑闌凝望。直望到雁影杳渺，直望到夕陽西下，歛盡最後一線光芒……。

這一闋〈玉胡蝶〉是柳永的作品，寫秋景秋情十分真切動人。

柳永

登孤壘荒涼，危亭曠望，靜臨煙渚。對雌霓挂雨，雄風拂檻，微收煩暑。漸覺一葉驚秋，殘蟬噪晚，素商時序。覽景想前歡，指神京、非霧非煙深處。向此成追感，新愁易積，故人難聚。憑高盡日凝竚，贏得消魂無語。極目霽靄霏微，暝鴉零亂，蕭索江城暮。南樓畫角，又送殘陽去。

這一座廢棄的軍壘，也不知是那一年代的了，就這樣深掩在山丘的蔓草荒煙中。山丘頂上，矗立著一座古舊的亭子，那樣以遺世獨立的傲岸之姿，靜靜地俯視著江上煙波，江心沙渚。

幾乎是這一座江城的最高點了，四野遼闊開曠，獨自登上山丘，憑欄佇立的柳永，默默眺望著……。

才下過一陣雨，初斂的雲影，在天際懸上了一彎彩虹；飽含著潤澤水氣的長風，自遠處直吹過來；

拂著亭檻，也拂動著他的衣袂。

一天的暑氣，被這一陣雨、一陣風吹散了。才欣然令人煩燥的暑氣漸收，卻在惻惻輕寒中，驚覺秋的腳步，已逼近了。不是嗎？寒蟬，在晚風中聒噪；像是吟唱著夏之歌的尾聲。而在第一片黃葉飄落時，他驚覺，已進入了另一個時序。

秋，美好而感傷的季節。眼前這夏、秋交替間的景色多麼容易觸動他那極力壓抑、深埋心底的愁緒！

失意仕途，落魄京師，他把自己拋擲到花街柳巷，楚館秦樓。

他不明白，為什麼他只是交了一些樂工和歌姬朋友，為那些新製的優美曲子，配些新詞，以便歌姬們可以獻藝筵前，就蒙上了「輕薄」之名；皇帝不齒，群臣鄙薄，而連帶否定了他的才學。

樂工不是人嗎？歌姬不是人嗎？甚且，這些詞曲難道不是因應需要而產生的嗎？舞宴歌筵，那些道貌岸然的王公巨卿們，又何嘗不涉足其間，為其中聲色傾倒！

聽者無罪，作者有罪！就只因，他寫了些男歡女愛的艷情詩？他在落第後，聽說了一段內幕：

他的名字，本已登榜，卻由皇帝親自刷了下來。指著他的名字說：

「他不是說『忍把浮名，換了淺斟低唱』嗎？那，儘管花前月下，淺斟低唱好了；要浮名做什麼？」

他不甘心，分明連皇帝也愛聽他的詞呀，不然，怎知道「忍把浮名，換了淺斟低唱」？於是，他又作了一闋詞，請內侍進呈；此舉，多少是有點諷刺意味的。

皇帝是聰明人，沒有上當，只說：

「是那個填詞為務的柳三變的作品嗎？他既愛填詞，就填詞去吧！」不僅如此，而且下令後宮不許再演唱他的曲子，免得落人口實。

他絕了念，越發放浪形骸；誰還敢管他填詞，他是「奉旨填詞」的呀……。歌姬們包圍著他取笑，笑那假道學的「官家」——皇帝，也笑他「奉旨填詞」，誰了解他一腔幽怨酸楚？他何嘗不想做一番事業，何嘗不想走一條正途，然而……。

他省視著眼前這一張張沒有心機，待他真摯熱誠的笑臉；不知自己該為仕途的坎坷哭，還是為青樓的溫情笑。

京師居，大不易。在情勢逼迫下，他不得不離開京師；離開那雖在市井中，青樓裡，為世所輕，卻給了他無限溫暖的人們。

她們是否無恙呢？是否仍在歌筵前，輕按著紅牙，唱著他為她們作的新詞，也思念著他？

京師，遠了，再也看不見了。他只能向著那個方向凝望，凝望那蒼蒼茫茫，掩在不是輕煙，不是薄霧，是重疊連綿無盡的雲山深處，卻深鏤在他心頭的地方……

舊日的失意，尚未自眉際拂去，新添的別恨離愁，又不容情的以驚人的速度累積。這一別，那些他心中拋撇不下的朋友們，幾時能再重聚？他不敢想，也不忍想；只默默登臨這江城高處，佇立，凝望……。

斜日，迫近了西山，目光的盡頭，薄薄暮靄正自四方掩合。歸林的昏鴉，三三五五，噪叫著，滿天亂飛。

「該回去了！」

他對自已說，回頭望向山丘下的江城。江城在薄暮中也消滅了白日陽光下那一份明朗；朦朧的暮色，彷彿為它添上了幾分空寂的蕭瑟。靜靜臨江而立，在乍起的秋風裡，俯瞰著江水奔流。

城南樓頭，定時的吹起了畫角；嗚咽的畫角，拖著長長的餘音，在秋空中，裊裊不絕。

紅日，落下了。

柳永隻影隨形的，向山下走去。心中，有著不辨悲喜的茫然；只知道：畫角，又為他送走了一輪落日，迎來了一個難挨的寂寞黃昏……。

❀

這一闋〈竹馬子〉，在艷詞過於浮濫的柳永作品中，算是清淡可喜的一闋。寫一份羈旅的感傷，把「人」，整個溶入「景」中，而由「景」來烘托「人」的心境，自然渲染出一份寂寞蒼涼。柳永，素來的評價是有才無行，不免鄙俗，其實，他不著意描寫刻畫男歡女愛的作品，也並不少，不能一概以「俗」為定論。當時，蘇東坡就極愛賞其〈八聲甘州〉中「霜風淒緊，關河冷落，殘照當樓」幾句，說：「人家都講柳耆卿（柳永的字）俗，這幾句，唐代詩人最好的意境，也不過如此！」這一闋〈竹馬子〉在柳永的《樂章集》中，也歸於「不俗」之列吧！

# 天仙子

張　先

水調數聲持酒聽，午醉醒來愁未醒。送春春去幾時回？臨晚鏡，傷流景，往事後期空記省。　沙上竝禽池上暝，雲破月來花弄影。重重簾幕密遮燈。風不定，人初靜，明日落紅應滿徑。

春去了！

斷斷續續的音符，迴旋在張先耳畔，哀怨地傾訴著，像一片密密的網，沈沈地壓上心頭；又如一隻柔柔的手，輕輕地撥動了心深處的絃。〈水調〉，這淒傷的曲子，就這樣牽引著張先無端的惆悵。為自己斟著酒，一杯又一杯，他不知道自己逃避著甚麼，只是下意識的飲著一杯杯的酒，想逃入醉鄉，逃入夢鄉。

……睜開惺忪的眼，他模糊地思索著，那水調，那苦酒；那拋不開、躲不掉的惆悵；醉鄉、夢鄉。沈酣一覺醒來，竟已到了黃昏時候。睡眠，驅走了醉意；驅不走的是依舊縈心若有所失的空虛。只因那淒傷的曲子一聲聲泣訴著：

「春，去了。」

隨著這一去不回的一季春，又送走了自己一季可珍的青春歲月。在春來春去的無奈中，綰繫不住的是枝頭曾經鮮豔燦爛盛放的花朵；是鏡中曾經英姿煥發年輕的影子。他攬鏡自照，悄悄而來又匆匆而去的美好時光，在他額上劃刻了一道道軌跡，在他髮上輕灑著點點霜痕；洗不掉，也抹不去。有多少往事歷歷如昨，卻只能沈潛在記憶中，再也喚不回了；有多少未來的歲月，是那樣難知難測。一個個今天，變成昨天；一個個明天，走向今天。即令是現在，對未來而言，不也將是回憶中的「往事」嗎？夾在過去與未來中，他感傷地失落了現在。

黃昏，銜接著黑夜；夜空中飄盪的是如白色輕紗般的浮雲。浮雲，包圍著月亮，雲推擠著，月掙扎著……終於，明月擺脫了浮雲的糾纏，在浮雲撕破的霓裳下露出了笑臉。一直靜靜仰首觀戰的花朵，歡呼似地搖曳著；為了酬答它們的愛戴，在地面上，月亮為它記錄下曼妙的舞姿，留下無數倩影。

夜深了，一雙雙白天在池上嬉游的鳥兒，相偎相並地進入夢鄉；棲息在池水畔，沙岸上，月光中。四週一片沈寂，人們也該進入夢鄉了吧！家家戶戶都已放下了一重重的垂簾，把燈光密密地關進了他們的房中；把寂寞和黑暗留給大地，也留給無眠的人們。

凝立在黑暗中，張先傾聽著：在寂靜中，只有風不停地搖撼著枝柯，發出沙沙的聲音；那是剛才月下舞蹈的花兒哭泣吧！在這春的末梢，在風的催迫下，花兒再也戀不住枝頭了。

明天，他感傷地想著：

「明天將是一個地上鋪滿落花的日子。」

張先小傳　張先，字子野，北宋烏程（今浙江吳興）人。

他在仁宗天聖八年中進士，隨即受賞於晏殊，辟為通判。大多時間做著知縣、知州等外官，以都官郎中致仕退休。他一生仕途平平，無甚起落，也未晉高位。卻以詞知名當代，與當時名家晏殊、歐陽修、宋祁、王安石、蘇軾都有交往。詞與柳永齊名，而清艷蘊藉，不似柳永浮薄，故為時人所重。晚年居錢塘，年八十，還清健如常，耳聰目明，在詞人中，可稱老壽。家中還蓄聲妓自娛，創「花月亭」為遊憩所，可說是一生風雅，至老不改了。

他擅長寫情，時人因其詞中有「心中事、眼中淚、意中人」之句，且他對這些情境的描繪也最拿手，而稱之為「張三中」。他自言寧為「張三影」，因為他所作詞中，最得意的句子是：「雲破月來花弄影」、「嬌柔嬾起，簾壓捲花影」、「柳徑無人，墮飛絮無影」，由此可知其人風致。

他官位雖卑，當時居高位的詞家卻以與他相交為榮。當時的尚書宋祁，就曾慕名親訪他，戲稱來訪「雲破月來花弄影郎中」，而他也稱宋祁為「紅杏枝頭春意鬧尚書」，惺惺相惜；他們所引的句子，正是雙方最得意，且傳誦人口的名句。他對詞，雖沒有新的開創，卻既不失前人規模，也不過於保守，居於承先啟後的轉折點上，在詞壇自有他的一席之地。詩文甚富，今多佚失，有詞集名《子野詞》行世。

# 千秋歲

張先

數聲鶗鴂，又報芳菲歇。惜春更選殘紅折，雨輕風色暴，梅子青時節。永豐柳，無人盡日花飛雪。　莫把么絃撥，怨極絃能說。天不老，情難絕。心似雙絲網，中有千千結。夜過也，東窗未白孤燈滅。

林外，傳來幾聲鶗鴂淒清的啼聲；啼聲不是高亢，也不是嘹亮，而這遠遠傳來的清啼，卻像閃電般，觸得張先為之一震；心中不由黯然：

「春去了！」

是的，春去了！這鶗鴂，彷彿是掌管催送春神歸去的使者。只消輕聲啼叫幾聲，那曾粧點著一季春光的萬紫千紅，就紛紛準備卸裝謝幕；這大地的舞臺，已不再屬於她們，將取代的，是一夏的濃綠。

走向庭園，昔日的芳菲，已然蕪穢；強撐著演出最後一幕的花朵，也凋殘零落，竟找不出周整齊全的花朵來。他一心憐惜著暮春，更憐惜著枝頭花蕊；縱使，花已凋殘，縱使……

他輕嘆了；如果，人生也如春花，今日的他，豈不也是枝上殘蕊，早已朱顏非昔。折下幾朵最後的春日花朵，插向瓶中；或許，別人看來，真有幾分痴吧？對已凋零的殘紅，猶珍惜呵護如最嬌嫩的新蕊。只是；他抬頭看看天色，天色灰濛濛的，飄下細如輕塵的微雨。風，倒一陣陣緊了；這原是青梅結子時最典型的天氣，他知道的。他必須為可憐的花朵，挽回這一劫數。

「就算痴吧！」

就讓花朵安詳的走向生命終點吧！而不在風姨肆虐下，被摧殘、被蹂躪、被生生作踐……。

這是他唯一力所能及的事了，為這些暮春殘紅。

而，他對自己苦笑；為同樣年華老去的自己，他竟連這一點，也無能為力！

時間，在他默立中消逝，窗外，雪花飛舞；不，不是雪花，是柳花，那棵孤寂的佇立園角，無人注意、無人愛惜的柳樹，吹送的滿天風絮。

「一樹春風千萬枝，嫩於金色軟於絲。永豐西角荒園裡，盡日無人屬阿誰？」

這一首白居易晚年，為舞姬小蠻作的〈楊柳枝〉，就這樣浮上心頭；如一道涓涓清流，緩緩滑過。有誰了解這其中的孤寂和感傷呢？白居易和小蠻，白髮紅顏之間，有著怎樣的情愫？使自憐衰朽的白居易，那樣牽念、憐惜……。

同樣是嫩於金色軟於枝的垂柳；同樣是盡日無人的闃寂，這滿天風絮，畢竟為誰飛舞？

比起他來，白居易該滿足的；雖然暮年孤寂，畢竟還有可人解意的樊素歌、小蠻舞、聊娛耳目，而他……

忍不住取出珍藏的素琴，宛然，又見到那低眉凝神的倩影。十指纖如春筍，輕揉低按，彈出一串清音，低低如夢，幽幽如訴；夢不完往事如煙，訴不盡情致纏綿……然後……

「緣已盡，情未了……。」

那一絃一柱，依然如故；倒是琴面上，積上了薄薄浮塵。他想拂拭，又廢然停下了手；他怕，他怕不慎撥動了那最纖細的么絃，他怕那么絃的絃音，洩露了他埋藏心深處的幽怨。

「么絃，是會說話的，它和心底的絃音共鳴！」

她曾這樣說。指下拂出的絃音，真的在說話；說著她的深情，她長相廝守的願望。

如今，么絃又會說些什麼？他不敢聽，不忍聽，多年來，他早不再敢碰觸那纖細的絃音；怕聽出那聲聲淒怨，不論那絃音是發自琴絃，還是心絃。

下意識的撫著頭額，指上感覺出那歲月刻下的深溝，一道，又一道。

「老了！」

他嘆了一聲，怎能不老呢？「天若有情天亦老」呵！只有天，是不老的。而情，只要天不曾老去，情，就沒有斷絕的一天！他知道，他和她的兩顆心，早紡成了兩根合成一股的線，這線，又織成了細細密密的網，每兩根經緯交會的地方，都結著一個永難開解的死結。網有千千萬萬的孔，心有萬萬千千的結，今生今世，他永遠掙不脫這用心、用情織成的網；不，他不要掙脫，只因網中，有他，也有她……。

「噗」地一聲，桌上的燈忽然滅了，他才驚覺；他不知痴坐痴想了多久。他記得，他摘了殘花，他望著飛絮，那是白天。何時天黑的？何人點燈的？他心中一片茫茫然，他不記得了，只記得一張大網，網著他，也網著她……

遠處，雞啼了，周遭仍是一片漆黑；黑暗中，風吹著，雨飄著，落花嘆息著；他知道，她們為什麼嘆息，因為：

「春，真的去了！」

# 滿庭芳

張　先

紅蓼花繁，黃蘆葉亂，夜深玉露初零。霽天空闊，雲淡楚江清。獨棹孤篷小艇，悠悠過、煙渚沙汀。金鉤細，絲綸慢捲，牽動一潭星。
時時橫短笛，清風皓月，相與忘形。任人笑生涯，泛梗飄萍。飲罷不妨醉臥，塵勞事、有耳誰聽？江風靜，日高未起，枕上酒微醒。

水邊的蓼花，開成了一片紅氈，在秋風中搖曳。蕭蕭的蘆葦，也失去了春夏的青葱蒼綠，而枯黃摧折，一片蕭瑟零亂。抽出灰白的蘆絮，和紅蓼相映成趣。

是到了蓼紅葦白的季節了，深夜，初零的露水，如珠顆玉粒，在葉片上凝聚、滑動、零滴……。

秋天，就這樣悄悄地來到了；初晴的天空亢爽遼闊，淡淡的薄雲，如素綃輕縠，悠然舒展出一個明朗亮麗的秋。楚江，如一條白練，靜靜地潺湲吟唱；江水，到了秋天，也不復春夏的奔騰澎湃；沈瀲出無比的清澄，映著雲影天光，東流而去。

一葉小小的扁舟，舟上覆著竹篷，自岸邊的蓼花蘆葉間，悠悠盪出；老漁夫，輕巧地翻動著單槳，小舟便在水中向兩旁分拂出柔波盪漾，緩緩推進。划過江中浮凸水面的沙洲；划過水邊平滑的汀岸，把沙洲汀岸遠遠地留在煙波中、暮色裡。

把小舟停泊在水面上，老漁夫放下了槳，在細細的金鉤上，懸上了餌，執竿輕輕一掄；連著釣絲的金鉤，在夜空中，如一顆光芒微弱的流螢，劃出一道美麗的圓弧，發出一聲微弱的輕響，沒入水中。

釣魚，是一種時間的藝術；不能焦急，也不能輕忽，必須專心，也必須有無比的耐力。漫長的數十寒暑，每日垂釣的守候等待，磨礪出老漁夫堅苦卓絕，又溫厚淡泊的志節修養。如今，他可以那麼悠然自得地，選一個最舒服的姿勢，靠臥在船舷邊，口中哼著無調的短歌，靜待魚兒上鉤。

手中的釣竿微微一沈，他來自長期磨礪的敏銳，告訴他：「魚兒上鉤了」。他輕緩的捲動收綸的絲軸；釣絲輕輕地劃破了平靜無波，倒映著歷歷星辰的水面，星影，隨著動盪的微波起伏；在他手中釣竿的指揮之下，水中星辰的倒影，成了他統屬世界的子民。

清風習習，皓月朗朗，他放下釣竿，取出了短笛，橫在唇邊。吹出一首又一首小調歌謠；吹給風聽，吹給月聽，吹給水中潑剌歡跳的魚兒聽。然後，他也化成了一縷清風，一輪皓月，一隻水中潑剌歡躍的魚兒；天地之間，無窮無極，任他幻化、遨遊、徜徉……皮囊，不復能拘羈約束，他乃在物我兩忘中，得到了最大的安寧與自由。

沒有高樓華屋；沒有錦衣玉食；沒有徵歌選舞和急管繁絃，但，有無比的富足和快樂。只是，這種富足和快樂，也不是一般人所能了解領會；在別人眼中，這種生活只是清苦，在雨雪風霜中艱難度日。飄浮在五湖三江中，像一段折斷的枯枝；像一葉無根的萍草，沒有根柢，沒有歸屬，東飄西蕩，生活得可笑復可憐。

任人家去笑吧，這一種生活的樂趣和自由，又豈足為外人道呢？釣罷魚，唱唱歌，吹吹笛，飲飲酒；醉了，隨身一歪，就可酣暢尋夢，沒有人在旁邊聒聒噪噪，絮絮叨叨；那些塵俗之間的是非恩怨，勞煩糾葛，他是聽都懶得聽的。天賜的耳朵，他寧可用來聽風、聽雨；聽鳥鳴，聽泉漱；聽微波輕拍著舟身，那柔緩美麗的韻律……。

他在那柔緩的韻律中沈沈睡去，久久，久久，微微睜開了宿醉微醒的睡眼；江面，風平浪靜，高升的太陽，灑下溫煦的陽光。

老漁夫舒舒服服地伸個懶腰，翻個身，安然臥在艙中，朦朧地想：

「好一個天高氣爽的日子……。」

合上眼，又輕舒著氣，臉上，是安詳寧謐的笑意……。

❀

這一闋〈滿庭芳〉的作者，是有「張三影」之稱的張先；張先詞作，以寫情的婉約動人名世，這一闋詞卻不是鏤紅刻翠之作；一派疏淡清俊，寫漁父生涯，令人嚮往，是張先《子野詞》中較特殊的作品。

# 蝶戀花

晏殊

檻菊愁煙蘭泣露，羅幕輕寒，燕子雙飛去。明月不諳離恨苦，斜光到曉穿朱戶。　昨夜西風凋碧樹，獨上高樓，望盡天涯路。欲寄彩箋無尺素，山長水闊知何處？

月圓了。

明月掛在澄藍的夜空裡，灑下柔柔的銀光。夜，靜悄悄地。畫樑上那一對燕子，是幾時搬家了？不再聽到軟語呢喃的聲音；不再見牠們歡舞著飛回小巢裡。

她獨自佇立在陳設華麗的深閨中。窗外庭階上，排著幾盆菊花，在淡淡的月色下，帶著幾分朦朧，似被一層薄薄的煙霧籠罩著。那瘦伶伶的影子，在風裡瑟縮，像是含著幾分憂鬱的少女。靠窗邊的幾盆蘭花，散著幽幽的清香。細碎的露珠，綴在翠帶似的葉上，在月光裡閃閃發光；就像是一雙雙盈盈淚眼；怎麼？連花也懂得愁嗎？也會哭嗎？

夜更深了；自疏疏輕羅的垂簾外，透進了幾許寒意。哦，怪不得燕子飛走了，秋，已在不知不覺中，悄悄地來到。

她輕輕地嘆息著，帶著幾分落寞和寂寥。仰望著天上明月，數著更漏；天快亮了。明月！你真的不能體諒人一點嗎？在人分離的時候，你偏要炫耀你的圓滿；在人痛苦的時候，你偏要得意揚揚地普照！她低聲埋怨著；明月靜靜地聽著，一道清輝，自窗外斜落到房裡。

可不是秋來了？秋風在一夜之間染黃了樹葉；在秋風裡，一片片的黃葉凋落了。慘淡的秋色，取代了夏日的繁盛、絢爛。彷彿告訴她：美好的時光不再來了。她感覺好像失落了什麼，又說不出所以然來。

懷著惆悵，獨自登上了高樓，默默憑欄遠眺。一條大路，通向她目光所及的盡頭；通向她所思念的人所去的地方；通向天涯海角。他曾從這條路離去，也該順著這條路回來。她極目望向最遠處；可是除了漠漠黃塵，茫茫平野，哪有那個日夜懸念的人影呢？久久，她終於廢然的收回目光。

唉！還是寫封信去催他回來吧！可是，到那兒去找可以寫字的素絹呢？就算寫成了，隔著千重山、萬重水，他在那兒呢？這信，又如何寄呢？

❀

這闋詞是晏殊以女子口吻寫成的，寫出了深深的思念和無奈之情。其中「昨夜西風凋碧樹，獨上高樓，望盡天涯路」，被王國維列為人生三境的第一境。

晏殊小傳　晏殊，字同叔，北宋臨川（江西臨川）人。

他七歲就能作文章，在真宗景德二年，以「神童」被薦，參加進士考試。他從容完卷，受到皇帝嘉賞，賜「同進士出身」。過了兩天，皇帝又召他來，出題命他作文。他看了題目，奏道：

「這題目，臣以前曾作過，請另外命題。」

皇帝對他的誠實十分嘉許，從此受到格外重用，命為東宮官。太子即位，是為仁宗，曾拜相，可以說是位極人臣。

他的性格剛峻，學問淵博，尤其識才愛賢，當代許多名臣，如歐陽修、范仲淹、富弼、王安石等，都出於他的門下，受過他的獎譽提拔。仁宗至和二年卒，年六十五歲，謚「元獻」。

他立朝雖剛正，另一方面，卻極富文藝氣息，喜與文士來往。工於詞，他的詞，承馮延巳一脈，溫潤秀潔，有如美玉明珠，有詞集《珠玉詞》行世。

晏殊

一曲新詞酒一杯，去年天氣舊亭臺，夕陽西下幾時迴？無可奈何花落去，似曾相識燕歸來，小園香徑獨徘徊。

「相公留客宴飲！」

像一枚石子，投入了湖心，經常靜寂的後花園，開始有了紛沓的腳步聲。首先，是陳列席位的僮僕，一人一席一案，是相國府飲宴的常規。接著是樂工領著歌姬，肅然在席前靜候。

穿著家居便服的晏相，出現在園口；清癯的臉上，略帶微笑，減去了不少素日務公的莊嚴。身邊，幾個文士陪著；這些人，該都是才調絕倫的「青錢萬選才」，而且，必有著高潔的人品，否則，何能得晏相青眼？

相國府的人，都津津樂道相國為國掄賢的眼光和器度；看，朝廷的中堅，有多少出於晏相門下？薦范仲淹；舉歐陽修；以次女許字富弼……，而更令人可敬的是：晏相取人，不但重才學，更重品行；像柳永，才華超詣，而為人輕薄無行，前來拜謁，就碰了釘子回去。可不是嗎？相國雖好作曲子，豈與柳永「綵線慵拈伴伊坐」同調？

主、客先後入座，原本空無一物的案頭，僮僕陸續送上了酒肴蔬果；相國生性儉約，絕沒有一般人想像的那種奢華靡費的豪宴場面，而只以簡單的肴饌待客；也許，因此而更有著不拘禮俗的脫略，而使得賓主盡歡。

歌姬向席前行禮，管絃聲中，一一獻唱舊調新曲。一片落花，隨風飄落，巧巧地，落到了相國晏殊的衣襟上……。

落花，仍有著鮮麗嬌美的容顏；仍然舒展平妥如初放。然而，就這樣，在風中飄落了。帶著一絲無形的顰蹙；蘊著一聲無音的嘆息，身不由主，無可奈何的，把生命和芳華，交付給了東風……。

曲未終，歌未了，他擎著席前的一杯酒，默然離開了座位。這是府中人和座上客習見的；沒有人詢問，沒有人追隨。彼此交換一個會意的目光，歌者續歌，飲者續飲。他們知道，不久，相國會回座，攜回一首新詞。

隨著他腳步的移動，歌聲漸遠了；而那新詞，卻明晰地在他心頭映現：

「紅箋小字，說盡平生意。鴻雁在雲魚在水，惆悵此情難寄……」

這闋他前不久才作的新詞，剛由樂工配上了曲譜，今日初次獻唱。而他，竟有著不忍卒聽的惆悵；他分不清，引動他心弦震顫的，是歌聲，是曲調，是詞句；還是，那依然難寄的幽情。

吞下一口杯中苦澀的香醇；人生的況味，也是如酒的吧？何其香醇，又何其苦澀！

一雙燕子，翩然穿花拂柳而來，自他眼前掠過；那紫藍的背羽，在陽光下閃過瞬息即沒的羽光，旋即飛向那遠處畫簷；那兒，有牠們小小的巢。燕是認舊巢的，這似曾相識的翩然燕影，更提喚著他埋藏在心田深處的愁緒情絲。

又是春暮，又是黃昏，又是花落燕歸時節！天氣，和去年的春暮一樣妍暖，佇立在斜陽影中的樓閣亭臺，也依然如舊；而在不經意間，竟已流逝了一年的歲月時光。

「日月逝於上，體貌衰於下」，這西下的斜陽，又送走了一天；雖然明天的朝陽仍將自東方升起，那一個「日」卻再也不是今天的「日」了；今天，就這樣隨著西下的夕陽遠去……。

他想向夕陽招手，留住它匆驟的腳步；他想大聲吶喊，像問訊一位遠行的朋友：

「你，幾時回來？」

夕陽默然無語；他知道，今天的這一輪夕陽，和他過去見到的每一輪夕陽一樣，都是不會回來的了。

位極人臣，在某些方面來說，這一生，也算不虛了吧？但，他仍有力不從心的苦悶和悲哀；他挽不回匆驟西沈的夕陽；他留不住無奈飄零的落花；他在燕歸時節，盼不歸去年與他共迎歸燕的倩影；他寫盡了紅箋，寄不出心中蘊結的幽情；他一天天、一月月、一年年老去，卻完全無能為力……。

兜著一腔難言難述；甚至，連化成一聲低嘆都難的閒愁幽悶，他曳著自己長長的、寫在淡金色黃昏中的瘦影，沈沈默默的徘徊著；徘徊在那灑著繽紛落英、散著幽淡殘香的園中小徑上……。

❀

這一闋〈浣溪沙〉的作者晏殊，是北宋詞壇承先啟後的重要人物；前承南唐馮延巳一脈，其後的婉約一派，或多或少，都受到他的餘緒影響。他的幼子晏幾道，更是北宋詞壇的健將。

在後人提到晏殊的《珠玉詞》時，很容易想起他膾炙人口的名聯：「無可奈何花落去，似曾相識燕歸來」。傳聞中，下一句是他的一個部屬王琪對的。而就全詞凝聚的幽獨感傷，和末句「小園香徑獨徘徊」來看，即使有王琪對句之事，在他完成這一詞作時，情懷仍是落寞幽獨，並沒有他人在側的。因此，在演示中，捨去王琪對句的傳說，試就全詞去探索那「位極人臣」，為人稱羨的表相下，孤寂的靈魂。

# 木蘭花

晏殊

燕鴻過後鶯歸去，細算浮生千萬緒。長於春夢幾多時，散似秋雲無覓處。

聞琴解佩神仙侶，挽斷羅衣留不住。勸君莫作獨醒人，爛醉花間應有數。

秋社過了，燕子向南飛去了。接著，是一列列橫過秋窗的鴻雁。如今，連黃鶯的婉轉清吟，也不復能聞；黃鶯，也繼燕子、鴻雁之後，飛走了，飛向杳遠不知名的地方。又是一年將盡！此情、此景，彷彿才曾經歷，不意，一晃眼，竟又是一年了。

就這樣年去歲來，恰似孔子所形容的「逝者如斯夫，不捨晝夜！」人，有休息的時候；時光，卻是一刻也不停留的呵！你珍惜也好，不珍惜也好，到頭來，生命中的離合得失，喜怒哀樂，終將隨歲月流轉而成為生命長流中的一片漣漪，一朵水花；看得見，卻永遠掌握不住。

多少緣起緣滅；多少相見相別。美好的遇合，總如春夜的一場美夢；夢中以為地久天長，奈何倏忽之間，雞鳴天曉，曙色透窗，再也不容許人沈湎繾綣。情，縱如蠶絲縈縛，不絕如縷，夢，卻隨曉風飄逝；恰如秋空的薄雲，一旦吹散，便無影無蹤，再也難尋難覓。夢短嗎？人生情緣，又比春夢長了幾希？雲輕嗎？漂萍身世，又比秋雲重了多少？還不是一樣禁不起曉日雞鳴；經不起秋風吹散，便留下了永難消磨的烙印，成為殘局……。

司馬琴挑；文君當鑪；交甫遇仙；江妃解佩，算是千古佳話了吧？但，後來呢？司馬、文君，何曾白頭偕老？交甫、江妃，又何曾全始全終？當情斷緣盡，縱然挽住對方的衣袂，不肯放手，只怕，到頭來，也只能抓得住半截羅袖，留不住遠去的身影。

歷經了無數滄桑磨折之後，他累了，倦了；他不再企圖和世界做無謂的對抗與掙扎。放棄了執著；執著的結果，只帶給他身心俱疲的創傷，而全然改變不了事實。

世人皆醉我獨醒，他曾獨醒，奈何，獨醒的代價太大。世界醉了，世人醉了；不肯醉的人，只有嘗受無盡的寂寞和煎熬。

醉吧，朋友！還是加入醉的行列，醉倒花間……看，醉鄉中，有世界上尋不到、覓不得的忘憂谷呢！

❀

這一闋〈木蘭花〉是北宋名臣晏殊的作品。後人評晏殊，每因他一生宦途的平順，而不給予深度上的認可，只以為「珠圓玉潤」，出色當行而已。實則，每個人都有他自己的痛苦，感情上的、事業上的，乃至來自悲歡離合的感慨，生老病死的憂怖；這一種人所不能抗拒的無常，即便文治武功都聲威遠播的漢武帝、唐太宗亦不能免，何況有著文人敏銳、詞人纖細氣質的晏殊？像這一闋〈木蘭花〉，便透露出了這一種深沈的無奈和感傷。細細吟詠玩味，恰是一聲悠長的嘆息……。

# 清平樂

晏　殊

紅箋小字，說盡平生意。鴻雁在雲魚在水，惆悵此情難寄。

斜陽獨倚西樓，遙山恰對簾鉤。人面不知何處，綠波依舊東流。

薄薄的一紙紅箋，載負了多少溫柔？密密的簪花小字，寄託了多少深情？紙短，情長，終也把無限心中意，化在字裡，溶在墨裡，全傾入了這一紙小小紅箋的字字行行中。這一紙紅箋，頓然沈重得他不敢嘗試拾取；要怎樣的萬鈞膂力，才擔荷得了這墨跡淚痕交匯鎔鑄的情絲萬縷？

衷腸傾盡，傳達無由；望向長空，天上的郵差鴻雁，總高飛在雲外，不肯稍停一下那匆忙的翅影，為他傳書；望向流水，水中的信使鯉魚，也潛游在水底，不肯浮出水面，接受他的付託，為他帶信。雁遠，魚沈，一腔已寫成書簡的幽情，竟無法寄出；湛藍的天，淡淡蕩蕩，那麼若無其事；澄清的水，潺潺湲湲，那麼宛如尋常；全不理會他壓抑不住又難以言宣的惆悵；空有深情，枉成書簡，卻無法傳遞到伊人手中的惆悵。

斜陽，躡足西移，他無奈地倚著西樓凝望；直望到遠山在黃昏短暫的瑰麗之後，由青翠轉為黛紫。

當時，伊人住這小樓，黃昏時，總愛把珠簾鉤起；讓斜陽渲染的繽紛晚霞，成為掛在樓外瑰麗的畫幅。把一座閨樓，映照妝點得宛如仙境。面對那一脈黛紫暮山，伴著眉山如黛的伊人，他竟不知是眉黛如遠山，還是遠山似黛眉……。

一樣的斜陽；一樣的暮山，這小樓在斜陽影中，依然美如仙境。只是……他默然獨倚著斜欄，凝眸無語；斜陽，只能美化小樓，而真正使小樓成為仙境的，卻不是斜陽，而是她盈盈含笑的秋水橫波。珠簾，高掛在銀鉤上，遠山，在暮色中，有如含煙的黛眉；依稀，他聽到她銀鈴般的笑語：

「你說，是眉黛如遠山，還是遠山似黛眉？」

當年，他在妝鏡中，見她用黛螺輕掃蛾眉時，曾不禁歎賞：恰似遠山，而惹動她認真追問。當這話語，又依稀縈迴耳畔時，驀然回首，只見那曾照影成雙的妝鏡，已蒙上薄薄塵埃；鏡中儷影，早已是失落在時間長流中杳遠的夢。

「人面不知何處去，桃花依舊笑東風。」

崔護的這首詩，一下閃入腦海。他苦笑，人面不知何處去，他卻連笑東風的桃花也沒有，有的只是，那一脈如眉黛般，融入暮色中的遠山；那蒙塵，不復照影成雙的妝鏡；那寫盡幽情的紅箋，依然傳遞無由；那不知人世愁苦的綠波呵，也只有你，能不受離愁牽絆，柔情縈繞地東流！東流！東流……。

❀

這一闋〈清平樂〉，是「小品」一類的抒情之作，用詞遣句，絕不晦澀，生動自然中，流露深情款款，十分動人。

# 木蘭花

宋祁

東城漸覺春光好，縠皺波紋迎客棹。綠楊煙外曉雲輕，紅杏枝頭春意鬧。浮生長恨歡娛少，肯愛千金輕一笑？為君持酒勸斜陽，且向花間留晚照。

經過一冬的風雪肆虐，終於九九寒消，斗轉陽回。首先是芳草以輕盈，幾乎使人不查覺的腳步，染綠了平野。風力轉軟，不再裂膚刺骨。在夾著青草野花香，又吹面不寒的薰風中，久已因嚴寒而蕭條冷落的東城，又漸漸回復了生意欣欣，展現出一片明媚春光。

春冰，融化成一泓春水澄碧；微風，在湖面上吹出一道道如紗縠般柔薄透明的波紋，在溫煦陽光下，泛起一片錦鱗閃耀。幾葉輕舟，泊在湖畔，等待著遊春的客人光臨；那靜靜架在小舟上的雙槳，隨時準備迎接遊客，用一雙輕巧又有力的手，翻動著春水，滑向煙波深處，融入這春天的畫幅。

是曉雲氤氳？是晨霧朦朧？那無力地垂著疏落枯褐柳條的衰柳，在駘蕩春風中，也搖曳出一片柔綠的輕煙；逐著曉雲晨霧，渲染出一派清奇煙景。一陣春雨，更催開了遍野的杏花；這姣艷欲滴的紅杏，像一群穿著紅色衫子的小孩兒，推推擠擠，吵吵嚷嚷；一簇一簇地在枝頭開放，渲染出一片熱熱鬧鬧的春意融融。

帶著家中歌姬，與朋友一同踏青遊春的宋祁，神采飛揚地指點著山水勝景；他似乎用一種最天真、最純摯的心情，在迎接著這世界；彷彿這世界是嶄新的，所有的景物、事物，全是可以歡天喜地的迎接的。燕子飛掠，彩蝶翩舞；湖畔楊煙，郊野紅杏，全是他與高采烈的泉源。而他身邊那一群鶯聲燕語的女孩們，更是圍簇著他，以他為中心，散播著歡悅的笑聲。他的朋友欣羨的搖頭：

「小宋，我真羨慕你，好像永遠都那麼快活，不知人世愁苦！」

被喚作小宋的宋祁笑了；他是因為與哥哥宋庠同榜進士及第，而被稱「小宋」的：

「你錯了；我就是因為知道世間愁苦多、歡娛少，才以及時行樂之心，在遊春時，就珍惜眼前大好春光、良辰美景，把一切愁苦拋開，盡興遊樂！人生苦短呀！日常案牘勞形已經夠了，難得出來踏青尋春，還不能把自己從人生愁苦中釋放出來；那真對不起自己，也太辜負眼前大好春光了！」

他回頭指指身邊的女孩們：

「看，她們笑得多快樂，多美！現在，即使用千金跟我換她們臉上的笑靨，我也是不換的！因為，千金不過是一堆沒有生命的金屬，她們的笑靨，卻是充滿青春和生命力！我雖不願自命清高，說對千金無動於衷。但，在比重上，這些女孩的笑靨，絕不下於千金！」

他的朋友不由也笑了，一拱手：

「高論！高論！」

宋祁一軒眉，命隨行僮僕捧上了酒觴，親自斟滿，遞給朋友，又自斟了一杯，舉向朋友，轉面向西斜的紅日，說：

「斜陽呀！別落得太快，在這繽紛爛縵的花間，多停留一會兒吧！我們還沒盡興呢！」

那位朋友不由也笑了：

「謝謝你為我勸住斜陽，看！斜陽真的放緩了腳步啦！」

可不是，那照向花間，也把他們籠罩的金紫色的落日餘暉，竟久久、久久都不消散呢！

❀

〈木蘭花〉這一詞牌又名〈玉樓春〉，因此有些版本是標為〈玉樓春〉的。宋祁詞作流傳的不多，最有名的，就是這一闋〈木蘭花〉；尤以「紅杏枝頭春意鬧」一句，膾炙人口，甚至因之博得「紅杏尚書」的美譽呢！

宋祁小傳　宋祁，字子京，北宋安陸（湖北安陸）人。

他幼年喪母，不容於繼母，因而就養於外家。生活貧困，與兄宋郊力學苦讀，終於在仁宗天聖二年，雙雙進士及第。本來考官所取是宋祁第一名，當時章獻太后主政，認為弟不僭兄，因此把狀元給了宋郊。時人稱「大小宋」或「二宋」。大宋謹厚持重，在政治上成就超過宋祁。有人妒他拜相，硬說宋郊之郊，與交替之交諧音不吉，因而奉旨改名「宋庠」。宋祁政治成就不如乃兄，文學過之。累官至翰林學士承旨、工部尚書。並奉命與歐陽修同修「唐書」，即今二十五史中的《新唐書》。嘉祐六年卒，年六十四歲。

諡「景文」，有文集，今佚。

他文名甚盛，學問之外，文采風流，亦擅填詞；其〈木蘭花〉詞中，有「紅杏枝頭春意鬧」之句，膾炙人口，傳誦一時，並因而有「紅杏尚書」雅號，可稱一代風流人物。

# 錦纏道

宋　祁

燕子呢喃，景色乍長春晝。覩園林、萬花如繡。海棠經雨胭脂透，柳展宮眉，翠拂行人首。　向郊原踏青，恣歌攜手。醉醺醺、尚尋芳酒。問牧童，遙指孤村道；杏花深處，那裡人家有？

久已沈寂的廊簷，在未曾經意間，熱鬧起來。不是喧嘩的；只是呢呢喃喃，那輕輕軟軟的聲調，就像一群小女孩兒，交頭接耳的竊笑私語。

「春天來了？」

才飽受著寒冬侵襲的人們，受寵若驚地，幾乎不敢相信；嚴冬，就這樣過去了，而春天，也已悄悄來到。

可不是春天來了？雖然，早晚間，仍春寒料峭，白晝，卻一天一天的長了；「日添一線」，就在不知不覺間，大地已換上了春裝。那帶領春歸的燕子，更穿簾掠波，剪花銜泥，忙得不亦樂乎了。

經過一秋一冬的蘊蓄，那原來蕭瑟枯槁的林木庭園，又復生意欣欣。春神，先是用各種深深淺淺的綠，東刷西抹；於是，春山黛螺，春水綠波；春樹青，春草碧……意猶未足的春神，索性再剪下了一段彩虹為綵線，敦促春工，連夜織繡，為綠色大地，換上了繽紛彩繡的華服；萬紫千紅，爭奇鬥妍。忙壞了遊人，眼花撩亂，目不暇給。尤其，在一宵春雨後……。

這集合著鮮麗、柔潤、嬌美、明媚於一身的「紅」，是怎樣調配出的呀！一朵春雨滋潤的海棠，那像被胭脂浸透的柔瓣，就如此紅得令賞花人流連讚歎，也令意圖為她寫照的畫家，廢然擱筆；有那一種人造的顏料，調配得出如此美麗炫人的色彩！

一冬光禿禿的柳樹，迎著春風，迫不及待地抽條、生芽。是柳葉如眉？是眉如柳葉？也許是柳葉如眉，而眉不如柳葉吧，不然，怎有千萬女子對那連娟柳葉又羨又妒，卻又千方百計的對鏡描摹呢？

而畫眉的技巧和速度，柳無疑是遙遙領先的；不多幾時，萬千宮眉已掛滿枝條，迎風舒展、搖曳，得意洋洋地拂亂了自柳下經過的遊人的頭髮。

室內，是再也待不住了。以倜儻風流名動京師的翰林學士宋祁，呼朋引伴，攜著歌姬僮僕，帶著美酒佳肴，走向郊外，走向原野。在大自然中，一切人為的束縛，無形中就解除了；他們脫略了形跡，任意高歌，放懷飲酒，手攜手的穿花，肩並肩的拾翠；不知不覺間，都有了幾分醉意。

「酒來！」

敲著空壺，宋祁向僮僕們喊。一個領頭的年長僕人，向前稟告：

「學士，帶來的酒，全喝完啦！」

「那，再去沽來！」

僮僕都面有難色，他轉念：這荒郊野外，僮僕又如何知曉何處有賣酒人家呢？但酒興正酣，如此被迫中斷，實在令人不甘心！

正想著，只見路邊轉出一個騎在牛背上的小牧童來。他未喚僮僕，自己踉蹌向前：

「小哥，這附近可有賣酒的？」

牧童好奇地打量了他幾眼，臉上泛起純樸的笑容，用手向前遙指：

「順著這條路，向前走，走過那片林子，就有賣酒的人家。」

說罷，逕自吆喝著牛走了。宋祁喃喃自語，向前路眺望：

「順著這條路，向前走，走過那片林子……。」

眼前所見，路的盡頭，是一片紅馥馥、正盛開的杏花蔚成的霞海，酒家？他揉揉醉眼，口中咕噥：

「沒有啊？是一片杏花林嘛，那有酒家？……」

# 生查子

歐陽修

去年元夜時，花市燈如晝。月上柳梢頭，人約黃昏後；今年元夜時，月與燈依舊。不見去年人，淚濕春衫袖。

上元，一年中第一個月圓之夜，是新春歡樂的頂峰。到處張燈結綵，笙簫沸天。寒冬中，鮮花稀罕，巧奪天工的紙花、絹花，照樣把花市粧扮得花團錦簇，美不勝收。各式各樣巧手精紮的花燈，更是這有「燈節」之稱的上元，家家戶戶必不可少的點綴，把熱鬧的花市，照耀得如同白晝。不，白晝又那有這繽紛燈影的瑰麗、迷離？

一輪圓圓整整的滿月，自東山湧出，彷彿要與地上的燈影爭輝，又相得益彰似的，為這歡樂的節慶，增添了錦上添花的姿彩。

寶馬香車載著名媛仕女；摩肩接踵擠著老弱婦孺，金吾不禁的上元夜，幾乎傾城而出的湧到了花市上觀賞這一年一度的勝會。笙歌、笑語；鬢影、衣香，人們都沈浸在花光燈影中醉了……。

月輪悄悄移上了柳梢，柳下，一個憔悴寂寞的身影，凝立著。

一樣的燈月爭輝夜；一樣的花枝爛漫春；一樣熱鬧繁華的花市，卻多麼不一樣的心情呵！去年，去年不是這樣的，去年她是懷著熱烈歡娛的心情，在柳下等待；等待著黃昏來臨，等待著月上柳梢，然後，那熟悉的身影，飛奔而至；他們相約在柳下相會，共度良宵。攜著手，他們也投入了花市，在花市的花光燈影中，在明月溫柔清照下，和所有的觀燈賞花人一樣，歡笑、沈醉……。

那時，她那裡會料到短短一年間，心情迥異，人事全非？她知道，她再也等不到他了。但，怎奈一念癡心，總懷著那明知不可能的「萬一」之想；她忍不住思念之情，又來到這嫩芽初萌的柳樹下。佇立著，凝望著，對近在咫尺的花市人潮，彷彿隔在另一個世界裡，聽而不聞，視而不見；她只是癡癡的守著，等著……。

月向西沈，她輕嘆一口氣，舉袖，拭淚，這才發現，淚，早已濕透了春衫羅袖……。

❀

這一闋詠上元夜（元宵節）的〈生查子〉，作者是誰之爭，迄無定論。一派主張是歐陽修，另一派則認為是女詞人朱淑真的作品。妙的是，互相「推諉」的原因，都為了愛護這兩位名詞人的令譽，認為太「艷」了，有妨一代宗匠的清譽，或女詞人的名節。其實，就今日看來，實在純情得很，比之歐陽修與朱淑真其他「艷」詞，真不算「艷」。只是，宋代理學漸興，看不慣如此「公然」「人約黃昏後」而已。筆者因《全宋詞》中，此詞列在歐陽修名下，姑從之。但，詞中「淚濕春衫袖」的感情，還是比較接近女性的。只是古代男詩人以女子口吻代言，也屬常有之事，不足為作者性別的證據。

歐陽修小傳　歐陽修，字永叔，號醉翁，又號六一居士。廬陵（今江西吉安）人。

他四歲而孤，家貧，倚叔父居，母鄭氏守節撫孤，以荻畫地學書。穎悟好學，當時時文承五代餘風，以駢儷為尚。他偶然得韓愈文章讀之，衷心嚮慕，以振興古文為己任。仁宗天聖八年舉進士，聯合了當代古文名家共同努力，終於扭轉了頽靡的文風。因此，唐宋八大家中，他可稱為宋六家之首。曾鞏、蘇軾，都出於他門下。

在政治上，他也是改革者。為當權所嫉，與范仲淹等同時被貶，並被指為朋黨，他有名的「朋黨論」，就是為此而作。並曾奉旨參與修《新唐書》，是當時士林的領袖人物。

除了學問之外，他的器識過人，以一代文宗的身分，見了蘇軾的文章，不惜「避一頭地」以讓蘇軾，為人所共知。為人不知者，向他推薦蘇軾的人，本是他過去的「政敵」張方平。而當宋仁宗問他何人可為相時，他所推薦的三個人：司馬光、王安石、呂公著，也都是過去有過節的。

在政治上，他累官至樞密副使、參知政事，由於為人剛正，每被人設計詆毀誣讒。神宗熙寧四年，以太子少師致仕，退居潁州，自號「六一居士」，「六一」之意是：藏書一萬卷、所輯《集古錄》一千卷、琴一張、碁一局、酒一壺，加上他自己一老翁，處於其間。由此可見他的率真風雅。卒於神宗熙寧五年，年六十六歲，謚「文忠」。有《歐陽文忠集》行世。

除了古文，他亦以餘力填詞，詞風承五代南唐的馮延巳一脈，清麗委婉，後人稱許：其詞風「疏雋開子瞻，深婉開少游」。與其詩文，並稱名家。詞本附於文集後，稱《近體樂府》，後人改名為《六一詞》，並傳於世。

# 蝶戀花

歐陽修

庭院深深深幾許？楊柳堆煙，簾幕無重數。玉勒雕鞍游冶處，樓高不見章臺路。　雨橫風狂三月暮，門掩黃昏，無計留春住。淚眼問花花不語，亂紅飛過鞦韆去。

怎樣計算這睽隔的距離呢？這一進又一進的重重庭院，到底有多麼幽深？就這樣把人深埋在沈沈院落中了。放眼望去，滿眼只是濃得化不開的綠，春深了吧？原先疏疏裊裊垂金的柳線，已布滿了翠眉般的綠葉，堆砌成碧煙氤氳。這濃濃的碧煙，無情地也堆上了人的心頭；庭院已深深如此，更那堪柳煙濃密？遮住了春光，遮住了日影，把人更推向了幽暗的碧影沈沈中。

她無聊賴地搴簾凝目，望不穿濃蔭蔽天，院牆遮目；這寂寂庭院，就是她的世界，她的樊籠。輕輕鬆開手，簾幕無聲地滑下，又鎖閉了窗；她淒然四顧：那一扇門，那一扇窗，不是簾幕深垂？重重數不清的簾幕包圍著她，織成了一個掙不脫的繭。

繭內的世界，是她的，他呢？他在那裡？騎著他那匹勒上鑲著玉飾，鞍邊雕著花紋的駿馬，到何處追歡買笑？他，錦衣華服，翩翩年少，風流自賞的他，怎可能守得住這幽深無際的寂寞？她不能要求，甚至不能希望，把他留在身邊。不！他天生不是能被獨佔的；天生是不甘寂寞的；天生是要在芳叢柔鄉之中，顧盼矜誇的；天生是溫存多情的——對每一個美麗溫婉、工顰解笑的女子。對她，他也未曾相忘，在那青樓高處，他也會回目望向這章臺街上楊柳依依的深深庭院，只怨呵，庭院太深，楊柳太濃，簾幕太多，阻隔了他望向她的視線……。

雨驟，風狂，在狂風推波助瀾之下，雨絲以橫掃千軍之勢，席捲而來，在這暮春三月的末程，枝頭的殘紅，已零落可憐，更那堪風欺雨淩？

春去，花落，人老……

她無力地掩上門，把向晚的四合暮色，掩在門外；把催人老的時光，掩在門外；把無情風雨，掩在門外；如此，春喲！你是否能少住？時光喲！你是否能停留？

「花喲，你是否能不凋謝？」

她噙著一眶淚，無限淒婉地問著花。

花兒，無語。她抬起頭，一陣風吹來，片片零落的殘瓣，隨風旋舞，默默地飛過了院中冷冷落落空懸的秋千……。

❀

這一闋〈蝶戀花〉，是歐陽修詞中膾炙人口的作品。真很難想像，這和列為「唐宋八大家」之一的歐陽修，是同一個人。就詞表面看，這是閨人傷春之詞，但「亂紅飛過鞦韆去」，卻有棒喝的意味：人的感情掙扎，實在是作繭自縛，人自憐，而憐花，而花，卻是自然法則的適應者呢！

# 浪淘沙

歐陽修

把酒祝東風，且共從容。垂楊紫陌洛城東，總是當時攜手處，游遍芳叢。

聚散苦匆匆，此恨無窮。今年花勝去年紅，可惜明年花更好，知與誰同？

春到洛陽。洛陽這以「牡丹」聞名於世的城市，頓然展現了另一番風貌；豈僅是牡丹呢，百草千花，爭妍鬥麗；姹紫嫣紅，美不勝收。人以「洛陽花似錦」來形容洛陽的春色，又豈是虛譽？但是，這眼前的春光，只是暫時停駐；不多時，即將隨東風消逝，而花事闌珊；一念及此，頓然心中感傷難忍，手中擎的酒杯，也因此為之沉重。

歐陽修忍不住舉杯向東風，心中默禱：

「東風呵！你何妨放慢腳步，在這繁花如錦的洛陽，多流連徜徉一陣呢！陪著我，去賞那垂絲裊娜的楊柳，去遊那遍地野花的田隴……。」

他驀然噤口；是潛意識吧，他那麼自然的想到城東的兩處勝景，並不是因這兩處地方，比洛陽其他的名勝更美好，只因，這兩處勝景，對他具有特殊的意義……。

也是這樣的美景良辰，他卻沒有這樣的寥落情懷，因為，那時，他手中握著另一雙柔荑素手，身旁伴著一位知情解意的伊人。他無暇去顧及東風是否匆驟，花事是否闌珊；他有紅顏知己陪伴著遊賞陌上野花，堤畔垂楊。他們的足跡，踏遍了百紫千紅的花叢；他們的笑語，散佈在洛陽城東的每一個角落。她，彷彿就是春神的化身，只要她在，他的周圍就永遠是春天。

上天，似乎最會作弄有情人，他們，也成了招上天嫉妒的對象。就在他們沈湎在幸福中，渾然忘我之際，離別，自天而降！他不明白為什麼，既不容許他們長聚，卻又安排他們相逢；既允許他們相愛在先，又反悔般的，硬生生拆散於後！他吶喊問天，蒼天無語，終於，她走了，為他留下難彌難釋的憾恨。

聚也匆匆，散也匆匆。他不知道，若早知聚散如此，他會寧可不逢不識，還是依然選擇這他不辨是苦中帶甜，抑是甜中蘊苦，「曾經擁有」的回憶。

又是繁花似錦的春日，是東君著意加工，還是老圃格外殷勤照看呢？今年的花，似乎比去年更加的鮮妍嬌美，紅艷得照人眼目。

也許，也許明年的花，會開得比今年更繁盛，更美麗，更惹人憐惜吧！只是，明年伴隨自己賞花的，又是誰呢？

❀

這一闋詞，自表面上看，不過「傷春」而已，實際上，卻含蘊對人世滄桑，生命無常的無限悲慨，中年哀樂之情，必得細細咀嚼，方能感受呢！

# 訴衷情

歐陽修

清晨簾幕捲輕霜，呵手試梅妝。都緣自有離恨，故畫作、遠山長。

思往事，惜流芳，易成傷；擬歌先斂，欲笑還顰，最斷人腸。

簾隙，透入了薄薄的曙光，天，亮了。

仲手捲起低垂的簾幕，片片細碎的冰屑，紛紛落下；夜來濃重的寒意，竟在簾上鋪陳了一層薄薄的輕霜。輕霜落地，化了，簾外的曉寒，直逼而入……。

真是外來的寒意深濃嗎？她揭開妝臺上，蒙住明鏡的鏡袱，螺黛、胭脂、香粉、釵鈿、梳篦，一一陳列著。她默默掃視，輕呵著那纖細柔皙的素手；藉著冷凝在空氣中的白霧，為凍僵的纖指，添些許暖意吧？拈起了額黃，她輕巧地在眉心點出了一朵梅花，那南朝壽昌公主，偶然臥含章殿下，梅花飄上眉心，而流傳下的梅花妝，是他最喜愛的。女為悅己者容呵！縱使，森森寒意，凍得她指冷如冰，她又怎能不呵著僵冷的手，為他妝扮？

螺黛，在她手中輕倩地掃過蛾眉，妝鏡中，出現了兩彎迷離的遠山；含煙籠霧，綿杳悠長，長入雙鬢，沒有盡頭；她沒有出聲，但，他讀出了她寫在眉宇中的無聲的言語；只為了那重重離恨，不勝負荷呵；只為了那深深柔情，無可寄託呵，她只能把這一份離恨，化作煙雲籠罩，把這一份柔情，化作遠山悠長……。

就這樣，無言地別了，他踏著那眉山上的重重離恨走了，一步步是依依難捨；一程程是一重山，一重水，一重難以飛越的天涯。他投入了宦途，最風雲莫測，身不由己的所在。

沒有再見到過她；沒有再聽到過她的音信。他鄭鄭重重地把她的音容笑貌珍藏記憶深處；不論她身在何方，人在何處，至少，她的影子，沈默地鏤刻在他的心底。在他寂寞，在他寥落，在他消沈，在他失意的時候，悄然浮上心頭；那一幕幕的往事，溫馨的，甜美的，感傷的，都那麼清晰，歷歷如昨……。

如昨？他苦笑了，他甚至已算不清已流逝了幾番寒暑。那些留不住、挽不回的美好往事，早在現實的無情傾軋；歲月的匆促更迭中，消失得無影無蹤。只留下一些淡淡的悵惘，和深深的感傷。

怎能不悵惘，不感傷？當記憶把他帶回臨別的那一天……。

長眉連娟，梅妝淡雅，她為他備置了精緻的菜餚和美酒送行，殷勤勸飲。他請她唱一曲送行，她順從地執起一付紅牙，他親自為她吹笛，她張口欲唱，卻又斂容垂首，沒有發出聲來；她不是不想為他唱，只是，哽咽堵住了她的喉頭。

臨歧執手，去意徊徨，他希望留下她最甜美的笑容；她笑了，伴同著淺笑的，是深顰，是清淚，是那眼眸中無盡的柔情和淒傷……。

唉！當此情此景，又在心頭迴繞；當她那張口無聲，歛容垂首的低迴；當她那欲展笑容，不禁顰蹙的淒楚，又湧到他的腦海；他猛然了解，當時她柔腸寸斷的摧傷。只因情摯，而真情流露的一垂首、一歛容；一笑、一顰，到了此時此際，仍是摧傷得人柔腸寸斷呵！只是，柔腸寸斷的是他，追撫往事，不勝今昔的他！

❀

這是歐陽修一闋情致深婉、蘊藉清麗的小令，用字不多，卻描繪出一段並不濃烈，卻頗耐人品味的深情。伊人的深情，流露在她的小動作、小表情上；如：「呵手試眉妝」的女為悅己者容；「故畫作、遠山長」的含蓄；而最後再自「思往事」中，反合當時伊人「擬歌先歛，欲笑還顰」的百轉千迴，而結以「最斷人腸」；以詞人今日思之，而覺柔情不勝，足以斷腸。那當日伊人，又當如何？這是字面極淺，卻意味深長雋永處。

# 采桑子

歐陽修

群芳過後西湖好，狼藉殘紅，飛絮濛濛，垂柳闌干盡日風。
笙歌散盡游人去，始覺春空。垂下簾櫳，雙燕歸來細雨中。

一番番花信，昨昔嫣紅擅場；今朝姹紫稱尊；明日嬌黃又豔冠群芳的，為著這穎州西湖，更換著五光十色的布景，把西湖更烘托得美不勝收。使走入這一片錦繡世界的遊人，眼花撩亂，目不暇給。大自然殷勤如此，人，又豈肯辜負雅意？因此，一整個春天，西湖不曾安閒過。如織的遊人，熙攘往來，衣香鬢影，彷彿要與群芳爭妍鬥艷。湖上的片片畫舫，更不甘寂寞的奏弄出急管繁絃，隨著湖風飄散，宛似仙樂悠揚，更為湖光山色，平添了幾許繁華昇平氣象。

九十春光，算來不算短呵！但，是因為美景良辰太令人迷醉了吧？沈酣於春光中的人們，忘卻了流光，流光卻不曾停駐。彷彿一彈指間，人們驚覺枝頭穠艷的柔瓣嫩蕊，已繽紛滿地，憔悴枯槁。纖細如金線，柔軟似蠶絲的新柳，也早不復昔日鵝黃嫩綠；不僅濃陰藏鶯，更吐出漫天的柳絮，濛濛亂撲人衣。

凝望著闌干邊依依垂柳，終日與風嬉遊，搖出的一片綠影，歐陽修彷彿才自夢中驚覺，春，真的過去了。不是嗎？曾幾何時，湖上的畫舫，湖畔的遊人，都隨著花事闌珊而趨於冷落。終於，如曲終人散一般，又重還西湖以寧靜澄明。

在歐陽修眼中，西湖雖然不復繁花似錦，笙歌沸天，卻另有一種幽韻雅致；恰如洗褪鉛華的絕代佳人，清麗之姿，真勝穠妝艷抹。

天上，飄下了濛濛細雨；湖光山色，頓然氤氳成一幅瀟湘煙水般的水墨畫圖，滋潤了芹泥，澤被著草木。他默然放下垂簾，聽到簾外畫樑上，傳來呢喃細語，他佇立微笑：

「燕子，已經回來了……。」

❀

這一闋〈采桑子〉，是歐陽修一系列詠穎州西湖〈采桑子〉中的一闋，寫的是春暮夏初時的景物。春花燦爛，繁華如錦，是比較容易引人入勝的。而「群芳過後」，顯然西湖勝景，也就為之冷落。繁華之美，本是炫目耀眼的，一般人都能欣賞認同。而能在繁華過後，仍自淨淡中感受其美，此人方堪稱西湖知己；因為，他欣賞的，不僅是表面盛極一時的聲色繁華，更能欣賞反璞歸真後的純淨本色。末句以「垂下簾櫳，雙燕歸來細雨中」，更意味悠長，含蘊不盡。

# 水調歌頭

蘇舜欽

瀟洒太湖岸，淡竚洞庭山。魚龍隱處，煙霧深鎖渺瀰間。方念陶朱張翰，忽有扁舟急槳，撇浪載鱸還。落日暴風雨，歸路遶汀灣。丈夫志，當盛景，恥疏閑。壯年何事，憔悴華髮改朱顏？擬借寒潭垂釣，又恐鷗鳥相猜，不肯傍青綸。刺棹穿蘆荻，無語看波瀾。

「無官一身輕，有什麼不好呢？」站在太湖岸邊的滄浪亭上，蘇舜欽如此自解著。他努力的讓自己瀟洒一點，心平氣和一點；他不能不如此，如今，他只是個平民百姓。平民百姓，沒什麼不好呀，多少平民百姓在這太湖邊，過著日出而作，日入而息，辛勤，卻也自得的日子！但……，他又忍不住嘆了口氣；有多少平民百姓像他，是被誣陷讒害，削籍為民的？

洞庭君山，遠遠佇立在煙水迷離的太湖中，煙封雲掩的，只剩下淡淡山影朦朧，太湖的龍宮中，龍王和他的魚兵蝦將們，也就隱居在這一片浩瀚杳渺的煙波深處吧？

他不禁想起了當年的陶朱公范蠡，和為思念家鄉蓴羹鱸魚膾，便飄然自宦海中引退，命駕還鄉的張季鷹來。這兩個人，都堪稱智者了；功成身退，率性而行。他，也擁有這一片太湖煙水了，卻少了那一份怡然自得的瀟洒；只因，他們，主動選擇了歸隱，而自己，卻含冤負屈的在羞辱中削籍吧？一葉扁舟，快速的衝破逐漸深濃的湖水湖煙，向岸邊駛去；急翻的雙槳，掀起片片向外擴散的漣漪，是捕獲了鱸魚的漁夫，滿載而歸吧？

方才還見落日銜山，瞬息之間，濃密的烏雲，挾著狂風暴雨，倏忽而至。湖上的氣候，瞬息萬變，見機的漁人，早習慣了這來得急、去得快的暴風雨，繞著沙汀邊岸，安全返航。

不禁羨慕起這些單純到只要生計無慮，就再無可慮的漁人來。他們活得那麼恬淡自適，樂天安命，不必憂懼於宦海那更險惡於大自然的駭浪驚濤。

可是，他怎能甘於、安於這樣不問世事的閒淡生活？他自幼苦讀，不就為了學優則仕，一展抱負，上報聖君，下牧黎民？而且，孔夫子也說，邦有道則仕的；如今，正逢太平盛世，讀聖賢書，又抱經國濟世之才，正當為朝廷效力，為蒼生造福。閒居林下，大丈夫應引以為恥。怎奈自己時衰運蹇，只有徒然感嘆：冠蓋滿京華，斯人獨憔悴了。

真是斯人獨憔悴！幾番風摧雨挫，正當壯年的他，也鬢間華髮星星，顏癯容悴，不復少年英發。

也努力去遺忘世上種種不平，遺忘自己種種不幸，尋一處遠離人世紛囂的寒潭，學漁夫垂釣，效高士隱淪，但……

是自己名心仍重，塵念難除，怨氣未平嗎？那忘機的鷗鳥，對自己仍有著戒懼防備之心，不肯飛近。

深深嘆了一口氣，他解開了小舟的纜繩，用槳插入水中，用力一撐，岸邊的蘆葦，擦舟而退向身後。

暴風雨，不知何時已平息了。無語凝望著天邊褪色的殘陽返照，一層層波瀾，靜靜地起伏著……。

❀

這一闋〈水調歌頭〉，是北宋蘇舜欽的作品。蘇舜欽少時慷慨有大志，好古文詩詞，擅草書。詩與梅聖俞齊名，稱「蘇梅」，文曾佐歐陽修復古。娶宋仁宗朝宰相杜衍之女，杜衍為相清簡平正，翁婿在朝，未免引人妒嫉，借題陷害蘇舜欽，牽連甚廣，造成冤案。究其原因，不過是京師各衙門，每春秋賽神時，總清理庫存剩餘物資拍賣，為賽神之費。蘇舜欽提舉進奏院，依例辦理。為了同仁聯歡，各人再湊錢擴大舉行。有一個文痞李定，也想參加，蘇舜欽不恥其人，峻拒所請。李定懷恨，散布謠言，誣指他盜賣公物。杜衍為相清簡，不免與朝中小人有所嫌隙，因此，在小人煽風點火之下，造成冤案，正人君子一網打盡，蘇舜欽因此削籍為民。他曾致函歐陽修陳述始末，悲憤之情，盈溢字裡行間。歐陽修執筆，連書幾遍：「子美可惜，恨吾不能言。」因為歐陽修那時外放，按察河北，不能有所諍諫了。

這一闋〈水調歌頭〉題為「滄浪亭」，滄浪亭是蘇舜欽削籍之後，隱居吳縣太湖畔，購得吳越王室錢氏別業，而興築的。詞中充滿憤鬱不平之氣，說來，也難怪他。後來，他因滄浪亭而自號滄浪翁，隱讀以終。

**蘇舜欽小傳**　蘇舜欽，字子美，北宋梓州（今四川三台）人。

他自幼慷慨有大志，好古文詩歌，尤擅草書，不隨流俗。登進士第後，才華為當世名臣范仲淹、宰相杜衍所重，杜衍且以女兒許嫁。當時政治風氣不振，杜衍、范仲淹、富弼等，力圖振作，不免為人所忌。就利用為蘇舜欽不齒，被拒參與同僚聚會，而懷恨在心的小人李定，小題大作，誣陷蘇舜欽，以扳倒杜衍。蘇舜欽竟因此被免除官職，令當時正直之士扼腕嗟嘆。

他退出了政爭激烈的官場，在吳中太湖畔築「滄浪亭」，以讀書自遣，把一腔憤懣，寄託於詩歌。不久，抑鬱而終。消息傳出，士林都為之痛惜。他的文章不少，有《蘇學士集》十六卷行世。詞不多，《全宋詞》中只收錄了一首，卻已足與名家一較短長了。

# 桂枝香

王安石

登臨送目，正故國晚秋，天氣初肅。千里澄江似練，翠峰如簇。歸帆去棹殘陽裡，背西風，酒旗斜矗。綵舟雲淡，星河鷺起，畫圖難足。念往昔、繁華競逐；歎門外樓頭，悲恨相續。千古憑高，對此謾嗟榮辱。六朝舊事隨流水，但寒煙衰草凝綠。至今商女，時時猶唱，後庭遺曲。

江南，這山明水秀、四季宜人的地方，春夏似乎特別漫長；秋的腳步，姍姍遲來。但到了這暮秋時節，草木也開始凋殘了，為大地增添了幾分蕭瑟。

登高遠眺，視野是這樣的遼闊，把幾度改朝換代、歷盡滄桑的金陵城，全收入眼底。長江自幾千里外奔流而來；從高處俯瞰，廣闊的江流就好像一匹瑩潔的白絹，鋪陳在原野中；而遠處翠綠的山峰，彷彿都縮小了，一叢叢地聚集在一起。落日餘輝，閃爍在江面上，江上來來往往的船隻，都沐浴在漸薄的日影中，染上了絢麗的色彩，和天邊的晚霞相互輝映；成群的白鷺，自田野中飛向高空，夾雜在初現的群星間，也幻化成了點點星辰。賣酒人家的布招子，高高地挑在半空中，在秋風裡隨風搖晃著，招徠著……眼前景色是這樣的美，美得像一幅畫，但又有誰能以丹青妙手，把它一一描畫出來？

金陵城，在這滾滾長江岸峙立了幾百年了。它曾經過多少繁華歲月啊！那時，它是吳、東晉、宋、齊、梁、陳六朝的都城，人才、文物薈萃，盛極一時。

但由於末代君王沈酣於逸樂，君臣們只知徵逐聲色之娛，在頹靡放縱中生活；沒有人關心軍國大事；沒有人關心民間疾苦。於是，當陳後主君臣們還在宮樓上飲酒作樂，欣賞張麗華表演〈玉樹後庭花〉的時候，城門外韓擒虎已率著大軍兵臨城下了。轉瞬間，風流天子變成了階下囚，南北朝結束。只有金陵城依然默默佇立著，彷彿用悲憫的眼，注視著幕啟、幕落。

朝代的興替，在當時不管如何驚天動地，在永恆中算得了甚麼？不過像一場遠颺的夢，在歷史上留給後人追憶、憑弔的話題罷了。想到這些，不覺把世情冷暖都看淡了；當我們面對著歷史的時候，渺渺小小一個人的得意、失意，還有甚麼值得誇耀、計較的呢？

時間的巨流，捲去了多少前朝的史蹟；只剩下蒼茫的寒煙和蕭颯的秋草，在暮色中混合成一片灰黯的綠；濃濃鬱鬱地延展到天際，更平添了幾分繁華消歇後的寂寞和蒼涼。

江山不改，朝代更迭，城池依舊，世事變遷，不知喚起了有心人多少感慨。只有那些不知亡國恨的歌女們，仍在紙醉金迷中沈淪，傳唱著當年導致陳後主亡國的靡靡之音〈玉樹後庭花〉呢！

❀

王安石是北宋的大政治家，勵行新法。雖然他的新法不切實際，兼以人謀不臧，沒有成功，但他的出發點的確是為國為民，這是不能因新法失敗，而一筆抹煞的。

他除了是政治家，還是個學問淵博的文學家，留下的文章很多，也能填詞，雖然流傳的作品，只有少數幾闋，卻在詞壇上有著很高的評價，連當時在政治立場上對立，幾乎水火不容的蘇東坡，也為之歎服。其中最出色的〈桂枝香〉，是他晚年在金陵登高，憑弔南朝興亡的作品。

王安石小傳　王安石，字介甫，號半山，臨川（今江西臨川）人。

他自小好讀書，有過目不忘之能。下筆寫文章，只見他運筆如飛，好像想都不想，卻篇篇精妙。他的朋友曾鞏，是歐陽修的學生，拿了他的文章給當代文宗歐陽修看，在歐陽修獎譽宣揚之下，聲譽雀起。仁宗慶歷二年進士及第，派到鄞縣做地方官，興水利，定農民付息貸款辦法，十分成功。這也是後來「青苗法」的實驗。神宗朝為相，銳意變法，他把他在鄞縣的辦法推行於天下，卻忽略了，當時他是親自主持其事，而成為政策之後，卻是地方官在上司壓力之下，「強迫推銷」，以致於雖然出於政府良法美意，卻因人謀不臧，造成了民間大害。

他生性執拗，一意孤行，不能聽逆耳忠言，把反對新法的正人君子，一律外放，任用逢迎小人呂惠卿；打擊異己，殘害忠良，倒行逆施，以致於民不聊生。新法終告失敗，而且因而留下了宋朝致命傷：新舊黨爭的禍害。哲宗元祐元年卒，年六十六歲。諡「文」，這是文官最高的謚號。

他的文章列於「唐宋八大家」之一。詩在當代亦為名家，詞作不多，全宋詞所收，也不過十餘首。

畢竟是文學大家，作品雖少，依然大家風範，連蘇東坡也為之歎服。詩文有《臨川集》行世，詞集名《臨川先生歌曲》。

# 千秋歲引

王安石

別館寒砧，孤城畫角，一派秋聲入寥廓。東歸燕從海上去，南來雁向沙頭落。楚臺風，庾樓月，宛如昨。

無奈被些名利鎖，無奈被他情擔閣，可惜風流總閒卻。當初謾留華表語，而今誤我秦樓約。夢闌時，酒醒後，思量著。

擣練的砧聲，以不疾不徐，單調的節奏，聲聲傳入耳鼓。城頭的畫角，也幽咽的迴盪在這孤城中，交織成一片秋聲，在寥廓的秋夜裡，格外的沈咽淒涼，不由牽引著心頭那幽微升起的愁緒。

真是秋天了！東歸的燕子，已在秋社來到時，辭了巢，向東海飛去。而塞外的鴻雁，也成群結隊的避寒向南飛。落向沙岸，落向汀洲；在長途跋涉，飛越關山之後，尋得暫時棲息之處。

候鳥的移棲，是受著季候的支配的。那，人呢？人，常常都以為自己是人生的主宰，尤其王侯將相，總有著不可一世的氣概。彷彿，他是世界的主宰，萬物，只是聽他支配召喚的客卿。

當年，登蘭臺，披襟迎風，大呼：「快哉此風！」的楚王，何嘗不是睥睨一時的？登南樓，踞胡床，與群僚賞月詠謔的庾亮，又何嘗不是豪情萬丈的？在那時，對楚王與庾亮而言，真大有此風為我而吹，此月為我而明之概呀！可是，這些宛然在耳，猶如昨日才發生的人與事，卻早已被歷史的洪流吞沒了。不改的，是風，依然吹著；月，依然照著；帶著哂然，也帶著悲憫，看著人世滄桑，朝代興替……。

也曾有過在華表上留下警句，棄俗學仙的憧憬夢幻；也曾有過紅粉佳人，繾綣纏綿的海誓山盟，然後呢？……

進入了仕途，無可奈何的被名利繮鎖，被人情綑綁，不由自主的捲進了宦海風雲中；失意，受人排擠；得志，排擠別人。時而位極人臣；時而待罪階下。不是不喜歡詩讌酒會，徵歌選舞的風流放任；不是不嚮往那閒散悠遊，吟風弄月的生活情趣；然而，有了地位，有了身分，動見觀瞻，一道道無形的繩索束縛中，他失去了自己……。

又得到了什麼呢？多少人羨慕著他！榮華富貴，是的，榮華富貴，他都擁有了，但，為什麼，他一點也不快樂？在他汲汲營營，攀登到宦途的頂峰之後，他反而心中空空落落……。

實際上，他連去深思品味這一份空落的時間也少有，太多太多的人情酬酢；太多太多的軍情國政；太多太多的廷對奏議在等著他。他每天被迎奉他的人包圍；被反對他的人抨擊，沒有安寧；沒有恬適，連去想一想為什麼心底總有那一份空落盤踞，也是奢侈。

直到……他來到這孤城，他夜宿這逆旅，四處闃然；盈耳的，只有砧聲，只有畫角，只有無邊無際的秋聲……。

回首前塵，真如昏昏醉夢！如今，夢闌酒醒，竟不知半生擾擾，所為何來。

許多人都說，他是不虛此生了，不！他得好好想想，他這一生，到底失去的多，還是得到的多……。

❀

這一闋〈千秋歲引〉，是以「變法」聞名的北宋名臣王安石的作品。王安石在北宋新舊黨爭中，扮演舉足輕重的角色。就表面看，新法一直被皇帝重視，他一生，多數時候，也都是得意的。但這闋詞，卻透露出他的寂寞和無奈，頗有悟道的意味。在功利色彩瀰漫的今日，讀讀這樣的詞，或有助於人們的自省與深思。

# 鷓鴣天

晏幾道

彩袖殷勤捧玉鍾，當年拚卻醉顏紅。舞低楊柳樓心月，歌盡桃花扇底風。

從別後，憶相逢，幾回魂夢與君同。今宵賸把銀釭照，猶恐相逢是夢中。

那亭亭的身影，又來到他的眼前。那溫柔嬌美的臉龐；那含蘊著無限喜悅的眸光；那唇邊漾著的淺淺梨渦……是她，真的是她，但……

「這不是夢吧？」

他伸出手，緊緊握住她；怕一鬆手，她就會消失了；怕忽然睜開眼，就會失去了她的影子。他曾一次又一次為夢中的重逢所迷惑；一次又一次為醒時的失落而惘然。他真的怕了，怕這又只是一個無憑的夢；怕眼前的她，只是一個虛幻的影子；怕她那深情盈盈的眼波，會隨著夢逝去。

在這一段魂牽夢縈的日子裡，偶一凝思，臨別的情景，就來到眼前：

那一夜，她刻意地修飾裝扮著：彩繡的羅衣襯托著輕施脂粉、淡掃蛾眉的臉龐，在燈光輝映下，分外明艷動人。迎著他，她盈盈地笑著，笑意比平時更深、更濃。他卻在她深深濃濃的笑容中，看出她竭力抑制的離愁別緒，雖然她用笑容隱藏著；雖然那只是眉間的一絲顰蹙，眼中的一閃淚痕，卻深深震撼著他心深處。

在玉杯中，斟上了琥珀般的美酒，捧到他面前；她羅袖中露出纖細白皙的手指，微微地顫著。他接過杯來，一飲而盡。面對著這樣的柔情，他何忍推拒？她殷殷勸飲，他便抱著不辭一醉的心情，一杯又一杯地喝著；喝著那苦澀的酒，品嘗著勸酒人更苦澀的心。

隨著酒意的漸濃，分別的時間更近了，他的心情也更沈重了；不能再強作歡言，只默默地舉杯而飲。沈默，使整個空間都凍結了，壓迫得使人泫然欲淚。她凝視了他半晌，嫣然一笑，笑得是那樣蒼涼；在這蒼涼一笑中，她展開歌喉，唱出他平日最喜愛的曲子，並隨著歌聲起舞。歌聲是那樣清越悠揚；舞姿更是輕盈曼妙，投足舉手都柔美動人。她全心全意地歌著、舞著，似乎要把自己的生命幻化為最美的形象，烙印在他腦海中。那彎曲低垂的纖腰，纖柔裊娜如春天的楊柳；那掩抑在扇下，因歌舞而益發紅艷的面頰，好像是春風中盛放的桃花。在她的歌聲舞影裡，月亮自樓心悄悄滑下，似乎想偷窺她的舞姿，曉風自扇下輕輕拂入，像是在聆賞清歌之餘，撫慰她歌唱的辛勞。

就這樣，夜盡了，她舞漸凌亂，歌不成聲。

就這樣，天亮了，他依依回首，踏上征途。

一別經年；時間，能沖淡一切，沖不去的是烙印在心頭的倩影；關山，能阻隔一切，阻不住的是靈犀一線牽繫的夢魂。

可是夢中的相聚，是那樣的虛幻；晨曦、雞啼，總是那樣無情，催醒了美夢，催去了伊人芳蹤。儘管在夢中的景象那麼真切，真切得不像夢。是夢，是真？是真，是夢？他迷惑了。剔亮了桌邊的銀燈，他舉向她，深深凝視著……。

❀

晏幾道，號小山，是北宋有名的詞人，北宋詞壇上的名父之子。他的父親是晏殊，是北宋仁宗時的宰相，詞名很高，與歐陽修並稱「晏歐」，都是承繼五代風格的大家。晏幾道生長在這樣的環境中，自幼耳濡目染，家學淵源，在詞的成就上，幾乎凌駕乃父之上。晏氏父子雖然都以詞聞名，但風格並不相似：晏殊身居高位，自然有一番雍容高華的氣象；晏幾道則生性不受拘檢，感情深摯，這種深摯的感情，充分流露在詞章之中。〈鷓鴣天〉，就是他膾炙人口的作品之一。

晏幾道小傳　晏幾道，字叔原，號小山，撫州臨川（今江西臨川）人。

他出身於閥閱之家，是仁宗朝曾為宰相的晏殊的「老來子」。出身於世家的他，並不汲汲於富貴功名。性情疏放，不拘小節，雖有才學，詩文均佳，卻如黃庭堅云：「不肯作一新進士語」，也就未能有一個正途出身。宋代制度，父親的官位到某一程度，兒子可以做「蔭官」，他也因而做了個小官。當時，他的父親雖已去世，但，當朝權貴都是他父親提拔的人；當朝的宰相韓維寫信給他，還自稱「門下老吏」。只要他肯放下身段，隨俗一點，聽韓維的勸告：謹言慎行，好好用心在正途文章上，未必不能得意仕途。但他卻生性率性任真，不肯依傍這些有心幫他的權貴。完全是個不知世故，天真爛漫，王國維所謂「不必多閱世，閱世愈淺，性情愈真」的主觀詩人。所以在蘇東坡居高位時，想因黃庭堅的介紹，見他一面，他還說：「今日政事堂上當家的，多是我家舊客，我還沒工夫接見呢！」斷然拒絕見當時有文宗之目的蘇東坡；亦可見其不隨俗的個性。因此，他一輩子也不曾發達過。甚至家中沒米下鍋了，他還「面有孺子之色」，一臉無辜。因而黃庭堅在《小山詞》序中，給他一字定評：「癡」！

正因這一癡字，他的官位雖不及他父親大，詞名卻在乃父之上。只是，雖為父子，詞風不同，他父親畢竟是富貴中人，詞風也是雍容華貴，珠圓玉潤，充滿大家氣象。而他卻是清俊自然，一往情深，格外可人。父子二人，稱「大小晏」，後人以花中牡丹喻「大晏」晏殊，以文杏喻「小晏」晏幾道。他的詞集名《小山詞》，至今傳世。

# 臨江仙

晏幾道

夢後樓臺高鎖，酒醒簾幕低垂。去年春恨卻來時，落花人獨立，微雨燕雙飛。記得小蘋初見，兩重心字羅衣。琵琶絃上說相思，當時明月在，曾照彩雲歸。

依稀，密語低婉；依稀，樂韻琤琮……然而，宿醉初醒的晏幾道，一睜開眼，那語聲、樂韻，都化作夢裡南柯。夢境中的一切，都彷彿是深鎖的神仙洞府；瓊樓瑤臺，再不許人窺伺，更遑論踏越。

不知是何時醉的，何時睡的；當這花初落、春將暮的季節，無端的春思幽恨，就那樣不容情的向他襲來。不醉呵，待如何睡？不睡呵，待如何遣這重重疊疊的愁思繾綣？只為，只為……又是落花時節。

落花，像一聲輕嘆似的，幽然飛墜。微雨，像濛濛輕紗薄霧；朦朧雨霧中，一雙燕子，比翼差池，穿梭在低垂的新柳間，細語呢喃。她，小蘋，風鬟霧鬢，黛綠年華的少女，默默佇立落花成陣的階前，凝望雙燕；眉宇間，籠著淡淡輕愁，沈思中，渾忘微雨沾濕了衣裳。

就在那個春暮，小蘋離開了……。

一樣的春暮；一樣的庭院；一樣落花寂寂，微雨霏霏。雙燕依然在新綠的柳枝間穿梭飛舞，銜著夾帶殘瓣，蘊藏花香的芹泥營舊壘，築新巢。也依然有人默然佇立在落花成陣的階前，凝望雙燕。只是，人，不復是黛綠年華的小蘋；是他，年事未高，心境卻已無復少年情懷的他；去年旁觀著人獨立於花間，燕雙飛於雨中的他。

「小蘋！」

他在心底低喚；小蘋，是否在另一個落花庭院中，也獨自佇立，看落花成陣，細雨霏微？

於是，他喝下了太多酒；他不知道，是為了思念，還是為企圖遺忘；他只知道，他必須醉去，必須睡去，必須……。

周遭，寂然無聲，簾幕，低低垂著，遮去了光線，也遮去了窗外景物。簷前，細語般的沙沙聲，告訴他，又是一個輕陰微雨的日子。或許，就讓這深深垂簾遮住窗外的一切吧；他不敢去啟那垂簾，怕只怕，隨著光線逼入的，是他負荷不起的春恨。

然而，即便如此，他又何嘗能躲過如春蠶細吐的情絲纏綿？小蘋的嬌稚；小蘋的柔婉；小蘋的一顰一笑；小蘋口中唱出的清音，指下撥動的絃聲……。

第一次見到小蘋，是在陳君寵家，小蘋，是君寵新訓練出來的歌兒。

他記得那一天，小蘋抱著琵琶，為他們獻藝。陳君寵特別為她引見晏幾道：

「小蘋，你不是最愛唱晏小山的『彩袖殷勤捧玉鍾』那闋〈鷓鴣天〉嗎？他就是晏相國的公子晏小山！」

小蘋那清澈如秋水橫波的眸子，煥發出異樣的神彩；脈脈注視了他一會兒，綻開梨渦清淺。沒有說話；不，她說了，說在她的琵琶絃音裡；說在她清揚婉囀的歌聲中。她那天，穿著一件淡紫的羅衣，衣帶上，結著一枚同心結。就在那一天，他，和她的心，也結成了一枚同心結……。

無數的人唱過他的〈鷓鴣天〉，卻沒有人像小蘋唱得那麼美，那麼動人。她唱出了離別的幽怨，更唱出了重逢那近於喜極而泣的深情；那「猶恐相逢是夢中」的驚、喜、疑、懼，直令在座的沈廉叔和他這原作者，都為之動容！

自那天之後，小蘋，成了他所有新詞的第一個演唱者；他許她為文章知己，也以她的知音自許。那一段無憂的歲月呵！如今回首，猶如夢寐；美得如夢。也因此吧，短暫亦如夢！不久，廉叔去世，君寵病倒，家業凋零。家中的歌兒，星散飄零，小蘋，也不知流落何方。

雨，不知何時停了，他走出庭中，竟然天清月朗。當時，小蘋也曾應邀到他家，為他同樣愛作新詞的父親，在設在月下花間的酒宴中獻藝。在夜闌人散時，就是這樣一輪明月，照著像彩雲般美麗清揚的小蘋歸去。他，就站在庭中相送，看那朵彩雲，飄過花徑，飄過回廊，飄，飄，飄出他的視野。月，依舊如當時，端正圓滿，那彩雲般的女孩呢？歸向了那方？何處……。

❀

這一闋〈臨江仙〉是晏幾道的名詞之一，尤以「落花人獨立，微雨燕雙飛」一聯，膾炙人口。其實這一聯，本是唐代人的詩句，因詩本身拙劣，這一聯也為之減色，晏幾道取以入詞，頓然如蒙塵明珠，重見天日；在通篇佳構的襯托下，美到極致，且渾然天成，全不見「移植」痕跡。

這一闋詞中的「小蘋」，是晏幾道友人家的歌兒，深為幾道眷愛欣賞。後因人事變遷，而流落不知所蹤。幾道作此詞追憶往事，深秀清婉，非一般艷詞可比，而自然流露著款款深情，十分可人。

# 南鄉子

晏幾道

新月又如眉，長笛誰教月下吹？樓倚暮雲初見雁，南飛，漫道行人雁後歸。

意欲夢佳期，夢裡關山路不知。卻待短書來破恨，應遲，還是涼生玉枕時。

半輪紅日，沈落到遠山之外了。山影的輪廓，在散佈著雲霞，湛藍天幕的映襯下，彷佛一列參差高下的暗紫色剪影；明暗的分割，判別了天與地。

一彎如眉新月，懸在逐漸轉深的天幕上，含羞帶怯，又莊矜自持的斂目低眉，散著淡淡幽輝。幽咽笛音，自遠處響起；是羈旅的遊子呢？還是深閨的思婦？在月下吹奏出如水的笛聲，彷彿載負著無盡的別恨離愁，藉著笛聲，尋覓著知音。

晏幾道獨倚在樓頭，望著雲霞褪色，望著新月初現，感覺著惻惻寒意，已漸沁人。不是嗎？是秋天了，第一陣南飛的雁行，正掠過山前，投入沈沈暮色中。

雁已南飛！他記起，他離家時，曾向妻子作的承諾：

「當你看到雁南飛，就好準備了，我隨後就到家。」

雁已南飛，而當初的承諾，竟成了空口無憑的虛話！

他也想回去的呵！心心念念，即使在夢中，也要履踐這一項承諾！然而……。

他幾度在夢中踏向歸程，而夢魂，總因不識路，而迷失在雲封霧鎖的關河山嶺間，成為掙扎驚悸中難醒的夢魘。直煎熬到夜盡天明，自夢中驚醒，卻不知該悲傷自己的未歸，還是慶幸未曾真迷失在歸途間。

在歸期遙遙難期的悲恨中，偶然得到的家書，就成了他唯一能療治鄉思的期盼了。雖然，信，總只是短短的幾行，但，字句雖短，又何礙其中的深情摯意？

只是，關山的間阻遙隔，即使是青鳥，也難尋覓；信，總是那麼少，在他望眼欲穿中，遲遲難達！

何時，大地已陷入了沈黑夜色中，遠處，笛音早沒，初更的鼓聲，已然響起。

他不忍歸寢，因為，那床上孤單的玉枕，也不耐秋寒，是那樣冰涼得令他心悸……。

❀

這一闋〈南鄉子〉的作者，是北宋的晏幾道。晏幾道字小山，出身高門，是名相晏殊的幼子。他生性純摯多情，率性任真，一生不曾因父蔭而顯達，也源於這一種「性情中人」，不肯曲折的傲骨。但，在詞的成就上，他卻更勝乃父，有著極高的評價，也可算是另一種「跨灶」了。有《小山詞》傳世。

# 蝶戀花

晏幾道

醉別西樓醒不記，春夢秋雲，聚散真容易。斜月半窗還少睡，畫屏閒展吳山翠。　衣上酒痕詩裡字，點點行行，總是淒涼意。紅燭自憐無好計，夜寒空替人垂淚。

西斜的冷月，如水銀般，穿過了半為陰影遮蔽的小窗，灑落一地清輝。桌上，紅燭吐著小小的紅焰，搖曳著模糊的薄薄光影。夜寂寂，人悄悄，只有更聲、漏聲，細數著迢遞的長夜……。

床上，傳出了反側的響動；在醉意中沈沈睡去的晏幾道，在酒意消退中，逐漸清醒。展目四顧，四周盡是他熟悉的物事；這是他的房間。可是……他有著片刻的茫然；他不記得，他怎麼回到家的；他記得的是，他在伊人居住的西樓小閣中飲酒。在伊人笑痕淚影中，他一杯又一杯，嚥下了苦澀的汁液；那是一席別筵呀，明天……，他們不再有「明天」。

他醉了，醉在西樓。待他醒來，已在家中。他失落了一段時間，一段記憶；也許，他不忍、也不敢記吧：那告別的剎那……。

酒醒了，夢醒了，想起她的笑痕，她的淚影，想起那麼多時日形影相隨的種種，再欲重尋，竟像一場遠颺的春夢，欲尋，已了無痕跡。

春夢無痕，秋雲易散；來得飄忽，去得容易。人生緣會，竟也似春夢秋雲一般，捉不到，留不住，只有一任它倏忽來去；只有在它來去的倏忽中，喟然低嘆：來也匆匆，去也匆匆……。

凝視著款步慢移的半窗斜月，那遠颺的睡意，再也喚不回。他披衣下床，一抬眼，只見靜靜佇立屋角的畫屏，那麼悠然展現著醮青染翠、抱嵐含煙的嫵媚吳山。那青翠欲滴的吳山呵，恰似伊人輕顰淺蹙的春山眉黛，又無端牽引起那縈心迴腸的思憶。

橫亙的詩情，在胸臆間推擠。他從桌上拿起酒壺，先注酒入硯，再斟酒入杯，舉手傾向乾澀的喉頭；顧不得潑灑的酒滴，沾濕前襟，磨墨濡筆，把滿懷積愫，化作行行的詩句。放下筆，衣上酒痕未乾；箋上情思難盡。拂不去的是：酒闌人散後的淒涼況味；有誰能了解呵？衣上酒痕、箋上字行中合蘊的情，含蘊的愁？又有誰解得向酒痕、字行間檢點其中淒涼無限？

紅燭，仍默默煎熬著一寸寸愁心，凝望著模糊搖曳的光影，自憐無計。也只有這一支自焚的紅燭，才能了解也正自煎著寸寸情思的詩人的痛苦吧！看，一串紅淚，滾滾流下、堆積；那是同情的淚，涓涓滴滴傾流在這淒寒寂寞的漫漫長夜中……。

❀

晏幾道出身貴家，卻天性疏放，不喜繁文縟節，這種不拘形跡的性格，造成他雖為名門貴冑，卻陸沈下位，失意仕途的不幸。就另一方面而言，卻也因此奠下了他在詞壇上傳世不朽的基礎。

他和父親晏殊的詞風，也相差很遠；沒有那一番富貴雍容氣象，卻更深摯率真，生動感人。在詞壇的評價上，更高於其父。後人以花中牡丹喻晏殊，文杏喻小山；顯然，文杏是平易近人，率真可愛得多。

# 阮郎歸

晏幾道

天邊金掌露成霜，雲隨雁字長。綠杯紅袖趁重陽，人情似故鄉。
蘭佩紫，菊簪黃，殷勤理舊狂。欲將沈醉換悲涼，清歌莫斷腸。

柏梁臺上，那矗向雲端，捧著承露盤的仙人掌，依然在天邊佇立；佇立在歷史的洪流裡，佇立在歲月的滄桑中，一年，又一年。在這西風漸緊的深秋，那玉盤中，涓涓的清露，想必也凝成薄薄的秋霜了吧？

一行行排成人字的大雁，成群結隊地向南方飛去。長空中，那片片浮雲，絲絲縷縷地拉長了身影；彷彿依依不捨的情人，揮動著手中的絲巾，一程程地追隨著雁兒，飄向遼闊的南天……。

又是重陽了，登高的日子；望遠的日子；盼望著，又害怕著的日子。菊花酒、重陽糕，一家老小，與高采烈趁著秋高氣爽、橘綠橙黃的佳節，應景遊山，是秋日多麼美好的點綴。真是「普天之下，莫非王土」了，這遠離故園的異鄉，風土人情，竟與故鄉一般無二！

也就是這一般無二的習俗人情，使他為之情怯呵！他不是沒有綠酒供醉，不是沒有紅妝相陪，他也隨俗應景攜著佳肴美酒和紅粉佳人登高遊賞秋山美景，感傷的是「異鄉信美非吾土」，難堪的是「遙知兄弟登高處，偏插茱萸少一人」呵！

簪上一朵金燦燦的黃菊，佩上一枝香馥馥的紫蘭，依稀，又是當年貴介公子的模樣；那是多麼杳遠的故事了！出身名門，兼以詞名早著，他疏狂不羈，恃才傲物；許多人容忍著，逢迎著……他不知道，他們忍的不是他的才華，而是他的身分——相國之子的身分！於是，在他簪菊佩蘭，風流自賞，疏狂自負的時候，他耳中聽到的是比於陶令的稱譽；眼中看到的是擬於屈子的讚賞。

菊，不是花中隱者麼？蘭，不是王者之香麼？他不是擬屈原、比陶潛，艷絕當代的曠世奇才麼？他又簪上黃菊，佩上紫蘭了，刻意地，想去重拾當年疏狂的心境；然而，為甚麼，他聽到的不再是稱譽、讚賞，而是驚詫與輕漠的不屑。

他淒然了悟；離開了相國府，離開了家，離開了鄉，他不再是賢比陶令，才擬屈子的曠世奇才，他只是狂歌笑孔丘的楚接輿；驚世駭俗，又不合時宜的楚狂人！

耳畔響起曼妙的清歌，都是他當年哄傳一時的名詞，他領會佳人的深情，奈何……一杯又一杯，他不待人勸的自斟自飲，只有一個意念，醉去！醉去！醉去……。

除了沈沈醉去，他何以逃避心間昇起的愴楚和悲涼？他何以忘卻佳節思鄉的惆悵？又怎能在清歌婉轉中，忍住鼻端酸，眼角熱，聽從心間發出的號令：不許斷腸！不許斷——腸！

❀

晏幾道，晏殊幼子，出身高門，而以性格疏放，不拘小節，終陸沈下位以終，以他性情純摯近癡，仕途顯然並不合宜，然以王謝子弟，而落魄如此，恐也難無動於衷，這一闋〈阮郎歸〉，所謂「殷勤理舊狂」，所謂「欲將沈醉換悲涼，清歌莫斷腸。」不無今昔之感，此詞所以動人，亦在於此。

# 思遠人

晏幾道

紅葉黃花秋意晚，千里念行客。看飛雲過盡，歸鴻無信，何處寄書得？　淚彈不盡臨窗滴，就硯旋研墨。漸寫到別來，此情深處，紅箋為無色。

楓葉，滿山遍野的焚燒著。籬畔的菊花，也在秋風吹拂下，綻開了燦亮如黃金的花朵；秋，就這樣不容人忽略的來到了人間。

風，漸寒惻了起來；彷彿提醒著人們，這絢麗璀璨的秋光，亦如一日的向晚時分；夕陽無限好，然則，轉瞬之間，亦歸於沈寂。

晏幾道百無聊賴的佇立在書窗前；秋色宜人，奈無人共賞。秋風多厲，那，離家遠行的遊子，又如何承受這隨著人家擣練砧聲而來的淒寒？

秋天的雲，最是纖柔輕盈，悠悠隨風飄著，捲著；飛舞，遊移；彷彿不多時前才見它飄然出岫，不一會兒，卻飛過了另一座山頭。

雲，比人是自由的多了吧？不受山川阻隔，亦不必舟車勞頓，就可以到它想去的地方！就能飛到他的故鄉……。

他不由羨慕起雲來了，恨不能逐雲而去。然而，雲，飛盡了；雲，載不動他的鄉愁……。是承平的世代，家書，又豈稍減於萬金之價？他切切地盼望著那橫秋的雁影；盼著鴻雁為他捎來故鄉的消息，帶去他的渴慕思念。是雁來遲了，還是……雁行，始終不曾掠過他日日守候的秋窗；不曾捎來家書，遑論帶去鄉愁。

他在日復一日的守候中失望了，只能把忍不住的鄉淚，彈向秋空。是淚太多了吧？一滴，又一滴，滴入了窗前書案上的石硯中，在硯中聚成了一泓淚的沼澤。

拈起了墨，磨著那一泓淚；清淚，在墨的磨轉中，成了濃黑的墨汁。

就用淚水磨成的墨汁，為故鄉的伊人，寫一封平安家書吧；他不知道，什麼時候，才能把這封信寄出去，但，那凝聚在心底的鄉愁，已沈重得使他不勝負荷；他必須傾吐，必須渲瀉。

取出一幅朱紅的花箋，他努力克制著自己的情緒，先寫致候語，再寫自己平安，以釋伊人懸念。接下去，該寫別後情況了，別後……。

他克制不住了；他心底積壓著那麼多的離情別緒，思憶渴念，當一碰觸到別後這個話題，便如飛瀑急湍，再也遏止不住的渲瀉奔流。

無限深情，無限思憶；淚水磨成的墨汁，化成了斑斕的麗句。是墨？是淚？還是那寫在字字句句中的款款柔情呢？那朱紅的花箋，彷彿也承受不住這份淒美，而為之黯然，失去了那份原有的燦麗。

小晏一生不曾在仕途上出人頭地，在詞壇，則領風騷於一時，尤長於小令，由於是所謂「主觀詩人」，抒情之作，更是冠絕同儕。由這闋〈思遠人〉中流露近於「癡」的感情，亦可想思其人風致！

# 離亭燕

孫浩然

一帶江山如畫，風物向秋瀟灑。水浸碧天何處斷？霽色冷光相射。
蓼嶼荻花洲，掩映竹籬茅舍。雲際客帆高挂，煙外酒帘低亞。
多少六朝興廢事，盡入漁樵閑話。悵望倚層樓，紅日無言西下。

孫浩然，獨自倚著高樓的樓欄凝望著。

看！這一帶的景色，真稱得上美麗如畫；山峰，雄偉地峙立在平野上，形成了一座座屏障；長江，自西方奔騰而來，吟唱著千年萬載不變的歌聲浩蕩。平原遼闊，阡陌縱橫，密布的水渠、河流，交織如網。江南的美麗，江南的富庶，江南的山明水秀，一覽無遺的盡陳在他眼下。

江南四季皆美，尤其是在這疏秀清曠的初秋；風煙景物，是那樣豁朗，宛如瀟灑高士的風致。碧藍如洗的青天，把那明淨容顏，直浸波底；縫縫綣綣地，向水天接處流去；卻不知，究竟在何處，才一線如刀，劃分截斷了這情長萬縷。展目向遠方望去，天際淡淡初晴的日光，和清清冷冷的水光，上下輝映地交射著，渲染出一派柔麗的秋色。

江中浮凸的小島嶼、小沙洲，生長著醉了酒的紅蓼和白了頭的荻花；在藍天下，西風裡搖曳成一片推移的紅波白浪。那掩掩映映間，依約可見幾戶人家，竹為籬，茅為舍；雖然樸實而簡陋，不正代表著漁夫樵子那與世無爭、與人無忤，恬淡而和平的境界？

江流極處，漠漠平雲；一葉葉掛著帆的輕舟，在雲煙中時隱時現。舟上的乘客，是遊子還鄉？是行客漂泊？他們面對著這一片秋景，行舟在煙波江上，又有著怎樣的心境呢？是玩賞？是吁嘆？是悲？是喜？

飄渺雲煙外，平林如繡；秋日富麗的彩色，在造化手中巨筆的渲染下，橘紅、橙黃、黛綠、菊金，各逞姝麗，又融和無間；在青天、白雲，和一脈青山，一江秋水陪襯下，堂皇亮麗得眩人眼目。迎風的酒帘低壓林表，招徠著顧客。這些小酒家，是漁夫樵子工作之餘，休憩閒談的好去處；一壺酒，一碟果子，天南地北、古往今來，都是他們口中的素材；這經歷六朝繁華的石頭城，有多少稗官野史、道聽塗說的傳奇，就在他們口中感慨著、嗟嘆著，代代相傳……。

石頭城！龍蟠虎踞之地。都說是王氣所鍾，然而，形勢再險要也禁不住昏君庸臣宴樂誤國；一代又一代，總是在逸樂中忘卻了創業的艱難，忘卻了前朝的覆轍；於是，只留下了一些故事，一些遺蹟，便風流雲散，成為歷史長河中的幾片浪花。六朝故事都成了漁夫樵子茶餘飯後的談助；遺蹟也不過給後人指點興亡，憑弔嗟嘆而已。

日日、月月、年年，在滾滾江流中，流去了多少興亡盛衰，人事浮沈？一幕幕的悲歡離合，在當時，在當事人，再如何的轟轟烈烈，在歷史上呢？在永恆中呢？

如輪渾圓，如血鮮麗的落日，循著那無形的軌道，沈默地向西方的地平線落下；布著落日餘暉的石頭城，在鍾山雄峙，長江環抱中，格外氣象萬千。然後，暮靄自四方悄悄掩合，吞沒了如畫江山；吞沒了如繡平野；也吞沒了悵然倚樓凝望的人……。

✿

〈離亭燕〉據詞意及所寫景物，應是「金陵懷古」之作；描寫景物，使人讀時，彷彿景物呈在眼前一般，所謂「詩中有畫」，怪不得王詵能畫出來。若只寫景物，再美，也不過描繪而已；堆砌描繪景色，畢竟境界不高。而〈離亭燕〉並不是只寫景，到下片，一句「多少六朝興廢事」把整個情境，轉到人事滄桑的感慨上，詞的分量，就不同了。「紅日無言西下」，更留下咀嚼不盡的餘韻。怪不得孫浩然此人的事跡已湮沒了，這一闋詞卻流傳千古呢！

孫浩然小傳　孫浩然，字里不詳。只知他是北宋時人，《全宋詞》中錄有他的詞作兩首。其中〈離亭燕〉一首，尚英宗女蜀國長公主，能詩善畫的駙馬王詵，曾依其詞意，畫過一幅「江山秋晚圖」，「詩中有畫」一語，應居之無愧。

# 水調歌頭

蘇軾

明月幾時有?把酒問青天。不知天上宮闕,今夕是何年?我欲乘風歸去,又恐瓊樓玉宇,高處不勝寒。起舞弄清影,何似在人間。轉朱閣,低綺戶,照無眠。不應有恨,何事長向別時圓!人有悲歡離合,月有陰晴圓缺,此事古難全。但願人長久,千里共嬋娟。

又是中秋節了。

「月到中秋分外明」,看!今夜的月,不就正像個晶瑩光潔的白玉盤,端端正正懸在中天。那完完整整的一個圓,帶給團圓的人們多少歡欣,又帶給分離的人們多少惆悵呀。

帶著幾分醺然,蘇軾舉頭凝視著這一輪皓月,心底充滿著讚歎也充滿了疑問;這樣晶瑩美麗的月亮,是誰的傑作?他甚麼時候完成了這一件曠世傑作?從完成到現在,到底有多少年代了?這些問題有誰能回答呢?他舉著酒杯,仰首沈思;或許只能問廣闊無際、包容著一切的青天吧!

人們都說，月中有一座精美絕倫的廣寒宮，真使人無限嚮往，恨不得駕著浩浩長風，飛到月亮上看個究竟。可是，月亮懸得那麼高，那麼遙遠。人們又說廣寒宮是像冰般冷的玉石砌成的，恐怕凡間的人，也難抵受那種寒冷吧！

他一邊想，一邊在月下徘徊著。偶一低頭，發現緊隨著自己的影子，在朗澈月光下，是這樣清晰、鮮明的映在地上；隨著自己舉步、揚袖、迴旋，變幻著各種姿態。他笑著、舞著，影子亦步亦趨地學著每一個姿態；如水的月色，帶著薄薄的寒意，四周的樓閣、臺榭、假山、花木，全敷上了薄薄的銀光。他忘情地舞著，彷彿舞在廣寒宮中。舞步漸緩，舞影漸緩，等他停下腳步，看清周遭景色，猶自疑惑，剛才是在人間，還是在天上？

月亮自東邊上升，又向西方沈下，繞過了精巧的樓閣，穿過低垂鏤花的窗欄，照著空蕩蕩的床舖；也照著失眠的人兒，狂飲狂舞後的淒清，直壓在蘇軾心上。那一輪滿月，這時看來，變得這樣冷漠、無情，這樣諷刺。他不禁喃喃自語：

「我和你何冤何仇啊？你為什麼總是在人們不能團聚的時候，炫耀你的圓滿呢？或者，你是為了憐憫我們兄弟不能團聚，而特來安慰我們？」

他反反覆覆地想著；壺中的酒乾了，月亮更迫近了西山。他在無奈中澈悟了，這就是人生！人生免不了有聚有散，有悲有喜，一如月亮免不了有陰有晴，有圓有缺；這是亙古不變的道理。世界上本來找不到永恆的完滿；沒有分離的悲，那有相聚的喜？沒有陰雲，那能顯出晴天的美好？沒有殘缺的惆悵，又那能襯托圓滿的歡樂？人生如此，對那些不如意，又有什麼值得斤斤計較的呢？

他舉杯向著斜月，想著同一個月亮映照下的弟弟，飲盡杯中餘瀝：

「子由！子由！珍重！珍重！只要我們能好好地活著，能共賞著一輪明月，只要我們彼此思念、祝福，就算隔著千重山，萬重水，又有什麼關係呢？」

酒後，他寫下這闋題為：「丙辰中秋，歡飲達旦，大醉，作此篇，兼懷子由。」的〈水調歌頭〉。

**蘇軾小傳**　蘇軾，字子瞻，北宋眉山（今四川眉山）人。

他幼時，父親蘇洵游學四方，不問家事，由母親程氏課讀。與弟蘇轍俱好學，博通經史。仁宗嘉祐二年，兄弟雙雙進士及第，深受當代文宗歐陽修器重，乃至公然表示：「吾當避此人出一頭地；」一開始，人聞此言均疑其過譽，士林大譁。後來才皆歎服，認為歐陽修知人。他一生在仕途上大起大落，得意時，一身兼翰林、端明兩學士，並為帝師。失意時，貶至當時的南極：瓊州儋耳，幾至無以為生。尤以反對新法，為新黨羅織罪名，指為訕謗，幾遭不測。而以文名太盛，鋒芒太露，亦為舊黨異己排擠。雖幾度貶謫嚴譴，而不改其仁民愛物初志。所任地方，都留去思；政事上，亦多建樹。在當時，是文章政事並為天下崇仰。後世因其文名太盛，政績為其文名所掩，反不為後人留意。

他喜交遊，獎掖後進，不遺餘力。門下四學士：黃庭堅、秦觀、張耒、晁補之，都以文章名滿天下。而為人率真、耿直，不知避忌，不能忍事，十足是個性情中人；其可愛可敬處在此，一生顛沛，往往也肇因於此。他卒於徽宗建中靖國元年，年六十六歲。當時，新黨當政，嫉之如仇。他方由南海放歸，雖天下惜之，因著政治禁忌，自無恤典。直到宋高宗即位，才追贈太師，諡「文忠」。

他在文學方面，古文為「唐宋八大家」之一，與父洵、弟轍並稱「三蘇」。大如奏議、策論，小如書簡、雜文，無不精妙絕倫。亦長於書法，為宋四大家之一，與蔡襄、黃庭堅、米芾齊名。至於詩詞，更是一代宗匠。

自蘇軾出，才開創了以雄健豪放、超邁出塵之筆，寫本來文人只當成「雕蟲小技」，以纖麗婉秀為正宗，認為只宜「風花雪月」的詞。也因此，當時還稱為「詩餘」的詞，乃大大的開拓了視野及境界，也奠定了成為宋代文學主流的基礎。自此，詞不再是只宜抒情、寫景的「小品」，也可詠懷、言志，有了「天風海雨逼人」的氣象。也從此，詞有了「婉約派」、「豪放派」之分，而蘇軾，當然是豪放詞的開山祖了。

他一生著述極豐，有《東坡集》行世。他的詞集，名《東坡詞》，亦有以《東坡樂府》為名的版本。

# 望江南

蘇軾

春未老，風細柳斜斜。試上超然臺上看，半壕春水一城花，煙雨暗千家。

寒食後，酒醒卻咨嗟。休對故人思故國，且將新火試新茶，詩酒趁年華。

春光正爛縵；二十四番花信，接力似的，輪番妝點著大自然的舞臺。粉白、嬌紅、柔黃、淡紫，春神窮心竭慮地酬答著遊春士女的盛情雅意，調配出各種鮮麗、淡雅、嬌嫩、柔美的色彩，向人呈現目不暇給，歎賞不絕的馥郁繽紛。

趁著公餘，蘇軾領著來訪的朋友，登上了北城上的「超然臺」；「臺」，原是舊有的，但早已頹圮不堪了。直到蘇軾奉派到此地任太守，才重新整建，便成為他閒暇之時，盤桓吟嘯的地方。

撫著亭中用秦篆刻的碑記，碑記上刻寫著此臺命名「超然」的原由；這「超然」二字，是他的弟弟子由命名的，以表彰哥哥子瞻無往不樂，隨遇而安，超然塵表的灑脫性情。

他是自杭州通判調任密州太守的。杭州有人間天堂之目；而密州，則偏僻貧瘠；與杭州相比，幾乎是由天堂到了地獄。然而，蘇軾依然是不改其樂，一方面關切民生疾苦，力求改善；另一方面，在相當匱乏的日用生活中，仍保持著一顆喜樂之心，不尤不怨，怡然自得。

在他看來，密州亦有密州之美；風俗淳樸，百姓敦厚。看！春風吹拂著細柳，柳絲隨風斜飛，更勝小蠻之舞。臺下的城壕，在桃花汛中，綠漲春波，如一條玉帶，玉帶之中，是花團錦簇的滿城春色。

春天孩兒面，說哭就哭，說笑就笑；到了梅雨季，更是經常煙雨濛濛，把千門萬戶，都籠罩在陰暗的氛圍中，卻更增添了一份朦朧之美。

清明，寒食過後，花事由盛而衰；有時，也不免使他在酒醉初醒的恍惚中，萌生幾許傷春愁緒，嗟嘆良辰難再，但……

還是不要自尋煩惱吧！對著老朋友，感嘆去國離鄉的失意，畢竟是件殺風景的事。不如在這改火之際，品嘗著新摘的清茗，把酒，吟詩，莫要辜負了殘餘的春光，更不要蹉跎了大好年華呀！

❀

這一闋〈望江南〉，是蘇軾的作品。那時，他由杭州通判調密州太守，官是升了，地區卻甚是貧窮落後，生活困苦；情況嚴重時，甚至身為官員的他，也不得一飽。他曾有一篇〈杞菊賦〉，說到他和通判循著古城廢圃，採杞菊來裹腹，彼此捫腹而笑。官員尚且如此，百姓更難想像；而這種現象，一半由天，一半卻因新法的不當引起。在有了這些親身體會後，他和王安石領導的新黨之間的對立，就更尖銳了；也更為掌權當路的奸佞所不容。他後半生的顛沛，密州所體驗的民生疾苦，未嘗不是轉捩點。

他雖為民生疾苦，起而與朝廷抗爭，自己卻是安貧樂道；隨遇而安，可以從任何境遇中，尋求樂趣的。他的〈超然臺記〉中，充分抒發了他的這一種哲學觀。而這一闋〈望江南〉中，我們也讀不到一點劍拔弩張的火氣，只是一派恬適和平；由此，我們可以了解子由「超然」二字，並不是空泛的讚美呢！

特別要向讀者說明的是：一般的〈望江南〉（這個詞牌異名甚多，有：憶江南、夢江南、江南好、春去也、謝秋娘、望江梅、閒夢遠、歸塞北……等。）都只有一段，是一闋短短的小令。這一闋，是由兩闋合而為一的，才分成上下片，是較特殊的例子，不是常態。

蘇軾

十年生死兩茫茫，不思量，自難忘。千里孤墳，無處話淒涼。縱使相逢應不識，塵滿面，鬢如霜。夜來幽夢忽還鄉，小軒窗，正梳妝。相顧無言，惟有淚千行。料得年年腸斷處，明月夜，短松崗。

「弗娘！弗娘……」

夢中斷腸的呼聲，驚醒了自己。坐起茫然良久，蘇軾才意識到，方才，不過是一場夢，而自己，身在密州官舍。

淚不由潸潸而下。

就只是一瞬之前哪！他還在故鄉眉州。他的亡妻弗娘，還如昔日一般，正臨窗對鏡梳妝。

她還是那麼年輕，容顏潤澤，青鬢如雲。而他，即使在夢中，也自覺經歷了那麼多歲月滄桑之後，不但風塵滿面，而且雙鬢飛霜。

他不禁擔心起來，怕她是認不出這個早失去少年煥發英姿的他了。

她認得的！她一眼就認出了他！當她一轉頭，與他四目交織，她立時雙眸含淚，深深的凝望著他。一時，千言萬語，全堵在喉間；又彷彿因著心犀相通，一切言詮，全屬多餘。因此，他們都沒有說話；只任由珠淚奔流，縱橫滿面……。

她帶淚的臉龐，努力綻出笑影。這是他一生最難忘，也最眷戀的笑影……。

就在含淚復含笑的凝望中，他恍惚意識到，她，早已去世了；是他親自將她葬在亡母之側……。

一念及此，一時心腐神摧；便是夢中，也感覺寸寸腸斷。一時心急，連忙伸手想拉住她。伸出的手落了空，他四顧茫然，卻尋不到她的身影，心碎的呼喚……弗娘……。

弗娘！他在呼喚中醒了過來，窗外殘月，篩下枯木疏影，夜仍幽邃……。

弗娘！他記起了，在亡母墳側的松林下，埋葬著他今生第一個，也是最心愛的女人。

他不知道，今夜窗外這彎殘月，是否也正清照著她的孤墳？但，他知道，那故鄉明月清照的孤墳，將是他伴隨一生的愛與痛……。

# 永遇樂

蘇　軾

明月如霜，好風如水，清景無限。曲港跳魚，圓荷瀉露，寂寞無人見。紞如三鼓，鏗然一葉，黯黯夢雲驚斷；夜茫茫，重尋無處，覺來小園行遍。　天涯倦客，山中歸路，望斷故園心眼。燕子樓空，佳人何在？空鎖樓中燕。古今如夢，何曾夢覺，但有舊歡新怨。異時對，黃樓夜景，為余浩歎。

一輪明月，高懸在天際，皎潔無翳。薄薄的銀輝，自玉宇瓊樓中飄落塵世，渲染出一幅如敷清霜的人間山水。清風徐徐吹拂，柔滑似流過指尖的溪水，帶來如浸碧波的清涼爽適。

小園中的荷池裡，亭亭的芙蓉倦了；收拾起雲裳舞衣，斂首低眉，香夢沈酣。田田的荷葉，澄碧圓潔；像童心未泯的小孩，捧著一個個盛著珍珠的翡翠盤，顫顫巍巍，小心翼翼；卻又忍不住彼此推推擠擠的；終於翠盤斜欹，珍珠滑落，落入黝深的池水。

荷池曲折的港灣中，魚兒潑剌歡悅地躍出池面，為平滑如鏡的池面，點綴出圈圈推展擴散的波紋，在銀色的月光下，幻化出圈圈銀環，與珍珠般的露珠，閃爍輝映。

夜，靜極了；月下的園景，清幽極了，美麗極了；怎奈人們都已入夢，竟讓這樣的美景，寂寞地陳列著……不，不是寂寞；是花中的精靈？還是月下的芳魂？她飄忽地踏著凌波微步，曳著鮫綃輕縠，落寞地徘徊……輕煙籠著她的眉宇；輕雲掩著她的雙瞳；花容憔悴，玉顏寂寞；那一凝眸的回顧，似乎負載著千古的寥落……。

她是誰？她是誰？她是誰？

「關盼盼！」

靈光閃過，蘇軾忽然領悟，她是燕子樓的女主人，關盼盼。他急步向前，她飄然遠去，身影消失在月光下，卻把那一回眸的千古寥落，烙上了蘇軾的心頭……。

咚！咚！咚！譙樓的更鼓沈沈，月光斜斜照進蘇軾的寢室，床上的他不安地反側著，在夢與現實的邊緣掙扎。一片樹葉飄落，觸階發出一聲金屬觸擊般的微響，對繃緊著神經的蘇軾，卻產生如同鐃鈸鏗鏘的效果；他那夢中繃緊的心弦，已禁不起最微弱的振動了。他霍然睜開眼，耳邊鏗然葉聲餘音猶裊，眼前的盼盼呢……？

「盼盼！」

美麗與哀愁恆常是一體的兩面嗎？這令人想起「美目盼兮」，想起「水是眼波橫」的美麗的名字，銜接的竟是那樣一個幽怨淒涼的故事：

尚書張建封死了，他生前最寵愛的侍妾，出身歌姬的關盼盼，把自己鎖進了華美的監獄——張建封為她築的金屋「燕子樓」中。原來是脂香醉暖的溫柔鄉，一下變成了觸目淒涼的傷心地。紘索蒙塵，舞衣紅褪。盈盈的眼眸，是兩口深不可測的幽潭；測不出幽潭深處的靈魂，載負著怎樣的淒楚哀傷。也許這淒楚和哀傷，已超越了人類五官表情的極限；超過了眼淚和哭泣；甚至超過了常人七情六慾的境界；她默默地活著，在那個冷寂無聲的小樓中，數著一個個清晨黃昏，數著一季季寒冬暑夏的活著……。

十餘年過去了，歲月吞沒也助長著好奇。燕子樓中的盼盼，有怎樣的心靈世界？沒有人知道；她的綠鬢朱顏是否如昔？沒有人知道；這十餘年的漫長歲月熬煎，到底是為了什麼？沒有人知道。人們知道的是：那寂寞小樓中，鎖著一個美麗女子破碎的夢，她十餘年沒有下過樓……唯一能接近她的，大概只有那年年前來築巢的燕子吧！

這近於傳奇的故事，傳到詩人白居易的耳中。他是見過盼盼的，在張建封的府第中。那時，張尚書還活著，歌如啼鶯，舞似驚鴻，而又姿容絕代的盼盼，是張尚書暮年最大的安慰。在張尚書命盼盼出見白居易時，那微斂的秋波，輕盈的倩影，曾那樣使白居易目眩神迷，驚為天人。往事歷歷；他幾乎不明白，這白髮紅顏間有著怎樣的摯情，足令盼盼矢志苦節如此。

他想起，前些時一個朋友，經過張尚書墓，帶回來的感慨：

「時間多快呀；尚書墓前的白楊樹，都已合圍，有柱子粗了。」

對盼盼而言，時間是快，還是慢呢？她若無情，她應別嫁；她若有情，她該殉節；可是她沒有嫁，也沒有死。到底為什麼？他忍不住好奇了；他要詢問，他要探索！他寫了三首詩，託人寄給盼盼。在他接到盼盼的答詩時，同時接到了盼盼的死訊，和盼盼臨終的遺言：

「妾非不能死，恐後世以我公重色，有從死之妾，玷清範耳。」

何等淒婉又堅貞的告白！為了尚書的清譽，她不能從死，但這十餘年的存活，又何異於死？華美的燕子樓，又何異淒寂的墳墓？在白居易殘忍而尖銳的諷勸下，她從容絕食而死；實際上，她的心，她的情早在十餘年前相從張建封去了；軀體的存活對她本是無奈的負荷。對白居易的諷勸，她毋寧是輕鄙的：你知道什麼？你了解什麼？甚至，她是感謝的；他的不知道、不了解，給了她堂堂正正死的理由：以死「明志」！她臨死時也帶著嘲弄的微笑吧：

「舍人不會人深意，訝道泉臺不去隨。」

她死的那麼莊嚴，那麼聖潔。她活著，為了詮釋愛情；她死，也同樣為愛情做了最深刻、最震撼人心的詮釋；她留下一個愛的完美形象，飄然而逝。死，她是心甘情願的；如果她有遺憾，也許就是那無人能解的孤絕吧！

「盼盼！」

盼盼消失在蘇軾夢境的那一端；那一閃眸光的寂寞，卻觸動了蘇軾心深處同樣不為人知、人解的寂寞；他依依追尋著消失的夢痕，在茫茫夜色中，踏遍了小園的每一寸土地……。

在坎坷的宦途上，他萍蹤浪跡，今年東，明年西的升遷轉徙。倦了、累了，卻改變不了這離鄉萬里、天涯飄泊的命運。把眸光投向故鄉，故鄉總隔斷在天的那一方；隔斷在那雲、那煙、那消失在重疊青山中小路盡頭；他知道的呵！那是通向故鄉的歸路。然而，令他心碎魂斷的是：他絲毫沒有選擇的餘地！就像當年盼盼無可選擇地活著一樣吧，那深長的痛苦和無奈，煎熬著他一寸寸的鄉愁。

曾幾何時，盼盼被時光的巨流捲去，無影無蹤。燕子樓，依然屹立，留下一段美麗又哀愁的故事，供人低迴、唏噓、憑弔；憑弔那故事中的薄命紅顏。那寂寞地活著，又貞烈地死去的佳人，如今何在？這空寂無人的燕子樓，也只剩下一代代秋去春來，營巢築壘的燕子，在這深鎖的小樓中，呢呢喃喃，像傳述著那久遠的故事……。

什麼是夢？什麼是真？在落葉聲中消失的盼盼是夢，在仕途上失意掙扎的蘇軾，又何嘗不是另一個夢境的一部分？夢是夢，人生是夢，歷史是夢；人，本來就是在歷史大夢中飄流的一葉扁舟；昨日的歡笑，今日的痛苦，都將在這不醒的夢河中，飄逝得無影無蹤。

他笑了，又有著一些頓然了悟之餘的惘然若失；失去的，就是那不知身是夢的癡迷懵懂吧？歡樂、痛苦總是交替存在於人生旅途中的。今天，他來到燕子樓，夢著盼盼，憑弔著盼盼，誰知道千百年後，或許在他所築的黃樓的夜色中，也有一個不知名的人徘徊不去，憑弔著那黃樓的興築者，感慨著他的一生滄桑呢！

❀

此詞前有小題：「彭城夜宿燕子樓，夢盼盼，因作此詞。」蘇軾常自古人古事中興起「人生如夢」的感慨了悟，此詞和赤壁懷古的〈念奴嬌〉都有著類似的感慨，可對照看。

# 洞仙歌

蘇軾

冰肌玉骨，自清涼無汗。水殿風來暗香滿，繡簾開，一點明月窺人；人未寢，欹枕釵橫鬢亂。　起來攜素手，庭戶無聲，時見疏星渡河漢。試問夜如何？夜已三更，金波淡，玉繩低轉。但屈指、西風幾時來，又不道流年，暗中偷換。

炎炎夏日，溽暑逼人，即使到了晚上，室內暑氣未散，依然悶熱得使人難以入睡。在這樣的夏夜，能沐浴一番，洗去一天的汗塵，再到庭院中小憩，沈浸在清涼如水的夜色中；星辰燦燦，微風習習，真可以說是一種享受了。

蘇軾，就這樣滿懷舒爽地享受著夏夜納涼的樂趣。仰起頭來，看著天上的明月繁星。輕柔的白雲飄浮著，偶爾，還可以看到幾顆流星，曳著長長的尾巴，飛渡銀河，沒入蒼茫遼闊的青冥深處。一陣微風吹來，夾著淡淡的荷香，更使人心曠神怡。他隨口念著：

冰肌玉骨，自清涼無汗。

念完這一句，他停下思索著，這句子是從哪兒來的？他很清楚地知道，這句子並不出於他自己，而是屬於記憶的一部分。他在記憶中追索，時光迅速地在他腦海中倒流，終於停在一個灰色的身影上；他彷彿又看見了那個穿著灰色衣袍的老尼姑；是那個老尼姑口中，曾念出這兩句詞來。

一晃竟是四十年前的事了，那時他才七歲，在一個偶然的機會中，他認識了這位九十高齡的老師太。這位姓朱的老師太，年齡大，閱歷多，見聞廣，對於五代到宋室的各種傳聞、掌故，如數家珍；引起了年幼的蘇軾極大的興趣。不知怎樣起頭的，老師太說出一段自身的經歷：

「那時，我還年輕，有一次宮裡做法事，我師父就帶著我進了宮，還住了好多天呢！」

「那您看到後主和花蕊夫人沒有？」

蘇軾好奇地追問。

後主，是指蜀後主孟昶。他的妃子，據說是風華絕代的美人；不但美貌，而且擅長詩文。後主認為她像花蕊一般的嬌艷美麗，就稱她為花蕊夫人。蜀國降宋後，她隨後主入宋，宋太祖聽說她有文才，命她賦詩，她隨即唸出「君王城上豎降旗，妾在深宮那得知！十四萬人齊解甲；竟無一個是男兒！」這一首詩，慷慨激越，使得滿朝文武相顧失色，宋太祖也為之動容。不久，孟昶遇害，沒入後宮的她，報仇不成，終於抱恨而卒。這段哀怨纏綿的故事，一直流傳著，花蕊夫人的事蹟，更使蜀人引以為傲。

「當然看到啦！花蕊夫人既美且慧；和後主在一起，真是一雙璧人呢！」

老師太彷彿陷入了美麗的回憶中，娓娓說道：

「那時，正是夏季。有一天，熱極了，後主和夫人就到築在摩訶池的水閣中避暑。水閣的四周，都栽著荷花；一陣風吹來，就使水閣中充滿荷香。那天真太熱了，他們曾半夜起身賞月納涼；還作了詞，記這件事呢！」

說著，老師太背誦出美麗的詞章：

「冰肌玉骨，自清涼無汗……」

蘇軾記得，那時老師太是整闋詞背誦如流的。可是，現在，他卻只記得頭兩句了。其他的部分，任憑他如何竭力追憶思索，也想不起來。他終於廢然放棄了追憶：

「四十年，畢竟是一段漫長的日子，而那時我才七歲，實在也太小了，怪不得記不起來了。」

再次念著：

「冰肌玉骨，自清涼無汗……」

他自言自語說：

「以這個句法看來，應該是〈洞仙歌〉呢！」

仰望星空，他悠然神往，想像著當日情景：

那個夏天的晚上，浴罷的花蕊夫人，嬌慵地斜倚在一張涼榻的枕頭上。她白皙的肌膚，是那樣細膩柔滑而潤澤如玉，沒有一絲汗漬。一陣微風，夾著陣陣荷香，吹開了輕軟低垂的繡簾，吹進了她的寢宮；她美麗的容顏，恐怕連天上的明月，也忍不住要從輕掀的簾隙中，偷看一番吧？酷熱的天氣，使得這如花蕊般嬌嫩的人兒也難以入寐了。儘管卸了殘粧的她，如雲的鬢髮揉亂了，綰髮的鳳釵也偏斜了，卻一點也不曾減損她的美麗，反而更增添了她幾分嫵媚。

體貼溫柔的後主，牽起了她纖纖素手，到池邊納涼。宮人都迴避了，四周靜悄悄的；只有他倆併肩倚立，享受著月色荷風，指點著劃破夜空、飛渡天河光耀的流星。

不知佇立了多久，良夜悄悄隨著宮漏消逝；彷彿才一會兒的工夫，卻已三更天了。明月的光輝漸漸減弱，北斗星也低垂了。夜深了，竟有了些許秋意；屈指數，秋涼取代夏暑的日子，竟已不遠。在酷暑中，自然盼望著秋風能驅除炎夏，誰曾注意，歲月也在季節交替中悄悄逝去……。

想著，想著，蘇軾以自己的想像，補足了原詞殘缺的部分……。

蘇軾

缺月挂疏桐，漏斷人初靜。誰見幽人獨往來，縹緲孤鴻影。

驚起卻回頭，有恨無人省。揀盡寒枝不肯棲，寂寞沙洲冷。

夜幕，密層層的圍繞覆蓋著大地；定惠院外，響起了更鼓沈沈。白天的人語聲浪，漸漸平息了，又還給大地原有的幽謐寧靜。

秋風，吹散了天上的薄雲；一鉤新月，悄悄地掛在梧桐樹梢。梧桐，早失去了夏日濃密的葉蔭；在日復一日的落葉飄零中，只剩下疏疏黃葉，淒冷的戀著空枝。

寄居在定惠院中的蘇軾，在這人聲沈寂、人跡杳渺的靜夜中，獨對著一盞孤燈，咀嚼著無邊的寂寞。

寂寞；雖是寂寞，比起前些時日的牢獄之災，這偏僻的黃州，也有如天堂了吧？

他重新回想起那些時日，因反對新法，而招致的羅織與迫害。想起呂惠卿、舒亶那些政敵，心中卻沒有了仇恨，而只有悲憫；他們的狹窄，他們的無知，他們以為把他關進牢獄，就可以使他屈服了，使他緘口噤聲了?不!牢獄之災,帶給他的,是一段沈溷的時光;他更認清了自己的方向,認清了真理——這是那些迫害他的人,永遠也剝奪不了的。他遺憾自己難挽狂瀾,但,上天知道,他做過了;為天下蒼生做過了。

窗前,微明的月光下,閃過一個黑影;他微微地一愣,不多時,又是一片黑影,閃過微明的窗外空庭。

他不禁起身,移步出門;這一座書齋,素來少有人來往,是誰,來到他的門外,徘徊不去呢?庭中,空寂一片;梧桐葉,又飛墜了幾片,新月,也下沈了幾寸。但,不見半個人影。

他詫異了;方才,分明兩次三番有人窺窗呀。到底是誰呢?他信步繞庭徘徊,心中思索著這難解的謎。

走到牆陰暗處,一個黑影撲簌而起;他嚇了一跳,凝目望去,卻是一隻雁,哀鳴著在空中飛繞了幾圈;似乎找不到可棲止的地方,倉惶地投向定惠院外,那一片河灘。

原來,方才幾度掠窗而過的黑影,就是牠!牠是失偶,還是離群了呢?為什麼孤零零的流落到這座庭院中?

是他!是他的好奇,使牠失去了在這院中唯一的棲止處;是他,驚走了牠。

他仰望月色朦朧的夜空,彷彿又看到牠在驚飛的一剎;牠回頭,向他投下的哀傷幽怨的一瞥,含著那麼多悽惶與憂懼。他不知道,牠有著怎樣的經歷,是怎樣離群的;但,仍能感受到那一份驚悸、恐懼;一隻孤雁,無助的驚悸和恐懼。

誰會在意一隻孤雁的心情？牠的憂傷、寂寞、淒苦，只有牠自己才知道呵！牠圍繞著定惠院，孤飛、哀鳴；定惠院中數百株的喬木，竟都沒有牠可以棲止的地方？

蘇軾幾乎同時想起了兩個截然不同的人，和他們的詩。一個是魏武帝曹操，他曾在〈短歌行〉中慷慨悲歌：

「月明星稀，烏鵲南飛，繞樹三匝，無枝可棲……」

而另一個是唐代的詩人張九齡，他在〈感遇〉中寫出另一種心境：

「孤鴻海上來，池潢不敢顧……」

不是無枝可棲，也不是不敢呵！只是，是一種近於貞烈的節操吧！這隻悽惶的孤雁，在這兒找不到一棵牠肯依託、肯棲止的樹；只為，那離牠的心性太遠了。所以，牠寧可投向那一片河灘；那一片寂寞、淒冷，卻不受驚擾，容牠安息的地方……。

❀

這一首〈卜算子〉是蘇軾貶謫黃州，居定惠院時的作品。後人附會，是為一戀慕蘇軾的女子而作，因無事實根據，且反使此詞境界為之減色，不足取。此詞內容寫一孤雁，卻語語雙關，實在是藉孤雁，寫自己一腔幽憤孤忠。在幽穆中，表現出一份執著的高潔情操。黃山谷云：「語意高妙，似非喫煙火食人語，非胸中有數萬卷書，筆下無一點塵俗氣，孰能至此？」黃山谷是蘇門弟子之首，此言堪稱確當！

# 臨江仙

蘇軾

夜飲東坡醒復醉，歸來彷彿三更。家童鼻息已雷鳴，敲門都不應，倚杖聽江聲。　長恨此身非我有，何時忘卻營營？夜闌風靜縠紋平，小舟從此逝，江海寄餘生。

不知道喝了多少杯，這一個晚上就在酒醒、酒醉之間輪迴。醉了醒，醒了又醉；等夜闌宴散，拄著杖，扶著醉意，回到家的時候，夜已深了。

叩著自家的門環，咚咚咚地，在夜闌人靜時特別響亮。在門外等了半天，卻不見人來開門。側耳傾聽，只聽到應門童子酣睡發出如悶雷似的鼾聲；他睡得是如此香甜，怪不得那麼響的敲門聲也吵不醒他了！

「怪可憐的！他一定一直撐著眼皮子等我；現在都三更天了，才睏成這樣，一睡就不省人事！」

蘇軾憐惜地搖搖頭，不忍去責備這個貪睡的童子，甚至不忍再敲門去吵醒他的美夢；雖然他自己此時也倦了；飲了太多的酒，令他昏昏欲睡。

「橫豎是進不去睡不成啦，散散步也不錯啊！」

他想著，慢慢走向江邊。

江水，不捨晝夜滾滾地流著；拍著江岸，掀起一陣陣的濤聲。從亙古以來，它就這樣流著，這樣唱著；今日、明日，千年萬載之後，它也不會改變的；任憑朝代改換，人事變遷；它本身似乎就是一種永恆的表徵。江濤是他眼前世界中唯一的聲音；並不喧雜，卻這樣令人震懾。江風吹著他的衣袂，吹醒了酒意，他拄杖靜靜地站著，靜靜地聽著。

夜更深了。風不知何時已平息；江面上也平平靜靜，只蕩漾著淺淺波紋。他從對江水永恆的神往中驚醒；想想，自己這幾十年，在人海宦海中浮浮沈沈，做著自己並不想做的事，說著並不想說的話，那有半點是屬於自己的真性情？活著，彷彿只為了別人，只為了利祿功名；明知道自己並不喜歡這樣，卻身不由己。就這樣汲汲營營，忙忙碌碌追求著虛幻。反問自己，連自己也不知道為了什麼；就這樣，不知所以地忙掉了大半生。面對著大江，這些事，幾乎微不足道得可笑。但有多少人拋得下這些世間俗事；自己又什麼時候才能拋得下這些，真正無羈無絆，真真實實的生活呢？

沈寂之中，風平浪靜的江流靜靜橫臥在眼前。「乘桴浮於海」，這一句話閃入了他的腦海；在人世之間，是找不到淨土的了。

「如果現在有一隻小船多好？那我就可以駕著小船順流而下，永遠離開擾擾塵俗，也不再為世事所苦，而能漂流在無際的大海上，海闊天空地度我還未曾浪費掉的生命了。」

❀

從這闋詞中，我們可以了解到蘇東坡是一個怎樣寬厚、仁慈、豁然大度的人物，可以了解他對世俗名利的淡泊。「道不行，乘桴浮於海」，他當時的不得志，抱負高遠，也都在短短詞章中表露無遺了。

# 蝶戀花

蘇　軾

花褪殘紅青杏小，燕子飛時，綠水人家繞。枝上柳綿吹又少，天涯何處無芳草？　牆裡秋千牆外道，牆外行人，牆裡佳人笑；笑漸不聞聲漸悄，多情反被無情惱。

前幾日，還爛縵枝頭的紅杏花，已經凋零將盡；只有晚開的幾朵，憔悴的依戀枝頭。屬於杏花的花信，已經遠颺了；不是嗎，在生發的綠葉間，已結出一粒粒綠色的小小杏子，正在和煦春陽中，躲在逐漸濃密的枝葉間，好奇的窺視著世界。

社日過了，梁上的燕子回來了；正忙著穿梭在花叢間，銜泥修補舊壘。冬日枯淺的小河，也因著東風解凍吧？綠漲春波，清清瀅瀅，歡悅的奏著輕快的曲調；繞著這一片住戶的外圍，向前流去。

河邊的柳樹，早改換了瘦癯疏落的面貌；在東風吹拂下，枝繁葉茂。垂著長長、綴滿如眉葉片的柳條，在風中搖曳；更不時吹吐出一大片的柳絮，漫天飛舞。

吹著，吐著，柳絮，也吹吐將盡，完成了生生不息傳宗接代的使命。春，到柳花吹盡，也所餘無幾；百紫千紅的繽紛季節，至此，已走到末程；春，已將歸去，退出這大自然的舞臺。

有多少人會因春歸而感傷呵！但，春歸，並不是可感傷的；也許，不再能見姹紫嫣紅的繁華景象，大自然卻仍充滿了蓬勃生機；看！空氣中一片芳草的青馨，它們正欣欣然的向廣袤大地的每一個角落鋪展；以它們旺盛的生命力，鋪向天涯、海角，為大地換上綠色的新衣。也許，這芊綿青草，不似春花那樣鮮麗、悅目，但，一味傷春，恐怕不但喚不回已逝花信，更把眼前另一番美景辜負了！

一道圍牆，阻隔了內外。牆外，是一條供人行走的道路，牆裡呢？

陣陣清脆悅耳的笑聲，自牆內傳出；牆外的行人，不覺駐足瞭望。只見牆頭不時閃過衣袂風飄的輕盈身影；他恍然：這正是閨中人做秋千之戲的暮春時節；那笑聲，來自擺盪秋千遊戲的閨中少女吧？

如此悅耳的笑聲，應當屬於綺年玉貌、明眸皓齒的俏佳人吧？她何以如此歡娛，如此得意？莫非，她也在擺盪間，居高臨下的看見了牆外癡望的行人？巧笑倩兮，美目盼兮，也許她藉此傳達著靈犀相通的脈脈情意？

行人陶醉了，更依依仰望牆頭；希望看到那有著銀鈴般笑聲的佳人，現身向他微笑。他佇立的凝望等待落空了，牆內笑聲，漸漸低微，遠去；終於消失了，只留下惘然牆外空自盼望的他。

原來，一切只出於他自作多情的想像。他有被騙的懊惱；無情的佳人呵！為什麼你要用笑聲來誤導我的感情呢？讓滿懷綺思柔情縈縛了我，卻又無情的讓我的美夢，在冷牆外幻滅！而想到方才自己竟因聽到笑聲，便作繭自縛的癡傻，他又不禁啞然失笑……。

❀

這一闋〈蝶戀花〉，是蘇東坡一首輕倩婉約的小令；由暮春時節發生的一個小插曲，來闡述他不因已然失落的過去，而辜負當前擁有美景的哲思；「天涯何處無芳草」，正寫出他超人的一種曠達；這種曠達，並不是見異思遷，而是不強求的順其自然。下片，他筆調詼諧，寫人生道上可能因自己的「一廂情願」，而落空的想望；這種落空，他的面對方式，大概是啞然失笑，自嘲一番：「多情反被無情惱」；雖不免懊惱，仍能自我解嘲，也是有大智慧、大度量的人，才做得到吧？

# 念奴嬌

蘇軾

大江東去，浪淘盡，千古風流人物。故壘西邊，人道是、三國周郎赤壁。亂石崩雲，驚濤裂岸，捲起千堆雪。江山如畫，一時多少豪傑。　遙想公瑾當年，小喬初嫁了，雄姿英發。羽扇綸巾，談笑間、檣櫓灰飛煙滅。故國神遊，多情應笑我，早生華髮。人生如夢，一尊還酹江月。

激濺的浪花，隨著濤濤滾滾向東奔流而去的長江，一波又一波地洶湧澎湃；前仆後繼，生生不息，自亙古，流過現今，流向永恆。

歷史的長河，也是一樣的吧？多少英雄志士，多少文采風流，多少可歌可泣的事蹟，多少傳頌至今的偉業……就像那激濺飛騰，奪目驚心的浪花一樣；在瞬息之間，就被時間吞噬，被後起的新浪所淘汰，成為往事陳跡，消失在歷史的長河裡，消失得無影無蹤。

站在長江邊岸，蘇軾凝注著奔騰的江水，感慨無端。在他立足處，有幾座殘敗毀圮的軍壘；軍壘西邊，陡峭的山壁，寸草不生，顏色赭紅，當地父老都說：

「這就是三國時代，周瑜火燒曹軍連環船的赤壁了；看！那土石的顏色，就是火燒成的呀；所以，才叫『赤壁』呢！」

蘇軾不知道故老相傳的說法，是否真確；但，這兒的形勢，的確險要非常，正是所謂易守難攻的兵家必爭之地。

看！那崔嵬崢嶸、岑崟參差的亂石，直矗穹蒼，彷彿硬生生崩裂了天上的雲朵。而以奔雷之勢，劈向岩岸，似乎想把那阻了他去路的邊岸震裂的巨浪，擊碎在山石上，捲起了一堆堆雪白的浪花；一波方才退去，一波又以驚人的聲勢，洶湧而至，無止無休的和山壁搏鬥著。

這是何等壯麗的畫面呵！蘇軾不禁為之震懾，又不禁神魂飛越；飛向那歷史上的三國時代，就在那個時代，風雲際會，造就了多少英雄豪傑！

那時，東吳的軍事統帥是都督周公瑾；他風流倜儻，文武全才，吳國人，多麼以這樣一位少年英雄為榮呵！他們親切地喊他「周郎」。

曹操率大軍南下，準備吞併東吳的那年，周郎才新婚不久；他的新婚妻子，是姿容絕世的小喬；英雄美人，羨煞了多少人呵！怎怪得他意氣飛揚，英姿煥發！

真是名下無虛士；這年紀輕輕，卻胸蘊百萬甲兵，韜略過人的少年英雄，搖著白羽扇，束著青綸巾，在敵人虎視眈眈下，瀟瀟灑灑，從容談笑布署，一把火，就把曹操的數百艘戰船，燒成了灰燼。

時間，無情的推移著；當時何等轟轟烈烈，改變了整個時勢的人與事，而今安在？只有不改的江山，殘留下幾許遺跡，供人追慕、憑弔罷了。

那少年英發，娶絕色嬌妻，建不世功業的周公瑾，若地下有知，該與小喬相視而笑；笑那獨立在江岸，神遊故國，追懷往事，感慨唏噓的人吧？頭髮都花白了，依然功業未就，功名未成……。

人生，就像一場夢；周公瑾夢過，蘇東坡呢？或者仍在夢中。大概只有天上的月，江中的水，才是永恆的；冷眼看著人在夢的舞臺上，不知是夢的演出悲歡離合！帶著了解，帶著悲憫，看幕啟幕落。

斟了一杯酒，他沒有喝，默默酹向江心，向著那一輪在江水中搖漾浮沈的月……。

❀

這一闋〈念奴嬌〉，是《東坡樂府》中，堪稱家喻戶曉的名作，題目是：「赤壁懷古」。蘇軾被目為豪放派詞人的代表人物，而這闋詞，也堪稱是豪放詞中的代表作品。氣勢壯闊，筆力雄奇，這種大開大闔的氣魄，無人能及。而「談笑間，檣櫓灰飛煙滅」，九個字，寫盡火燒赤壁的情節；較之〈永遇樂〉：「燕子樓空，佳人何在？空鎖樓中燕」十三個字，寫盡關盼盼事蹟，更見舉重若輕的功力。

蘇軾實在是曠古絕今的一代奇人，對他而言，「詞」，還只是牛刀小試呢！

蘇軾

莫聽穿林打葉聲，何妨吟嘯且徐行。竹杖芒鞋輕勝馬，誰怕？一蓑煙雨任平生。　料峭春風吹酒醒，微冷，山頭斜照卻相迎。回首向來蕭瑟處，歸去，也無風雨也無晴。

三月三日，到水邊去飲酒招魂，是自古傳下來的習俗。這習俗源於周朝的鄭國：在三月上巳日的這一天，國中士女，都執著蘭草到溱水洧水邊去招魂續魄；據說這樣可以袚除不祥，消災祈福。到了三國時代，魏國人就不管上巳不上巳了，訂在三月三日這一天為水邊招魂的日子。慢慢地，迷信的色彩也淡了，而變成文士的一種雅集。在三月三日，文友們一定相約到水邊去盤桓一日，曲水流觴，分韻賦詩，盡興而返。這種有趣又富於情致的習俗，一直在文士之間流傳著；到了這一天，總得應景點綴一番。本來，三月初正值春光明媚、鳥語花香的時候，又有誰不願意到郊外去走走呢？

蘇軾，是一個愛好自然的文人名士，自然也不願意放棄這一郊遊的機會；早就約好了文友，一起從相田到沙湖去。一大早，童僕們就忙著準備酒餚盃盞，先行把這些必備的用具送到目的地去安置妥當是必要的。他望一望天色，天上雖有雲朵，倒也不像就會下雨的樣子。於是，他決定讓童僕把雨具也先帶去，省得自己帶著累贅。打發了童僕們去後，他才和朋友們出發。大家都穿著輕便的衣裝；足踏芒鞋，手攜竹杖，一路慢慢地走，有說有笑的，倒也輕鬆愉快。不料走到半路上，天漸漸變了，雲愈來愈厚；不多久，雨沙沙地打在道邊的樹葉上，也沙沙地打在這一行遊客的身上。

「糟了，下雨啦！」

不知誰先叫了起來。一霎間，大家亂成了一團，有的用手護著頭；有的脫下外衣來遮蓋；有的躲到樹下；有的開始跑……大家都狼狽不堪。蘇軾見著，不由微微地搖搖頭，仍怡然自得，若無其事地慢步向前走；一邊走，一邊安慰著同行的友人：

別聽到雨打在林間葉上的沙沙聲，就慌了手腳吧！雨聲雖大，又有什麼妨礙呢？頂多把衣服淋濕了，那不也是難得遇上的痛快淋漓的機會嗎？我們腳下的芒鞋是那樣的輕巧；手中的竹杖更是稱手，有了這兩樣東西，走起路來輕捷舒適，比騎馬還勝幾分。我們何不就慢慢地，一邊走一邊吟詩嘯歌，愉快率性地享受這一趟旅行。一點點雨怕什麼呢？看！這細細的雨絲，濛濛的煙霧，把遠山近樹渲染得有如一幅寬闊的水墨畫，我們就是畫中人了。我們何妨把細雨輕煙，當作大自然給我們披上的蓑衣；披上這樣的蓑衣，置身在這樣的美景中，我真願意就這麼逍遙地徜徉一輩子呢！

春天像小孩兒似的，說哭就哭，說笑就笑；沒一會兒工夫，雨又停了，大家也就忘了剛才遇雨的狼狽，興高采烈地飲酒賦詩，享受偶得的閒暇和林泉之樂……。

酒酣耳熱，賓主盡歡，早已忘記了時間。一陣春風迎面吹來，夾著料峭春寒，猛然吹醒了七八分醉意；抬頭一看，竟已日銜西山了；斜日帶著餘溫，彷彿善意提醒大家「該回去了」。怪不得那陣風竟有些襲人，春天的早晚，原本是有幾分寒意的。

「順原路回去吧！」

回頭向著來時遇雨的路上走去；歸途中沒有風，沒有雨，連太陽也沒了蹤影……。

❀

郊遊途中遇雨，又沒有雨具，大概多數人都會覺得狼狽而又掃興的。在這種滿心抱怨的情況下，誰還有興趣去欣賞四周的美景呢？事實上，抱怨有什麼用？抱怨，既不能令雨止天晴，也不能令天降雨具給人遮蔽；只徒然自己懊惱，並因此失去更多本來可以得到的樂趣而已。話雖如此，但這一層道理並不是人人能領悟的，真做到的人就更少了；唯有胸襟豁達的智者，才能突破「人之常情」的狹隘局限，達到不為周圍環境所左右的境界；那境界使得天地遼闊，使得人灑脫自在，對於周遭的種種不順遂，都不縈心了。

蘇軾這闋詞，雖然題目中說明為三月三日沙湖道中遇雨而作；但我們從詞中讀到的，卻不僅是「遊記」式單純的敘述或描寫而已；它表現的不僅是文人的情趣，更是哲人的境界。我們不必穿鑿附會，風、雨、晴，代表什麼；卻能領悟，風雨晴不過是人生旅途上的偶然事件，不必太耿耿於懷。當事過境遷再回首時，往往會發現，那已是「也無風雨也無晴」的空茫一片了。由此，或許使人能學得一點「寵辱不驚」的淡泊吧！

# 水龍吟

蘇軾

似花還似非花，也無人惜從教墜。拋家傍路，思量卻是，無情有思。縈損柔腸，困酣嬌眼，欲開還閉。夢隨風萬里，尋郎去處，又還被、鶯呼起。不恨此花飛盡，恨西園、落紅難綴。曉來雨過，遺蹤何在？一池萍碎。春色三分，二分塵土，一分流水。細看來不是楊花，點點是離人淚。

一陣風，吹起了漫天風絮。

輕輕拈住一毬柔絮般的楊花，蘇軾把它平放在掌心裡，細細觀看。說不是花吧，分明有花之名，也有根、有源；說是花吧，偏又沒有花朵該有的美麗姿容、芬芳香氣。只是一毬茸絮，一點沒有足縈人心處；怪不得，沒人摘，沒人憐，任憑隨著一陣風，漫天飛舞、墜落，離開了託身的家，飄泊流落在道路上。

實在不了解，這些漂泊的楊花，到底是有情，還是無情呢？她被那麼多絲絲縷縷纏縛著，彷彿是柔腸寸結；她那麼柔弱的沒有一點分量，彷彿困倦了，美夢方酣；輕輕吹一口氣，她也只微微顫動了一下，似乎睜動一下眼簾，又沈沈睡去。

不知她的夢是什麼光景？或者，她的前身，就是「打起黃鶯兒，莫教枝上啼，啼時驚妾夢，不得到遼西」的閨中思婦，終於化成了一片能乘風而飛的楊花，得遂她萬里尋找夫郎的願望；只怕，思婦的夢，永遠只能是夢；終究，還是要被那不知趣的黃鶯兒，在窗外的聲聲清啼，把尋夫的夢，喚醒、驚破。

楊花，任憑飛舞、墜落，也不會有人注意憐惜的！人們遺憾的，是繁花如錦的名園，飄零的落花，再也難重綴枝頭；當楊花飄舞的時候，春已將暮！

清晨，若下了一陣雨，楊花就更連影子也尋不到了；她將不再是楊花的形貌，而化作池塘上的點點浮萍。(註)

一春景色，如果總共有三分的話，到頭來，總是兩分歸向塵土，化作春泥；一分飄落水面，隨水逝去。

春，如今又在何處呢？仔細看看手掌中的楊花，那麼柔軟、輕盈、潔白。她是楊花嗎？不，楊花，並不是「花」，而是千古以來，征夫思婦流不盡的離別之淚！

❀

這一闋〈水龍吟〉是蘇軾的名作之一。前有小題：「次韻章質夫楊花詞」，所謂次韻，是依照他人作品的韻腳和作之意；這是古代詩人、詞人之間，常用的一種酬唱方式。由於詞牌、題目、韻腳都受了限制，要寫得出色，非有高超的造詣不可。這闋詞，就被後人評論：比章質夫的原作還要佳妙，甚至有人認為，蘇軾的和詞像原作，章質夫的原作像和詞。也就是說，蘇軾在韻腳受限的情況之下，仍自然流暢，圓轉自如，一點也看不出牽就韻腳的生硬來。反之，章質夫作品，不夠婉轉圓潤，倒比蘇軾和作生澀矯揉，所以說他原作像和詞了。

蘇軾詞作，大多曠達渾厚，前人歸入「豪放」一派。此詞詠楊花，卻是清新婉麗，可與任何「婉約」派詞人媲美呢！

為給讀者做個比較，謹把章質夫〈楊花詞〉原作列於文末：

水龍吟

燕忙鶯嬾花殘，正堤上柳花飄墜。輕飛點畫青林，誰道全無才思？閒趁游絲，靜臨深院，日長門閉。傍珠簾散漫，垂垂欲下，依前被、風扶起。

蘭帳玉人睡覺，怪春衣、雪霑瓊綴；繡床漸滿，香毬無數，才圓卻碎。時見蜂兒，仰黏輕粉，魚吞池水，望章臺路杳，金鞍遊蕩，有盈盈淚。

（末段句讀與蘇軾作品略有不同，是蘇軾常不受繩墨束縛之故。亦有人斷蘇作為「細看來不是、楊花點點，是離人淚。」以合詞律，讀來卻覺拗口，今人多不採。）

（註）古人相信，浮萍是楊花所化，其實是楊花落在淺灘，絮中種子，發出的小青芽，與浮萍形似，而被古人誤為浮萍。蘇軾承襲此說，故云：「遺蹤何在，一池萍碎。」

# 江城子

蘇軾

鳳凰山下雨初晴，水風清，晚霞明。一朵芙蕖，開過尚盈盈。何處飛來雙白鷺，如有意，慕娉婷。　忽聞江上弄哀箏，苦含情，遣誰聽？煙斂雲收，依約是湘靈。欲待曲終尋問取，人不見，數峰青。

一艘官船，從西湖南岸的南屏，沿著六橋，在孤山下泊了岸。遊人紛紛駐足指點：

「蘇學士遊湖來了！」

對杭州開發，不遺餘力；為浚西湖，造福百姓，不惜冒受天子嚴譴之險的翰林學士蘇軾，對當地人來說，不是一個可畏的官長，而是可親又可愛的民牧。當一襲便衣的蘇軾，登上湖岸，遊人便不由自主的擁了過來，七嘴八舌地問好。更有大膽的，問道：

「學士今日遊湖，何以不見笙歌管絃助興？」

蘇軾拂髯笑了，指指身後兩位素服青年：

「他們兩位有服在身，卻拗不過我的遊興，勉強伴我遊湖，已然越禮；再陳女樂，恐怕他們要如坐針氈，逃之夭夭了。」

引得眾人一陣哄笑，待遊人漸散，他領先拾級，登上竹閣。指點：

「這兒視野最好，南望雷峰、南屏，西眺六橋勝景；幾時閒暇，應邀幾位朋友，一一為六橋品題命名，也算不負我這番守杭了。只不知，後人會怎樣稱呼我任中所修的那一道堤呢！」

年齡較長的客人笑道：

「現今杭人稱白香山所修的堤為白公堤；我公修的，想必援其例稱蘇公堤了！」

「蘇公堤，蘇堤；我特意命匠人在堤上廣植芙蓉楊柳，若干年後，花紅柳綠，那一派春光，點綴湖山勝景，總也可以為杭人留點去思了。」

蘇軾怡然地把目光自六橋向左移轉；湖對岸，方才為霧遮雲掩的鳳凰山，迤邐分披出一片清朗的天地；薄薄的斜陽，烘著雲霞，蔚然如錦，把湖光山色，渲染得旖旎明麗，不可方物。清涼的晚風，輕盈地踏過水面，迎面而來，掀起了無數細碎波紋。經過了湖水的過濾，晚風似乎也清澄透明得不含一點俗塵。他忍不住深深吸上一口氣，道：

「真個好風如水！」

「是呀！方才經鳳凰山前，還飄著雨，如今那面又晴了。霎兒陰，霎兒雨，霎兒晴，西湖一天內的氣候變化，真叫人捉摸不定呢！」

年幼的客人道。年長的截口笑道：

「也就是因為如此，才更顯出西湖不同面貌的美！」

他頓了一下，長吟：

「『水光瀲灩晴方好，山色空濛雨亦奇。』這兩句學士的新詩，寫盡西湖氣候變化之美了！」

蘇軾凝目笑問：

「賢昆仲也讀了拙詩了？」

弟弟搶著說：

「連三歲孺子也朗朗上口了，學士竟不知道？」

蘇軾軒朗一笑，負手站起，以手指叩著竹閣的亭柱，對著飄蕩著湖煙的西湖吟唱：

「水光瀲灩晴方好，山色空濛雨亦奇。若把西湖比西子，淡粧濃抹總相宜！」

吟聲裊裊未絕，湖面上卻傳來了幾聲琤琮絃聲，引動了主客三人的注意。

不知何時，霧散雲開，湖面上出現一艘裝飾著綵帶的美麗畫舫；畫舫推開的窗櫺中，臨窗端坐著一位正低眉彈箏的麗人，身後或站或立著幾個服飾鮮麗的侍兒。綵舟漸漸駛近，舟中人眉目亦漸清晰；只見麗人年約三十，衣裳淡雅，眉目間，隱含著淡淡清愁，風致楚楚，比之隨侍的青春少女，更有一番動人的丰神。眉秀春山，目凝秋水，端麗異常；那一分自然流露的閒雅風韻，使臨水竹閣中的三人，不由屏息。兩位客人，更流露出傾慕的神態。

「看，哪兒飛來了一雙白鷺，在對那朵半殘的風荷，傾訴情衷呢！」

蘇軾指著兩個白衣青年調侃。年長的紅著臉打岔：

「不知所彈何曲？」

蘇軾斂起了笑謔的神情，側耳傾聽。只覺曲調淒楚幽怨，隨風，更送來斷續哽咽的飄渺歌聲：

「攜琴上高樓，樓高月華滿……人道湘江深……淚滴湘江水……」

蘇軾也動容震懾了：

「『淚滴湘江水』，難道，竟是湘靈？」

他憶起那古老的傳說：大舜死於蒼梧，舜的二妃娥皇女英自殉於湘江，而成為湘江水神。常乘綵舟，鼓瑟悲歌，以悼念大舜，後人稱為湘靈。她來無跡，去無蹤；人們只偶爾在水畔，聽見泠泠清音，鄉人口耳相傳，道是湘靈鼓瑟……。

而今，他竟然不僅聞其聲，且有緣一覿真容了！他想，應該上前致意；問她，何以時隔千年，猶難解眉上愁痕，曲中幽恨？這一曲幽怨，又是為那位知音而彈……。

在他失神冥想的片刻間，畫舫已然盪向了煙波深處，在飄飛的湖煙水霧間，只剩下一個依稀的影子。琴韻、歌聲都遠了，模糊了，終於，船影、歌聲，兩皆渺茫……。

「學士！學士！」

他在搖撼中醒來，甚至不確定方才的畫舫、麗人，琴韻、歌聲，是曾存在的事實，還是一場無痕的春夢？

湖上，氤氳的湖煙散了，只剩下夕陽餘暉中的鳳凰山、萬松嶺屹立對岸，迤邐向西。蓊鬱如黛的山色，在暮色中，抹上了幾許紺青，映著幽闃的湖水，低眉，無語……。

❀

這一闋〈江城子〉，是蘇軾守杭時的作品，寫得如真如幻，迷離唯美，十分動人。末句用唐人詠湘靈鼓瑟詩：「曲終人不見，江上數峰青」，更引人悵惘低迴。《墨莊漫錄》有一段對於此詞的記載，試取其情節演示，以饗讀者。

# 八聲甘州

蘇軾

有情風萬里捲潮來，無情送潮歸。問錢塘江上，西興浦口，幾度斜暉？不用思量今古，俯仰昔人非。誰似東坡老，白首忘機。記取西湖西畔，正春山好處，空翠煙霏。算詩人相得，如我與君稀。約他年東還海道，願謝公雅志莫相違。西州路，不應回首，為我沾衣。

守杭三年，朝廷下了旨意，召蘇軾回京，任翰林承旨。回京，不能說不好，許多人還求之不得呢，但……兩度守杭，他對杭州，有太多的眷戀；杭州西湖的美麗，風土人情的濃郁，錢塘江潮的壯闊……。江潮在海風多情的催動下，自萬里之外，奔騰而來；排空捲地，聲勢驚人，蔚為奇景。然而，潮來，總有退去的時候；有情而來，又無情而去；一年年，一月月，總在這錢塘江上，重複的上演著。

他，總在西興浦口看潮來，又送潮去；同時送去的，是一個個落日，一個個黃昏；不知不覺，送去了多少流光歲月？

說什麼古往今來呢？又感慨什麼興廢存亡呢？其實，就在人一低頭，一仰首間，今我已非故我。有多少人，能逃得過人世風濤的簸弄與吞噬！願意做一個白首忘機的人，不再浮沈於宦海的紛爭傾軋中，然而，這一份超脫的心境，又有誰了解呢；到頭來，他只怕仍免不了失陷在宦海風雲中呵！

西湖！多美的地方！參寥子，多難得的方外知己！總記得，在西湖最美的季節中，與參寥子徜徉在西湖西畔的春山中，欣賞著山林的空翠，雲煙的變幻，吟詩聯句，彼此稱賞。誰說文人相輕？他與參寥子，是如此的相得，這一種，超越了世俗界限的文章知己，恐怕也是世間少有的了。

「安石不出，如天下蒼生何？」然而，謝安並無心戀棧權位；他始終不忘歸隱東山的初衷，甚至，已造泛海之裝，準備由海道東還。然而，天不假年，他離開建康，走到新城，便因病折返；入西州門，就沒有再走過西州路。以致於，他的外甥羊曇，不忍過西州路，每刻意避開，繞路而行。有一次，因醉酒，而經西州路，忍不住痛哭；哭他進了西州門，就再也不曾重出此門的舅舅。

他和謝安一樣，也有一個「東歸海道」，重返杭州的願望，但……

希望，這願望不落空，希望，不要讓參寥子像羊曇一樣，在路過西州門的時候，為蘇軾而痛哭失聲……。

這一闋〈八聲甘州〉，是蘇軾元祐六年應召回京時，寄給他的方外友人參寥子的。這闋詞，氣勢極為壯闊，又復慼慨蒼涼，更含蘊著由人生無常中了悟的哲理，頗耐人尋味。

# 減字木蘭花

蘇 軾

春庭月午，搖蕩香醪光欲舞。步轉迴廊，半落梅花婉娩香。
輕煙薄霧，總是少年行樂處。不似秋光，只與離人照斷腸。

「如此梅花！如此月色！可惜，世人只知上元賞燈，把月倒冷落了！」

與妻子王氏並肩在庭院中閒步的蘇軾，沈浸在暗香微度、月光如水的景致中，不由慨嘆。

梅花，已開始凋零，卻仍不失爛縵。當他們轉過圍著卍字欄干的迴廊，縷縷沁人心脾的清香，便拂面而來。使他們忍不住步下石階，在聚星堂前，梅花庭院中留連徜徉。

「這可是少游詞中所謂『華燈礙月，飛蓋妨花』了！其實，春月何曾比秋月遜色？偏世人只知附庸風雅，非到中秋，記不起賞月！」

他仰頭望月，不免為這一輪清光不減中秋的明月抱屈了。

「我倒喜歡春月；春月和悅宜人，給人嫵媚溫柔的感覺；秋月，卻令人愁慘感傷！」

蘇夫人王氏笑著說。蘇軾訝異道：

「你總說你不懂詩，結縭多年，我竟不知你是位詩人呢；這幾句話，實在是詩呀！」

王氏笑道：

「鄭康成猶有解詩婢，我嫁為才子婦這麼多年，豈能不略識風雅……」

蘇軾捋鬚大笑，王氏接著說：

「如此良夜，辜負可惜；你何不請趙德麟他們來，在此花下設宴，飲酒、賞月？」

「好！真不愧為才子婦！你去整治酒菜，我立刻折柬邀趙德麟，和歐陽兄弟來！」

歐陽兄弟，是蘇軾恩師歐陽修的兩個兒子，一位叫歐陽棐，一位叫歐陽辯，和字德麟的趙令時，都是蘇軾的朋友。他們一接到蘇軾的請柬，立刻都到了。

在梅花下，王氏早安排了杯盞菜餚。賓主依次坐定，蘇軾首先為大家斟上了酒，尚未勸飲，趙德麟先笑：

「東坡先生今日好雅興！邀我們來賞梅花！」

蘇軾笑著指指升至中天的明月，笑道：

「今日，月為主，花為賓。來，先乾幾杯，我再為你們話因由。」

喝下了幾杯，又把杯再斟滿，有了幾分微醺的蘇軾眼中，月光更美了；她不僅是靜靜端坐夜空，她更落入了他手中的酒杯中，隨著酒面微波，舒遲地搖出一片欲舞的光影盪漾。

他向三位朋友敘述王氏對春月與秋月的看法，贏得三位朋友一致讚歎，他卻嘆了口氣，說：

「本來，這樣月似輕煙花如霧的良辰，是屬於年輕人的，我都快六十了，風花雪月的心境，也消減了，倒是真不忍負她一番雅意！想想，梅花快落了；來月，月仍會圓，畢竟陰晴莫測，而且一定是沒有梅花了。年輕時不覺得，到我這年齡，才會了解，珍惜現有的一切，多麼重要！行樂須及時呵！」

他頓了一下，道：

「你們，恰如春月，照著清吐幽香的梅花，照著共飲佳餚美酒的朋友，和悅溫馨。而我卻像月到秋日了，就不免帶上幾分清冷慘淡，宜照的，也不是歡聚，而是別離了……」

❀

這一闋〈減字木蘭花〉，是蘇軾的作品。他自題小序：「二月十五夜，與趙德麟小酌聚星堂」，趙德麟則在《侯鯖錄》中，有詳細記載：東坡夫人認為春月令人和悅，秋月令人悽慘，及建議東坡邀約友朋賞月花間的始末。但他所記是「正月」，依「半落梅花婉娩香」來看，正月是對的；二月（農曆）梅花早已落盡，當已「綠葉成陰子滿枝」了，而且，趙德麟是當時在場的人，記載應可信，小序「二月」，恐是傳刻之誤。

# 青玉案

蘇軾

三年枕上吳中路，遣黃犬，隨君去。若到松江呼小渡，莫驚鷗鷺。四橋盡是，老子經行處。　輞川圖上看春暮，常記高人右丞句。作箇歸期天定許，春衫猶是，小蠻針線，曾濕西湖雨。

「真要走了，伯固？」

「是的，我已三年沒有回吳中，也該回去看看了。」

「三年；真快，你跟著我在杭州，已經三年了。是該回去看看了，幾時動身？」

「後天，今天特地來向學士辭行。」

「三聚三別，下次不知何時何地再見，明夜，就在西湖為你餞行吧……」

「謝謝學士。」

聽到蘇堅要回姑蘇的消息，蘇軾一時竟惘然了。蘇堅，與他同宗，不但博學多才，為人又重諾尚義。他為杭州太守，蘇堅監杭州在城商稅，時相過從。蘇軾守杭三年，為修水利，灌農田，濬河、開湖、築堤、植柳；這一面嘉惠農民，一面美化西湖的工程中，在在都含孕著蘇堅的智慧和匠心。是蘇堅策畫協助，才使他的胸中丘壑，理想藍圖，實現在西湖的山光水色中。

因著他同宗，在他心裡，蘇堅不啻是兄弟子侄。在三十年來的宦途崎嶇中，他早已看淡了人情冷暖，世態炎涼；也因此，對蘇堅向他伸來的這雙溫暖的手，他更有異乎尋常的感激和安慰，而產生了一種近乎親情的深摯友情。

如今，蘇堅要回吳中故居；為蘇堅，他應該歡喜；遊子還家，自然是喜事。可是，想到以後生活中，連親如家人，聊慰寂寥的蘇堅也不在了，即使以豁達自許的他，又怎能不為之黯然？

中天有月，這一席餞別宴，就設在新築堤上的小亭中。夾堤的桃柳，桃含笑，柳含煙，在月光下更有一種朦朧的美。舉起酒杯，蘇軾只喊了一聲：

「伯固……」

頓然眼前有些模糊起來，匆匆便一飲而盡，藉以遮掩。蘇堅也只覺離愁填堵著胸臆，卻說不出話來，也一飲而盡。一旁侑酒的侍兒歌姬，見他們心情沈重，也不敢如平時一般，嬉笑無忌，只默默把空杯再斟滿。瞬間，二人已相對喝了好幾杯了。一位年齡較長，善於應對的歌姬，見他們直喝悶酒，忍不住婉言調和沈悶的氣氛：

「學士，今日送主簿，酒已足，豈可無詞？」

「真的！豈可無詞，取筆硯來！」

未待墨濃，他已一揮而就，遞給歌姬：

「唱來！」

那歌姬默讀兩遍，倚調而歌，那是一闋〈生查子〉：

「三度別君來，此別真遲暮，白盡老髭鬚，明日淮南去。酒罷月隨人，淚濕花如霧，後夜逐君還，夢繞湖邊路。」

蘇堅感動地道謝：

「學士，你真說到我心裡了；回吳中，這三年，不知夢見過多少回；可是，真到離開杭州了，恐怕，真如您所說，明日淮南去，到了後夜，就要『夢繞湖邊路』了。」

他站起身來，走到亭邊，月下湖山，格外清麗幽寂，他凝望了好一會兒，才開口：

「我自幼喜愛王摩詰詩，尤其喜愛寫輞川別墅的那幾首；常恨不與摩詰居士同時，恨不見輞川圖。直到，我遇見了您，見到了西湖……學士，我才覺得不虛此生了；您清才不減摩詰居士，西湖風光不遜輞川別墅，我，暗自以裴迪自許。可奈，三年匆匆……學士，我知道，您一直有歸田之計，他日，若要買田，請勿忘姑蘇，那兒，也是歸田佳處，您會喜歡的。」

蘇軾微笑了，許多往事，擁上心頭：

「我已經喜歡了。姑蘇與杭州並稱，且人文薈粹……」

一位年齡較稚的歌姬搶著說：

「那寫『一川煙草，滿城風絮，梅子黃時雨』的賀梅子，便住姑蘇橫塘。」

「你也知道賀方回住橫塘？可會唱〈青玉案〉？」

蘇軾藹然問。那歌姬年幼，問到她，又羞澀，不肯答了。旁邊有人代答：

「她最喜唱〈青玉案〉！」

蘇堅想了一下：

「學士好像去過姑蘇幾次？」

「是，好多次。在我感覺裡，姑蘇也如家一般的親切……我也想學陸機一般，派一隻黃犬，跟你去姑蘇；一方面，替我送你，另一方面，也好代我去給一些老友故人，捎個平安信。」

蘇堅笑了：

「這一件事，我也可以代勞呀。學士的老友故人，只要告訴我名姓住處，我也可以帶信去的。」

蘇軾沈入了杳遠的回憶中；目光柔和而帶些微的感傷，有如月光下朦朧的湖水：

「你知道松江小渡？」

「知道，我回去，也要呼渡過江的。」

「那兒，住著我一群鳥朋友；鴛鴦、鷗、鷺，牠們幽棲水澤，你呼渡過江時不要驚擾了牠們。」

對這一老人，蘇堅是了解的；了解他對天地萬物的摯誠熱愛，不僅於人，也及於異類。恭聲應道：

「是！」

「還有四橋，那兒景色奇絕，不遜西湖……那兒也是我這老頭子當年常去的地方，不知景物仍似當年否？」

「學士，只聞風景不殊，人事全非；未聞景物易改的。」

「風景不殊，人事全非……人事全非……」

蘇軾感嘆著，負手喃喃。一位和蘇堅平日交好的歌姬，拉著他的衣袖，依依地問：

「主簿，這番回去，還來不來？」

蘇堅尚未答言，蘇軾卻一嘆：

「伯固，此情莫負！」

蘇堅腦海中，靈光閃動：

「學士人事全非之嘆，莫非是為了……」

他吟出蘇軾〈阮郎歸〉中的幾句：

「佳人相問苦相猜，這回來不來？」

蘇軾一嘆點頭：

「那時，我自杭赴密，名雖是升為太守，實則艱窘異常，恰如杜詩所云：『厚祿故人書斷絕，恆饑稚子色淒涼。』重過蘇州，太守王規父，倒是頗重舊誼，在閶門相送。席間有一姬舊識，歌舞冠於群倫，知我寒素，贈羅衫一襲，且有此問。當時，王規父也深感動於此語，曾有意為她脫籍……然而，我自顧不暇，為賦〈阮郎歸〉、〈醉落魄〉；當然，有自嘲阮囊羞澀，落魄江湖之意，終究是負了這番深情……」

在一旁靜聽的歌姬，都動容了；其中一位，竟雙目含淚，向前斂衽：

「學士，奴家自薦，為學士重唱〈醉落魄〉。」

和著笛聲，她歌聲淒婉：

「蒼顏華髮，故山歸計何時決？舊交新貴音書絕，惟有佳人，猶作殷勤別。　離亭欲去歌聲咽，瀟瀟細雨涼吹頰。淚珠不用羅巾裛，彈在羅衫，圖得見時說。」

曲罷，靜默了半晌，蘇堅忍不住追問：

「『彈在羅衫，圖得見時說。』學士，後來可曾再見？」

「沒有……宦遊飄泊，身不由己。可笑那時，正在盛年，說什麼『蒼顏華髮』！如今，我垂垂老矣，佳人，只怕也是『綠葉成陰子滿枝』了。」

那唱曲的歌姬，也忍不住問：

「學士，那一件彈著佳人珠淚的羅衫呢？」

「已經舊了，還穿著；身上這件就是。」

「呵！」

這一件半舊青衫，原是他們熟見的，卻不知道，其中有這樣深情。

「學士！我回到姑蘇，打聽一下，只怕還打聽得到她的下落。雖然時已隔十餘年，總是一段舊情，學士未忘，想她也未忘。縱使今生無緣，也當有一言相報，以慰故人。『圖得見時說』，說些什麼？」

蘇軾輕撫衫袖，沈吟半晌，才道：

「春衫雖舊，仍是當年小蠻針線；它跟著我宦海浮沈，走遍大江南北。尤其這三年，在西湖上，風吹、日照、露浥、雨濕……伯固，你當知我此心！」

蘇堅點點頭，眾歌姬也動容無語。久久，才聽到蘇軾吟道：

「春衫猶是，小蠻針線，曾濕西湖雨……」

回頭取過紙筆，又揮就一章，卻交給那愛唱〈青玉案〉的小歌姬：

「你喜唱賀方回〈青玉案〉，這是和方回韻填的，你可願為我一唱？」

皓月當空，波平如鏡；桃李無言，楊柳低眉，裊繞西湖的，是清歌幽咽……。

❀

〈青玉案〉題為「和賀方回韻，送伯固還吳中。」伯固，姓蘇名堅。在蘇軾守杭開西湖這件工程上，得蘇堅助力最大。前後跟隨蘇軾達三年之久，自己巳（哲宗元祐四年）到壬申春（元祐七年）湖成，始辭歸吳中（姑蘇），所謂「三年枕上吳中路」即指此事。當時，蘇軾五十七歲。蘇堅重誼尚義，蘇軾遠謫海南儋州北還時，蘇堅於南華（廣東韶州）相待；黃庭堅謫死宜州，也是他親赴嶺外，才得歸葬。風義如此，蘇軾臨別依依，至於「淚濕花如霧」，就不足怪了。

況周頤特賞此詞末四句，云：「上三句未為甚豔，曾濕西湖雨，是清語，非豔語。與上三句相連屬，遂成奇豔絕豔，令人愛不忍釋。」筆者以為，豔猶其次，其詞清情切，才令人為之縈心迴腸呢！

# 賀新郎

蘇軾

乳燕飛華屋，悄無人、桐陰轉午，晚涼新浴。手弄生綃白團扇，扇手一時似玉。漸困倚、孤眠清熟，簾外誰來推繡戶？枉教人，夢斷瑤臺曲，又卻是，風敲竹。　石榴半吐紅巾蹙，待浮花浪蕊都盡，伴君幽獨。穠艷一枝細看取，芳心千重似束。又恐被、秋風驚綠。若待得君來，向此花前，對酒不忍觸。共粉淚，兩簌簌。

庭間，那一樹葉影重疊的梧桐，被轉過亭午的斜陽，篩落了一地清蔭。

周遭靜悄悄的；連最聒噪的蟬，也暫停下了高亢的長吟，躲在高樹的枝椏葉隙間休息。沒有人影，沒有人聲，只有剛學會了飛翔的乳燕，圍繞著這華美的屋宇，樂此不疲的穿梭追逐。

趁著風涼，新浴才罷的她，無聊賴地拈著一把團扇，無意識的閒弄著；那生綃的扇面，閃著幽微的絲光，她那清涼無汗的素手，也纖白晶瑩；映著素扇，讓人感覺晶瑩白皙，扇手一色，都清潤如羊脂玉雕成的。

慵然的倦意，爬上了她的眼睫；這炎炎夏日的寂靜午後，那麼容易使人困倦；是白晝太長了吧？日長如此，怎怪得人慵倦。

斜倚著那張湘妃榻，她恬然進入了夢鄉……。

「咔咔！咔……」

「誰？」

她驚覺坐起，一時分不清此身何在；剛才，她和他攜著手，在一處玉宇瓊樓的曲欄深處，喁喁細語，剛才……

是誰敲門嗎？沒有玉宇瓊樓，沒有曲欄深處，沒有他，是誰敲門呢？敲斷了她美麗而迷離的夢。

她走到門前，卻闃無人影，留給她一心的納悶；是誰呢？敲斷了她的夢，卻又悄悄遛了，怎麼可以這樣……。

她怨艾著，忽然又是一聲：

「咔咔，咔。」

仔細尋覓觀察，找到了聲音的來源，卻不由廢然而嘆；那是人叩環推門呢？只是，風，搖撼著叢竹……。

默默地，她收回了目光；默默地，徘徊在晚風收暑的庭院；綠蔭庭院，早失去了春日群芳競艷的繽紛，一片濃綠中，幾朵紅艷，驀然閃入了她的雙眸……。

「石榴花！」

是石榴；紅勝火的石榴！百花落盡後，佔一夏風情的石榴。

「石榴花，是最美、最艷，又最多情多意的；你看，一春下來，百草千花都凋盡了，就只有石榴花，不畏炎夏，默默開放，伴著孤寂的人，慰著孤寂的心……」

記得，在一個石榴花開的季節，他這樣說。那時，他正是最失意的時候。

她不知道，他為什麼對她說這些話；她知道，在那一刻起，她決心做一枝石榴花；在他最孤寂的時候，陪伴在他身邊的石榴花。

凝視著那紅艷的花枝，半吐的石榴花，像一條縐摺盈握的紅紗巾；那疊疊層層的花瓣，就像重重幽曲，無以開展的愁心一樣。

她，發現，她真的變成了一枝石榴花；姿容絕世，卻沒有人能解開那幽曲重重，沒有人能了解她那幽微的衷愫。

他，畢竟沒有了解石榴花；石榴花，也會凋殘的；或者，把千萬點的珠淚，蘊貯做一囊的晶瑩……。

「秋天，秋天我就回來！」

秋天，她寂寞地笑了；沒有人在秋天還能找到石榴花，只因，那時花已落，連淚，都迸裂作無數晶瑩，散入泥塵。

也許，那時，他會回到這一樹石榴前；也許，他會想起，那曾如石榴花般忠貞相伴的女子；那時，或許他會觸動了靈思，終於了解了石榴花的一片貞心，再不忍去飲下那杯中酒。只是，她也許看不到了，只有石榴能看到，看到他徘徊不去……或許，也會和她一樣吧，在花前揮不盡簌簌的淚。

❀

〈賀新郎〉是蘇軾詞作中十分有名的作品，後人並為它附會了不少荒誕不經的故事。撇開那些附會來看，它該是一首夏日閨情。下一半，全寫石榴花。如果讀者有心，將詞中描寫石榴花的句子，和花做一對照，必會讚歎描繪的生動細膩，寫「活」了石榴花呢！

# 鷓鴣天

黃庭堅

黃菊枝頭生曉寒，人生莫放酒杯乾。風前橫笛斜吹雨，醉裡簪花倒著冠。

身健在，且加餐，舞裙歌板盡情歡。黃花白髮相牽挽，付與旁人冷眼看。

是花殘葉落的秋天；是露寒霜重的清曉。

娉娉婷婷的黃菊，煥著金色的暈彩，衝破了秋風曉露，在枝頭綻開了。她無意為蕭瑟大地作點綴，她只是一個大自然的挑戰者——秋風多厲，淩逼不了她，她驅策秋風來增添她的高潔風姿；曉露清寒，威迫不了她，她召喚曉露來滋潤她的淡雅容顏。——她勝利了，淡淡地散著清冷的香氣，傲然凝立在秋風曉露中。

人生，不也是一樣的嗎？人生的旅途上，也佈滿了坎坷、顛躓；一如大自然中的雨雪風霜。有多少人在人生旅途中一蹶不振；有多少人以自憐自艾、怨天尤人終其一生；如秋風中的殘花敗葉，在悲嘆中，抑鬱以終。

為什麼不淡然些、豁達些呢？一個人的得意、失意，在歷史的洪流中，算什麼呢？過去的，不可追；未來的，不可知，為什麼不把握住真真實實的現在？「此身猶健」是多麼大的幸運！還不該努力加餐，善加維護嗎？還不該欣然舉杯，相互慶賀嗎？「莫使空樽對明月」，的確是的，人生的喜怒哀樂之情，莫不宜酒；世界上若沒有酒，人生還有什麼趣味呢？酒杯中的世界，或許不大真實，但，常比現實的世界美好一些、溫暖一些；人在酒杯中，也能找回多一點的自由，多一點的率真——那被埋在世俗禮教之下的率真。

那率真無偽、任情自適的境界，是多麼令人嚮往：臨風而立，橫吹著短笛，讓清越的音符，交織著斜飛的雨絲，隨風飄舞；醉醺醺地，摘下一朵黃菊，顫巍巍地往頭上插；只要自己心裡快活，又何必介意是不是把帽子碰歪了，戴倒了呢！帽子戴倒了，又怎麼樣？這些細微末節，真那麼重要嗎？人為什麼總被這些細微末節所束縛、所囿限、所困擾呢？為什麼不能率性而任真的，真真實實地為自己而生活，為什麼要耿介於世俗的目光，屈服於禮教的形式？難道，這些細微末節真足以代表一個「人」嗎？足以抹煞一個人的「內在」？

可嘆的是，人在清醒時，總是無法自那重重束縛中把自己釋放出來的，總是戒慎恐懼地生活的，只有在醺醺醉意中，才真正能找回自我。

及時行樂吧；趁著檀板輕敲、舞裙翩翻的時候，把握住自己向晚的夕陽暮景，不要讓流光逝去。黃菊，能戰勝蕭瑟西風，在晚寒中綻放；人，也應超越無情歲月，有一個無限美好的黃昏；在夕陽餘暉渲染的絢麗中。

蕭蕭白髮上簪著燦燦黃菊，不調和嗎？菊的傲霜，和人的晚節，豈不都是凜然挺立，卓犖不群的！隨便別人怎麼想，怎麼看吧，白髮人的知己，只是那一朵與他攜手同行的菊花……。

❀

人的先天稟賦不同，後天修養各異，所以對人生的觀念，生活的態度，也有所差異；有的人豁達，有的人抑鬱；有的人淡泊，有的人傲岸……。這種人生觀念和生活態度，常自然流露在言行舉止之間；表現在文章詞賦之內，所謂「文如其人」，就是這個意思。

這一闋〈鷓鴣天〉的作者是黃庭堅。他的志節堅卓俊偉，岸然自異；但宦途坎坷，一再受到貶謫。在這種空有凌霄志，卻不為世所用的無奈中，往往會有兩種反應：一是消沈抑鬱以終，另一是在無奈中尋求曠達；黃庭堅顯然是後者。他自許、自負，不屬於隨波逐流，不甘於頹靡沮喪；於是以詩酒自娛，強自放曠，在縱情任性的背面，他的孤傲和無奈，卻是遮掩不住的。

他的這闋詞中，字面上雖然是逍遙、曠達、快樂的，深一步去看，去想，在長歌背後，卻是深沈的悲哀呀！

**黃庭堅小傳**　黃庭堅，字魯直，號山谷道人，又號涪翁，北宋洪州分寧（今江西修水）人。

他幼年警悟，喜讀書，數過成誦。他的舅舅李常，也是博學之士，常到他家，隨意取架上書考問，無不對答如流，李常驚為奇才。英宗治平四年舉進士。他的舅父李常、岳父孫覺，都與蘇軾交好，薦於蘇軾。蘇軾許以超逸絕塵，為之揚名，自此名動士林。與秦觀、張耒、晁補之並為蘇門四學士，而聲名最盛，時人視為四學士之首。元祐黨禍，坐罪屢受貶謫，卒於宜州，年六十一歲。門人私諡為「文節先生」。

他事母至孝，成名入仕，猶為母親滌溺器。蘇軾為文學侍從時，曾薦以自代，稱：「瓌瑋之文，妙絕當世；孝友之行，追配古人」。

他為人堅卓俊偉，岸然自異，為人欽重。能文工詩，兼擅書法。書法與蘇軾並為北宋四大家之一。詩與蘇軾齊名，稱「蘇黃」。開後世「江西詩派」。亦擅填詞，詞與秦觀齊名，稱「秦黃」，後人以「秦七黃九」相提並論。詞集名《山谷詞》，亦稱《山谷琴趣外篇》。

# 清平樂

黃庭堅

春歸何處？寂寞無行路。若有人知春去處，喚取歸來同住。

春無蹤跡誰知？除非問取黃鸝；百囀無人能解，因風飛過薔薇。

百花喧妍的庭院，好像一夕之間沈寂了下來；綠肥紅瘦，零落的疏花餘蕊，強自撐持的點綴在濃綠間，無力的宣告：

「春，已歸去……」

人，不論來自多遙遠的地方，總有個來歷；不論去向多遙遠的所在，也總有個去處；也總可以長亭設宴，壩橋折柳，殷殷話別，依依目送。

可是，「春」，怎麼全不合情理，說走就走；連話別的機會都不留，連個招呼都不打，就這樣悄悄地，躡足而去？

「她究竟到那兒去了？」

任由黃庭堅向四面八方的大小路徑，去查、去訪，竟找不到一點蛛絲馬跡。她就這樣寂寞的登程嗎？沒人相伴，沒人護送，也沒人知道行蹤？

那麼溫柔多情的春哪！怎麼會，怎麼能冷淡無情如此？好歹，總該有一些人；那怕一個人也好，知道她的歸處；至少，知道她向那方而去吧！

他抑不住心底的惆悵，想大聲吶喊：

「喂——你們有誰知道春往那兒去的？請喊住她，叫她不要走！」

他心中的吶喊，化作了口中的喃喃：

「叫她回來，回來和我們住在一起……」

似乎真沒有人能回答出春的去向了，春真去得無影無蹤了；他寂寞的守著空庭，近於絕望的等待著奇蹟——也許；也許竟有人知春的去向，能喚春回呢？

「唧啾，唧，啾啾！」

一隻黃鸝鳥，跳上了枝頭，不驚不怯地，向著他啁啾。那串串清音，像要告訴他些什麼。

「哎！」

他重重一拍額頭，他怎麼忘了，花與鳥，同屬於春神的信使呢！除了這隻黃鸝，更有誰能知春去處？

他熱切地仰起頭來：

「黃鸝！你一定知道春往何處去了吧？請告訴我，好嗎？」

黃鸝鳥熱心的答出了一串鳥語：

「唧，唧啾……」

「啾啾，啾，唧啾啾……」

那嚦嚦如珠的細語，想必是把他的問題作了詳盡的回答，可是……

「這鳥兒唱得真好聽哪！」

「可不是！不知它說些什麼？」

動人的鳥歌，引來了男女老少，紛紛駐足歎賞。但，沒有一個人，能解得鳥語，沒有一個人能把黃鸝所作的答覆，翻譯出來。

他絕望地望著辛苦清囀的鳥兒，悲涼浩嘆：

「黃鸝！辛苦你了，只恨余生也晚，當今之世，已無公冶長……」

黃鸝鳥似乎聽懂了他的話；搧撲著翅膀，乘著清風，飛掠過牆邊的薔薇，不見了蹤影。

只有那清風拂過的薔薇，簌簌飄下了幾片殘瓣，發出幾近於無的幽幽嘆息……。

# 滿庭芳

秦觀

山抹微雲，天粘衰草，畫角聲斷譙門。暫停征棹，聊共引離尊。多少蓬萊舊事，空回首、煙靄紛紛。斜陽外，寒鴉數點，流水繞孤邨。消魂，當此際，香囊暗解，羅帶輕分。漫贏得青樓，薄倖名存。此去何時見也？襟袖上、空惹啼痕。傷情處，高城望斷，燈火已黃昏。

白雲，為青山抹上了幾縷朦朧如輕紗的雲影。如洗的穹蒼，和無際的衰草，向著地平線鋪展黏合。譙樓上，嗚咽的畫角聲，迴盪在暮色中，裊裊不絕，終於歸向沈咽。

人，也沈咽著。在江邊，纜繩扣繫的蘭舟上，陳設著一席酒宴。菜餚，幾乎不曾動過箸；酒，不待人勸，秦觀又飲盡了手中那一杯。

他對面坐著的伊人，也默默舉杯，一飲而盡。酒；原該香醇的酒，如今，卻只令他感覺苦澀；是離別，使香醇變成苦澀得難以下嚥；但，不飲又如何？不飲，那纜繩也無法長久縈繫這一艘待發的小舟。

仍記得蓬萊閣上邂逅相遇；文章魁首，仕女班頭，豈不是天生地設的？在他們目光交會那電光石火的一剎那，就註定了今日杯中的苦澀。

那些美好的時光呵！如今重新尋繹，就如春夢，如秋雲；如晨霧，如暮靄一般，飄渺，迷茫，再也無法捕捉……。

斜陽，孤伶清冷的懸在遠山外；流水，靜靜的環繞著杳遠處的小小荒村。淡金的暮色中，蒼茫遼闊的平野，凝止沈寂宛如一幅圖畫；只有幾點寒鴉，劃破凝止的沈寂。

船艙中的光線，更暗了一層；對坐的伊人，在昏暗中，默然低眉；濃郁的離愁，化成了一層薄薄淚光，在昏暗中，如寒星般閃爍。

他欲出言慰藉，卻又無言相慰；一樣的離愁，一樣的傷情，也同樣盤據在他心頭呵！

她悄悄解下一枚香囊遞給他，他卻不知這算定情的信物，抑是離別的紀念了；他也希望永結同心呵！但，可奈對湖海飄零的遊子，羅帶上的同心結，也縮繫不住飄泊的命運！他忽然了解了唐代詩人杜牧「十年一覺揚州夢，贏得青樓薄倖名」的心境；杜牧何嘗願為薄倖人？一如他，他又何嘗願意負心，願意薄倖？但，他知道；在她的淚光中，他知道，日後青樓傳述中，他也難逃薄倖；只因，她付出了一片真情，而他，辜負了紅顏知己。

這一別，何時能再重見？她沒有問；她知道，他回答不出來。但，梗在心頭的悽愴，卻化作淚雨紛紛，灑滿了衣袖；那斑斑淚痕，都在無聲的問：

「這一別，何時能再重見？這一別，何時能再重見？這一別……。」

他不忍的別過頭去，是何時，夕陽已完全沈沒，城樓，已在視線中隱沒；只有點點燈火，在黃昏暮色中，燃亮，閃爍……。

這一闋〈滿庭芳〉是秦觀膾炙人口的名作之一，題材在詩詞中並不特殊；也不過是才子佳人的聚散離合之情。只是，在婉約派一代詞宗筆下，情與景的交織，便淒美絕俗至今人移情。至今，凡選秦觀詞者，未有不以這一闋〈滿庭芳〉為優先；由此，可知這闋詞的魅力！

❀

秦觀小傳　秦觀，原字太虛，後改字少游，號淮海居士，北宋高郵（今江蘇高郵）人。

他少年豪儁慷慨，溢於辭表。舉進士不第，失意落拓。孫覺薦於蘇軾，蘇軾一見，以為有屈、宋之才，推介於王安石。王安石亦認為詩如鮑、謝，大為嘉賞。蘇軾愛重其才，不願見他流落江湖，以應舉養親勉之。乃於神宗元豐八年進士及第，名列蘇門四學士之一。累官至秘書省正字，國史院編修。後坐元祐黨籍，歷謫數州。哲宗元符三年，徽宗立，始放還。旋卒於藤州，年五十二歲。蘇軾為之痛悼，嘆稱：「少游不幸死道路，哀哉，世豈復有斯人乎！」天下士論亦為之痛惜。

他為人豪俊，強志盛氣，為文長於議論，詩詞卻以清新婉麗稱。後人論其詞，以「初日芙蓉，曉風楊柳」為喻。並認為「子瞻（蘇軾）辭勝乎情，耆卿（柳永）情勝乎辭，辭情相稱者，唯少游一人而已。

對秦觀之詞，推崇備至。人豪俊，而情深詞婉，不類其人。詩名僅次蘇黃，而詞名過之。有《淮海集》行世，詞集名《淮海詞》，亦名《淮海居士長短句》。

# 鵲橋仙

秦觀

纖雲弄巧，飛星傳恨，銀漢迢迢暗度。金風玉露一相逢，便勝卻人間無數。　柔情似水，佳期如夢，忍顧鵲橋歸路。兩情若是久長時，又豈在朝朝暮暮。

在晴朗的晚上，我們若仰望星空，常可以看到一條白色光芒的帶子，橫貫過夜空；把天空一分為二。老年人會指著它告訴我們：

「那是銀河。」

又指點著分隔在銀河兩岸，兩顆亮亮的星，說：

「那是牛郎星、織女星。」

牛郎、織女的故事，一代一代地流傳著，深印在每個人的心裡，那是一個使每個有感情的人感動的美麗而又淒傷的傳說：

織女，是天帝最小的女兒，勤勉而美麗，日日夜夜織著天上的雲錦；燦爛的朝霞、絢麗的晚霞，和飄浮在天上的雲彩，都出自她的慧心巧手。日復日、年復年，她長大了，像每個人間的少女一樣，她也有感情的。因此她開始有了憂鬱；她仍勤勉的工作，卻不再像以前那麼快樂。

天帝發覺了自己心愛小女兒的寂寞，決定為她找一個伴侶，精挑細選的，他看中了牛郎。牛郎是一個勤勉快樂的少年，每天牽著他的牛早出晚歸辛勤工作，正好匹配織女；正如人間夫婦一樣男耕女織，多理想啊！於是天帝宣佈了立刻傳遍天庭的喜訊：牛郎織女結為夫婦，成為一對人人歆羨的佳偶。

可是沒多久，天帝就發現自己的如意算盤落空了。他本來希望他們婚後彼此勉勵、互相幫助，有更好的工作成績；沒想到他們為了私情，依依難捨片刻的分離，而怠忽職守；牛郎不再耕種，織女不再織錦。天帝再三地告誡，也沒有收到效果，使得他在既痛心又氣憤的情況下，斷然採取了嚴厲的手段：把他們拆開。

一條波濤洶湧的大河，在一瞬間橫亙在他們中間。等他們從驚惶中覺醒，所愛的人，已遙隔在河的那一方。他們知道自己錯了，痛哭、懺悔，都改變不了殘酷的事實；他們覺悟的太遲了。他們知道，眼淚軟化不了天帝的決心，勤奮工作才是痛悔、贖罪的具體證明。於是，牛郎扶起了犁；織女拾起了梭，日日夜夜的耕；朝朝暮暮的織。度著漫長得似乎永無窮盡的歲月；忍著痛楚得如同椎心瀝血的相思。

這一切都看在天帝眼中，他心軟了，心痛了；像每個父親一樣，他原本深愛著他的小女兒。他不忍心看到他心愛的小女兒臉上的淒傷，和眼中的絕望；他開始懷疑這樣永遠隔絕他們，是不是太殘忍？「我也許錯了，這個懲罰太嚴酷了。」他痛苦地想。

天上的天神們，也深深同情著牛郎織女的不幸。他們認為，至少該給他們一次見面的機會。天帝同意了；但為了維護天庭律令的權威，他不能輕易赦免；於是提出一個難題：

「如果能在一夕間在銀河上架一座橋，又連夜拆除，就允許他們在橋上相會。」

銀河，滔滔滾滾，舟楫難渡，又深又廣，任何建築材料也無法架上一座橋；何況限在一夕之間建成、拆除，天神們也只有無能為力地嘆息了。

這時，一隻曾受過織女恩惠的喜鵲，自告奮勇願意承擔架橋的重任。天神們有的讚美牠的勇氣；有的嘲笑牠自不量力，但牠的誠意使天帝感動，當面承諾：

「只要你能架起橋來，我允許他們一年見一次！」

那年七夕，地上所有的喜鵲飛上銀河，首尾相啣為牛郎織女架橋；一夕而成，連夜拆除。天帝也就信守了他的承諾，讓牛郎織女在每年七月七日相會，傾訴一年來的相思之苦。

這個故事在人間流傳著。

又是七夕了，北宋的大詞人秦觀，黃昏時負手站立在庭院裡，仰頭瞻望著雙星。天上，飄浮著輕輕柔柔的雲彩，是那樣變幻莫測，絢爛綺麗，多采多姿，這大概就是織女那一雙巧手，織出來的雲錦吧！天邊，一顆流星，曳著長長的白光，迅速地在天空畫了個弧形，沒入幽冥的穹蒼深處，就像是為著牛郎織女成年累月兩地相隔的不幸，發出的一聲長長嘆息。

但對牛郎、織女而言，今天卻不是一個嘆息的日子；因為，在漫長的一年中，只有今天，他們能悄悄地在雲彩環繞、掩護下，跨上鵲橋，渡過遼闊的銀河，作片刻的聚首。在這七月初秋，秋風飄起了他們的衣袂，冷露沾濕了他們的鞋襪。他們心中被一年歲月累積的思憶和渴慕，終能在這一年一度的重逢中，獲得了安慰和補償；這相會是短暫的，也是永恆的。

秦觀想著：千百年來，人們歌詠著、嗟嘆著牛郎織女遙隔兩地的不幸，卻不知道，人們短短數十寒暑，如何比擬他們的永恆？人間千百次不經意的聚首，甚至不知不覺近於麻木成年累月的朝夕相處，又如何比擬這珍惜著分分秒秒的短暫相聚？

在這短暫的相聚中，他們訴說不盡的相思相憶，從相互眸光中流露出的溫柔如水的深情，都像是夢境的片段。這一年一度的良宵，不也像夢般的美麗、易逝？

遠方，雞啼了。他們也只能鬆開緊緊相攜的手，斂起在淚光中相互凝視的眸，黯然分開；一步一回頭地各自走向鵲橋的一端，銀河的兩岸了。

「他們何嘗真正的分開了呢？」

秦觀想著：

「他們的心那樣緊緊密密地結合在一起，這樣深摯而又永恆的感情，豈是時間、空間所能隔絕的？在他們堅貞的愛中，對方不是時時刻刻存在於心深處嗎？只要愛心永存不變，在精神上長相廝守，又那裡在乎日日夜夜的面面相對呢！」

他想通了這一層，頓時怡悅起來。深覺以「人」淺俗的眼光，去憐憫雙星的一年一會，實在是很可笑的。只因為大多數人，根本不能領會那種永恆不變的摯愛，不能了解那種超越時空的深情。於是，他寫下了一闋〈鵲橋仙〉來闡述他的領悟。

# 江城子

秦觀

西城楊柳弄春柔，動離憂，淚難收。猶記多情，曾為繫歸舟。碧野朱橋當日事，人不見，水空流。　韶華不為少年留，恨悠悠，幾時休。飛絮落花時候，一登樓。便做春江都是淚，流不盡，許多愁。

城西的楊柳，又裊裊娜娜地垂下淡金色綴著狹長葉片的柔嫩柳條，在薰和的春風中搖曳著；輕盈的舞姿，更增添了春日的嫵媚與溫柔。

美景良辰，本該是使人歡愉的呵！可是，默立在柳下的秦觀，卻滿心的悽楚，不覺湧出滿眶的淚；不是不知道「男兒有淚不輕彈」呵！但，他又怎遏止得住心痛，鼻酸，淚向上湧？

還記得離別時，也是這樣風晴日暖的春天，柳下停泊的客舟，已解纜待發；為了多留他一會兒，伊人用纜繩繞住柳樹，又折下了一枝楊柳，默然遞到他手中。淚光盈然的眸子，替她無聲地訴著心聲：

「早日歸來！早日歸來，早日……」

船離了岸，纜繩順著柳樹滑脫，滑向煙波深處。他看到她沿著岸邊依依追了幾步，登上了架在河上的紅色小橋，猶自揮著袖，依依復依依……。

「我會儘早回來的！」

他大喊，他的聲音在曠野中，是那麼微弱；他不知她聽到沒有，在船漸行漸遠中，他已看不清她的臉；只見她那衣袂風飄，頻揮著衣袖的身影，越來越遠了，小了，終於看不見了。他不知道，他永遠都看不見她了，這一別，竟就永隔人天……。

「我會儘早回來的！」

他這樣承諾的呵！可奈，這一承諾，竟在身不由己的仕宦途中，成了虛話。如今，他終於回來了，她，卻等不到重逢的歡欣；日復日，月復月的相思，侵蝕著她的生命，待他重返，她早已含恨而歿，墳上草已青青……。

楊柳依然裊娜，迎風迴舞；紅橋依然無恙，屹立溪流；那一望無際的曠野，依然碧草如茵。伊人的倩影，宛然在目；她在柳下殷殷話別；她沿草岸依依追逐；她立橋頭遙遙揮袖，她……她逐漸在他淚眼朦朧中模糊消失，她玉瘞香埋在黃土中；她深印細鏤在心頭上……。

大自然的春日，在四季更迭中周而復始。人的青春歲月呢？他默然凝視著潺湲流水；流水，不斷地流著，不管人世的滄海桑田，離合悲歡！它無情的載走了歲月年光；也載走了青春年少的美好時日。

它是不休不止的，一如時光和歲月；就在它的催促下，當時年少的自己，鬢邊已見二毛，而它，仍無意停駐。

而人，又能奈何呢？人的憂思悲懷，又何時才到盡頭呢？人老了，春去了；他總在春暮，愁懷難遣的時候，學那古人王粲，登樓遠眺；希望能藉著視野的拓展，抒解心中的鬱結。如今，又是柳絮撩亂，落花繽紛的時節了，只是登高望遠，又幾曾消減了他一絲半毫的愁緒？碧水春波，悠悠地流著；他的淚，也潸潸地流著，就算這春日江水，都是淚的匯聚，他知道，江水也流不完他的愁緒的，永遠，永遠……。

❀

這一闋〈江城子〉是秦觀的作品。秦觀雖是「蘇門四學士」之一，在詞風上，卻與蘇軾迥異，纖柔婉約，上承歐陽修，下啟周邦彥，尤其在表達感情的幽微深婉方面，最為擅長，所以有「詞心」之目。這一闋〈江城子〉，就是相當典型的例子；用倒敘追憶的筆法，曲曲傳出無限深情和悲悼——以詞中所表現的悲惋，當已不只是生離而已了——而「便做春江都是淚」一語，雖似自李後主「恰似一江春水向東流」中化出，卻更具體的把淚水、江水做了結合，使讀者在感受上，更易領略，而寄予無限同情。

# 踏莎行

秦觀

霧失樓臺，月迷津渡，桃源望斷無尋處。可堪孤館閉春寒，杜鵑聲裡斜陽暮。
驛寄梅花，魚傳尺素，砌成此恨無重數。郴江幸自繞郴山，為誰流下瀟湘去？

滿腔熱血，滿腔忠忱，秦觀追隨著蘇軾，甘列門牆。為了蘇軾的才華、曠達；為了蘇軾的提拔、知遇；更重要的，為了蘇軾忠直、耿介。他知道，蘇軾的性情，不宜於政治傾軋；他太激烈、太正直、太不圓滑、太得罪人；而所得罪的，又多是奸佞宵小；伺機諂媚取寵，為鞏固自己權位，絕不放過譖害、攻訐異己的機會，且心狹氣窄睚眥必報的小人。蘇軾是個危險的政治人物，但他崇慕蘇軾的高潔人格，甘心把自己的命運和蘇軾連繫到一起，死而無悔！

一場新舊黨爭的政治風暴，席捲了整個朝廷，舊黨大老，司馬光已死，倖逃一劫。其他忠直而受知於太后攝政時的元祐舊人，被誣與太后共謀異志，削爵、貶謫、流放殆盡，而蘇軾，是最大的攻擊目標。身為蘇門學士，而引為一生幸事的秦觀，又何能倖免？

輾轉遷徙，他先謫到處州，又徙郴州。他心無悔愧；有的，只是悲憤和不平。

郴陽，地近嶺南，濕燠多霧。來到謫地，獨寄孤館的秦觀，寂寞地數著一個個晨昏……。有時，飛飛捲捲的霧，自四方向他擁來，那麼無聲無息，就籠罩整個大地。沒有形體，沒有分量，卻阻隔了他的視線，把他陷入無助的孤絕中。不是嗎？連近在咫尺的亭臺樓閣，都淡了、遠了、模糊了，終於消失在這重重撥不開、吹不散的茫茫濃霧中。

有時，淒淒清清的月，向人間飄灑著薄薄柔光，山影幢幢，水波漣漣，山凹水湄，朦朦朧朧，除了沈寂，仍是沈寂。無人，也無舟的津堠古渡，就隱沒入這淡淡月色中，留下一片夢般的迷離。

他記得，在他幼年讀〈桃花源記〉時，對文章中的寓言性，不甚了了；對文中所形容的那個安祥美麗和樂的世界，卻著實嚮往。當他聽說，陶淵明筆下的桃源，在湖南武陵時，更對這瀟湘之地，有著無比的憧憬。如今，他到了湖南，而桃源何處尋？他也曾極目眺望，阻斷了他視野的，是煙水遼闊，雲山蒼茫……他在無奈中了悟：空間阻隔，已然難以超越，更難堪的，卻是：他空有嚮往桃源之心，桃源卻只是一個虛無飄渺的夢。

杜鵑，啼紅了滿山遍野的杜鵑花；花開了，又謝了，那啼血的悲鳴，猶自淒咽：

「不如歸去！不如歸去……」

斜陽，在林表杜鵑催喚下，依依沈向西山。暮色迅速自四方合圍；包圍了小城，包圍了館驛，帶來濃重的春寒。他默然掩扉，欲把春寒阻隔在深閉的孤寂館驛之外；阻不住的，是暮色蒼茫中，催歸杜鵑淒喚，仍未停歇；聲聲入耳，教他這遊子遷客，情何以堪？

冬天，南方地暖梅花早，他曾想摘下梅花，效南北朝時的陸凱，倩驛使寄給故知，共待春還。春天，春水漲綠，他也想寫封家書，託雙魚傳給家人，以報平安。可是……梅開，梅謝；春來，春又去了，他卻一任日月輪轉推移；一任愁恨累積堆砌，卻書難竟，信難成；這些殘篇斷簡，全成了愁恨的根由，重重疊疊，壓上了他的心頭，絲絲縷縷，拂亂了他的心境。

鄉愁，在歲月牽引，路途遙隔中滋長、滋長、滋長……往事歷歷；在當時，他任意揮霍著那些美好的時光，他不知道，那是可珍的，那是不恆長的。人離開了家，離開了鄉，就成了一片漂萍，一片飛絮；把自己付給了流水，付給了東風，付給了未知的冥冥主宰。但，不到寄人籬下，進退失據；不到鄉關萬里，欲歸無路，有多少人知道家的可愛，鄉的可親？有多少人甘守故園，甘困鄉井？前人的創痕，教不會後人學乖；總得等到他自己同樣創痕纍纍，方能驚悟；而卻總已太遲。

郴江，潺潺湲湲地，圍繞著郴山流著，清清澈澈，一塵不染。流出郴山，流過郴州，北向入耒水，而至瀟湘。臨清流而立的秦觀，心中卻混雜著矛盾的情愫；他羨慕著郴江，能流出郴州，流向北方；那他心所嚮往，卻身遭羈縻，欲去無由的方向。他也感喟、憐惜著：

「郴江呵！在郴山圍護中，你清清澈澈。可知外面的世界，混亂污濁，是不容純淨清澈的。你最好，還是安安詳詳依偎著郴山，保持你的純淨清澈，不要流出去吧；你這樣嗚嗚咽咽地流下瀟湘，到底所為何來呢？」

❀

〈踏莎行〉是秦觀坐黨籍，貶謫至郴州時的作品。郴州，在湖南南端，鄰近廣東，在當時來說，是十分偏遠荒涼的；遠流至此，其心境的蒼涼悲鬱，可以想見。他另一闋〈阮郎歸〉下片：「鄉夢遠，旅魂孤，崢嶸歲又除，衡陽猶有雁傳書，郴陽和雁無。」兩闋詞同看，對他當時的孤寂蕭索，不難領會一二。

自屈原〈離騷〉以來，詩人常以寄託入詩，解詩人也每喜自詩中去穿鑿臆測其寄託所在；往往不惜附會牽強，強為之解。筆者對此素來不以為然，但就此詞產生背景而言，秦觀藉以表達怨抑幽憤之情，倒也不無可能，只是，就全詞了解這一點，也足夠了，實不必強解桃源何謂，斜陽何指了。

詞中「可堪孤館閉春寒，杜鵑聲裡斜陽暮。」有如杜鵑泣血，寫盡了孤淒寂寞之情。蘇軾最賞的「郴江幸自繞郴山，為誰流下瀟湘去。」更咀嚼不盡，如「橫看成嶺側成峰」的一脈青山，可自各個角度去涵泳領會。為蘇軾稱賞，也是「同病相憐」了。

# 千秋歲

秦觀

水邊沙外，城郭春寒退，花影亂，鶯聲碎。飄零疏酒盞，離別寬衣帶，人不見，碧雲暮合空相對。　憶昔西池會，鵷鷺同飛蓋，攜手處，今誰在？日邊清夢斷，鏡裡朱顏改，春去也，飛紅萬點愁如海。

「這是南園，不是西池！」

「這是處州，不是汴京！」

應邀遊南園的秦觀，不斷的提醒著自己。

依水而築的南園，位在處州府治之南，迤邐的城牆，橫亙在沙岸外。

青山隱隱，綠水迢迢，爛縵花枝，在和風中織成一片凌亂花影。乳鶯在父母的教導下，學飛，習唱，初試新啼，像嬌嬌怯怯的小女兒，不敢放聲高歌；嚦嚦清囀，有如細碎的珍珠，撒落玉盤中，雖未臻純熟，卻另有一番楚楚可人的風致。

花影，鶯聲，在消退了春寒的暮春，格外牽動著秦觀心底的那一份淒楚；江南春色，不遜帝里，但……

畢竟不是京師呀，這兒，沒有良師，沒有益友，沒有巍峨館閣，沒有薈萃英傑……。

那時，蘇門學士，誰不忻慕？人物俊逸，志行高潔；吐屬典雅，辭章錦繡。文期酒會中，永遠是最受矚目的焦點。尤其，在「填詞」這一方面，他每成一調，就成為教坊歌樓爭相傳唱的新聲！連有「冰霜美人」之稱的李師師，對他也格外垂青，展現那被稱為「千金猶少」的一笑，成為他的文章知己！

曾幾何時呵！風流雲散，他們都坐黨籍，而貶謫到各方。他輾轉貶謫到處州，書劍飄零，雖監酒稅，卻因知己難逢，和酒疏離了。更因為負荷不起那無盡的離情和失意，而寬褪了衣帶，成了瘦腰的沈郎！

他知道，他最好忘卻昔日繁華，忘卻京師，忘卻館閣；忘卻昔日視為當然，今日恍如春夢的一切。但，他怎忘得掉呢？那一切，曾是真真實實的存在呀！

那時，他正任祕書省正字，官不大，卻清貴異常。尤其，他又懷文才詞筆，更是名動公卿；上自天子，下至僚屬，無不傾折。元祐七年三月，因上巳祓禊水濱的習俗，皇帝詔賜館閣官員遊金明池、瓊林院，賞花飲酒。他，正在館閣，也應邀隨駕遊賞。他，黃庭堅、張耒、晁補之，並列蘇門，又同為與會者，各自攜著如花伴侶，同遊花下，分韻賦詩，即席吟唱，羨煞了多少同行僚屬！

如今呢？金明池邊，應仍有盛會，而當時攜手同遊的人，卻已無一人與會了，各自遷謫，如風中落花，飄零四方……。

京師，遠了；舊夢，斷了；友朋，散了……昔日鏡中年輕俊逸，豐潤光潔的臉龐，也泛起了波紋，他知道，他……老了。

紅日，落向西山，悠悠飄浮在碧空的白雲，由金紅，而轉為灰紫。

一陣晚風吹來，枝頭繁花，頓化作繽紛落紅，漫天飛舞。春，就這樣去了？春，就這樣去了……。

暮色，自四方聚合，當頭罩下。愁思，也像海潮一般，向他湧來，把他吞沒在無邊無際的海水中……。

❀

這一闋〈千秋歲〉是秦觀的作品。秦觀是「蘇門四學士」中，詞名最盛的一位。後坐元祐黨籍，輾轉貶謫各州。這一闋詞，是他在處州（今浙江麗水）監酒稅時，遊府治南園，感傷今昔的作品，十分有名，當代詞人和韻甚多。

# 望海潮

秦觀

梅英疏淡，冰澌溶洩，東風暗換年華。金谷俊遊，銅駝巷陌，新晴細履平沙。長記誤隨車，正絮飛蝶舞，芳思交加。柳下桃蹊，亂分春色到人家。西園夜飲鳴笳，有華燈礙月，飛蓋妨花。蘭苑未空，行人漸老，重來是事堪嗟。煙暝酒旗斜，但倚樓極目，時見棲鴉。無奈歸心，暗隨流水到天涯。

就那麼悄悄地，河水上凝結的冰層解凍；一片片、一塊塊，隨著翻騰的流水，向東而去。就那麼默默地，獨佔先春的梅花，片片飛墜；只剩下疏疏落落的幾朵，猶綴枝頭，散著淡淡幽香。就在這樣的不經意中，薰軟東風，已把大地帶向了一個全新的年度；春，已來到。一冬冷落的名園；那晉代以豪奢著名的石崇，所營築的金谷園，又擠滿了熙攘遊春的士女。古都洛陽的大街小巷，更充滿了繁華的氣象。誰不願趁著春暖花開，趁著新晴佳日，遊春行樂呢？那銅駝通衢，名園勝境，留下了多少歡悅的履痕，淺淺地印在映著金色春陽的細軟沙路上。

在一片歡愉的氣氛中，秦觀也隨著人群遊賞著；但，曾幾何時呵，他已失去了那份逸興遄飛；已從倚紅偎翠、急管繁絃的少年場中退出，變成了一名旁觀者，早失落了當日的情懷。

當日，他正翩翩年少。當這柳吐輕絮、蝶繞花枝的芳春時節，他曾誤認了一輛油壁車，尾隨著，造成了一段迷離如夢的奇緣奇遇……。

一樣的春光明媚，一樣的春意撩人；那楊柳樹下，依然是桃花爛縵，夾徑盛開，那麼不經意、不珍惜的，把柳的嫩綠，桃的柔紅，渲染著附近的住戶人家，洋溢著無限春意。而昔日邂逅的伊人呢？……

春，豈真的是無限呢？春，原是四季中最短暫的；只是，沈浸在春色中的人們，又有誰注意了，珍惜了？

他也一樣的！多少個春夜，在西園中遊宴，在雅集中，飲酒、賦詩；鳴笳前導，燈燭輝煌，那一派的燦麗絢爛，曾使得天際明月，也為之黯然。

而一輛輛銜接成巨龍，飛馳在通衢大道上，載著名士，載著美人的香車，也曾那樣的吸引著艷羨的目光；使春光明媚中，嬌恣盛放的花枝，也為之失色！

名園，依然有人遊賞，未曾冷落，只是……

他落寞地笑了；是老了吧？再也沒有了當年那份輕快歡悅的心情，代替的，是滄桑之感；景物依稀如舊日，人呢？……

暮色，為大地籠上了一層淡淡的紫煙，遠山近樹都凝止靜默地為又一個落日黃昏送行。只有賣酒人家的酒帘，在夕陽餘暉中，斜掛樹梢，兀自飛揚。

一陣陣啞啞鴉啼，掠過樓頭，投向幽林。

「宿鳥歸飛急……」

這一句相傳是李太白的詞句，驀然浮上他的心頭。

他勒住思維，不敢再往下想；雖然那兩句詞，那麼切合著他的心境。

默默倚樓，默默極目凝望……。

那載負著初解春冰，浮浮沈沈向東流去的流水聲，嘩嘩地在他耳畔吟唱。

就把那一點鄉思，悄悄地託付給流水吧；讓它在暮色掩護中，無聲無息的隱藏在春冰裡，向東流去，流向他魂牽夢縈，遠在天涯的故鄉……。

# 摸魚兒

晁補之

買陂塘，旋栽楊柳，依稀淮岸湘浦。東皐雨足新痕漲，沙觜鷺來鷗聚。堪愛處，最好是、一川夜月光流渚。無人自舞，任翠幕張天，柔茵藉地，酒盡未能去。　青綾被，休憶金閨故步，儒冠曾把身誤。弓刀千騎成何事，荒了邵平瓜圃。君試覷，滿青鏡、星星鬢影今如許！功名浪語，便作得班超，封侯萬里，歸計恐遲暮。

買下了這一座池塘，晁補之做的第一件事，就是吩咐花匠園丁，沿塘邊的陂岸上，多多地種植楊柳。

楊柳，生了根，抽了條，長了葉，裊裊娜娜地隨風搖曳；那參差柳影中，晁補之依稀又看到了淮河邊畔，湘江水旁，那拂水迎風的柳色依依……。

連日的春雨，滋潤了田疇，茁長了禾苗。豐沛的雨水，流入山澗，流入沼澤，漲滿了陂塘。在東岸，刻下了新的水痕。無機悠遊的水鳥，撲著翅，划著蹼，在水流入口形成的三角沙洲上，群聚戲水覓食；白鷺、沙鷗，那麼融融樂樂，共處無間得令人生羨。

總算有個屬於自己安身立命的地方了；總算為自己營築了一個衷心喜愛的樂園了！他深愛著這一塊屬於自己土地上的一切；陂塘、楊柳；白鷺、沙鷗；那麼充滿了悠閒、暇豫，和溫暖、和諧。他喜愛看著朝輝、夕暾；流雲、晚霞，尤其是——

天氣晴朗的三五月圓之夜，中天明月，端正圓滿，俯照著水面，如臨粧照影。一陣輕風，在水面吹出了微波，月光如鋪展水面的錦緞，隨著粼粼水波，流向沙渚，流向幽深的幢幢山林丘谷……。

周遭，沒有人聲，也沒有人影；只有蛩吟蛙鳴，相互應和，奏著夜曲。不必衣冠楚楚，道貌岸然；不必行規步矩，舉止中節；他，月夜塘邊的唯一生靈，擺脫了一切外在的束縛，不怕人側目，不怕人取笑，儘可縱情徜徉；在月下飲著酒，擊節而歌，婆娑而舞，一任山鳴谷應，一任步蹌影亂。醉了？累了？上面不是綠蔭如蓋？下面不是芳草如茵？有綴著星月的天空為帳幕；有風聲夾著蛙鳴蛩吟奏催眠歌，又何必歸去？

一床青綾為面的被子，早已失去了昔日的光彩；在它的歷史裡，有著他一生的滄桑。在他任職翰林院祕書省時，它曾跟著他入宿宮中待詔；那時，他受知於蘇軾，人稱蘇門學士。

「蘇門學士！」

他苦笑了，他至死也是以身為蘇門學士為榮的！然而也就是為了他是蘇門學士呵！坐元祐黨籍，開始了飄泊流徙……也許，也許真的「儒冠多誤身」吧！若不是讀書、出仕，又何至於這樣如逐水飄萍。祕書省待詔！有什麼可再依戀回首的呢？那一任任齊州、河中府、湖州、密州……的太守；看似扈從鼎盛，威震一方，畢竟，又有什麼意義？幾十年宦海浮沈，得到了什麼呢？也許，失落的更多吧！不然，為什麼秦朝的東陵侯召平，入漢之後，寧隱於長安城東種瓜，也不願再問世事？而自己，荒蕪了瓜圃田園，得了些什麼？只是在攬鏡自照時，忍不住喟嘆：

「看，鏡中星星點點的白髮，已佈得滿頭了！」

功名！從啟蒙讀書，就嚮往著功成名就，就把功名當成一生追求的標的；直到如今，驀然回首，才發現「功名」竟是那樣的空洞而虛幻。

不是嗎？像投筆從戎，萬里封侯的班超，應該算是出類拔萃，功成名就的人物吧！然而，心繫家園，欲歸無計的班超，回到故土，也白髮滿頭，感嘆遲暮，而追悔功名誤人了吧！

**晁補之小傳**　晁補之，字無咎，鉅野（今山東鉅野）人。

他早慧，才解事，便能作文。隨父晁端友官杭州，當時蘇軾為杭州通判，他呈「錢塘七述」見謁，備受讚揚，由此知名。神宗元豐二年舉進士第一，列蘇軾門牆，為四學士之一。以訂交時間先後論，四學士中，他是受知蘇軾最早的一位。累官太學正、秘書省正字、揚州通判等。坐元祐黨籍，謫監信州酒稅。徽宗立，召還為吏部員外郎。黨論復起，又流徙各方。後許歸家奉祠，乃葺「歸來園」，自號「歸來子」，以明慕陶淵明為人，忘情仕進之志。至大觀末，才出黨籍。起知泗州，旋卒，年五十八歲。

他詩文俱工，文章有溫潤典麗之譽，詞風或以受蘇軾影響，不以綺艷勝。後人評論：高華不及蘇子瞻，而沉咽過之。有《雞肋集》行世，詞集名《無咎詞》，又名《琴趣外篇》。

# 憶少年

晁補之

無窮官柳，無情畫舸，無根行客。南山尚相送，只高城人隔。

罨畫園林溪紺碧，算重來，盡成陳迹。劉郎鬢如此，況桃花顏色。

又是揮手告別的時候了！彷彿就像一片沒有根的浮萍一樣，總在飄泊、流浪，永遠是一個過客，而不是歸人。

默立在船頭上，晁補之蓄意表現出淡然的神態；該淡然的呀，像他這樣已習於飄泊、流浪，習於來到，又離去的遊子！

可是……

他終究還是洩出了一聲低低的嘆息；畢竟，他還沒有麻木呵！他的心底，那根細弱的心弦，仍顫出他壓抑不住的弦音；帶著些微的淒楚、感傷。

夾岸的兩行垂柳，彷彿沒有窮盡的延伸向天際；想必是那一位多情的前人所留下的德政吧？讓這在春風中拂水吹綿的垂柳，搖曳出依依復依依的無限離愁。

依依，復依依，卻也挽留不住載著他，滑向煙波深處的行舟；那柔弱的柳絲，縱然柔情萬縷，又怎奈畫舸無情，行色匆匆？

歷下，遠了。只剩下模糊的高城輪廓；城中那萍水相逢，又在無奈中，匆匆分袂的紅粉知己，已遙隔在城影的那一方。只有一脈青山，迤邐著重疊山巒，依依相送。

歷下，多麼美麗的地方！園林依山而築，在夕陽影裡，映在澄碧泛紫的清溪上，宛是一幅著了粉彩的山水畫。而人居其中，也彷彿沾染了山水的鍾靈毓秀之氣，好似神仙一般。

神仙居處，總不許凡人留連的；他匆匆而來，匆匆又去。何時他才能再重遊呢？待他重來，是否能一切人物、景物，盡如而今呢？他……不知道……

不！他是知道的，只是不願、也不忍去想；那時，只怕縱使景物如故，也人事全非了吧？他便重來，也只能徘徊舊日景物間，尋覓追憶已成陳跡的舊日夢痕。

歲月催人吶！他，早在東飄西泊的生涯中，讓點點星霜，覆上了昔日青鬢，何況……

他心頭浮起了一首詩：

「去年今日此門中，人面桃花相映紅……」

緩緩別過臉去，他知道，桃花，正在春風裡凋落……。

## 鹽角兒

晁補之

開時似雪，謝時似雪，花中奇絕。香非在蕊，香非在萼，骨中香徹。

占溪風，留溪月，堪羞損山桃如血。直饒更、疏疏淡淡，終有一般情別。

想到梅花，就想到雪。真的，梅花和雪，好像是一體的兩面；不僅為了梅花開放在嚴冬之際，白雪之中，更因為，梅花與雪花，是那樣的相似。

不是嗎？梅花開放，紛紛馥馥的，就把早先全無半點生機的枯椏老幹，一下點化成玉樹瓊枝。那份潔白，那份晶瑩，那份剔透，那份玲瓏，幾乎就是雪花的翻版；像造化之手，匠心獨具的，把片片雪花，綴上了枝頭。

而當梅花凋謝時，那五出的花瓣，隨著一陣吹過的東風，漫天飄舞；一朵五瓣，十朵五十瓣，那上百上千朵呢？那不就像飄飄自天而降的雪花？

這與雪花一般無二，偏又開放在皚皚白雪中的特性，就夠冠絕群倫的了。而她，不僅是容顏清艷絕倫，那陣陣清香，更是沁人心脾。

梅花的香氣，到底自何處而來呢？這清香，似乎不來自花蕊，也不來自花萼；它絕不似那些藉著浮泛香氣，以招蜂引蝶的花朵，香得那麼狂恣輕薄。梅花的香，是那麼幽淡深邃，清雅絕俗，卻又耐人尋味；彷彿，她那冰肌傲骨，都為清香凝聚浸透……

這樣的絕艷清華，她卻不慕繁華富貴；她不願為王公巨卿、朱門富戶點綴風雅，寧可自開自謝在幽僻的山澗邊、清溪旁。迎風吐蕊，映月弄影；清風，明月，便是她一生一世的知心伴侶。她一生，只佔一個清字，一個幽字；而這一番清絕幽絕的風姿，卻使以穠艷著稱，鮮紅似血的山桃花，也自慚俗麗，羞得不敢在她面前抬頭。

就是這樣了，疏疏淡淡的風神，磊磊落落的風骨，清清雅雅的風姿；不著一字，不落言詮，卻有著任何花卉所不及的情致風華，雋永，悠長……

❀

這闋〈鹽角兒〉，題為「亳社觀梅」，用極白描的文字，來詠讚梅花。古人詠梅，常有寄託之意，藉以表白自己的情操，此詞當亦不例外。

# 風流子

張耒

亭皋木葉下，重陽近、又是擣衣秋。奈愁入庾腸，老侵潘鬢，漫簪黃菊，花也應羞。楚天晚，白蘋煙盡處，紅蓼水邊頭。芳草有情，夕陽無語，雁橫南浦，人倚西樓。 玉容知安否？香箋共錦字，兩處悠悠。空恨碧雲離合，青鳥沈浮。向風前懊惱，芳心一點，寸眉兩葉，禁甚閒愁。情到不堪言處，分付東流。

一陣陣瑟瑟的秋風，掃下了枝頭片片的黃葉。黃葉隨風飛舞著，迴旋著，脫離了再也戀不住的枝椏，結束了鮮嫩青翠的美好時光。在秋風的伴奏中，飛向澤畔，舞向亭邊。這堆積在澤畔亭邊的落葉，像傳報秋訊的使者，用它細碎沙啞有如輕嘆的聲音宣告著：秋天來了。

秋天是來了！秋風，彷彿在一夜間漂白了煙波盡處的蘋草；染紅了江澤邊岸的水蓼。家家戶戶的庭院中，傳出了斷斷續續的砧杵聲；重陽節近了，又是婦女們忙著裁製寒衣的時候了。在家庭中，擣練裁衣是一年一度的大事，婦女們熱鬧鬧、喜孜孜地為準備寒衣而忙碌著；但對異鄉人來說，這遠處傳來的砧杵聲，是多麼淒清、單調啊！它勾起了多愁善感的詩人，多少百折回腸思鄉的愁緒；又給曾經少年英發、倜儻不群的才子，染上了幾抹無情的鬢邊秋霜。縱使強作歡顏，提起興致，在鬢邊簪上一朵應景的黃菊，學作少年；恐怕那黃菊，也因為不甘心伴著衰容，陪著華髮，而羞愧的不願抬頭了吧！

秋天的白日，愈來愈短了。又是一個白晝，就這樣匆匆地逝去。遼闊的南天，漸漸暗了，秋空下連綿無盡的芳草，含情脈脈地在秋風中掀起一波波的浪，它們是企盼著繫住落日，還是綰住時光？夕陽依依不捨地對大地作最後的巡禮，黯然無語地投出最後一道依戀的金光，向西落下；留下片片酡紅的雲霞，猶自殷殷地向人間作無聲的告別。

紅霞褪淨，暮色漸濃。只有結隊南飛的雁群，劃破秋空，橫過南浦，棲息在水邊上；只有西樓上形單影隻的遊子，猶自倚立在欄干旁凝望……。

又是一天的黃昏，又是一年的秋季！那遠方的伊人，朱顏玉貌是否無恙？那重重的山，迢迢的路，無情的阻隔著；縱使寫了千幅香箋傾訴衷腸，萬言錦字寄託相思，又有誰能代為傳遞呢？也只能對著自己萬縷情絲化成的字字句句空自嘆息罷了。

人生的聚散，豈不是和天空上浮雲的離合一樣呢；偶然，一陣風，把兩片浮雲吹到了一處；偶然，另一陣風，把合成一片的雲吹散了，各自西東。從此音信沈沈，再沒有半點消息。他曾盼望著，盼望著傳說中的信使——青鳥，會為他捎來些音訊。日子一天天過去，他痛苦地發現，所謂天上的信使，所謂青鳥，也不過是浮沈在真幻之間的一個渺不可及的夢。

既是人生如浮雲，為什麼不再來一陣風，把兩片彼此牽念的雲吹到一處呢？為什麼不能讓他乘風而去呢！他不能不怨，不能不恨，為什麼這漸緊的秋風，不能吹來伊人的片言隻字，只吹來更多的惆悵、更多的思憶呢！

她也惆悵著吧！她也思憶著吧！這惆悵和思憶，一定深深地埋藏在她芳心中，悄悄地懸掛在她翠眉上了。那纖柔的一點芳心，那顰蹙的兩葉眉黛，又怎禁得起這些愁緒無盡期的摧抑呀！

唉！這銘心刻骨、縈繞不去的情思，要向誰傾吐，向誰訴說呢？語言文字又何足以表達呢？這深情，原是超越語言文字的，原是無可言喻，無法表達的。

他默默凝視著滾滾江水；也只有這不捨晝夜，無休無盡的江水，差可比擬一二吧！江水啊！就讓我把這一片深情託付給你，請你載負著它，東流！東流！東流……

❀

張耒，是北宋時人。據說，他出生時，手心中就有明顯的紋路，呈現著一個「耒」字，所以就以此為名，而字文潛了。他學問很好，工於詩文，受知於蘇軾，是有名的「蘇門四學士」之一。也因列入蘇軾門牆，在新舊黨爭的時候，一再受到貶抑。

蘇門學士，大多工詞，並多有詞集傳世，只有張耒例外，詞很少，未有成集，傳世的更僅只有一闋，就是〈風流子〉。雖僅此一闋，世人給予的評價卻甚高。這一闋詞中，連用對句，如：愁入庾腸，老侵潘鬢；白蘋煙盡處，紅蓼水邊頭；芳草有情，夕陽無語；雁橫南浦，人倚西樓；碧雲離合，青鳥沈浮；芳心一點，寸眉兩葉。達六組之多，湧湧疊疊，層出不窮，而又富有情致。怪不得前人用「下筆倒流三峽矣」來讚美他的筆力和氣勢了。

張耒小傳　張耒，字文潛，淮陰（今江蘇淮陰）人。

他幼有穎異之名，十三歲能為文，十七歲時，以一篇〈函關賦〉，傳誦一時。遊學於陳，當時蘇轍正為陳學官，大為賞識。先從蘇轍學，後因而受賞於蘇軾。神宗熙寧中，以弱冠登進士第。先任外官，後為范純仁以館閣薦試秘書省正字。任職館閣八年，顧義自守，從遊於蘇軾，列「蘇門四學士」之一。紹聖初，黨禍起，坐黨籍，屢遭貶徙。徽宗立，起知潁州。聞蘇軾訃至，不顧忌諱，舉哀成服，為人舉發，又遭貶謫，終不怨。後許自便，定居於陳州。當時，二蘇及黃庭堅、秦觀、晁補之等當代名家先後辭世，唯張耒獨存，士人紛紛就學。晚年主管崇福宮，尋卒，年六十一歲。

張耒丰儀偉岸，筆力雄健，工詩，能於蘇、黃之外，別立一幟。尤長於騷詞。晚年詩風轉於平淡，詩效白居易，樂府效張籍。詞作不多，《全宋詞》所收，不過六首而已。有《宛邱集》，又名《柯山集》行世。（張耒於陳州受知於蘇轍，當時蘇軾曾有戲子由詩，戲稱子由為「宛邱先生」，《宛邱集》命名，疑有記念子由之意。）

# 蝶戀花

趙令時

捲絮風頭寒欲盡，墜粉飄香，日日紅成陣。新酒又添殘酒困，今春不減前春恨。　蝶去鶯飛何處問？隔水高樓，望斷雙魚信。惱亂橫波秋一寸，斜陽只與黃昏近。

飛絮漫天。

每當楊柳吐出如絲綿的楊花柳絮，隨著東風舒捲，漫天飛舞的時候，天氣，就真的漸漸暖了；吹拂到人身上，也消褪了那一份初春時的惻惻輕寒。

春暖，應是教人喜悅的；但，當天氣漸暖的時候，花事，也已闌珊。不是嗎？枝頭上的嬌紅粉白，漸漸零落了，隨著陣陣東風吹拂，落英也自繽紛。不多時，就為大地覆蓋上一層紅氈。經過不多幾天，枝頭就只剩下新生的嫩葉，那爭吐芬芳、競展嬌姿的花朵，都化作了護花春泥。

花開，花謝，總喚起趙令時心底那一份無端的感傷與惆悵；花的一生，如此絢麗，又如此短促，那，人，又如何呢？一念及此，便如春蠶作繭，千迴百轉，無以解脫。

這一份感傷與惆悵，也並不是始於今日了；自他逐漸對人生有所體驗，每年的春天，都要重複經歷著這由花開的喜悅，到極盛轉衰的恐懼，至花謝的失落……這一場熬煉，是他生命中無奈的輪迴；前春如此，去春如此，今春依然如此；他依然無法澈悟生命的奧祕，也依然難解這無常帶來的幽恨。

為了逃避，他把自己沈浸到醉鄉中；殘酒未醒，又復喚酒，重新又在酒意醺醺的困倦中，昏沈醉去……。

就這樣，待他醒來，園中翩舞的蝴蝶，已失了蹤影；綠陰深處清啼的黃鶯，也不知何處尋覓了。無蹤無影的，又豈止是蝴蝶和黃鶯？那翩舞如蝶、清囀如鶯的伊人，如今，也如牛女雙星，遙隔銀漢一般，隔著盈盈一水了。

是他辜負了她！她曾經那麼努力，希望能為他解除春愁鬱結。而他，不曾領受她的雅意，繼續把自己沈浸在醉鄉中，不自振作，終於，傷了她的心……。

他著意傷春，企圖挽回春光，只因春光易逝，卻不知，她也如春花，會憔悴，會凋零，會……失落……。

如今，她走了，那一座她居住的朱樓，依然矗立，而對他，卻已可望不可即……。

他不怪她決絕，決絕到，任憑他望斷心眼，也不再有片言隻字的音信；一如春光，一逝永不再回頭。

她曾回頭的呵，她曾盼望他挽留。如今，他才知道自己是多麼輕忽，才憶起她回頭望向他的那清澄如秋水的橫波雙瞳中，有多少幽怨、淒傷。

那時，他不曾在意，如今，卻攪亂著他的心曲，懊惱悔恨，也無法再挽回。紅日，又西斜了；黃昏，又逼近了。斜陽，總是銜接著黃昏，而黃昏，又銜接著暮色；就這樣，一天，又過去了……。

在斜陽影裡！他驚悟，他的年華，也正老去……。

趙令畤小傳　趙令畤，字德麟，宋高祖次子燕王德昭元孫，為宗室子。元祐中，他簽書潁州公事，蘇軾知潁州，一見如故。後元祐黨禍起，坐與蘇軾交通，罰金，坐黨籍。後隨高宗南渡，襲封安定郡王，紹興四年卒。

他喜交遊，亦喜作雜記，有《侯鯖錄》行世，為後世留下了許多當代人物言行的記錄。亦長於填詞，尤擅於寫情；曾採唐人小說〈鶯鶯傳〉故事，作了十二首的〈商調蝶戀花〉，揉一段散文，一段歌詞的形式，在當時可謂別開生面。亦可知他寫艷情之詞，是如何出色當行了。

# 蝶戀花

趙令時

欲減羅衣寒未去，不捲珠簾，人在深深處。紅杏枝頭花幾許？啼痕止恨清明雨。　盡日沈煙香一縷，宿酒醒遲，惱破春情緒。飛燕又將歸信誤，小屏風上西江路。

看著，看著，又到了清明時節。

花，一番一番的遞換，佔著春信。該是換卻寒衣，改著春衫的時候了吧？她才褪下外面的罩袍，卻又感覺著颼颼涼意；原來，春寒料峭依然。

春雨，一陣又一陣的飄瓦滴簷；春陽，收拾了晴暖，寒意又深了幾分。

春雨纖纖，春雨綿綿，陰鬱的天，就這樣醞釀著人心上的愁緒。愁緒，困得人那樣百無聊賴，連四垂的珠簾，也懶得捲上。

捲了，又待如何呢？也漏不進一線陽光。只有那千絲萬縷的雨絲，像春蠶一般，吐著柔絲，把天地、把屋宇、把人，都縈縛困鎖在冰繭中。

於是，她把自己深深的埋藏了，埋藏在幽閨深處……。

如今，曾爛縵枝頭的紅杏花，在春雨摧殘下，還剩下幾朵呢？

杏花！那他曾經親自摘下，為她插在鬢角的杏花！那被他用以比喻嬌紅面頰的杏花，凋零疏落，已不堪玩賞。那，嬌如杏花的人呢？

她攬鏡自照，紅靨，褪色了，不復往日嬌艷。

「相思令人老呵！」

默然對著粧鏡，兩行清淚，滑過面頰，滴到衣襟上。而春雨，仍兀自飄灑，摧殘著那年華老去的杏花……

在香爐中，又爇上水沈香；日復一日，她就在水沈香的氤氳香霧中，數著一個個清晨，挨著一個個黃昏，在難遣的離愁，難排的春思中度過……。

她也曾為了排遣那難言的寂寞愁思，而著意命酒，自斟獨酌。自微醺，而酩酊，以便經由醉鄉，逃入夢鄉。而，那夢鄉也不安穩呀，浮現的，盡是支離而不連貫的片段往事；在花朝，在月夕，在酒邊，形相依，影成雙……。

而當宿醉醒來，那夢影，便再不肯遲留片刻，遠颺無蹤；只留給她更多的惆悵，更深的懊惱。來尋舊巢的燕子，已自南方飛回來了，而約定與燕子一同歸來的人呢？

人未歸，甚至，沒有託燕子帶來片語隻字。那燕子，全然不理會人的憂苦，只在花柳間穿梭，在屋簷下呢喃，無慮，無愁……。

室中，那一架小屏風，他親自畫上了西江山水，說：

「你看到屏風，就可以想起我。」

他指點著：

「這就是我要去的所在。」

山水，在她眼眸中擴大、擴大，只是，那重重山巒，疊疊流水，便化身為屏中人呵，又如何跋涉，

更向何處，把他尋覓？……

# 青玉案

賀鑄

凌波不過橫塘路，但目送、芳塵去。錦瑟華年誰與度？月臺花榭，
瑣窗朱戶，惟有春知處。
碧雲冉冉蘅皋暮，彩筆新題斷腸句。
試問閒愁都幾許？一川煙草，滿城風絮，梅子黃時雨。

退休後的賀鑄，隱居在姑蘇城南的橫塘。姑蘇，是春秋時代吳國的都城，曾極一時之盛。在經歷千百年的滄桑後，句踐、夫差、范蠡、西施、伍子胥，這些歷史人物的故事，仍在民間流傳著，可是當年的姑蘇臺、館娃宮，已成了供人憑弔的古蹟。

暮春，是個令人感傷的季節，它告訴人們「良辰易逝」、「青春難再」，也提醒人們「珍惜春光」、「及時行樂」。賀鑄，抵不過這種尋樂及時的強烈召喚，他離開了橫塘的家，出外遊春；擺脫了仕宦途上的糾纏，使他能悠閒輕鬆地安排自己的生活。像今天，他就能隨興之所至，瀏覽姑蘇盛景。城裡的柳樹全開了花；一團團，一毬毬的。一陣風吹來，漫天飛舞，撲向行人，撲向街道，就像冬天紛飛的雪花一樣；只更輕柔，更無主，也更多。街頭響起了孩童的笑鬧聲，爭撲著潔白輕盈的柳絮，使他

也在無憂的笑聲中分享了怡悅，他轉向城西，過了楓橋，這是以〈楓橋夜泊〉一詩而成名的張繼，寫出「姑蘇城外寒山寺，夜半鐘聲到客船」的地方；向西南望，就是有名的姑蘇臺了。

站在橋邊，他眺望半掩在雲霧中的姑蘇山，那是當年吳王與西施飲宴作樂的地方；就在西施一顰一笑間，吳國亡了。真是「一笑傾人城，再笑傾人國」啊！他喟歎著，也懷疑著：古人是否誇大其詞，形容過甚？天下真有那樣的美人嗎？「上有天堂，下有蘇杭」，姑蘇也是有名的鍾靈毓秀之地。熙來攘往遊春的仕女們，一個個花枝招展，笑靨迎人，的確為姑蘇城平添了一番花團錦簇的熱鬧氣氛，卻談不上傾城傾國絕世姿容；也不過靠著脂粉、衣飾點綴幾分俗麗而已！他慢慢往回家的路上走去，想著古人形容下的美人，搖搖頭，想：「天下那有那麼美的人物？」

彷彿是為了要向他證明他的想法錯誤似的，一個女孩子走近他身旁。他原只不經意地抬眼看看，卻再也收不回投出的目光；她是那樣的美，美得淡雅純淨，超凡脫俗，走在水邊，有如一枝亭亭的白蓮；又有如踏波而來的水仙，使得花枝招展的一群頓時失色，只更顯得庸俗淺薄。他想搜索一些讚美的句子，卻發覺他所能想到的那些句子，用在這女孩子身上，全顯得那樣粗俗低劣！他近乎痴迷地凝視著她，生怕自己多眨一下眼，她就不見了。

這女孩子彷彿也注意到身邊那凝注不移的目光了，轉過頭來對他微微一笑。這短暫的目光交會，竟使賀鑄驚喜之餘不禁自慚形穢。他渴望這女孩子也走向橫塘，跟他同路。女孩子卻轉向路邊的岔道，向另一個方向去了。

目送那輕盈的腳步，娉婷的身影消失在路的盡頭，賀鑄才如夢方醒，悵然若失。伊人芳蹤已杳，只有空氣中留下的淡淡幽香，證明這並不是一場夢。

偶然邂逅，匆匆一面，賀鑄心頭就再也抹不去那娉婷動人的影子了。她是誰？那麼年輕又那麼美麗，什麼人能有福氣與她朝夕相伴！那真是天下最幸福的人了。又該是怎樣的住處，才配得上她享用啊！那該是有最精緻的亭臺樓閣的大花園吧！花園裡該種著四季不謝的奇花異卉，花香充盈在四周。在她高興的時候，就漫步在花叢中賞花；她面前的花也會羞愧得不敢抬頭呢！在有月亮的晚上，她登上高臺賞月，或許在月下翩然起舞，就會彷彿是月中仙子冉冉下凡。當她疲倦了，就會回到精巧雅緻的深閨中休息。她的窗，該是玉石砌的，還雕鏤著細細的花紋；她的門，該是朱紅色的，華貴而溫馨……詩人神往地想像著，卻不知道女孩子究竟住在哪裡。誰能知道呢？也許只有無所不在的春神能知道吧！

他握著筆，想寫些什麼，卻覺得往日的才思，似乎枯竭了。往日的生花妙筆，此時再也寫不出什麼動人的詩句；縱然寫了，也不過是對這一段沒有發生，就已結束了的感情所引起的淒傷和思憶罷了。他試著分析自己的心情，卻找不出適當的詞語，就這樣茫然凝視著窗外。

天上，雲飄浮著；塘邊的青草，恣意地生長、蔓延。在他的凝望中，又送走了一個白晝，迎來了一個難挨的黃昏。茂盛而濃密的青草，在蒼茫暮色中，披上了一層薄紗似的輕煙；隨著漸深的暮色，更濃密得像潑墨畫似的，凝結沈鬱得化不開了。陰雲緩緩自四方聚合，整個天空變得慘淡淡、灰沈沈的；窗外，飄下了絲絲細雨，遠山近水，一片迷濛。這雨，宣告了春天的結束；這雨季，將是寂寞而冗長的。他知道，因為，梅子成熟了。

他靜靜諦聽著雨聲，找到了自己心境的象徵：像紛亂迷離隨風飛舞的柳絮；像深沈幽杳暮色中濃密的青草，更像梅子黃時雨一樣，淅淅瀝瀝，無止，無休……。

賀鑄小傳　賀鑄，字方回，晚號慶湖遺老，衛州（今河南汲縣）人。

他先世居山陰，故以越人自居。為孝惠皇后族孫，本隸武職，後改文階。曾任泗州、太平州通判，以承議郎致仕。

他相貌奇醜，身長七尺，面鐵色，眉目聳拔，人稱「賀鬼頭」。喜劇談天下事，可否不少假借。雖貴要權傾一時，少不中意，極口詆之，人稱俠氣。性格如此，卻博學強記，喜校書，丹黃不去手。善言詞，尤善度曲，所作詩詞，清婉麗密，不類其人。他另一外號「賀梅子」，即因其〈青玉案〉詞中名句：「梅子黃時雨」而來。

他實具幹才，只因個性尚酒使氣，因而不得志。昔唐玄宗曾以鏡湖賜賀知章，他自謂為賀知章後人，而鏡湖即慶湖，故自號慶湖遺老。致仕後，杜門不出，遠離世故，英光豪氣斂盡，隱逸以終。

他晚年曾自輯所作歌詞，名《東山樂府》，又名《東山詞》。另有《慶湖遺老集》行世。

# 石州慢

賀鑄

薄雨收寒，斜照弄晴，春意空闊。長亭柳色纔黃，倚馬何人先折？煙橫水漫，映帶幾點歸鴻，平沙消盡龍荒雪。猶記出關時，恰如今時節。

將發，畫樓芳酒，紅淚清歌，便成輕別。回首經年，杳杳音塵都絕。欲知方寸，共有幾許新愁？芭蕉不展丁香結。憔悴一天涯，兩厭厭風月。

迷濛的春雨，驅散了殘冬餘存人間的寒意。須臾，雨收，雲散，天際的夕陽，在雨後的晴空中，把黃昏裝點得燦爛而絢麗，渲染出一片天空地闊、生意欣欣的初春美景。然而，良辰美景，在賀鑄眼中，都化為無盡淒傷。

十里長亭邊的楊柳，才吐出鵝黃的嫩芽，還不堪攀折呵！無情的別離，卻憑空而降，逼迫他成為拔了頭籌，讓人折柳相送的第一人。

拈著伊人含淚送到他手中的柳枝，他立馬躑躅；方才，畫樓中一席離筵，此時，長亭畔一闋驪歌，就……別了？

眼前一派煙水迷離，雁影，映著夕陽輕捷地向北飛去；北方有牠們的家。他，也是向北去，心情卻沈重如鉛，他，是離鄉飄泊，每一聲馬蹄，都代表離鄉距離的增加；不多時，這迷離煙水，便成為他與家鄉的阻隔，便成為他與她之間，再難跨越的障礙。而，漸行漸遠，還有更多的山山水水，加入阻隔她與他空間距離的行列。

出了關，來到了塞外這一片荒寒的沙漠邊疆，才領會到邊塞的冬天，是如何的漫長。

他忍受著，他煎熬著，他等待著；終於雪融了，冰化了，該是春天了吧？該是春天了！第一行的歸雁，已自南方歸來。他驀然想起，他出關來，也正是雁字北歸的時節；他，離鄉，已整整一年了。長亭畔的楊柳，又該鵝黃嫩綠的生發了吧？那，當時設筵為他餞行，垂淚為他送別，他一步一回首時，所見到那佇立長亭前，依依揮袖的伊人呢？她的音容，她的笑貌，都仍鏤刻在他心頭上；可奈，天遙地遠，回首凝望，只見蒼蒼茫茫的煙塵，封鎖著歸路迢迢……。

他珍藏著一首詩，她寄來的：「獨倚斜闌淚滿襟，小園春色懶追尋，深恩縱似丁香結，難展芭蕉一片心。」

她知道嗎？她那裡芳心如芭蕉難展，他這兒愁緒也正如丁香固結呵！到什麼時候，才蒼天見憐，許丁香綻放，芭蕉舒展呢？

他這天涯的遊子，因著無盡的相思，而摧挫得容癯顏悴，她呢？她在春風裡，在月明中，是否也和他一樣，有著難排難遣的惆悵？

❀

這一闋〈石州慢〉，是北宋詞人賀鑄的名詞之一。賀鑄，字方回，貌寢，綽號「賀鬼頭」，他的詞，卻以清婉麗密為人稱道。為人尚氣使酒，喜評旦人物時事。又博學強記，喜校書，丹黃不去手，堪稱是一個多重性向的人。以〈青玉案〉中「梅子黃時雨」，披靡士林，人稱「賀梅子」。又因這闋〈石州慢〉中「芭蕉不展丁香結」之句，為時人津津稱道。其實，這一句詞，是引用唐人李商隱詩，只因用得恰到好處，便引人入勝，而使〈石州慢〉也因之膾炙人口了。

賀鑄

蘭芷滿汀洲，游絲橫路。羅襪塵生步，迎顧，整鬟顰黛，脈脈兩
情難語，細風吹柳絮，人南渡。　回首舊遊，山無重數。花底深
朱戶，何處？半黃梅子，向晚一簾疏雨。斷魂分付與、春歸去。

輕輕挑開攔在路中間的蟲絲蛛網，她停下了如曹植形容洛神；像淩波仙子，羅襪下，浮起香塵的纖纖步履，回過頭來，把深情默注的眸光，投向賀鑄。

兩人的眸光，自此交織成一片密網，再也容不下周遭的任何景物。

他們都沒有說話；說什麼呢？當離別已逼到眼前。

早知道，離別是這樣難以承受，就不該相逢、不該相識，不該……深種情根……。然而，造化弄人呵！教人相逢、相識，教人情根深種，愛苗茁發，卻又這樣硬生生地，降下離別，把人拆散！

是抑不住眼眶中盈盈的淚吧，她輕蹙著眉，伸出纖手，假意整理堆鴉般的雲鬟，刻意讓寬大的衣袖，擋住他的視線。

「唉！」

他不忍地移開目光；正是春光明媚呵！水邊的沙汀上，開滿了香蘭、芳芷，陣陣的微風，飄送著清香，也飄舞著一毬毬纖白的柳絮。如此美景，如此良辰，怎奈，卻不許人欣悅玩賞，偏教人觸景傷懷，只為……離別……。

就這樣，渡了江；就這樣，行行重行行，愈行愈遠。依依回首，橫隔在兩人間，已數不清有幾重山，幾重水。甚至，連方位，也因著道路曲折，而無法確定了。那花樹下，她所居住的深深庭院，朱樓繡閣，更不知在那兒了。那一個個共度的月夕花朝，共遊的佳節良辰，也早已成了不堪回首，又不能忘懷的往事……。

黃昏，簾外飄灑著蕭疏細雨；這雨，已不是早春催花的春雨了；枝頭，梅子已半黃，節氣，也到了入梅的時候了。雨，將把殘餘的一點春意，收拾殆盡，等到冗長的雨季過去，就進入夏天了。

收拾盡的，又豈僅是大自然中的春意呢？他的心中，也不再有春天了；僅存的那一片孤寂心魂，也將隨著春天而去！

# 滿庭芳

周邦彥

風老鶯雛，雨肥梅子，午陰嘉樹清圓。地卑山近，衣潤費爐煙。人靜烏鳶自樂，小橋外、新綠濺濺。憑闌久，黃蘆苦竹，擬泛九江船。

年年，如社燕，飄流瀚海，來寄修椽。且莫思身外，長近尊前。憔悴江南倦客，不堪聽、急管繁絃。歌筵畔，先安枕簟，容我醉時眠。

九十春光，彷彿在一晃眼間，就過去了。看！枝頭上那羽毛豐滿、清歌嘹亮的黃鶯，不就是在春風吹拂中成長的？那垂垂纍纍、肥碩圓大的梅子，也在春雨的滋潤下，逐漸黃熟。

午後，亭亭如蓋的大樹，灑落滿地清陰；圓圓的樹陰中，閃爍跳躍的，是一個個金色圓形的小光圈，在地面上描繪著中天日影。

縷縷青煙，帶著溫熱，自爐中上揚。靠近爐邊，藉著爐中煙火烘薰的衣服，摸在手上，還是缺少了那一份令人懷念的乾爽；總令周邦彥懷念起故鄉來，那明媚秀麗的錢塘。西湖景物，固然冠絕天下，氣候也爽適宜人，洗曬後的衣服，爽爽脆脆地帶著一股乾香，連薰香都屬多餘；畢竟他昂藏男兒，從未想過衣裳要薰的事。如今，他苦笑；這地勢低濕，又近山多雨的地方，衣裳若不用煙薰，那陰濕之氣，無以祛除，怎能上身呢？

走出室外，倚著欄杆閒眺，這悶熱困人的午後，靜悄悄地，了無人聲。周遭一片沈寂，只有幾隻烏鳶，悠然展翅在高空盤旋；有時疾撲而下，衝波掠水，自得其樂。鳶飛魚躍，是大自然最生動美麗、令人也為之忻羨的境界了吧？牠們欣欣然生活著，全不似人生，為競逐而奔忙，明知浮世勞生之苦，仍無以逃避。

新漲的綠波，在溪間碎石飛濺跳躍，琤琤琮琮、潺潺湲湲地吟唱著流過小橋，流向橋外的不知何處那方。溪畔，細瘦的竹子，茂盛的蘆葦，雜亂生長著。憑欄久立的他，凝視了這片欣欣濃綠半晌，嘆口氣，低吟：

「住近湓江地低濕，黃蘆苦竹繞宅生……」

這是白居易〈琵琶行〉中的句子。謫居江州的香山居士，猶可泛舟江上，於月夜送客時，巧逢琵琶女，「同是天涯淪落人」，同病相憐。而他，也擬泛舟，也望能逢一位解音律的紅顏知己；但，連這一點想望，也是奢侈；若江州司馬猶青衫淚濕，他，更當如何呢？

一年又一年呵！他飄泊如一隻徘徊在漠北和江南的燕子，千辛萬苦；春日，自南向北，秋日，自北向南，只為了找一個允許暫時棲止的屋樑，營築一個可以聊避風雨的窩巢。待得下一個社日來到，又將展開雙翼，飛向另一段流浪的途程。不許依戀，不許回頭，甚至不能選擇：下一站，將在何方。

他累了，倦了，也認了：前朝的詩人不是說了嗎？「莫思身外無窮事」，既然，身不由己；既然，縱使想得千迴百轉，也無法對眼前的情況，有所扭轉改變；既然！那，何必自尋煩惱呢？還不如珍重眼前這一杯酒，向酒杯中尋找一段夢，一首詩，一個世外桃源……。

是那兒傳來的管絃嘹亮？那絲竹競奏的樂章，急促而嘈雜得使他不堪承受；是真的老了吧？至少，心境上已憔悴枯槁，再沒有當年流連歌臺舞榭、欣賞急管繁絃的心情了。也難以強打起精神應對酬酢。是失禮吧？可是：

「能不能在筵席邊，先安排好枕頭竹蓆，好容我喝醉之後，就地安眠？」

❀

這一闋〈滿庭芳〉，在周邦彥《片玉集》中，編入「夏景」，詞前小題：「夏日溧水無想山作」，當時，周邦彥在溧水任知縣。詞中「風老鶯雛，雨肥梅子，午陰嘉樹清圓」、「人靜烏鳶自樂，小橋外、新綠濺濺」固然寫出一派初夏景色，和清寂寧謐之美，允稱絕唱；但主題，卻是宦途失意的落寞，詞中屢明用或暗用白居易〈琵琶行〉，不是偶然的。而，「年年，如社燕……」及「憔悴江南倦客……」更寫出了深濃的倦怠和無奈，卻絕無劍拔弩張的尖銳，也因此更沈鬱蘊藉，這，正是周邦彥之所以為周邦彥處。

周邦彥小傳　周邦彥，字美成，號清真居士，錢塘（今浙江杭州）人。

他少年疏雋少檢束，不為州里所重，而博學廣涉百家之書。神宗元豐初，遊太學，獻〈汴都賦〉萬言，中多古文奇字，神宗破格舉拔，由諸生一命而為太學正；即由太學諸生而為太學諸生之師。歷官知溧水縣、秘書省正字等。以其妙解音律，能自度曲，而提舉大晟府，可謂稱職得人。宣和三年卒，年六十六歲。

他詩文俱工，尤長於賦，而一生最大的文學成就在於詞的創作，其他文類，俱為其詞名所掩，少為世所注意。由於他長於音律，自署堂名曰「顧曲」，可知其自負，時人亦以「周郎」稱之。能自度新腔，下字用韻，均極講究，皆有法度，人比之律詩中之老杜。長調尤稱獨步，是以騷賦筆法入詞之故。又善化前人詩句入詞，而不見痕跡，亦因此氣韻自高，諸美俱備，儼然一代宗匠。

詞集名《清真詞》，又名《片玉集》。

# 玉樓春

周邦彥

桃溪不作從容住，秋藕絕來無續處。當時相候赤闌橋，今朝獨尋黃葉路。煙中列岫青無數，雁背夕陽紅欲暮。人如風後入江雲，情似雨餘黏地絮。

懷著一團興奮，周邦彥又走上這條熟悉的小徑。雖然，他有好久好久都沒來了，但閉著眼，他都能摹畫出這兒的景色：小徑的那一端，橫著一條小溪，溪上架著小巧的木橋；他還記得，木橋兩旁的欄干，是紅色的。溪邊，種著幾棵桃樹，春天來的時候，桃花映紅了天上的雲彩；春天去的時候，桃瓣染紅了溪中的水流。

過了橋，就是她所居住的小樓了。想到她，他嘴角不由含著笑：她的盈盈笑語，她的款款深情……那一段有如神仙一般的日子；每回他走近小橋，就看到她倚欄等待的身影，她的長髮，她的衣袂，在風裡飄著，綽約如仙子。這仙子看見他，就綻開了比桃花還嬌艷的笑容，在她的笑容中，一切失意、煩惱，都如溶化的春冰，無影無蹤。

「桃花源！」

他猛然想起〈桃花源記〉陶淵明所塑造出的那片樂土，真感覺著自己就像那個不經意闖進了桃花源的漁夫。

真像那個漁夫，也只能作個過客，終於為了功名，為了前程，他不能不離她而去。臨別，他應許下一個秋天回來迎娶，永不再分離。

仕途是坎坷的，是身不由己的，他延誤了歸期，一年又一年。他輕舒了一口氣：

「我畢竟不是那漁夫，我畢竟又回來了！」

朱紅色的橋欄在望，他的桃花源在望。他竟有了幾分情怯：她會怨他嗎？她會怪他嗎？也許會，為了他延誤了歸期；但，她一定會原諒他的；她是那麼善良溫柔的女孩，一定會諒解他的不得已。只要他回來了，一切都會美好依舊。他想像著相見時的歡愉：她大概會又哭又笑，婢僕大概會又喊又跳……總之，一切將會美好如昔；桃花源終究是桃花源，而他，決心作個歸人，不再流浪飄泊，不再作異鄉過客……他又展露了笑容，加快了腳步。

紅橋無恙，小樓無恙，只是門扉深閉著。他舉手敲門，猜想會是誰來開門，那個伶俐慧黠的小丫鬟，還是白髮蒼蒼的老僕？他的心跳加快……。

一張完全陌生的臉自門內露了出來，好奇地打量著他，他有著措手不及的慌亂；怎麼換了新僕了？定了定神，他說出自己的名姓，求見主人。

一位恂恂老者接見了他，他更茫然了，吶吶說明了來意，老者悲憫地搖頭太息：

「你來遲了！」

他心一沈：

「她已別嫁？」

老者帶著責備和不滿：

「你這樣想，不覺欺心嗎？你信不過她？認為她負情？」

「不，不能怪她，是我負約在先……」

老者語氣和緩了：

「你負了約，她可沒負情，唉……」

周邦彥急著問：

「她既未負情，如今何在？」

老者低嘆了一聲：

「黃土隴中。」

這四個字，彷彿是嚴冬的冰雪，兜頭而下。一瞬間，他的血液似乎都凍結了，全身冰冷。

老者不忍地看著面前這個失魂落魄的才子，搖搖頭，緩緩地說出讓他椎心的故事……。

茫茫然，他走在山坡的小徑上。秋風瑟瑟地捲下夾徑樹木上的黃葉；小徑，已被黃葉鋪滿，而葉，還繼續落著。秋風淒厲，他卻沒覺得風冷；比起他凝結如冰的心，這風算得什麼？他的心、他的血，比秋風還冷；冷得他對外界的一切都空茫了，都麻木了。他耳中只迴盪著老者的責備和勸慰：

「她一天又一天的站在小橋上等你，等得秋水望穿；等到病骨支離……」

「她雖然抱恨而死，卻始終相信有一天你會回來；遺言叫人把她葬在山坡上，因為那兒高，好望見江上歸帆，好望見路上歸人。」

「來求親的人，幾乎沒把門限踩穿；她不肯；矢志守著你們的舊盟，矢志等你回來……可憐她一片貞心，一片癡心。唉……」

「她家的人不忍留在這傷心的地方，我才把房子買過來。這些，都是他們告訴我的，他們以為你真的負心……只怪你來遲了；只怪你們情深緣淺，或者，天意如此。」

「事已至此，傷心無益；你去看看她吧，讓她在泉下瞑目。」

沈重的腳步，踩在一地的黃葉上，發出沙沙的響聲，長長的瘦影，在斜陽中是那樣的暗淡、孤絕。他恨、他悔，恨自已熱中仕途的淺薄，悔自已尋到了桃花源，竟沒有珍惜，沒有做長遠留下的打算，而匆匆離去。一念之差，卻使得這一段原本可以美滿的情緣，成了秋日的斷藕；儘管情絲萬縷，猶自牽繫，卻再也接續不上了。他曾笑那〈桃花源記〉中尋到桃花源又失落了的漁夫愚昧，而他，竟也成了那失落了桃花源的漁夫。

癡癡地站在墓前，一坏黃土，吞噬了輕顰淺笑；掩埋了花容月貌；分判了天上人間，成了永難跨越的阻隔。心底低喚著她的名字；那朝思暮想，魂牽夢縈的伊人，他曾千百次想著相見時的情景；總是歡欣的，愉悅的。他也為自已的延誤而自責過，但總想著，以後可以慢慢補償；他怎知道，他不再有補償的機會，不再有「以後」？他曾怕她別嫁；如今他多希望她沒有為他苦守，沒有抱恨而死，他寧可失去她的心，寧可她別嫁了！可是她沒有；她至死沒有稍減對他的深情；卻因此，他失去了她，永遠失去了。

夕陽悄悄地向西山遊移；他的影子更長了，和墓碑投下的長影並列著，形成兩條沒有交點的平行；一如他與她這一段沒有交點的情緣。

一行大雁，排著「人」字形的隊伍，整整齊齊地劃破了西山；夕陽灑出最後一把光燦的金紅，在雁背的毛羽上閃爍出短暫的絢爛。隨即雁落平沙，日落西山；只有飄浮在西天的雲彩，眷戀地握著褪去的殘紅，依依不捨。

暮煙漸濃，把四周重疊排列的無數山巒，渲染成濃濃淡淡的參差山影；這些朦朧山影，披著青紗，默默佇立，彷彿也為墓中癡情的伊人哀悼。

風，仍瑟瑟地吹著；山間騰起的雲嵐，隨風飄過山坡，灑下疏落的雨絲，繼續飄流，飄過原野，飄向江心；他知道，這片飄去的雲，再也不會回來了，就像那再也不回來的伊人一樣。

那陣不大不小疏落的雨，沾濕了他的衣衫，也沾濕了地上的泥土。漫天飛舞的蘆絮，落在地上，沾在泥上，任憑風怎樣吹，也飛不起來了。他凝視著在泥中掙扎的蘆絮；不！那不是蘆絮，那是他失落的情，沈落的心……。

# 過秦樓

周邦彥

水浴清蟾，葉喧涼吹，巷陌馬聲初斷。閒依露井，笑撲流螢，惹破畫羅輕扇。人靜夜久憑闌，愁不歸眠，立殘更箭。嘆年華一瞬，人今千里，夢沈書遠。　空見說、鬢怯瓊梳，容消金鏡，漸嬾趁時勻染。梅風地溽，虹雨苔滋，一架舞紅都變。誰信無聊為伊，才減江淹，情傷荀倩。但明河影下，還看稀星數點。

蟾月娟娟，像才用水洗過似的，清澈又明亮。樹葉兒忙著交頭接耳，竊竊私語，高興得搖搖晃晃，拂起一陣陣涼風，傳送著那窸窸窣窣的喧笑聲。

夜深了，巷子裡的馬嘶人語，漸漸遠去，終歸於沈寂。只有點滴的更漏，單調地點綴著冗長的夜……。

並肩閒倚在庭中井畔；這口無遮無蔽的井，幽深得宛如一個無底的黑洞，偶有中天的星光，在無波的水面低徊。他常感覺自己彷彿就是那落入井中的星光，跌入了她那水溶溶、宛似深井般的眼眸中，逃逸不去。唉，他又何曾想逃逸？那溫柔的眸光，撒下了以柔情織成的網，千絲萬縷地縈繞著他，像一個大大的冰繭；而他，那麼心甘情願的作被情絲纏縛的蠶蛾。

清風微拂；風中揉和著似麝如蘭的香氣，是花香？是她的髮香？他無心追究，只深深地沈醉，沈醉在這溫柔旖旎的氛圍中。

「哦！流螢！」

她喜悅地喊，那孩氣的驚喜，使他憐愛地搖頭；他的小妻子，還是個童心未泯的孩子呀！看，她執著手中的羅扇，躡著足尖，忙著撲流螢去了。流螢像夜空中飄忽的幽靈；閃著熒熒的青光，忽明忽暗，忽東忽西。她也追隨著、掩撲著。終於：

「捉到了！捉到了……」

她雀躍著碎步跑回來，額上沁著微微的汗，那雙清炯炯的眸子，閃著興奮。一隻手掩著扇的一角，那掙扎在她手掌和扇面中的螢蟲，一閃閃無助的微光，透過輕羅的扇面，映著她的笑臉；那無憂的笑臉，那樣叫他心動……敵不住他不移的凝注，她羞紅了臉，顧左右而言他：

「看！剛才一不小心，叫薔薇花刺，把扇子都勾破了……」

他恍如無聞，更沒有移開目光去注意那勾破的扇子；他看見的，只是她的眉，她的眼，她翹翹的小鼻子，酡紅的雙頰，和那翕動著——她在說什麼？——的小嘴……她羞急了，手一揚，釋放了螢蟲，輕盈地跑開了；留下一串銀鈴般的輕笑……。

一樣的夜，一樣的月，少了她的身影、她的笑語，就變得那麼冗長得令人難以忍受；那單調的更漏聲，敲擊著夜的寂靜，也敲擊著他的心。

憑著欄杆，向夜空描摹著她的音容笑貌；那喜孜孜的梨渦，那水溶溶的秋波；那輕掩羅扇的纖纖素手，那含羞帶嗔的輕笑……那一樣不牽動著他的愁緒？他依戀著靜夜，不忍歸眠。只為，在這樣的靜夜、澄空之下，共此嬋娟，使他有一種比較接近的感覺。她一定也在月下佇立仰望吧！歎息著那逝去得太快的美好時光；緬懷著遙隔在千里外的人……千里！多麼可怕的阻隔，雁遠魚沈；書信稀少得近於奢侈。連負載夢魂的夢神，也懼怯於山重水複而卻步了嗎？為什麼經旬累月，也難以夢見一回？

一隻螢蟲自他眼前飛過，劃破了他描摹在夜空中的倩影。他猛然驚覺，他描摹的已不是今夕月下的她了；在長久別離的折磨下，她已由一個不知愁的少婦，變成憂鬱憔悴的思婦了。他想起她前些日子捎來的信中吐露的幽怨；使他為之心痛的幽怨：鏡中的容光消減；最為他賞愛的青鬢雲鬟，也已無心梳理；那隻他所贈的瓊梳，總是令她睹物思人，為之情怯。粧奩中的脂粉香膏，更是冷落閒置，任脂冷香殘……在信末，她說，暮春時節，總是落梅風、懸虹雨交織著進行，庭中總是溼漉漉的，青苔，悄悄地侵上了庭階。院中的花架，落紅繽紛飛舞；枝頭繁花凋零殆盡，轉眼濃綠就取代了春紅……。

她知道嗎？她相信嗎？他也為了她而黯然神傷如昔日思妻傷情的荀奉倩。而終日無心無緒，更如失去五色筆的江淹，再也吟不出華藻辭采的佳句了。

更漏將殘；這一個美麗而又漫長、又無聊的月夜，卻因少了她，竟也就在無語憑欄的寂寥中，和對她深長的思憶中，悄悄逝去。

無意地仰起頭來，月已西斜，橫亙夜空中的銀河，仍清清淺淺。只有幾點疏星，猶自點綴著無翳晴空，遙遙地交換著無聲的閃爍……

❀

〈過秦樓〉是北宋末期名家周邦彥的詞作。很明顯，是一闋憶內的作品，詞中時空交迭轉換，今昔之比，兩地之思，使得一個易流於浮泛的題材，表現得深婉之至。周邦彥，善化前人作品入詞而不著痕跡，宛如天成。在這闋詞中，也不例外；杜牧的一首〈秋夕〉幾乎全部搬入了這闋詞中，但是落在字面上的，只見「輕羅小扇撲流螢」一句。而且因由「秋夜」的寫實，轉為對閨人的追憶，更賦予了一份動人的情思。又如「鬢怯瓊梳」三句，不僅是翻了杜甫〈月夜〉：「香霧雲鬟濕，清輝玉臂寒。」更活用了《詩經．伯兮》：「自伯之東，首如飛蓬，豈無膏沐，誰適為容。」把閨中思婦之情，體貼入微。尤其結句「但明河影下，還看稀星數點。」和前片「立殘更箭」遙遙呼應，雖是「景語」，卻比直用「情語」含蓄深刻得多，正是《清真詞》勝處。

# 蘭陵王

周邦彥

柳陰直，煙裡絲絲弄碧。隋堤上，曾見幾番，拂水飄綿送行色。登臨望故國，誰識，京華倦客。長亭路、年去歲來，應折柔條過千尺。　閒尋舊蹤跡，又酒趁哀絃，燈照離席，梨花榆火催寒食。愁一箭風快，半篙波暖，回首迢遞便數驛，望人在天北。　悽惻，恨堆積。漸別浦縈迴，津堠岑寂，斜陽冉冉春無極。念月榭攜手，露橋聞笛，沈思前事，似夢裡、淚暗滴。

垂直的春柳，如金線似的千絲萬縷，密密地織出一幅如煙的錦幔。濃綠的柳葉，搖曳在春風和煦中，渲染閃爍著綠影朦朧。金絲，綠葉，就這樣嬉戲著春風。

楊柳，對周邦彥來說，絕不是陌生的；曾多少次，在隋堤上，與她邂逅，看她垂曳著長長的絲縷，輕拂著綠波；那樣柔情無限，依依地牽綰著行舟。當行舟無情地撇下了她翠帶飄颻的瘦影，而滑向春江煙浪中時，那漫天飛舞的柔白輕絮，宛似點點愁人拋灑的珠淚。

送人，被送，在年華匆匆消逝、歲月悄悄流轉的更替中，她總是默默地，用無聲的語言，撫慰著失意者的心靈。他們那離鄉背井的愁緒；他們那久客京華，卻困頓潦倒，不為人識，不為世用的無奈；他們那深深鏤刻在心頭，淡淡流露在眉宇的倦怠；他們那漂泊遷徙，無人相問的悲哀……登臨極目，愁痕處處，那堪回首；待不回首呵！那不知何日能重返的故國，又怎忍就此決絕？在這種矛盾和掙扎中，怕也只有長亭路邊的楊柳，或能領略一二吧？她曾親身體驗了多少人生的無奈，在年復一年，一雙雙的送別淚眼中，多情的人們總借著她的縷縷柔絲，來表達依依離緒。然而，縱使她有心縈繫，又奈何匆匆行色？那縷縷被攀折的萬千柔條呵，空自牽惹了多少愁腸的迴折。

沒有話別；沒有流淚。在這梨花已殘，榆火新分，轉眼就是寒食節的春暮；在這臨別前夕，一盞銀燈，散著柔和的燈暈，照著桌上那些她為他親自安排的餚饌。他努力地品嘗著，讚美著；他不知道，什麼時候才能再嘗到她的精緻菜餚；他不知道，他今生是否還有這樣與她相對共食的機會。

然而，他把離愁埋藏在心底；口中，在飲食之餘，絮絮地、若無其事地，談著一些往事。那些令人沈醉的，歡樂的往事，在他口中閒閒敘來，竟給人一種是慶相逢，而不是傷離別的錯覺。

她微笑著，看著並不善飲的他，不自覺的一杯又一杯的斟著酒；不多話的他，竟自滔滔滾滾，盡是舊日儷影雙雙的舊事陳跡。

信手取過平日彈的琵琶，無意識地輕攏慢撚；絲絃發出的聲聲，竟都流溢著淒楚。他深深凝注她，又飲盡了杯中綠酒。在他的注目中，她想起都中歌樓間，流傳的一句話：「曲有誤，周郎顧。」本來指周瑜的「周郎」二字，那麼自然妥貼地，就轉移到這位精於音律的才子詞人周邦彥身上。不成曲，不成調的音符，也溝通著他們脈脈又默默的情愫。沒有話別，言辭，已屬多餘……。

他是何時上船的？船是何時離岸的？在他腦海中，竟是一片空白。他記得的，只是那沈沈如夢的幾聲絃索琤琮；只是那盈盈如花的幾回淺笑低迷，只是……風催何疾？船行何速？在這綠波水暖的春江上，在風疾如箭，篙輕似羽，順風順水的飄流中，待他清醒，待他驚覺，船兒已滑過了幾座渡頭，幾重水驛。

伊人，遠了；京華，遠了；隔著山重水曲，隔著煙靄雲濃……他忍不住回首，忍不住凝望。迎著風，溯著水，向天北遙望：望見的，只是山染碧，水涵青，和一望無際的漠漠雲天；不見伊人，不見京華。他癡癡地凝望著，只為，那北方的一處天空下，有她的倩影……。

船，繞過一灣灣縈曲的水濱浦岸；經過一處處寂寞的斥堠津渡。愈行、愈遠，他的感傷、淒楚，也隨著里程加深、加重的累積著。回眸四望，斜陽緩緩西沈，晚霞塗染著遠近山水；那銀紅金紫，綺麗眩目，讓人想到紫姹紅嫣、繁花似錦的春天。

是的，春天，現在正是春天，展眼望去，無邊無極，何處不是春光？在斜陽籠罩中，在春風吹拂裡……。

這溫柔、旖旎的春色，勾起他多少回憶；多少月夜，他攜著她的纖纖素手，在水榭中賞月；月光倒映在水中，圓時如環，缺時如鉤，在魚吹細浪，花落微漪時，更幻化作銀波重重，金星點點。他心中寧謐而滿足，不為月色；月色誠然是美，又何能及手中那柔荑素手，傳達的深情款款。多少清秋，他與她併肩散步，走上那為白露沾濡，欄杆微濕的橋邊。在已涼未寒的秋風裡，儷影雙雙，憑欄小立，笑指天上的牛女雙星，何似人間儔侶？遠處，誰家吹起玉笛；他們臨風細按著宮商，聆賞品評，直待驚覺夜深露重，才相視而笑，依依離去。

一幕幕往事，在他凝目沈思中，滑過心頭。那幕幕溫馨的、甜蜜的往事，卻都成了今日的痛楚根由；沒有深情，何來離恨；沒有聚之歡，何來別之苦？那溫馨甜蜜的往事，分明如此，歷歷如此，卻又何以如煙之易散，如夢之杳茫？

他默默背轉身去，想避開舟子的目光；他不願他們看見，一滴淚，蘊在他眼眶中，正盈盈欲落……。

❀

這一闋〈蘭陵王〉，在周邦彥的《片玉集》中，堪稱名作。一方面，是此詞本身的令人愛賞，另一方面，卻是因其中流傳的一段故事：宋徽宗微服訪青樓名妓李師師，不巧，周邦彥正在李師師處盤桓。欲避不及，又怕君臣在青樓相見不便，只好匿於床下。把徽宗和師師的調笑、談話，聽得一清二楚，一時衝動，竟作了一闋〈少年遊〉細加描繪。他是當代名詞人，況且此詞細膩旖旎，十分引人，一時傳唱九城；傳到徽宗耳中；別人不省緣由，他是心中有數，老羞成怒，即日下令，押出國門。周邦彥文字賈禍，感慨萬端，又兼李師師設席餞飲；二人原本有情，在這種情況下，更是繾綣惆悵，相對無言。周邦彥即席又賦〈蘭陵王〉，設想別後光景，真是悲楚淒惻。但已有文字賈禍的前車之鑑，也不敢寫得太怨抑悲憤；所以題為「春柳」，寫離愁，卻無怨憤。尤其「斜陽冉冉春無極」，竟是一片光明摯誠的感念；有「普天之下，莫非王土；率土之濱，莫非王臣」的赤忱忠愛，並不以無端嚴譴怨望。當徽宗自師師口中聽到〈蘭陵王〉時，也不禁為之感動，且確證了他在音律方面的修養和才華，終於回心轉意，召回了他，並量才任用為大晟樂正。

依這一傳說，此詞中敘寫別後情景的，如「愁一箭風快，半篙波暖，回首迢遞便數驛，望人在天北」，「漸別浦縈迴，津堠岑寂」都只是想像之詞，而非實情。但就詞的感人度來說，想像之詞，未免就會減弱了那種使人動容的分量。而且，此一傳說的可信程度，仍有疑問，所以在演示上，仍視為「寫實」。就詞中深摯之情而言，月樹攜手的，不必是師師，也是一樣感人的。在詞末，「似夢裡，淚暗滴」，一連下了六個仄聲字，在詞中，可稱是少有的特例。周邦彥，以精於音律見稱，應不會是一時失檢，或有深意，也許就為了表現那種淒惻迫促之情，而特地這樣，以仄聲連用，來達成這種音節上的特殊效果吧！

# 六醜

周邦彥

正單衣試酒，悵客裡，光陰虛擲。願春暫留，春歸如過翼，一去無迹。為問家何在？夜來風雨，葬楚宮傾國。釵鈿墮處遺香澤，亂點桃蹊，輕翻柳陌。多情為誰追惜？但蜂媒蝶使，時叩窗槅。東園岑寂，漸蒙籠暗碧，靜繞珍叢底，成嘆息。長條故惹行客，似牽衣待話，別情無極。殘英小、強簪巾幘，終不似、一朵釵頭顫裊，向人攲側。漂流處、莫趁潮汐。恐斷紅、尚有相思字，何由見得？

脫去了夾衣，換上了單衫，周邦彥感覺，春天，真的過去了。

端著一杯新熟的酒，他有些惘然；這一季春，他到底做了些什麼？是漂泊的遊子生涯使他的心無法安定？是思鄉懷土之情，干擾了他的心境？這一季春，就這樣不經意的虛度了，待驀然回首，春，已一去無蹤。

真的是一去無蹤！他多麼盼望，能挽留住一抹春痕；多盼望，春能停下腳步，那怕只是短短的瞬間，至少，讓他感覺，他曾擁有過春。然而，春，彷彿像飛鳥一樣，搧撲一下翅膀，就消失在雲天之外。

可不是春色已老？連宵夜雨，彷彿是一首送葬的哀歌；把那憔悴消瘦，如楚宮中為瘦腰而餓死宮娥的殘花，片片吹落……。

那粉白，那嬌紅，簇簇枝頭盛放，散著馥郁芬芳，引得蜂圍蝶繞的薔薇，曾是那樣雍容而都麗。如今，竟也落得隨風飛舞；朱顏粉面，未曾褪色，只是芳華消逝，便再也戀不住枝頭；只有飛向幽徑，落向田野，散落著滿地花片，點點殷紅，像帶血的啼痕。任是怎樣的傾國姿容，也只有在明媚燦麗的那一剎，才有人稱賞憐惜吧？如今，更有誰對這殘紅落英，投上一瞥？只有那蜂蜂蝶蝶，依然圍繞枝頭尋覓著舊日的伴侶，不時，輕叩著薔薇花叢旁的軒窗，打探著伊人的下落。

當薔薇落去，園林中，就再難覓姹紫嫣紅；只見綠意漸深，樹蔭篩下滿庭濃綠。

密密枝柯交織的薔薇下，靜躺著幾瓣柔紅，無助的陷在泥塵中，等待著寂滅。周邦彦有著滿心的悲惻，但，除了繞著這叢薔薇徘徊嘆息，又能奈何？人，亦難逃自然法則的輪迴呵！更遑論花？是什麼人，牽住了他的衣衫？他停下了腳步，才發現，是薔薇伸出長枝上的鉤刺。鉤刺也體會了他一番惜花的悲惻嗎？而想留住他這位薔薇的知己，共話依依惜別之情。

惜別之情，那有窮盡？他摘下枝頭最後一朵單薄得可憐的殘花；就算這是春的最後一個音符吧！

總也聊勝於無了，他情懷寥落的把這朵小花，簪到頭巾上。

凋殘的花，寂寞的人，也算是相配了。但，他又怎能不遺憾他辜負了太多？曾經，有一朵嬌美絕倫的薔薇，簪在伊人鬢邊，顫顫裊裊，羞羞怯怯地，向他偎依……，他，不曾珍惜；只因，他不知道，春天這麼快就消逝；薔薇這麼快就凋零，而伊人……已傷心離去……。

花的終站，不是塵土，便是流水。流水，又準備把這些落英殘紅，載向何方？流水呵！若載著落花，就不要那麼匆匆忙忙吧！也許，這些花瓣中的某幾片上，有著伊人用簪花小楷寫下的詩句，藉著水的漂流，寄給那多情的知己。

請慢慢流呵！莫趕向江海，去湊那潮起潮落的熱鬧；慢慢流呵，否則，那花瓣上的詩句，有誰能看見拾取？

這一闋〈六醜〉是北宋後期詞人周邦彥的名作之一。據前人記載，這闋詞牌名「六醜」，宋徽宗見了，十分不解。問許多詞臣，都答不出來；只有召原作者周邦彥來問。周邦彥答：「此犯六調皆聲之美者，然絕難歌。」想來在音樂上必有極高的評價；可惜，今日只能就文字之美來欣賞了。它有個小題：「薔薇謝後作」，薔薇，是春暮時花的代表；薔薇花開，就漸由春入夏了。周邦彥以〈六醜〉嘆息春歸花落，婉轉迴折，極盡典麗之能事，一代詞宗，畢竟不凡！

# 瑞龍吟

周邦彥

章臺路，還見褪粉梅梢，試花桃樹。愔愔坊陌人家，定巢燕子，歸來舊處。　黯凝竚，因念箇人癡小，乍窺門戶。侵晨淺約宮黃，障風映袖，盈盈笑語。　前度劉郎重到，訪鄰尋里，同時歌舞。惟有舊家秋娘，聲價如故。吟箋賦筆，猶記燕臺句。知誰伴，名園露飲，東城閒步？事與孤鴻去，探春盡是，傷離意緒。官柳低金縷，歸騎晚、纖纖池塘飛雨。斷腸院落，一簾風絮。

又回到久別的京師，又來到京師最美麗繁華的教坊。這裡有最香醇的美酒，最悠揚的音樂；最動人的舞姿，最可愛，而且綺年玉貌、笑靨迎人的少女。每一座幽庭深院，更住著一位眾香國中的名花；她們色藝雙全，才調出眾，出入文士雅集，公卿華筵間，作錦上添花的點綴，等閒之輩，無由仰望顏色。

對京師教坊，周邦彥是識途老馬，他以卓絕的文采和妙解音律的音樂素養，為教坊中的名花，傾心結納。他熟知每一門戶，和其中悲歡離合的故事。

春寒初褪，枝頭上，衝破嚴寒，先報春歸的梅花，已零落凋殘，倒是嬌柔的桃花新綻，倚著薰軟春風，如同初試春裝的少女，展現著又羞又喜的容顏。

花樹間，幾聲清圓燕語。呵！是固定在這些人家簷上築巢的燕子，趁著晴暖，飛回了舊巢吧？仰望著那忙碌穿梭的燕子，周邦彥嘴角不由噙上了一絲微笑；他，彷彿也像這些黑衫羽客，不由自主似的，便會走向昔日最熟悉的地方……。

一樣的庭院，一樣的屋宇，一樣的門戶。他總記得，那時，她，還只是一個嬌癡的小女孩，坊曲中嚴格的才藝和應對訓練，都未曾磨損她天性中的爛漫純真，只像一塊美玉，經過名匠琢磨，益見光潤。

她不知因何故，那樣喜歡偷偷的窺視他。在清晨，裸著素白的纖足，曳著長裙，頰上，塗著淺淺宮中最時新的鵝黃宮粉，向著臨窗讀書或寫詩的他張望。當他被驚動了抬起頭來看她時，她卻又用扇子，遮住了半邊臉，揚起的羅袖，映著閃爍日影，風中，傳來她銀鈴般的輕笑……。

重遊舊地，他一戶又一戶的尋訪著舊日的故人，人事早已全非，這原是歲月最不容情的地方呵！後浪，那麼快的湧上來，新人，就取代舊人。老樂工唏噓話滄桑：

「有的贖身從良了；有的看破了紅塵；有的仍留在坊曲中，教習歌舞；有的為貴家量珠聘去……」

教坊中，依然有歌姬，有舞妓，有名重一時的名花，卻已不是舊時人。她們，都隨著時間被人遺忘了，而：

「只有秋娘，她是特別不同的；至今，還沒有誰的聲價能超過她。人人以她做最高的準繩。」

而他，幾度徘徊躑躅，終不敢去觸動心底那深閉的門扉。

他仍記得，自己過去為她作的無數詩篇；他不知道她是否仍記得，他，是至死不會忘的。

曾經，他陪伴著她遊遍了京師的名園，在花間，露天席地飲酒賦詩；曾經，她陪伴著他在東城的城樓上，步月覓句。

她是名妓，他是名士；名妓和名士，只能相互傾心，無緣結成連理，這是註定的；他阮囊羞澀，何能奢望必得量珠為聘，金屋貯之的她？她便甘心摒絕鉛華，荊釵布裙，為才子婦；奈何才子家貧，又一身傲骨！

如今，他只落得一身孤孑。她呢？有誰陪她共遊名園賞花，閒步城樓踏月？

一隻孤雁，棲遑地掠過雲天，消逝在天際。往事，也像孤雁一樣吧，留不下一點痕跡，便成了永遠的過去……。

教坊，在人們口中，那是春天永遠停駐的地方。而他，所要尋訪的春，卻早已成為過去，留下的，只是一些感慨，一些惆悵；一些，是離愁嗎？他自己也無法確定……。

池邊的楊柳，在春風中紡著金線，低低垂下，有意無意的拂著他的帽子。依依，復依依，在黃昏四合的暮色中，他跨上了馬。

天上，飄下了細雨，為池塘，蒙上了一面細薄的輕紗；飄舞的雨絲，朦朧了他的視線。

坊陌間的樓閣中，亮起了盞盞燈火；是華燈初上，笙歌漸起的時候了。

那一門戶中，那一庭院內，她曾屬於他……。

她的眉，她的眼，她的輕顰，她的淺笑，一下明晰了起來。

滿城笙歌如沸，卻再也引不起他的關心。

他只追憶著，那分別時節的種種情景。室中，他們淚眼相對，簾外，春風正飄舞著滿天無根無定的輕柔柳絮……。

❀

這一闋〈瑞龍吟〉是周邦彥的一闋名作。詞中充溢的是重遊舊地，人事全非的感傷。自表面看，感慨的是「平康」的滄桑，內中，多少有著自傷飄泊流落，懷才不遇的感慨吧！尤其結以「一簾風絮」，更留予讀者無盡餘味，也留下無盡的無名惆悵……。

這一詞牌，特殊之處是分三段，前兩段句法全部雷同，稱「雙拽頭」，較為少見。

# 花犯

周邦彥

粉牆低，梅花照眼，依然舊風味。露痕輕綴，疑淨洗鉛華，無限佳麗。去年勝賞曾孤倚，冰盤供燕喜。更可惜、雪中高樹，香篝薰素被。

今年對花最匆匆，相逢似有恨，依依愁悴。吟望久，青苔上，旋看飛墜。相將見、翠丸薦酒，人正在、空江煙浪裡。但夢想、一枝瀟灑，黃昏斜照水。

又看見梅花了；就在這客舍窗外，一枝橫斜疏影，悄悄地自低矮的粉牆外，閃入，也照亮了周邦彥的眼眸。

依然是清艷絕俗；依然是高華出塵；也依然是寂寞寥落；帶著淡淡的輕愁薄怨，卻又寧願守著那一份不為世所容的孤芳自賞……那纖白無瑕的花瓣上，綴著碎珠般的冷露；彷彿是洗淨了鉛華的絕代仙姝，展現麗質天生的絕世姿容，更美得超塵脫俗，不沾染一絲人間煙火。

梅花！又見梅花！梅花寂寞依然，他呢？

他記得去年，也曾見到梅花。他那時，也正在旅途中，孤伶伶的獨斟自酌，唯一可令他略釋愁懷的，是那一枝瓶中清供的梅花。是梅花，溫暖了他孤寂的心田，使那天寒地凍的季節，不復淒寒難耐，連凍結凝冰的盤中菜餚，也變得別有一番可喜的深長滋味。

而更令他欣愛的，是窗外雪地上那一株古拙高大的梅樹；樹上紛紛馥馥開滿了梅花，細細的清香，在清冷的空氣中飄散著；彷彿是一個散著薰香的薰籠，正薰著覆蓋大地，那床如輕絮般白雪鋪成的被子。

一年了，今年再見梅花，卻是如此的匆匆驟驟，是花開早？是他來遲？梅花清麗的姿容，已然憔悴了，含愁脈脈，對他凝望。

他何嘗沒有相逢恨晚的惆悵呢？可是……

他只能以脈脈深情的凝望回報，微吟，低嘆，久久，久久……然後，看見斑駁的青苔上，有片片雪花飛墜；不，不是雪花，是梅花那勝雪欺霜的皎白花瓣。

幾時能再見呢？再見時，梅花該已變換了現有的形貌；將變成如翡翠彈丸般的梅子，出現在酒宴上，以含酸帶甘的滋味，殷勤勸飲……。

那時，他又在那裡呢？也許，正在蒼茫煙波中，飄泊流浪。

但，他知道，他不全然是寂寞的；他的夢中，永遠有一枝梅花陪伴；她正獨立在黃昏暮色中，孤傲，也瀟灑的橫斜著疏枝，臨池照影……。

這一闋〈花犯〉是周邦彥詠梅花的作品。一般詠物詞，常流於堆砌典故，辭勝於情，而此詞，由梅興起，寫盡兩年來的悲歡之情，明知作者有宦途失意之恨，詞中卻不見偏激怨憤之語，情致婉約，而溫柔敦厚。尤其可貴，是圓轉自如，全不見斧鑿痕跡，且氣韻高曠，意婉神清，堪稱絕唱。

# 南浦

孔夷

風悲畫角，聽單于、三弄落譙門。投宿駸駸征騎，飛雪滿孤村。酒市漸閒燈火，正敲窗、亂葉舞紛紛。送數聲驚雁，下離煙水，嘹唳度寒雲。　好在半朧溪月，到如今、無處不銷魂。故國梅花歸夢，愁損綠羅裙。為何暗香閒艷，也相思、萬點付啼痕。算翠屏應是，兩眉餘恨倚黃昏。

風雪滿途。

嗚咽的畫角，吹著小單于那淒涼悲壯的曲調，一遍，又一遍的在譙樓上迴盪；和著呼嘯的風聲，更讓人不忍卒聽。

孤寂座落在風雪中的小小村落，買酒兼營客棧的小酒店，是唯一喧嘩熱鬧的地方了。

望著那氤氳著人聲的燈火，孔夷加鞭催馬；這是他今晚的安身之所，狹窄、簡陋，是他可以想見的，但……

他又何能選擇呢？在這樣的風雪中，有這樣一個可以有熱騰騰的飲食供驅寒果腹，有遮蔽風雪的客房供他投宿，他還能再苛求什麼？

當他安置了行李，再回店堂的時候，店中的食客、酒客，都散得差不多了。時間並不太晚，只是，這樣風雪之日，有家的人，誰還願意在外面多留連呢？

店堂中的燈火，仍點著；但，少了人聲笑語，彷彿連燈也失色了，失去了那一份輝煌和溫暖。

他多麼喜歡那一份輝煌和溫暖！對這樣一個羈旅異鄉的寒夜，他多麼需要一些輝煌和溫暖，驅走那份心底的冷寂！

然而……他只能在獨飲獨食之後，獨自回到他簡陋的房裡；伴著他的，只一盞昏黃的孤燈。

店堂燈火一盞盞熄去。風，猛烈的搖撼著窗外不知名的樹，樹上無多的枯葉，在風中亂舞，敲著他的窗……

他嘗試著把自己送入夢鄉，在意識朦朧的邊際，幾聲清唳，又啼破了他未成的夢境；是河岸邊，葦叢中的雁群吧？是受到了什麼驚擾，這樣匆匆離開了迷離煙水，衝破雲陣，飛向遙天？

再也無法入眠了，他枕著冷硬的枕，卻睜著眼，任一縷鄉思，纏縛，縈繞……。

不知何時，風雪停了。他推開小窗，窗前，竟有著淡淡月影，照在溪床上；結冰的溪床，也反映著淡淡的柔光。

這樣的月，對羈旅的遊子，對樓頭的思婦，對任何有情的人，都是不堪承受的吧？月，是圓的，而那薄雲掩映下的月影，卻恰似一張所有有情人都掙不脫的羅網；愁絲織成的羅網呵！這朧明的淡月，該也正照著他的故鄉，他的家園吧？那庭中的梅花樹下，可正立著那穿著綠色羅裙的身影？

那梅花裊裊的幽香，淡淡的素艷，在她看來，也像是不絕如縷的相思，繽紛灑落的清淚吧？千千萬萬數不清的梅花柔瓣，那近於透明的白色圓點，豈不似樓頭思婦揮不盡的清淚啼痕？

他永遠忘不了，臨行時，她倚立在翠屏邊相送，臉上帶著笑，眼中卻含著淚；笑，是給他看的，淚呢？

那翠屏邊，日復一日，仍會有她的身影倚立吧？但，那笑容，應已褪色；代替的是塗染著離愁別恨的眉峰，送著一個個漫長難挨的日暮、黃昏……。

❀

這一闋〈南浦〉，作者是孔夷，字方平，汝州人，是北宋元祐間的一位隱士。有些詞選上，作者名寫成「魯逸仲」，其實，魯逸仲是孔夷的「筆名」，並不是另一個人。

「南浦」，寫在風雪之夜，羈旅異鄉遊子思鄉憶內之情，前一半是自身景況，後片，由朧明溪月，轉到思鄉憶內，並設想思婦的相思況味，頗有杜甫「今夜鄜州月」一詩的風味。

孔夷小傳　孔夷，字方平，號滍皋漁父，又隱名為魯逸仲，北宋汝州龍興（今河南寶豐）人。

他是個元祐時期未出仕的隱逸之士，而當時居高位的劉攽、韓維都視之為畏友，而與甚受蘇軾推重，科場不利的李薦為詩朋酒侶。所傳詩作不多，《全宋詞》僅收三首，詞風典雅婉麗，雖非名家，卻甚受當時及後世推重。

# 千秋歲

謝逸

楝花飄砌，蔌蔌清香細。梅雨過，蘋風起，情隨湘水遠，夢繞吳峰翠。琴書倦，鷓鴣喚起南窗睡。　密意無人寄，幽恨憑誰洗？修竹畔，疏簾裡，歌餘塵拂扇，舞罷風掀袂。人散後，一鉤淡月天如水。

楝花，為一春的二十四番花信，奏出了清越的尾聲；當那淺紫色的花瓣，隨著微風，散著幽幽淡淡的清香，紛紛飄落，為石階鋪上重重繡衣的時候，春神的腳步，就悄悄地走向遠方。

「夏天來了！」

謝逸放下手中的書卷，深深吸了一口若有若無的細細清香，望著那一階繽紛落花，彷彿聽到春天號角的最後一個音符；餘音雖似裊裊未絕，而樂章，終究已告終結。

不是嗎？那經旬累月，飄瓦滴階，惹得人也沈沈鬱鬱的梅雨季節，已然過去。而那夏日清風，也自蘋末興起。

讀一回書，撫一回琴。在白晝漸長的初夏，當身體困倦了，就在書房南窗邊的短榻上，在越窗而入的清風撫慰中，悠然走入夢鄉……。

夢鄉，可是另一個人間世？那些隱藏在心底，壓抑在記憶深處，不敢碰觸，不堪重溫的甜蜜又傷痛的故事，就這樣展現……。

那纖纖的背影，隔花障霧，疑幻疑真。曳著輕縠般的六幅湘水羅裙，似凌波，似踏虛，那樣去意迴徨，欲行又止。那幾不勝衣的香肩，負載不動的是萬斛柔情，還是千重愁緒？彷彿是湘妃洛神，徘徊在遙遠的湘江水濱。

那身影是那樣的熟悉，熟悉得宛似自己心靈的一部分；一顰眉，一淺笑，一低頭的溫柔，一垂睫的淒楚，呵！原該是神仙小謫，因此，他無福，也無緣將她留住。

可是，他又怎忍不依依低喚那縈心的名字？

她停下了腳步，默默地，回頭……。

那橫波秋水，怎似春日泛濫的桃花汛？那樣奔騰而下的渲瀉著清淚。那凝翠吳山，又為什麼蹙起一段為濃雲寒霧遮掩的山峰；那撫不平的山峰，漸次為雲霧吞沒，他抵死欲向前追尋，卻迷失在那吳峰翠黛中……驀然一聲低嘆：

「行不得也，哥——」

那惱人的鷓鴣，那麼多情，又那麼無情地，將他自迷離難以自解的夢境中喚醒。他惘然望著身邊攤開的書頁，几上猶陳的素琴；爇盡的篆香，早成了柔腸寸斷的寒燼；就像他那已逝的殘夢，再難重續。

這南窗下的南柯一夢呵！他多希望自此再不醒來！

心底虬結糾纏如亂絲的情思，有誰能爬梳織紡成一篇字字珠璣的錦繡文章，把他一腔深藏的密意，盡情傾吐？更難的是，縱使錦字書成，又有何人能上窮碧落，下通地脈的為他尋覓伊人，為他把書信傳遞？又有誰，能為他尋來遺忘的祕方，為他消除洗去那深深烙印在心頭的終天遺恨？

為了逃避自四面八方逼入的寂寞空虛，他召來了舞姬歌妓，邀來了詩朋酒侶，把這坐落在竹林旁的書齋，用歌聲、舞影填滿，用笑語、歡言點綴。在歌妓、舞姬獻藝之後，他也借酒佯狂，吟唱著李白「我歌月徘徊，我舞影凌亂」，舞得汗濕衣襟，頹然倒下。任簾外竹風，夾著輕塵，拂向歌兒手中歌扇，吹起舞姬衣袂裙裾，也吹亂他鬆散的髮腳。

「無逸！無逸！」

「謝官人！」

他聽到友人和歌妓們的呼喚，他不想回答；他發現他錯了，這狂歡縱酒，這歌聲笑語，並沒有驅散他的空虛寂寞；他得到的，除了身與心違，與言不由衷的倦怠外，只有更深的寂寞——儘管聲浪在四周充塞。

「無逸醉了，咱們也散了吧！」

他感覺著幾隻手扶著他，把他安置到床上。聽到紛沓的腳步向外走去，周遭，又回復了清寂。

他緩緩睜眼，走下床，踱到屋外。

晴空湛湛，澄明剔透如水，一鉤初升的下弦殘月，正貼著天幕，散著淡淡幽輝……。

**謝逸小傳**　謝逸，字無逸，臨川（今江西臨川）人。

他初有用世之意，再舉不第，乃退歸林下，以詩文自娛，不復出仕之想；是一位操履峻潔的名士。卒於徽宗政和三年，年未滿五十歲。

他長於詞文，曾作蝴蝶詩三百首，時人稱之為「謝蝴蝶」，有詞集名《溪堂詞》行世。

# 臨江仙

晁沖之

憶昔西池池上飲，年年多少歡娛。別來不寄一行書，尋常相見了，猶道不如初。　安穩錦衾今夜夢，月明好渡江湖。相思休問定何如？情知春去後，管得落花無。

總是忘不了那些歡娛的日子；消磨在西池上的多少個月夕、花朝。舞筵歌宴，急管繁絃，在飲酒賦詩，猜枚行令的逸興遄飛中，一年年的歲月流光，就悄悄地在歌聲中、舞影裡，消逝無蹤。怎樣來形容邂逅相逢的驚喜？怎樣來描繪目成心許的繾綣？文章魁首，仕女班頭，羨煞了多少人！只羨鴛鴦不羨仙，該是那段日子的最佳註腳了吧！

沒有想過別離，別離卻猝不及防地來到眼前。多少海誓山盟，多少柔情蜜意，在時空的睽隔中，竟是那麼脆弱虛無得可笑；沒有隻字，沒有片語，征鴻來雁，永遠匆匆驟驟，不曾為她稍駐，她漠然視如無睹；她必須以視如無睹的漠然，來保護那脆弱滴血的心；在那一個個排成「人」字的隊伍，飛掠過她的小窗，投向杳遠雲天的時候。

她身邊，仍包圍著走馬章臺的王孫公子；他身邊，也不會缺少侍宴添香的紅粉佳人。名妓與名士的愛情，似乎，只是供人茶餘飯後遣興稱道的佳話美談，用那輕倩戲謔的語調。沒有人肯認真的正視她的愛情，她也只能不認真地，用調侃的語氣，沖淡那半真半假酬酢應對中的「真」。她麻木嗎？她知道的，不！但，她也知道，她，最好還是麻木。

離別誠匆驟，重逢亦偶然。她看得出，他是驚喜的，她又何嘗不是？但——一種歛束的陌生，無端地橫亙在他們之間；不是不曾歡談，不是不曾笑語，不是不快樂，只是，她不知道，他們中間多了什麼？還是少了什麼？為什麼笑得疏隔，談得生硬；一切都在客氣中透著生澀。不該如此的，以前不是如此的呀！她在心底吶喊，他聽不見，他只是以使她心碎的眼神，在他們的過去與未來間，劃上了一道鴻溝；對他，她不是過去的她了，對她，他又何嘗是昔日故人？然後，在泛泛酬應中，他走出了她的世界；她知道，他最後的那一凝眸的眷戀，是一個句號了；結束往事的句號。

鋪陳好錦茵繡被，焚上一爐沈水香，她默默斜欹在枕上。目光投向小窗；窗外月華如練，這有如匹練的月光，該是載負得起輕如飛絮的夢魂吧？那；她輕輕合上眼簾，默禱：

「載著我，飛過江，越過湖，到他的窗前，到他的夢中去……」

不該癡情的！不該相思的！但，已然癡情了，相思了，怎麼辦？

別問，別問這縷癡情，這段相思，有什麼結果？也別問，這不辭關山跋涉的夢魂，想牽繫什麼、縮縈什麼。當春神一心離去，幾曾回過頭來看顧一朵芳華逝去的落花？落花的芳魂一縷，又怎能不依依追隨春神的步履，萬水千山，牽牽縈縈、無悔、無尤、無怨……。

這一闋〈臨江仙〉，寫一份無可奈何的摯情，遣詞用字極平淡，可是其中的柔情，卻使人產生淒楚的共鳴，「相思休問定何如？情知春去後，管得落花無。」幾乎一字一淚呀，只怕，淺情的人，無法領會呢！

❀

晁沖之小傳　晁沖之，字叔用，一字用道，號具茨先生。鉅野（今山東鉅野）人。他是「蘇門四學士」之一的晁補之的堂弟。少年科第，風流自賞；曾輕裘肥馬遊於京師，慕名妓李師師之名，一擲纏頭，數以千萬，為人艷稱於一時。紹聖初，元祐黨禍起，他也受牽連，被謫逐，乃飄然棲遁於具茨，具茨先生之號，由此而來。

他工於文詞，有《具茨集》行世。後人輯其詞，集名《晁叔用詞》。

# 天仙子

沈蔚

景物因人成勝概，滿目更無塵可礙。等閒簾幙小闌干，衣未解，
心先快，明月清風如有待。　誰信門前車馬隘？別是人間閒世界。
坐中無物不清涼，山一帶，水一派，流水白雲長自在。

何需樓閣連雲？何需亭臺池館？更何須疊石為山，鑿地為泉，用人工鋪排出華而不實的富而好禮？讓人；萬物之靈的人，成了點綴於富麗堂皇中的一件擺設；成了聲色犬馬間的一個奴隸；必須藉著這些阿堵物砌成的假山假水、金絲籠牢，來裝點自己的卑微和空虛。即使巧奪天工，又便如何？也不過是附庸風雅的俗客，洗不淨包圍在功名利祿中的塵心。

人的風雅，豈需藉這些人工的鋪陳來表現？尋常天然景物，著一雅士於其間，透過了他靈心慧眼，拈出便成妙諦，豈必刻意求之！一草一木，無不有情，一山一水，總是勝境，勝者，原是存乎一心哪，何庸外求。

進入這小小斗室，陳設不過床帳桌椅，點綴不過書畫文房，放眼望去，卻只覺滿目清爽，不染點

塵；更沒有冗冗俗物，礙目勞心。

細細湘竹編成的簾幙半捲，廊外，一行古樸低矮的小闌干，像是一行寂寂斗室和沈沈夜色的分界線。使公餘帶著一身疲憊歸來的沈蔚，走進了小小斗室，不待解衣披襟，心頭先感到一陣鬆快。尋常的半舊湘簾，尋常的古樸闌干，何嘗不能引清風、邀明月，滌塵清暑？不是嗎？他尚未進門，明月清風已先他而至，掮一室清涼，灑半床清輝，在室中等著他了。

儘管門外狹隘得不容走馬回車；儘管門外人聲喧嘩如市井，但進入了門，那一切擾擾碌碌、紛紛冗冗的人聲市聲，就再也騷擾不了他了。這兒，在塵世之上，卻似別有洞天，沒有塵世的紛擾、傾軋、競逐、奔走，這兒，彷彿是另一時空，另一人間；悠閒、安詳、平和、寧靜的人間。在驕陽高照，炎威肆虐的三伏夏日，也威脅不了小屋中的清涼舒爽。

是清涼舒爽的，展眼所及，目光接觸的事事物物，似乎都散發著沁心的清涼意……。

那一架助人明心怡情的書；那一張琤琮如鳴泉的琴；那幾支羊毫，那一方端硯，一局殘棋，一隻蒲扇……。

他目光投向窗外，一帶遠山，涼潤如黛玉；悠然白雲，舒捲著出岫，那樣逍遙自在地飄浮著；在山腳下那一彎潺湲清溪上，臨流弄影；那粼粼的清瀅碧波，就載著雲影，悠然地向東流去。

雲無心，水無機，人若無心如雲，無機如水，又何處不安閒，何時不自在呢！

沈蔚怡然地笑了，在悠然神往中，他也幻成了雲，化成了水，飄浮、潺湲……。

這闋〈天仙子〉的作者，是沈蔚，字會宗，吳興人。生平不詳。這一闋詞，《草堂詩餘》題為「水閣」，《花庵詞選》題為「幽居」，顯然都是選詞者自己度其詞意加上去的，而非原題。「詩到無題是化工」，硬行加個題目上去，實在是多事，往往等於為詞加了一副桎梏，反而限制了讀者涵泳想像的自由。本來，古人詞作，有些極海闊天空，不必強加限制，每個人的領略，不必相同，甚至讀者所思所見，亦不必與作者同，這種率情涵泳的快樂，正是讀詞的一種勝境；欣賞不比學術研究，要求嚴謹、考據翔實，能自詞中領略多少，領略什麼，是可以享有自由的。因此，筆者寧捨去「題目」，而與讀友共享詞中那「明月清風如有待」的一片清涼意。

沈蔚小傳　沈蔚，字會宗，吳興（今浙江吳興）人。他生平不詳，《全宋詞》中收錄其詞作二十餘首。

# 點絳唇

蘇過

新月娟娟，夜寒江靜山銜斗，起來搔首，梅影橫窗瘦。　好個霜天，閒卻傳杯手。君知否？亂鴉啼後，歸興濃如酒。

夜寂寂，人悄悄。

黃昏之後，擁衾假寐的蘇過，在初更的更鼓聲中，睜開了朦朧睡眼。

屋中火盆的炭火雖旺，卻仍然覺著寒意逼人。他瑟縮著披上皮裘。屋外，風停了，雪也不下了。忍不住，他揭起低垂的厚厚棉帘，步向迴廊。

沒有風，但空氣仍是冰冷寒冽；但，這種寒冽，卻不像颳風時，那樣鋒銳刺人；只是涼涼冰冰的，像柔滑的水波，貼上雙頰。

是初幾了？初五？還是初六？如鉤的一彎新月，像伊人娟秀的蛾眉，貼在澄黑的天幕西方，似蹙如顰，飄灑著柔和的清輝。

大江，橫臥在平野中，無風亦無浪。聒耳的濤聲，也為之平息；靜靜地在月影下，泛著輕波微漣，向前推移。遠山，像入定的老僧，垂目低眉，靜坐無語，只有銀灰、深黑兩色重疊出峰巒起伏的輪廓；在月色下，深邃幽杳，像不真實的幻影。北斗星，鑲嵌在山巔，閃閃爍爍，彷彿無聲地向佇立廊前的他，傳送什麼無聲的訊息。

他搔搔頭髮；不必臨鏡，他也知道，髮已花白；壯志未酬啊，可奈，歲月和煎迫的現實，已催人老！更可奈，人仍萍蹤浪跡，四處飄泊！在這樣美景良辰中，也無人共賞；陪伴他的，只有廊外一樹梅花，任由月色雪光，把橫斜疏影，映上窗櫺。

梅影瘦，人影孤，月如眉，星如眸，他不由興「良夜何其」之嘆。往年，在有梅有月的清夜，總有人伴在他身旁共賞；也許是詩朋酒侶，也許是紅顏知己，他們吟花賦月；他們煮酒烹茶；他們弄影清歌……折一枝盛放的梅花，擊鼓行令，遞酒傳杯，在醺然醉意中，霜天雪地的嚴冬，也彷彿春暖融融。

如今，又是有梅有月的良夜，他的手中，卻少了那殷勤相勸遞來的酒杯；耳畔，也少了笑語清歌；只有夜半驚起的寒鴉，繞樹飛啼，啼聲粗糙而混亂聒耳。

「月落烏啼霜滿天！」

他低吟著張繼〈楓橋夜泊〉中的句子；此情、此景，是何等切合！

他渴望著一杯酒，濃濃醇醇的酒，濃得像他似箭的歸心；像他深切的鄉愁；像綿綿密密無盡的相思相憶……。

**蘇過小傳**　蘇過，字叔黨，號斜川居士，眉山（今四川眉山）人。

他是名父之子；他的父親是當時名滿天下的文宗蘇軾。蘇軾三子，他行三，最幼。一生追隨父親，未曾離開；蘇軾遭黨禍，貶至嶺南惠州，及瓊州儋耳，都是他追陪前往；起居飲食，無不躬親照料，可稱孝子。

蘇軾三子，無一登第。後遭黨禍，更無以成名。蘇過喜讀書，長於書畫，亦能詩，蘇軾自稱有「譽兒癖」，時加稱譽，而詩文不傳，無以驗證。但時人稱蘇過為「小坡」，認為「能世其家」，當非虛譽。

靖康間，他路過河北，遇盜，脅迫入夥。他回答：

「你們知道蘇內翰嗎？我就是他的兒子，豈肯隨你們在草莽間求活！」

盜以酒飲之，他坦然無懼，痛飲達旦。次日視之，已安然去世；也算「無忝爾生」了。

他的作品不傳，詞僅有一首，收於《全宋詞》中；還與時人汪藻鬧雙胞案。選《花庵詞選》的黃昇，言之鑿鑿：「蘇過作此詞時，黨禍正熾，嚴禁東坡文字，因而隱其名，以便流傳，誤墓入汪藻名下。」姑存之。

# 賀新郎

葉夢得

睡起流鶯語，掩蒼苔、房櫳向晚，亂紅無數。吹盡殘花無人見，惟有垂楊自舞。漸暖靄、初回輕暑。寶扇重尋明月影，暗塵侵、上有乘鸞女。驚舊恨，遽如許！　江南夢斷橫江渚；浪黏天、葡萄漲綠，半空煙雨。無限樓前蒼波意，誰采蘋花寄與？但悵望、蘭舟容與。萬里雲帆何日到？送孤鴻、目斷千山阻。誰為我、唱金縷。

午夢驚迴，耳畔，傳來了一陣陣黃鶯婉囀清啼；時遠時近，忽隱忽現；想是黃鶯正歡然撲著翅膀，飛舞穿梭，把嚦嚦清歌，向四方傳送吧。

推枕而起，葉夢得百無聊賴地跨出房門，在廊前閒立；小院中，牆根下，都因著連日綿綿陰雨，而佈滿了碧青、灰綠的蒼苔。蒼苔，為落花佈置了一個溫潤濕軟的終極歸宿；一陣南風吹來，又捲下了無數枝頭的殘紅，亂紛紛的迴飛旋舞，終於，歸向鋪著蒼苔的大地的懷抱。

天色，漸漸暗了，向晚的夕陽，溫柔地散發著昏黃的光幕；四合的暮色，正一分一寸地蠶食著夕陽餘暉。

深院無人，靜悄悄地；一任風自吹，花亂舞，宣告著春已殘，花已盡，也未曾引起人們的注意；就這樣無聲無嗅地，春的閉幕儀式，在殘紅幽怨的嗚咽中完成。只有一樹垂楊，裊娜輕盈地綠袖拂，舞衣迴，迎來了一季濃綠的盛夏。

夏天，是來了，天氣一天天的由春的溫煦，轉暖，變熱，漸覺暑意愈盛，需要搖扇取涼了。開匣取扇，首先閃入眼簾的，是一柄如三五團圓明月般的團扇。

團扇！他驀然想起了那一首古老的怨歌：

「新裂齊紈素，皎潔如霜雪，裁成合歡扇，團團似明月……」

這鑲著八寶鈿螺的團扇，也曾皎潔如霜雪，更如澄空中不染半點雲翳的團團明月！執在那雙柔荑素手中，搖出習習涼風。是扇如明月？是明月如扇？在她懇請下，他揮毫為她寫照，畫了一位明月中乘鸞飛翔的仙女，就畫在這團團如明月的寶扇上。

如今……他無言地執著扇柄；團扇，依然圓如滿月，只不復皎潔如霜雪；那蒙於扇面的輕塵，使它失去了往日的光潔。他拂去浮塵，久為塵掩的紈素，也回復不了清新明潔，只有扇面上那乘鸞翱翔的素女嬋娟，仍依稀如故，深情地向他凝視。

他不期然地走向中庭，向上仰望：天上，明月也正團圞圓滿；月中，是否也有乘鸞的仙女，翱遊翔舞？仙女中，可有他依稀相識的，如手中扇面上所繪的素女嬋娟？

前塵舊夢，竟自紛沓而來；他恨，他悔；當初沒有著意珍惜已握在手中的幸福，也就因為太不經意，使得幸福的青鳥自他手中飛去，再也追喚不回……。

歲月匆匆，消逝的速度，竟是如此驚人！當他驀然回首，已幾番寒暑，更迭著悄悄逝去……。總在夢中重回江南；也只能在夢中重回江南。只是，當夢覺，當驚醒，夢中的江南，總隔斷在大江的那一方；橫隔著大江，橫隔著煙渚，縱使是一水盈盈，又何啻隔著千里迢迢？更何況，在這綠波如新醅的葡萄酒，迅急地上漲，掀起了白浪滔天，飛濺的浪花細沫，吹成輕煙雨霧，迷漫半空的時日！

同樣是一水盈盈，他江南家鄉的溪澗湖泊，是多麼的清淺、溫柔而美麗？在這蘋花開放的時節，江南女兒們，相約著，盪著木蘭舟，去採蘋花。那木蘭舟悠悠閒閒地在明山秀水間飄浮，那麼暇豫從容，那麼無憂無慮……。

蘋花，又開了吧，凝望著樓前的浩浩江水；誰能了解他凝望的是那杳遠鄉夢中一葉小小、載著笑語如花，不識人間愁苦的江南女兒們的木蘭舟，安閒暇豫地飄浮在煙水間。又有誰，在採蘋花的時節，憶起他這異鄉遊子，為他寄上一枝新開的蘋花？

待得幾時喲！他能盼到一艘來自天邊，高掛著雲帆的船，載著伊人前來，載著遊子歸去？

一隻失群的孤鴻，棲遑地飛過長空，他的視線，緊緊被攫住了，追隨不放；只為，牠有一雙可羨的翅膀；只為，牠是往來江南、江北的信使；只為，他心中的小小希望，被牠燃起……然而，牠沒有停駐，翻過了山，越過了嶺，飛向千山之外；他視線所不能及的千山之外！

千萬種情愁，自四方逼來，在他心中洶湧翻騰，除了酒，更有何物能澆愁緒？然而呵，故鄉正遠，伊人已杳，更有誰為他唱一闋殷勤勸飲的〈金縷曲〉？

❀

這闋〈賀新郎〉清麗綿密，全詞，並沒有明顯的一貫脈絡，懷人、思土之情交織，行役、羈旅之感並列，詞藻婉麗，讀來只覺淡淡哀愁縈迴不去。當是石林居士少作；後人稱《石林詞》少作婉麗如溫李，晚年淡靜似蘇軾，以〈賀新郎〉與〈水調歌頭〉比較，此說甚是中肯。

在這闋詞中，連叶了兩個「與」字，有人認為重韻，便把前句「誰采蘋花寄「與」」，改為「寄「取」」，實際上，以一個詞家來說，比較不可能有犯重韻的誤失；尤其兩韻相鄰，不可能忘了押過了「與」，又重押一次。換言之，他是蓄意，而非偶誤。就音韻來說，雖用了兩個「與」字，但上下二「與」讀音並不相同，「寄與」之「與」讀ㄩˇ，而「容與」之「與」讀ㄩˋ，一個上聲，一個去聲，不算犯重韻，後人強改「寄與」為「寄取」，倒是多事了。

葉夢得小傳　葉夢得，字少蘊，號石林居士，吳縣（今江蘇吳縣）人。

他少年好學，喜談論。哲宗紹聖四年，登進士第；徽宗朝，拜翰林學士，上書極論士大夫朋黨之弊，為時所忌，因而時廢時起。南渡後，累官尚書右丞、江東安撫使、知建康府兼行宮留守等，以崇信軍節度使致仕。晚年居吳興弁山，自號「石林居士」。紹興十八年卒，年七十二歲。著作甚多，有《石林集》行世。擅填詞，詞風早年婉麗類花間，晚年清疏似東坡，詞集名《石林詞》。

# 水調歌頭

葉夢得

霜降碧天靜，秋事促西風。寒聲隱地初聽，中夜入梧桐。起瞰高城四顧，寥落關河千里，一醉與君同。疊鼓鬧清曉，飛騎引雕弓。
歲將晚，客爭笑，問衰翁。平生豪氣安在，走馬為誰雄？何似當筵虎士，揮手弦聲發處，雙雁落遙空。老矣真堪惜，回首望雲中。

夜寂寂，人悄悄。靛碧的秋空，綴著寒星，綴著冷月；屋脊、臺階，薄薄的秋霜，正無聲地鋪展。西風寒洌地宣告著：秋深了，不是嗎？佳節重陽已過，論時序，都到霜降了。

時隱時聞，忽止忽作地，耳邊時吟著天籟；那清清冷冷的聲韻，透著寒意蕭瑟，葉夢得和來做客的友人們，同時停下了中宵清談，凝神諦聽。

「什麼聲音？」

一位客人忍不住問。任職建康行宮留守的葉夢得微笑了：

「你總讀過歐陽文忠公的〈秋聲賦〉吧！」

「當然！」

「『星月皎潔，明河在天，四無人聲，聲在樹間。』江南秋晚，這是清商之聲，入於梧桐。可有雅興，城上走走？」

友人拊掌笑道：

「固所願也，不敢請耳！只是你……」

「吱，偶感風寒而已，不妨！」

欣欣然回頭吩咐屬下：

「把酒肴送上城樓去，我們隨後就來。」

沒有了嘈嘈雜雜的熙來攘往；沒有了蕭蕭轔轔的馬嘶車喧，空氣冷凝，四野寂寥。中天有月，近於渾圓，清輝如水般地潑在屋瓦上，城牆上，也潑在青石板的道路上；過分的寧靜，靜得使人感覺著淒寂，只有偶然傳來的幾聲犬吠，劃破這寂寂大地無邊的沈默。

登上城樓，視野頓然遼闊了，雖然是夜晚，在星月交輝的懸照下，重疊的山巒，浩蕩的江流，平漠的原野，以濃淡深淺的線條光影，呈現眼前；萬古江山，千里關河，在這深寂的夜晚，更蒼茫寥落。隱隱的江潮，牽引著葉夢得的心潮澎湃；「偏安江左」，在他幼時讀史時，對《世說新語》中，描寫東晉偏安江左，新亭對泣的那一段，曾有著怎樣的不屑；幾曾料到，大宋，也有了這一天？隔著江，金人陳兵江北，蠢蠢欲動，大江，成了一道屏障，恥辱的屏障！

「風景不殊！」

他忽然有點了解那些新亭對泣大老們的心境；他不再那麼強烈的不屑，卻有著幾分悲憫與同情，雖然，仍對那分消極不以為然，可是，那消極中，有多少用武無地的無奈！

是無奈！當時，朝中尚有力圖振作的王導、謝安，如今，朝中卻只求苟安，而無恢復之志！他願效謝玄，而朝中支持者寡，掣肘者多！他不願重演新亭對泣的那一幕歷史，他不願貽笑後人，一如他曾笑前人。唯有大聲喚酒，用豪壯之聲掩過心境的起伏，他寧可學橫槊賦詩的魏武：

「『對酒當歌，人生幾何？』來！不醉不休！」

不醉不休呵；何以解憂，唯有杜康……

一陣緊一陣的鼓聲，催醒了他的醉意；天已破曉，城外校場上的軍士，已在操練，在東升旭日的照耀下，練習騎射，一騎馬飛奔場中，馬上健兒穩穩的引弓，颼——的一聲，長箭破空而出，飛向校場那一端的箭靶。他精神一振，蓬勃煥發的士氣，掃除了他昨夜的感慨消沈。看著一邊躍躍欲試的友人們，他笑問：

「可有興試一下？」

「只能射，不能騎。」

「那，到西園去吧，那兒有靶，是我平日習射之處。」

友人們一個接著一個的較勝爭先，為這秋意蕭瑟的西園，平添了幾分喧鬧的聲浪。他們彼此讚美著，取笑著。一位「技壓群倫」的友人笑問：

「主人，怎不下場一試？」

葉夢得搖頭：

「風寒未癒，腕弱不勝。」

那邊有人取笑：

「別是『廉頗老矣』吧？」

他哈哈一笑，尚未開口，身後閃出了一個年輕將領：

「稟留守，末將不才，願代留守下場一試。」

他目光微注，這是他屬下中射術極佳，弓強二石五斗的岳德。微微一笑，頷首：

「好！岳將軍，你代老夫下場較勝！」

岳德躬身退下，取了強弓，扣上長箭，凝神拉弓，弦聲連響，三支箭破空飛向立鵠，命中紅心。圍觀者爆出喝彩，彩聲未了，岳德又以迅不及瞬的速度，望天回弓射出一箭。眾人本能地向上仰視，只見天上雁陣忽亂，箭穿著雙雁，自遙空直墜下來。在剎那驚愕後，眾人爆出更熾熱的喝彩。片刻後，一名小校一手控韁，一手高舉貫著雙雁的箭，飛馳而來，翻身下馬，當筵呈獻。

「強將手下無弱兵！」

「岳將軍，真堪稱神箭手了，如此神技，真是平生僅見！」

客人們七嘴八舌的誇讚著。葉夢得親斟了一杯酒，遞給岳德：

「岳將軍，老夫以此為賀！」

「謝留守！末將只是以留守所傳箭法，代留守較勝，幸不辱命而已。」

葉夢得微笑搖搖頭：

「自古英雄出少年，老夫再豪氣干雲，也力不從心了，以後……」

他回頭望向雲中，那古代兵家必爭，如今卻淪於敵手的重鎮，慨然長嘆：

「老夫耄矣，以後，恢復神州，就要靠你們戮力達成了！」

❀

〈水調歌頭〉是葉夢得任建康行宮留守時的作品，詞中流露的感慨甚深；「廉頗老矣」的無奈，恢復中原的心志，盡蘊其中。

# 二郎神

徐伸

悶來彈鵲，又攪碎、一簾花影。漫試著春衫，還思纖手，熏徹金猊燼冷。動是愁端如何向？但怪得、新來多病。嗟舊日沈腰，如今潘鬢，怎堪臨鏡？　重省，別時淚濕，羅衣猶凝。料為我厭厭，日高慵起，長託春酲未醒。雁足不來，馬蹄難駐，門掩一庭芳景。空佇立，盡日闌干倚遍，晝長人靜。

春正好，臨窗的花架上，滿綴著紫姹紅嫣的花朵，篩下重重疊疊的花影珊珊。

「喳！喳喳！」

何處飛來了一雙喜鵲？閃著黑得發亮的毛羽，在花枝上飛躍啁啾；搖得花枝亂顫，那紛紅駭綠，全成了牠們追逐遊戲的樂園。

喜鵲，是報喜信的使者呵！徐伸惘然失神，跌入往事……。

「頻將喜信，來報主人翁！」

她盈著滿眸的溫柔，虔誠的祝福。

「什麼喜信呢？」

「蟾宮折桂，五福臨門……」

他忍不住握住她那纖纖柔荑：

「花好月圓！」

她抬眼向他凝視，低低嘆了一口氣，又垂下那密密的長睫；掩住了一閃而逝的淚光。

他和她之間，本當是一分圓滿呀！她和他一起長大，他眼見她自丫角雙鬟的小女孩，成長為亭亭玉立的少女。在焚香侍硯間，也深諳詩書，使她在溫慧可人之外，更添了一分「腹有詩書氣自華」的逸群丰韻。

那麼多年來，她照料他的飲食起居，無微不至。她之於他，無異於妻子；在他心目中，她也是唯一願意廝守一生的妻子！

可是，他知道，不論他如何願意，永遠無法給她一個妻子的名分；只因，她是自幼被賣入他家的侍婢，他的家世、世俗的禮教，都不會允許他娶一個家中的侍婢為妻的。妻，必須聘「名門閨秀」，這是不成文，而必須謹守的家規。

「名門閨秀」迎娶入門了，三朝之後，做的第一件事，是找來牙婆，遣走了她。

待他聞訊趕至，事已定局……。

「喳喳！喳，喳喳！」

喜鵲仍在花架上聒噪著，他卻早已失去了喜悅的心情，這叫聲，更刺痛了他的心，增添了他的煩悶，忍不住，取出彈弓，彈向花架。

彈丸，驚飛了喜鵲，也搖下了一地的繽紛落花；入簾的花影，也彷彿受了驚嚇，搖曳不定。花影，落在窗櫺上，也落在兀立窗前的他新換的春衫上。

這一襲春衫，貼體舒適，散著淡淡薰香的氣息。他又憶起她那雙纖纖素手，又想起她低頭引線縫衣的專注溫柔，在金猊形的香爐中，添香薰衣的細膩溫存……可奈，可奈如今穿針引線，為他縫製春衫的人兒已遠，那曾由伊人素手添香的金猊內，也只剩柔腸寸斷的篆香餘燼……

真個是柔腸寸斷呀！回顧室中，那個角落，不曾停駐過她的倩影？那件器物，不曾留下她的薌澤？幾乎觸目所及，盡是愁端，教他如何排遣，又如何不終日長鎖愁眉，抑鬱成病！

有人以十年寒窗為苦，而他並不覺得那是苦；雖然也因勤奮苦讀，而瘦似那細腰的沈約，但總有紅袖在側，雖苦猶甘。而如今，他以知音律，而為太常典樂，出知常州，做了官了，卻因少了她而苦不堪言，以致不及一年，便生華髮；自慚年華未老頭先白，竟怕向鏡前，怕看那鏡中潘郎變色的鬢髮……。

一年哪！好漫長的一年，新婚不久，愛婢被逐，而新婦並沒有享有太久的勝利；在死神面前，人，原本是脆弱的。他雖怨新婦逐婢，畢竟也憐她病苦，悉心延醫調治，而終於不治。只留下幾句懺悔的話，並交給他幾封遠自蘇州輾轉寄來，卻被扣留的信，便瞑目而逝了。

蘇州，原來他心心念念牽掛的愛婢，被賣到了蘇州一個軍官家了。

他用顫抖的手，含淚拆開了信，那一筆秀麗的簪花小楷，便展現在他眼前；那當年他把筆親教的熟悉字體，幽幽婉婉地低訴著：

……總忍不住追尋著往事，往事卻不堪回首。這兒一草一木，無不陌生，唯一能慰心曲的，是臨別時穿著的羅衣，襟上斑斑點點，都是臨別時的淚痕，淚痕中，有你，有我……。

人，以勤為本，我怕的是，你會為我而為愁所困，終日慵慵，太陽掛的老高了，還懶怠起身，總找個託詞，道是春夜劇飲，宿醉未醒；託詞也罷，只別真的以酒澆愁，沈湎醉鄉，須知酒最傷身，只宜微醺，不能狂醉。

日日盼著雁足傳書；明知那希望渺茫，又怎能不盼、不望？如果，連這一點盼望也不能有了，復有何生趣？更日夜夢想，有一天，你騎著馬，來到門前，接我回去，然而，日復一日，重門深掩著一庭空寂……。

春又來了，花園中紫姹紅嫣，爭妍鬥豔，不遜舊家景致，卻因少了你，而沒有了賞花的興致，只日復一日的空自倚遍闌干，耐著停駐不移的漫漫長晝，悄無人聲的寂寂庭院，望斷長天，恨難插翅歸去……。

❀

這一闋〈二郎神〉的作者徐伸，著有《青山樂府》詞集，今不傳，唯一傳世的，就是這闋為思憶愛婢所作的〈二郎神〉，婉曲淒惻，至情流露，傳唱一時。也因此詞的真摯感人，感動了開封府尹，助他接回了愛婢，使此詞終於有了個圓滿的結尾。

徐伸小傳　徐伸，字幹臣，三衢（今浙江三衢）人。他名聲不著，只知曾在徽宗政和間，以知音律，做過太常樂典，曾出知常州。詞集名《青山樂府》，今已失傳，唯有〈二郎神〉一闋，當時傳唱甚廣，因得收入《全宋詞》中。

# 鷓鴣天

朱敦儒

我是清都山水郎，天教懶慢帶踈狂。曾批給露支風敕，累奏留雲借月章。詩萬首，醉千場，幾曾著眼向侯王。玉樓金闕慵歸去，且插梅花住洛陽。

見到朱敦儒的人，總不禁被他灑脫自然，不沾塵俗，純真宛如赤子的丰神所吸引；不見他讀書，他學識深淵精博，無法測量。不見他修道；他談吐清妙，超凡入聖。可是，最令人可喜的是，他沒有道學面孔，更沒有神聖不可侵犯的莊嚴寶相。他風趣，隨和，立身行事，宛如行雲流水，明月清風。

「神仙中人！」

朋友們忍不住這樣稱譽他，他微笑了：

「我本來就是呀！」

「啊？莫非，希真先生真是天上謫仙人？」

朋友們驚詫的問。朱敦儒淡然地說：

「謫仙何足貴？不過見世界有趣，下凡玩玩。」

「那，先生是何來歷？在天界任何職司？」

「小得很，不過是一個山水郎罷了。」

朋友好奇的問：

「山水郎？管什麼？」

「管呀，管風雲月露之事。」

他娓娓的告訴他們，煞有介事：

「風有風神，露有露神，何處要風為花媒，何時要露滋禾苗，風露之神，就要向我呈上公文，由我批下給露若干，支風幾許的敕書。」

一位朋友好奇問道：

「那，又如何管雲管月呢？」

朱敦儒笑道：

「逢良辰美景，人間喜愛月色清光，可是，每每浮雲礙月，令人遺憾，我便常寫下留雲借月的表章，令雲破月來，似助清興。」

「哦？」

朋友待信不信，朱敦儒卻笑道：

「你不信？你看，月圓之夕，浮雲礙月，常在初更、二更。到了三更之後，往往雲翳全消，清光似水；只可惜，許多人往往等不到那一刻，便敗興歸寢，須知『守得雲開待月明』，得有些耐心才行呀！我留雲借月的奏章，又豈為俗客！」

他與座客中，有中宵不寐，守得雲消翳散，月色如銀經驗的朋友，相視會心而笑。其他人想想，似乎也曾有歸寢之後，半夜醒來，月色格外清亮的記憶，不由相與讚歎，卻又有人提出了問題：

「那先生何以捨棄仙界下凡塵呢？」

「人，總羨慕神仙，卻不知，神仙世界清寂無聊，萬不如人間多采多姿。我，天生就是又懶散、又疏慢狂傲的性情；凡人的生活，比天上有趣多了，寧可下凡為人呀！」

他頓了一下，說：

「你們想，不說別的，在人間寫詩文，比在天上寫敕書奏章可有趣多了吧？人間的醇酒，也比天上淡而寡味的靈芝仙露美多了。寫寫詩，喝喝酒，這等生涯，遠勝神仙呀！」

「可是，先生有經國濟世之才，何以自隱風塵，不出來做一番事業，何愁功名不成？」

「仕？人一入仕，便有上下主從之分；欲求聞達，更須效諾諾唯唯之輩；遇上司打恭，遇主管作揖，正冠束帶，一絲不苟；動輒為十目所視，十手所指，言行舉止，全受拘檢，人以為貴，我以為苦。何如我不受皇封，不食君祿，行止隨意，坐臥由心！便是封王封侯之輩，我既無求於他，他又何奈於我？昔日陶元亮不為五斗米折腰，功名於我，更如敝屣；若不投機，王侯當面，也未措意！何必入仕，自尋枷鎖！」

一位朋友豪邁的舉杯：

「痛快！來！浮一大白！」

他欣欣然舉杯，卻聽到另一位朋友問：

「那，天界的玉樓金闕，你就不想回去嗎？」

朱敦儒悠然折下一枝瓶中供的梅花，簪在帽上：

「天界有什麼好玩？玉樓金闕，那比得上洛陽花似錦？我，寧可在洛陽插一枝梅花，飲酒賦詩，也不想回天界插金翅，承明班列呀！」

❀

這一闋〈鷓鴣天〉是朱敦儒《樵歌》中的名作。一開始，就以極其肯定的口吻自命為「清都」——天帝居處——的「山水郎」，這一種諧謔，又充滿自負，極其灑脫率真的口氣，幾乎「前無古人」。而他自云的職司：給露支風，留雲借月，又真是超塵脫俗之至，令人忻慕。「無欲則剛」，雖侯王亦可傲視。朱敦儒這一介布衣，所具的風骨，正是讀書人的最高境界。怪不得他要插梅花住洛陽，梅花真堪稱與他同調的知己呀！

**朱敦儒小傳**　朱敦儒，字希真，號巖壑老人，洛陽（今河南洛陽）人。

他志行高潔，不慕仕進。欽宗靖康間，召至京師，想授他官職，他表明：「麋鹿之性，自樂閒曠，爵祿非所願也。」固辭還山。南渡後，高宗一再召之，他再三辭謝，不肯受詔。他的朋友責以國家大義，他乃幡然而起。與高宗面對面議論國事，高宗大喜，賜進士出身，授秘書省正字，並做到兩浙東路提點刑獄。為人所嫉，被劾去官；後上疏請求放歸山林。直到晚年，秦檜當國，想召請名士立朝，點綴太平。強召他出任鴻臚少卿；他當時年歲已老，恐得罪秦檜，禍及子孫，勉強應之，而士論視為白璧之玷。不久秦檜死，他亦致仕。退居秀州，蕭然閒放於江湖間，卒年九十餘歲。

他生性疏曠，質樸自然，工詩，今已不傳。詞風清曠自然，有如天籟，詞集名《樵歌》，亦可想見其人風致。

# 好事近

朱敦儒

搖首出紅塵，醒醉更無時節。活計綠蓑青笠，慣披風衝雪。

晚來風定釣絲閒，上下是新月。千里水天一色，看孤鴻明滅。

沒有留戀，沒有牽絆，他只搖搖頭，走出了軟紅十丈；走出了繁文縟節的禮教束縛；走出了爭權奪利的功名枷鎖。這一切，都被他愈行愈遠的背影，淡然地拋在身後了。

原本就不曾以這些為念，如今，更毫不縈懷地撇下了，解脫了。作為一個漁父，自己只屬於自己，紅塵是非，他人冷眼，都再也沾惹不到他了。幾時開懷暢飲，恬然醉去；幾時沈酣夢覺，悠然醒來，也完全隨心所欲。太陽、月亮，白晝、黑夜，不再是作息的指標；那何時不可醉，又何處不可睡呢？

雨雪風霜，本是大自然給予人類的考驗；大自然的考驗，比起人世的傾軋坎坷，真是仁慈的太多了。一襲綠蓑衣，一頂青箬笠，對一個漁父來說，這就是全部的家當，再不需要別的身外之物。對一個漁父來說，雨雪風霜，只是四季的自然變化，不值得驚訝，也沒什麼可畏縮的；一蓑一笠，霜裡雪裡，來去自如得像日出日落一般自然。漁父，本來就是屬於雨雪風霜的，屬於大自然的！對大自然的現象，自有一分親切的淡然。

何必汲汲營營地追求虛幻的泡影呢？甘肥旨酒，不過滿足一時口腹之慾；粗茶淡飯，薄酒青蔬，不也滋味深長？一葉扁舟，輕槳柔櫓，組成了一個水上人家，隨風隨水，無拘無束地四海遨遊。興致來了，釣釣魚，唱唱歌，喝喝酒……。

睜開眼，天已經黑了，風也停了，小船就在水面盪盪悠悠地隨微波起伏；魚竿上的釣絲，清清閒閒地垂著，隨著小船輕柔的韻律搖晃。一鉤新月，輕倩如蛾眉，畫在天上，映在水中；小船，就浮盪在上下兩彎蛾眉月間，似幻如真。波平如鏡，一望無際；天連水，水連天，水和天變成一樣的顏色；新月、繁星，在天上，也在水中；水面也是天幕。

在天水俱寂的靜止和緘默中，一隻孤雁，劃過長空，無聲無息，只有牠揮動的翅膀，在寂靜的夜空中時隱時現，忽明忽滅……。

「千山鳥飛絕，萬徑人蹤滅，孤舟蓑笠翁，獨釣寒江雪。」這一首五言詩，是柳宗元所作的〈江雪〉，短短二十字，畫出了一幅淡泊寧靜、意境高遠的圖畫；在鳥飛絕、人蹤滅的雪景中，老漁翁一蓑一笠，怡然自樂地垂釣。他釣的不是魚，而是陶然忘機的世界。

隱逸山林，行吟澤畔，幾乎為每一個文人的心靈所嚮往。不得意，固然要「歸臥南山陲」；得意，也總想著致仕之後「歸隱林泉」，那份對大自然的熱愛，不是奔放的，卻如涓涓細流，悠遠綿長。崇尚自然，返璞歸真的情操，自然地流露在他們的筆下。有幸徜徉山林水澤，不受紅塵沾染，遠離人世紛爭、名利、機巧，代表著任真、自然、飄然出塵、無拘無礙的漁夫樵子，便成了士人歆慕的對象。這種歆慕是很不切實際的，經過美化的；但可以由此看出中國士人在功名仕宦之外，純樸、高潔、出世的心態。尤其在亂世，這心態便化為汩汩清流，洗滌著人間的烏煙瘴氣，找回清明平旦之氣，傳遞高尚的節操。

朱敦儒所代表的，就是這樣一脈清流，流過宋室南渡的那一階段。他志行高潔，不慕仕途，只是一介布衣，但他的雅望高才，卻孚朝野之望。本來只願悠遊林下，不願出仕，後經朝廷再三召請，朋友故舊都勸他出來為國效力，才勉強應召。做了一陣子的官，在南宋政治並不清明的朝廷，難以有所作為，上疏請歸，重返林泉。他的詩詞造詣都高，詞集名《樵歌》，由此也可知他的為人和胸襟了。

# 念奴嬌

朱敦儒

見梅驚笑，問經年何處，收香藏白？似語如愁，卻問我，何苦紅塵久客？觀裡栽桃，仙家種杏，到處成疏隔。千林無伴，澹然獨傲霜雪。　且與管領春回，孤標爭肯接，雄蜂雌蝶。豈是無情，知受了，多少淒涼風月？寄驛人遙，和羹心在，忍使芳塵歇。東風寂寞，可憐誰為攀折？

騎著一匹蹇驢，披著蓑衣，戴著雪笠，朱敦儒悠然自得的冒著雪，走在鄉野小徑上，覓句尋詩。

一縷清洌的幽香，迎面襲來，他深吸一口，詫異地想：

「這香味兒，好像是梅花……」

四方張望，只見千林盡瘦；在北風凜冽，雨雪紛飛中，所有的樹，都凋盡了樹葉，只剩下黝黑的空枝，在風雪中默然卓立，以待春回。

「不對，附近一定有梅花！」

他固執的告訴自己，驅驢繼續向前。繞過一個小山坳，他又驚又喜的笑了，得意地自語：

「我說嘛！分明是梅花香！」

可不是梅花！而且攢三聚五，開得正盛；那一番的風華絕代，國色天香，正如朱敦儒夢縈魂牽，念念不忘的。

梅，白得纖塵不染，香得清洌純正。他卻疑惑，這一整年，梅花把這份白、這份香，收藏到何處去了？自春至秋，百紫千紅，爭奇鬥妍，可就尋不到梅花的芳蹤。

他忍不住要向梅花道契闊、話思憶，也忍不住要問：

「這一年，你芳蹤何處？」

梅花無語，他卻在這一番無語中，感覺出她的輕愁和寥落，彷彿反問：

「你為什麼還留戀著這十丈紅塵，樂不思蜀的，做個庸夫俗客？」

他無言以對；只在她清絕又愁絕的姿容中，讀著她無言的哀怨：

在道觀裡的道士，只喜歡栽桃，以待劉郎重來；在仙家的醫士，又只喜歡種杏，為治病的診金。

而身為梅花，竟到處格格不入，無處生根。

不是嗎？有那一種花，堪與她比風姿？那一種樹，能與她競風骨？也因此，她註定了寂寞，無伴無侶，無依無靠；只傲然的挺立在風雪中，把寂寞苦澀，熬成澹然不染塵俗的高潔。

或許，她可以屈從一點，隨和一點；不要選在這寒可徹骨的隆冬，作早春的先鋒，可是……

她是寂寞的，她是孤標傲世的；她寧可選擇這一番苦節，也不願受蜂圍蝶繞的糾纏；只因，她知道，她和他們不相屬，她可以寂寞，卻不能委曲自己，沈淪向卑俗！

許多人認為她冷淡無情，不！不是無情的，只是她生就了端凝；生就了淡泊；生就了高潔；生就了傲骨，不能折腰，不能迎奉。於是，只有在這孤寒歲月中，無怨無悔的傲朔風，凌冰霜，伴明月！未嘗沒有知己呵！只是，縱有一片匡救天下、調和鼎鼐之心，當今之世，又誰能解得鹽梅之用？而那為友人遙寄一枝春的詩人，也已遠遠地隨著時光流逝……。

再也沒有知己了，又為何不把這一縷香、一片白就此深藏密斂？

這就是梅花的一片貞心苦節了吧？天地可以不仁，世人可以相棄。但，自己總得守住這一份心、一段情、一點志，不能因此灰頹而自棄，使冰姿傲骨就此消歇。

只是，可奈這一番季節交替間，澈骨的荒寒，煎心的寂寞呵；又有誰人識？誰人解？更有誰攀折一枝，膽瓶相供？

❀

這一闋〈念奴嬌〉的主題是詠梅。作者朱敦儒，本是率真高潔之士，心素閒，更是一派天機，才能如此描繪出梅花的勵節冰操；其實，題為詠梅，又何嘗不是他夫子自道呢！

# 念奴嬌

朱敦儒

老來可喜，是歷遍人間，諳知物外。看透虛空，將恨海愁山，一時挼碎，免被花迷。不為酒困，到處惺惺地，飽來覓睡，睡起逢場作戲。休說古往今來，乃翁心裡，沒許多般事。也不蘄仙，不佞佛，不學栖栖孔子，懶共賢爭。從教他笑，如此只如此，雜劇打了，戲衫脫與獃底。

朱敦儒實在不了解，為什麼那麼多人都怕「老」。如今，他也進入了老年，卻覺得：老了，真好！

老了！

老，真是一個可喜的人生階段。

不是嗎？幾十年來，把大千世界都遊歷遍了；形形色色的人物、事務，冷暖炎涼，也都經過，受過，深知其中況味了。也因此，頓悟了人世的虛空；人生百年，不過是浮光掠影，瞬息幻滅，有什麼可計較，可牽掛的？少年時，看得比天還嚴重的閒愁離恨，如今，看來只覺得天真幼稚得可笑。那曾如鬣蘚般縈繞纏縛的恩怨情仇，如今，彷彿不經意兩手一摩，就全化成了灰燼；心境一片清明澄澈，連一片雲翳都掛不住。

五色紛陳的花花世界，美人名葩，對他都已不再構成誘惑，不能使他迷醉。美酒佳釀，也不能使他忘情沈湎。他的世界，只有一片風清月朗，不再因空間、時間而影響、改變。他的生活，也變得那樣單純可喜；餓了便吃，飽了，發睏時，納頭便睡。睡醒了，也沒有一定的行止，不過是隨遇而安。

「別提什麼過去、將來；成敗、興亡，我老人家心裡可不理會這些人間事！」

他捋鬚怡然而笑。

不理會人間事，對神仙世界呢？對極樂西方呢？或是，學學孔子，成聖成賢？

他不願像愚夫愚婦，妄想長生不老，燒汞煉丹，列入仙班。他也不願像善男信女，拈香拜佛，希望獲得神佛庇佑，引渡苦海。

他雖然是個讀書人，卻不想像孔子一樣，為求見用，棲棲遑遑，周遊列國；終究還是無法達成政治理想。

他不想加入擾攘的世界，去奔走，去競逐，那是大人先生們的事。他們要爭，只管去爭，他甘願退讓。他也不介意世俗的眼光，恥笑他的特立異行；人各有志，不是嗎？他生就愛好自然的心性，他只願淡泊自由的順適著自己的天性發展，而不願隨波逐流，迷失自我。

世界，有如一座正演著雜劇的舞臺；人們，不自知的在扮演生、旦、淨、末、丑；演出忠奸賢愚，悲歡離合的故事。他曾經也痴迷、浮沈，在人生的場景中，渾然忘我。如今，他醒悟了，不願再扮人生場景中的丑角。他脫下了戲衫，也擺脫了世俗的羈縻，真正成為自己的主人，過自己願意過的日子。

回頭望去，那舞臺上的戲，仍熱鬧的上演著，他脫下的戲衫，自有別的獃子會穿上，投入戲中……。

❀

這一闋〈念奴嬌〉的作者是朱敦儒，他是一個志行高潔，瀟灑自然的人，有如閒雲野鶴，不染俗塵。這一闋詞中，就頗有悟道的色彩，是他晚年的作品。

# 鷓鴣天

周紫芝

一點殘釭欲盡時，乍涼秋氣滿屏幃。梧桐葉上三更雨，葉葉聲聲是別離。
調寶瑟，撥金猊，那時同唱鷓鴣詞。如今風雨西樓夜，不聽清歌也淚垂。

銀燈中，是油燃盡了，還是芯燒完了？只剩如豆般微弱的火苗，在做垂死的掙扎，搖搖欲滅。

天氣，不再酷熱得難耐；尤其到了夜晚，沁涼如水的空氣，就透入了深垂的簾，密遮的屏風，充盈在整個房間裡。彷彿提醒著人們：秋天，在人冷不防中，已經降臨了。不是嗎？前些日，還用以揮暑的扇子，如今，是再也用不著了。

夜寂，人靜。窗外傳來瑟瑟復瀟瀟，單調又淒涼的聲音；周紫芝不言不動地傾聽著，他知道，是下雨了；秋雨，淒冷的敲在井邊的那株梧桐樹上，和著三更更漏，一聲遞一聲；彷彿每一片由綠逐漸轉黃的梧桐葉，都奏唱著驪歌。

不忍卒聽，又何容他不聽？秋雨，就這樣對著梧葉幽幽泣訴，全不管窗中人是否因此無眠。

同樣是初秋呵！那時的初秋，是多麼不同！那時，窗內沒有這一份孤寂淒冷；那時，他無眠，是因為心中湧滿了溫柔與快樂。

他把目光，投向那雕鏤精緻的長几；几上，有一張喑啞了的瑟。這一張瑟，灰塵掩蓋了螺鈿的花飾，絃，也非斷即弛，再也奏不成調。那瑟前的香爐，更是早失去了曾煥發的金屬光澤。

那時，不是這樣的呵！那時，她纖指撥弄著琴絃，曼聲吟唱著他詠七夕的〈鷓鴣天〉。他，用一根金釵，輕撥著香爐中的殘灰，再用銀匙，在金屬鏤製的香篆中，填上沈香，讓縷縷輕煙，把清香飄滿一室。

「烏鵲橋邊河漢流，洗車微雨濕清秋。相逢不似長相憶，一度相逢一度愁。雲卻靜，月垂鉤，金針穿得喜回頭。只應人倚欄干處，便以天孫梳洗樓。」

香殘，絃斷；歌絕，人遠。西樓中，剩著他形單影隻，伴著樓外淒風苦雨，挨此漫漫長夜。

「相逢不似長相憶，一度相逢一度愁。」

他記得，她在唱到這兩句時，眸子中，曾閃著清亮的淚光。歌畢，他問她何以如此，她笑著，也哽咽著，說：

「我不知道，唱著，心就微微的疼了起來。」

他擁她入懷，笑她是個太善感的傻女孩。

如今，歌聲已杳，他只有喃喃低吟……。

吟罷，他發現，衣襟前，已佈上了幾點他不知何時落下的淚痕……。

❀ 這闋〈鷓鴣天〉是周紫芝的作品，他的詞風幽深靜美，讀之，很容易就在深靜中，使人感動；不必刻意雕琢，自然感人。如這一闋〈鷓鴣天〉，於秋夜細細品味，頓生「秋風秋雨愁煞人」的寂寞蕭瑟之情。

周紫芝小傳　周紫芝，字少隱，號竹坡居士，宣城（今安徽宣城）人。他早歲從呂本中、李之儀遊，紹興中登第，累官樞密院編修、知興國軍。他詞作不少，不失一時名家，詞風以清麗婉曲稱，有《竹坡詞》行世。

# 望江南

李綱

清晝永，幽致夏來多。遠岸參差風颺柳，平湖清淺露翻荷，移棹釣煙波。　涼一霎，飛雨灑輕蓑。滿眼生涯千頃浪，放懷樂事一聲歌，不醉欲如何？

白晝，一天比一天長了，晴晴朗朗的藍天，悠悠地飄浮著白雲，山青，水綠，一派清幽。沒有了春日那嬌媚而鮮妍的繁花如錦，夏日另有一番楚楚風致，看—波光粼粼，在日光下，幻化出萬點金星，閃閃、爍爍。那遠遠的湖岸，栽植著裊娜垂柳，柳絲如線，柳葉如眉，在夏日清風中搖曳生姿，拂流水，牽行舟，那參差的柳影，是夏日絕美的圖畫。清清淺淺的平湖，宛似可以臨粧照影的明鏡。而夏日，芙蓉出水之際，卻成了一片花海，澄碧圓潔的荷葉，田田復田田，簇擁著淩波迎風的霓裳羽衣。

清晨，雨後，那舒展如翡翠盤的荷葉上，凝聚著珍珠般的露滴雨點，煥著瑩白的暈彩，顫巍巍地在荷葉上溜轉、滑動。荷葉那放射線的中心點，是露珠兒聚的家園，總在它們玩累了的時節，風靜葉穩，才一回歸休憩，還忍不住睜開清亮的眸，向人間偷覷。

一陣又一陣的晚風吹向花海，花婆娑，葉翻飛，露珠兒在夏風中，隨著荷葉飛舞的韻律搖晃，終於滑落湖中，如一股股流下的冰泉。

賞夠了如畫美景，把一葉扁舟，划向煙波深處，小槳，在平滑的水面，留下向外推展的波痕，波痕沒處，漁父垂下了絲綸輕鉤，悠然垂釣……。

灰雲，迅速地自四方弇合，中天烈日，頓減炎威。涼風陣陣吹來，湖外也響起了隱隱輕雷。不多時，雨簾自湖岸如飛移近，漁父沒有驚慌，沒有逃避；終日水中討生涯的人，早習慣了風裡來，雨裡去。頭上箬笠，身上蓑衣，能遮日，能防雨，能擋風，能禦雪；那大自然的四時變化，晴日陰雨，又有什麼可怕的？尤其，在這酷熱夏日，午後一陣消暑的雷雨，所帶來的舒爽涼意，更是美妙的享受了。

雨絲，飛灑著，那披針的蓑衣上，頓然綴滿了細細碎碎的珠粒；針蓑，不復是針蓑，竟是人間少見的珍珠衫！

一天又一天，一月又一月，一年又一年，漁父的生涯，在波濤間，在煙浪裡，終日面對著浪花波痕，竟也沒個看足看厭的時候；一如農夫永遠看不厭禾苗生長的百畝田園，漁父對終朝面對的千頃煙波，也永遠懷著欣喜，永遠不覺厭倦。

寂寞嗎？這樣形隻影單地傍著孤舟，垂著絲綸，釣著天地間的空茫，釣著星月、釣著雲影、釣著煙波……。

人的寂寞，不一定只因為形單影隻吧？形單影隻，也可以並不寂寞；人最大的寂寞，往往是在人群中才產生的。漁父，也許只有一影隨身，卻並不寂寞；他的心中沒有塵翳，沒有紛擾，更沒有人世間恩怨糾結的傾軋，有的只是寧靜、淡泊，和嘯傲煙霞的快樂！

快樂滿溢的時候，他敞開喉嚨，放聲唱支歌，不要人間舞臺的擊節喝彩；他唱給太陽聽、唱給月亮聽，唱給天上的浮雲、水中的游魚聽，然後——

舉起酒葫蘆，咕嚕咕嚕地灌下一口酒，只為了快樂而飲；在快樂之中，不醉又該如何？

❀

這一闋〈望江南〉是雙調，也就是反覆一次；〈望江南〉這個詞牌，是可以不必重覆就成闋的，也許因為只有二十七個字，感覺「意猶未盡」，有些詞家，就再重覆一次，成了這樣的形式。

作者李綱，在詞壇上並未享盛名；這些「非名家」的作者，往往也不乏佳作，若只把欣賞範圍拘限於「名家」，那對自己，實在是種損失呢！

李綱在居高位時，已有歸隱之志，曾寄了一闋詞給他的朋友，詞中有「何時得，恩來日下，蓑笠老江湖」之句。到辭官後，作了四闋〈望江南〉，分詠春、夏、秋、冬的漁父生涯，自稱「當踐斯言」，真的歸隱於煙波江上。今選其中「夏」的一闋，藉他那淡泊、寧靜的水上生涯，在炎炎夏日中，略解煩暑。

李綱小傳　李綱，字紀伯，邵武（今福建邵武）人。他的父親李夔，與當代大儒楊時友善，他因而得親炙聞道。徽宗政和二年進士及第，官至太常寺卿。

徽宗禪位，欽宗立，金人迫委質稱臣，獻土地金帛。宰相李邦彥勸帝接受，以求苟安。李綱時任尚書右丞，獨力主戰。欽宗怯懦，從宰相議，罷李綱以謝金人。太學生等十餘人伏闕上書，乞罷宰相，復李綱位。書上，士民萬餘人不召而集，欽宗無奈，復李綱位，金方聽說李綱復用，不待金帛引兵退去。宰相懷恨，終出李綱宣撫兩河，又罷知楊州，安置建昌軍。金兵趁虛而入，他統兵馳援，未至，汴京已然失陷。高宗即位，淮南粗定，金人立劉豫為齊帝，高宗進駐建康，有恢復意。李綱上「請立志以成中興疏」，世人以為可比美諸葛亮〈出師表〉。疏上，金人廢劉豫，高宗意在偏安，定都臨安，以秦檜為相，一心議和。他再三上疏勸諫，徒勞無功。他一身負天下重望，而屢為權相所扼，不得志於朝，但當時南宋及金國朝野，均對他欽敬有加；宋使至金國，金人必問李綱安否，可知忠臣良將，雖敵國也心存敬意。紹興十年卒，年五十七歲。孝宗賜謚「忠定」。

他著作甚多，有學術性，也有歷史、政治性的。有詞集《梁谿詞》行世。

# 鳳凰臺上憶吹簫

李清照

香冷金猊，被翻紅浪，起來慵自梳頭。任寶奩塵滿，日上簾鈎。生怕離懷別苦，多少事、欲說還休。新來瘦，非干病酒，不是悲秋。

休！休！這回去也，千萬遍陽關，也則難留。念武陵人遠，煙鎖秦樓。惟有樓前流水，應念我、終日凝眸。凝眸處，從今又添，一段新愁。

香已殘，夢已遠。

小巧的金猊香爐中，昨夜焚的名香，已化為一堆冷灰，只有尚未散盡的餘香，依稀猶在；繡床上凌亂的錦被，有如掀著紅色波浪的海。往日，她不是這樣的，往日，她總是起來後，先添香、疊被的，可是……

她默默坐在妝臺前，無心無緒地梳著那如烏雲般的頭髮；一下，又一下，彷彿那只是個無意識的動作。鏡臺上，積了厚厚一層的灰，使鏡中的影子，都有些模糊了；她不想拂拭，只懨懨倦倦，對著那照影模糊的鏡子，一下又一下，無意識地梳著……。

太陽逼上了窗櫺，逼上了簾幕。金色的簾鉤，在陽光映照下，閃閃生輝，她還是默默地坐在鏡臺前，默默地……。

她能說什麼呢？儘管心中梗塞著千言萬語；千句叮嚀、萬句囑咐，說了出來，只是更增添離別的悲淒罷了，只是更增添行人的愁苦罷了。幾回話到口邊，終只化作一聲輕嘆，她又斂首低眉，默默無語。

「這些日子，你瘦多了。」

他說。她低迷一笑：

「是嗎？」

有人說，喝太多的酒，會使人消瘦；又有人說，悲秋的感傷情緒，會使人消瘦。可是，她沒有酒醉，也並不為秋天的凋零蕭瑟而感傷，她沒有消瘦的理由；但是，她近來真的瘦多了。

「渭城朝雨浥輕塵，客舍青青柳色新……」

陽關曲那淒怨的曲調，一下子縈上心頭。她張開口，卻唱不出聲來；唉！罷了！罷了！就是唱上一千遍、一萬遍陽關曲，也終是有了結的時候；也終是有分手的時刻。這兒，縱然美好得像桃花源，終久也縮繫不住偶入桃源的武陵人必走的決心呵！

漸行，漸遠。當他再回頭望的時候，這座他曾渡過一段神仙眷屬般美好生活的小樓，也會被煙雲所包圍，模糊一片，再也看不見了吧？那樓頭佇立的人兒，自然更小、更模糊、更看不見了……。

他不會看見，不會知道；又有誰看見，誰知道呢？這小樓上，有人終日佇立著，緬懷著過去的美好時光；有人終日凝眸遠望，期盼著遠行的人歸來，在他才離去時……。

誰能知道呢？只有樓前那潺潺的流水吧！只有它日日經過樓前，嘆息著，嗚咽流去。

那凝聚的眸光，投向遠遠的雲山深處；沒有人知道她看見了什麼，也沒有人知道她在想什麼，只有一聲輕嘆，偷偷地爬上她的唇邊；只有一抹淚光，悄悄地閃在她的眼角；只有一絲顰蹙，暗暗地停聚在她如翠羽般的眉尖上……。

李清照小傳　李清照，號易安居士，濟南（今山東濟南）人。

她出身於名門世家；外曾祖王拱辰，曾以第一名狀元及第。父李格非，亦文章名家，受賞於蘇軾，與廖正一、李禧、董榮，有「蘇門後四學士」之譽。可說先天、後天，均有極佳的素質遺傳，與家學淵源。嫁太學生諸城趙明誠，明誠父趙挺之，為徽宗朝宰相。

趙挺之以附新黨章惇、蔡京起家，而李格非為「元祐黨人」；趙明誠心性純良，不慕仕進；其父傾害元祐黨人不遺餘力，他卻極慕「元祐首惡」蘇軾及其門下黃庭堅書法文章。與李清照伉儷相得，而並不容於乃父，屏居鄉里十年。後以父蔭，知青州、萊州，政事清簡。飯蔬衣練，以節俸給，多方求購書籍與金石字畫，二人展玩評賞，自稱「葛天氏之民」，樂而忘機。合著《金石錄》，其〈金石錄後序〉出於易安，尤膾炙人口。靖康難作，轉徙流離，所藏盡失。建炎中，趙明誠病逝，易安年已五十，又無子女，乃南下金華，倚其弟李迒以終。或誣以晚節不終，改嫁傖夫張汝州，其說妄誕，後人辨之甚詳。當是易安才華過人，口角鋒芒，於當代名士，每加譏評，張、柳、蘇、秦，無一在眼，逞論等而下之碌碌文士；因而結怨於人，妄造蜚語以中傷。

李清照文采風流，驚才絕艷，詩文俱佳，而詞名最盛。以身世遭際，前半生歡娛，後半生悲苦；影響所及，少作溫馨清逸，暮年淒婉愁鬱，俱足動人。不僅有宋一代，自古才女，亦推第一。其詩文大多散佚，所存寥寥。有詞集名《漱玉詞》傳世。

# 醉花陰

李清照

薄霧濃雲愁永晝，瑞腦噴金獸。佳節又重陽，玉枕紗廚，昨夜涼初透。東籬把酒黃昏後，有暗香盈袖。莫道不消魂，簾捲西風，人比黃花瘦。

是霏霏的薄霧遊移，還是沈沈的煙雲低亞？窗外，一直是灰濛濛的、幽暗暗的。沒有了夏天的那一分亮麗，也沒有往年秋日的那一分疏朗。

立秋過了，秋分過了，該是晝漸短，夜漸長的時候了。可是，夜，的確是漫長，白晝，又何曾短了？仍是那麼悠長，那麼難挨得叫人發愁。再添上這一分陰翳……

「唉！」

李清照放下了搴起的珠簾，慵慵地揭開香盒，在獸形的金爐內，添上了一些瑞腦香。立即，獸口中，就噴出了瑞腦那特有的香氣，氤氳一室。

無聊賴地，倚向碧紗帳中的枕頭；那為夏日取涼而設置的紗帳玉枕，昨夜，竟冷得有些沁人，以致她終夜也難以成眠。

真是秋天了吧？她凝視著那裊裊上騰，宛似薄薄輕絲舒捲的輕煙，竭力摹想著往年的秋天；她幾乎記不起往昔秋日的情懷，那，一定是歡愉的，至少……

「至少，不是這樣的灰黯、淒冷、難遣……」

窗外，響起了腳步聲，只見一個丫鬟高揭簾櫳，另一個捧著托盤，盤中是一碟糕，一壺酒，和一個酒盅。

她露出詢問的神色，伶俐的丫鬟立即回道：

「是菊花酒和重陽糕，老夫人命我們送來，吃了避邪致祥。」

「都重陽了？」

這樣慵倦的日子，每一天都感著無盡的漫長，畢竟也一日一日的過去了。重陽，九秋佳節，本該是一年中的盛事，但……

「自君之出矣……」

她迷濛的想起這一句古詩，又咽住了；強自振作，命丫鬟在菊圃邊擺設几案，飲酒賞菊。

「少夫人好興致！」

「好興致！」

丫鬟陳設妥當，悄然退下。

她苦笑，沒有人知道她興致中的感傷。

暮色，更深了一些。她默默自斟自飲，消磨著這樣一個寂寞的重陽，難堪的黃昏。而這寂寞難堪何處是盡頭？

摘下一朵黃菊，無意識的把玩著。傲骨嶙峋的菊花，把清癯的瘦影，淡淡地塗寫在她掌上，幽幽的淡香，微微地薰染著她的衫袖。

衫袖，在秋風中飄飄欲舞，逆風貼上了她清瘦的身軀；她不勝清寒，裹緊了衣襟，無聊賴地回到了淒寂的房中。秋風，瑟瑟地吹捲起垂簾，不容情的逼入。

臨著妝鏡，她把手中的菊花簪在鬢角。

兩般容顏，一樣清麗的花容、人面，一起映入了鏡中。

「我喜歡菊花，瘦伶伶的，倒有另一種孤傲卓落的風標；比起芍藥、牡丹，就像書香世家的子弟，雖不富麗，卻是多了一分器宇高華的清貴！」

這句話是誰說的？明誠，除了明誠，更還有誰？

她朦朧想起新婚後，第一個清秋，也是重陽吧，她和明誠在東籬畔設案賞菊……

那時，秋不寒，風不厲，心裡，充溢的只是新婚燕爾的溫馨。握住她一隻手，那雙溫和的眸子中流過款款深情：

「你卻是神有菊之清，形無菊之瘦，更風致楚楚！」

而如今……

她沒有訴過相思，怨過離別，那深埋心底的相思離別，那不為人知，黯然銷魂的一個個清曉、黃昏，卻悄悄地噬著她的心腑，蝕著她的肌骨。

明誠呵！你若在鏡中，你將看見什麼？

在捲簾逼入的秋風寒洌中，那消滅的容光，已更清癯於瘦伶伶的鬢邊黃花……。

❀

在李清照的諸多詞作中，〈醉花陰〉是常被吟詠諷誦的，尤其最後幾句：「莫道不消魂，簾捲西風，人比黃花瘦」，更是膾炙人口。

《瑯環記》中記載，她將此詞寄給了遠方的丈夫趙明誠。趙明誠歎賞之餘，好勝心起。廢寢忘食，用了三日夜的工夫，吟成了十五闋詞，將這一闋也夾寫其中，拿給友人陸德夫看。陸德夫再三玩賞，指出了「莫道不消魂，簾捲西風，人比黃花瘦」說，只有這三句絕佳！趙明誠於是拜服於妻子的才華，不敢再起爭勝之心。

# 一剪梅

李清照

紅藕香殘玉簟秋，輕解羅裳，獨上蘭舟。雲中誰寄錦書來，雁字回時，月滿西樓。　花自飄零水自流，一種相思，兩處閒愁。此情無計可消除，纔下眉頭，又上心頭。

是秋天翩然地來到了嗎？昨夜，那一床柔滑如玉的簟席，已透出濃重的秋意，竟觸膚生寒。晨起，曉粧初罷，推開水閣的小窗，呈現眼前的，不再是鮮潔圓碧的田田荷葉，芳姿搖曳的燦燦荷花；曾幾何時，荷葉已斑駁，那紅衣絢爛的荷花呵，有的留下嫩黃、淺綠的蓮房，寂寞地佇立在漸緊西風中；有的猶殘留著幾瓣依然紅艷的蓮瓣，不勝抖瑟地向這一季長夏，作著最後的告別；依依呵，復依依……。

她惘然地凝望半晌，若有所失的惆悵，直壓得心頭隱隱作痛；眾芳蕪穢，情何以堪？

默然，她輕解下已不勝秋意蕭瑟的羅衫，向荷塘邊，撐出一葉輕小的木蘭舟。輕篙，點向秋水，緩緩地，緩緩地，撐向那枯香，撐向那殘蓋，為留連重溫一段舊情；為唏噓憑弔一段殘夢……。

一封錦書！她閉上眼；怕過早的歡欣，只不過是夢中的幻影，而醒來，更無以承受那一份失落的空虛……緩緩地，再睜開；她輕吁了一口氣，放下了那份患得患失的恐懼；信還在，還在……她輕輕伸出手去，輕輕拾起，紙張入手的實質感，自指間湧上；酸了鼻端，熱了眼角，一串清淚，潸潸而下……。

是誰送來了這美麗的禮物？宛似雲中飄下的柔羽，溫暖了、也撫平了她終朝懸念的心。是誰呀？如此貼心解意？噙著笑，含著淚，她移步向小窗，窗外，月華如水，籠罩著她所住的西樓；在團圞明月中，一行模糊的雁影，正向南方飛去。

一遍又一遍地讀著信，雖然，那一字字已然深印腦海，一句句已然背誦如流，她仍忍不住一次又一次地展讀。捧著信，她信步走向附近的小溪。小溪，涓涓潺潺地流著。幾片落花，在水面載浮載沈地飄著；她不知，這些飄零的落花，來自何處；不知這潺湲的流水，流至何方。但，落花總是有幸依偎著流水，相陪伴著，走向天涯，走向海角。落花與流水，本是不相屬的，花自落，水自流，在偶然緣會中，卻有幸相依相戀地，共同走這一段末程……。

而她和他呢？「結髮為夫妻」！何以竟不如依附流水的落花，不如載負落花的流水，而「各在天一涯」？

他也想念著她吧？一定是的！正如，她想念著他。顰蹙著黛眉，她凝目望向漾漾微波；水中，恍惚搖漾出他的影子；他瘦了，憔悴了，那起伏微波，恰似他糾結的眉宇……。

「明誠！」

她低咽地呼喚，明誠，卻隔著萬水千山！在那兒，思念著她，糾結著眉。百無聊賴地，又熬過一個漫漫長日，她愁思欲碎，情態如醉，慵懶地抽下髮簪，坐向粧臺；鏡中人，披散著一頭如緞的秀髮，那鬱鬱愁思，寫在眼瞳中，寫在眉宇上。她對自己搖搖頭，不要這樣，不可以這樣，不……這不是明誠認識的易安，那「繡幕芙蓉一笑開，斜偎寶鴨襯香腮，眼波才動被人猜」的易安；那「笑語檀郎，今夜紗廚枕簟涼」的易安！

「不，你不是易安，明誠認識的不是你！」

她對著影中人低語，努力要改變自己的形貌，試著舒展了眉，現出了笑……。

「唉——」

幽然地長嘆，自心間上升。原來，那丟不開、拂不去的相思，躡著足，悄無聲息地在她努力舒展眉宇時，已轉移到了她的心頭上……。

❀

李清照是中國文學史上最有名的女詞人。這一闋〈一剪梅〉，是她婚後小別時的作品，由詞中流露的無限深情，可以想見她與趙明誠之間的恩愛。

大致來說，李清照詞，前部比較嬌柔清婉，即使寫愁，也不過小別的淡淡離情，到宋室南渡，趙明誠去世後，則哀傷悲咽，令人不忍卒讀。可知她晚境的淒涼。

她通翰墨、知音律，尤其在「詞」方面的成就，堪稱震古鑠今，她一方面填詞，一方面也評詞，把宋代的詞家一一列出，指出缺失，雖不免嚴苛了些，但以她本身的造詣來說，她是夠資格「發言」

的。

這一闋〈一剪梅〉，有些版本，上片末段作「雁字回時月滿樓」；據考證，原作如此，後人才改為「月滿西樓」。依〈一剪梅〉的詞譜來看，本有兩種，古調五十九字，上片末句是七字句；另一種是六十字，則是四、四句法，共八個字。因為現代人對「月滿西樓」較為熟悉，故從俗。

李清照

蕭條庭院，又斜風細雨，重門須閉。寵柳嬌花寒食近，種種惱人天氣。險韻詩成，扶頭酒醒，別是閒滋味。征鴻過盡，萬千心事難寄。

樓上幾日春寒，簾垂四面，玉欄干慵倚。被冷香銷新夢覺，不許愁人不起。清露晨流，新桐初引，多少遊春意。日高煙斂，更看今日晴未。

斜斜風片，夾著薄寒吹送；細細雨絲，裹著輕翳飄灑。淒清而冷落的深深庭院，沒有人聲，沒有人影，沈寂得近於凝止。一重又一重的門扉，可是寫照著閨中人的心扉？也緊緊的鎖閉著；是為了抵禦薄寒輕翳？還是逃避冷落淒清？

寒食近了，該是柳含煙，花凝笑，爭博著春神青睞，明媚妍暖的時節呵！可奈這霎兒風、霎兒雨，總撩撥著人心底的絃音，忍不住發出幽幽輕嘆。

作一首押韻險僻的詩吧！藉著凝神推敲，好歹消磨些漫漫的春晝；飲幾鍾香醇濃郁的酒吧！陷入沈醉夢鄉，總也打發些悠悠的辰光。

可是，詩，總有成篇的時候；醉，總有清醒的時候；當詩成，當酒醒，等著她的，還是無著無落，空空蕩蕩，數不完、過不盡那叫人閒得發慌、難排難遣的漫漫春日悠長……。

又是一行排列整齊的鴻雁掠過長空；為多少分離睽隔的人，傳帶信息，訴說衷情？她也想把滿懷幽情，託付征鴻傳遞；她也曾拈毫鋪紙，想把心事傾吐；怎奈，那糾結如無頭亂絲的情懷，攪亂了她的思緒，萬語千言，卻不知如何下筆；只日復一日，望著塵生素箋，望著鴻逝長空……。終於，她發現，她不必用筆墨來寫，那重重疊疊，落在素箋上，暈著輕塵的淚痕，無聲無息地，已代她傾訴了心事。然而……淚痕斑斑的素箋，無力地自她手中滑落；那最後一列征鴻，已沒入雲天，消失在她視線之外……。

低垂的簾幕，密密圍護著小樓的四面；那連日陰雨，醞釀的惻惻春寒，卻仍不留情地潛入、進逼。是畏怯著春寒襲人，還是春情繾綣，春思難遣？閨中人也慵慵倦倦，那平日常閒倚遠眺的玉石欄杆，也無端的冷落了。

默默擁衾坐起，縱使情懷寥落；縱使春寒逼人；縱使那懨懨春愁，困得人百無聊賴；當爐中香已殘，身上衾已冷，春夢，也已遠颺，不肯容人沈湎留戀時，似乎天也催逼著人起身迎接另一個更長的春晝，而不允許延挨遲留。

清晨凝聚的露珠，悄然自葉片上滑動、滴落。時近清明，桐花，也吐出紫色的新蕊，讓人乍然驚覺；春天，已走近了尾聲。

「是該把握最後的春光，及時遊賞的時候了。」

她無聲地自語。

日影漸高，雲煙，似乎也消散了些；她抬頭凝目：

「今天，可將是個放晴的日子？」

# 臨江仙

李清照

庭院深深深幾許？雲牕霧閣常扃。柳梢梅萼漸分明，春歸秣陵樹，人老建康城。　感月吟風多少事，如今老去無成。誰憐憔悴更凋零？試燈無意思，踏雪沒心情。

還以為，這個冬天永遠過不完了。日復一日，李清照總困鎖在知府官衙的後宅中。府第不是不舒適，生活不是不閒暇，但……

重重的庭院，不知有多深邃；深邃得不容閒雜人窺探，也深沈得使她感覺被關進了華美的樊籠，再也望不見那可以容她自由翱翔的廣大穹蒼。

她住的畫閣中，一直燃著旺旺的炭火，她卻總忍不住推開那經常鎖著的窗，向外張望；樓閣外，在雪天，也總是灰濛濛的；像是被雲所封，霧所繞，什麼也看不見。但她依然忍不住眺望，只為……是寂寞吧？還是期盼？

在日復一日的霧鎖雲封中，她幾乎絕望了，放棄了，人也在壓抑愁鬱中，懨懨倦倦，憔悴了下來。

只是，一線萬一之心未死，她推窗眺望，已成了一種潛意識催促下的習慣；彷彿唯其如此，才能為近於窒息的自己，嗅得一些鮮活的空氣，為生機滅絕的大地，增添一分新生的力量。

不敢再切切期盼，灰濛中，卻蘊著一份驚喜；她扶著窗櫺，確定，那幾點嫣紅，的確是枯枝上初綻的梅蕊，那幾縷綠影，的確是柳條上新生的柳葉。

「呵！春，終於來了。」

她竟喜得珠淚盈眶；她，四十九歲了，一個老婦人了，早已不該再有少女的情懷，何以竟為春至，激動如此？在侍女詫異的目光中，她讀到了這個疑問。

是的，她，建康城中的她，已然老了。侍女，那年輕、未經世故的江南少女，怎能了解。使她老的，不是歲月而是連年戰亂憂患，流徙飄泊的惶惶心境！

丁未，那永烙在宋朝臣民心中的年代；金兵破了汴京，擄走了父子兩代的皇帝，天下，陷入了兵荒馬亂中。她，原是生長在簪纓世族，又嫁為名門宦家的內眷，值此亂世，也不能不倉惶逃難。家，棄了；財富，捨了，捨不下的是她和夫婿多少年來，基於共同喜好，多方搜求得來不易的書畫、金石、古物。

流亡的程途中，是沒有春天的；那一個冬，一直自丁未延續下來，整個國家，整個世代，都籠罩在無盡的酷冷嚴寒中。

她渴望著春天，渴望著像那許許多多在故鄉濟南渡過的春天；她是無憂的少女，她是不知愁的少婦……而如今……。

她黯然斂住了笑，也斂住了淚；春，不在濟南。柔紅嫩綠，點綴在樹梢；樹，根植在秣稜——建康的土地上。土地，是生命的根源。而她，她的土地，她的根源在濟南。因此，她也只有憔悴，只有老去，在春天來到建康城的時候。而令她擔心的，是她夫婿憔悴蒼老中，更有病容。

她記得，趙明誠——她的夫婿，曾告訴過她一個故事：他小時候，在夢中唸一本書，書上寫著：「言與司合，安上已脫，芝芙草拔。」醒來，還記得清清楚楚。就告訴了父親，他的父親略一沈吟，說：「這是字謎，離合解說，就是『詞女之夫』四個字，看來，你未來的妻子，該是位才女！」是才女，這是人人公認的；她的半生，就在吟風弄月、鑑賞書畫古物中渡過了。如今回首，除了留下的一些詞稿文章外，她一事無成，甚至，進入垂老之年，膝下猶虛。

只怕，日後連昔日的創作力也不復能有了。只因，經歷了這麼多的滄桑飄泊，在憔悴的容貌下，她的心，也已老去。

一陣陣笑語，自門外傳來，幾個侍女搴簾而入，手中提著幾盞樣式新巧的花燈。

「夫人，快到燈節了，工匠送了燈來。夫人要喜歡，就留下，十四日試燈，就好玩了。」

她意態闌珊點點頭：

「留幾盞你們玩吧！」

「夫人不要麼？」

她搖搖頭。侍女們退下了，她卻陷入往事中；在她年輕時，也為試燈興奮過呵，只如今，那一切，離她已那麼遙遠！

她的目光，重又落到窗外的雪地上。這雪，不多日也該化了。往年，在這臘盡春回之際，她總纏著明誠陪她踏雪尋詩，又逼著明誠唱和，使明誠深以為苦。白雪皚皚依舊，又是踏雪尋詩的時節了，是詩心亦已老去麼？還是她已失落了那一份追尋詩情畫意的心情……。

❀

這一闋〈臨江仙〉，是堪稱我國詞壇女狀元的李清照的作品，作於北宋淪亡，宋室南渡後的建炎三年正月。那時，高宗在建康即位登基，南渡群臣，亦向建康集中。李清照隨夫婿趙明誠自山東入蘇北渡江，投奔建康。他們捨棄了一切家產，卻維護住了他們共同雅好的金石書畫。建炎二年九月，趙明誠知建康府。次年三月，改守湖州，但他沒有上任；在那一年，他病故了。這一闋詞背後，隱藏著一顆悽惶的心；國事日亟，家園淪陷，而趙明誠的健康，顯然也在流亡中受到了相當損害；不久，趙明誠便離她而去，此後，她的詞風就更悲沈了。

# 聲聲慢

李清照

尋尋覓覓，冷冷清清，淒淒慘慘戚戚！乍暖還寒時候，最難將息。三杯兩盞淡酒，怎敵他、晚來風急？雁過也，正傷心，卻是舊時相識。

滿地黃花堆積，憔悴損，如今有誰堪摘！守著窗兒，獨自怎生得黑？梧桐更兼細雨，到黃昏、點點滴滴。這次第，怎一個、愁字了得！

初秋，一個令人捉摸不定的季節，有時熱得近乎夏天；只要刮一陣風，下一會兒雨，又會覺得冷颼颼的了。在這樣陰晴冷暖不定的日子裡，人也跟著變得寥寥落落，悶悶懨懨，難以排遣了。

從內室到廳堂，由廳堂到花園，踩遍了每一塊土地，翻遍了每一個角落，她茫茫然感覺少了些什麼，失落了什麼。她尋找，卻又不知道自己在找什麼！終於，她停下了腳步，默默四顧；周圍一片沈寂，沒有人聲，也沒有人影，空空蕩蕩的；她心裡也空蕩蕩的，四周岑寂得可怕。她忽然知道自己所找的是什麼了：是他！她多渴望再看到那熟悉的影子，聽到那熟悉的呼喚，而他在那裡？他在那裡？她黯然收回目光，垂下了頭。她知道：她是找不到那影子的了！他去了，永遠地去了，去向那不能再回來的幽冥深處！一種難以言宣的寂寞和哀傷，直壓下來，沈重地壓在她心頭。一串淚珠，悄悄地從腮邊滑落。

又刮風了。風從窗外逼入，吹動她的鬢髮、衣袂，她感覺著幾許寒意。斟上一杯酒，一飲而盡；又斟上第二杯……舉著酒杯，她落寞地凝視著那盞中透明的汁液，空氣中散發著淡淡的酒香。有人說酒是驅寒的，她喝了好幾杯了，卻淒寒依舊！寒意來自風中，來自心底。

一列雁群掠過窗際，飛向蒼茫深處。這景象對她多熟悉啊！在她年輕時，在她家鄉，也經常看到逐行成列的雁群飛過。那時，雁群總帶給她欣喜。那時，她與他——趙明誠，也有分離的時候，雁群為他們傳遞著信息。而現在呢？——雁影消失了，留下更深的淒傷。垂下仰視雲天的目光，園中栽的黃花，給風吹得凋零了，枝頭上沒有一朵是完整的。她審視半晌，竟找不出一朵不殘不缺的花來。她本有惜花的心情，不忍花受著風雨摧殘；可是花已凋零得滿地，風仍未曾停息！

佇立窗邊，一分鐘彷彿有一世紀那麼長；天陰沈沈的，日影更淡薄了。這漫長的下午，什麼時候才能挨過去呢？還要忍受多久的寂寥，才能挨到天黑？風吹著窗外高大的梧桐樹，沙沙作響；沙沙聲中，忽又夾著微微的滴答——天上飄落了細細的雨絲。雨絲，敲在梧桐葉上；雨聲，敲在她心上。

人們總用「愁」來形容一種低落的情緒，可是，這季節，這黃昏，這風聲，這雨聲，這淒寒，這寂寞……是一個愁字所包容得了的嗎？她，又陷入了深深地迷惘之中！

呂本中

恨君不似江樓月，南北東西，南北東西，只有相隨無別離。
恨君卻似江樓月，暫滿還虧，暫滿還虧，待得團圓是幾時。

夜深，人靜。半規的下弦月，靜靜懸在天上；照著東流的江水，也照著矗立江畔的小樓。

小樓上，臨江的欄干旁，設著一席酒宴。佳餚、美酒，更面對著紅粉知己，共賞江月，本該是賞心樂事呀。呂本中的眉峰，卻深蹙著；食不甘味，只一杯杯喝著悶酒。

他對面的女子，執起酒壺，又為他斟滿了酒，強笑：

「『勸君更盡一杯酒』，你雖然不是西出陽關，只怕，也難逢故人了。」

「怕只怕，『酒入愁腸，化作相思淚』！珊珊，記得你我初識，你在席間唱的曲子？」

「你說，〈湘江怨〉？」

「正是！唉！此時此際，那曲子直似為你我而寫：『入我相思門，知我相思苦……』」

珊珊撫著案上的古琴，彈出了低咽絃音，輕聲唱：

「……『長相思兮長相憶，短相思兮無窮極，早知這等絆人心，何如當初莫相識』……」

歌聲哽咽，尚未終曲，卻再也唱不下去了。呂本中握住她的手，嘆道：

「相識得太晚，相別，又太早了；以後，千里遙隔，這漫漫長夜，如何排遣呀！」

珊珊別過臉去，一雙淚眼，凝望窗外。

窗外，只有江水、江月，組成的寥廓空茫。

月至下弦，似乎也失去了生氣，顯得蒼白憔悴。淡淡清輝，照在江流上，泛起一片銀白的粼粼月波。凝目良久，她緩緩回過身來，淚痕宛然，卻強自壓抑著，露出淺淺迷離的笑容，指著寒月：

「記得蘇東坡的詞嗎？『但願人長久，千里共嬋娟』，千里遙隔，只要，故人無恙，兩情無悔，總還可以共此嬋娟的。」

呂本中擁住她纖弱的香肩，也抬起頭來，望著那半規弦月，嘆道：

「不錯，不論我到那兒，明月，總是能共的。」

頓了一下，回頭凝視那張也蒼白了、憔悴了，卻仍美得懾人的容顏：

「珊珊，你為什麼不像天上明月呢？如果，你像天上明月，那，不管我到東西南北，任何地方，你就都能隨時跟著我，陪著我，不會與我別離了。」

珊珊也默默注視他，久久，才又把目光轉向明月，緩緩說道；語音低沈而悠遠：

「你知道嗎？我，卻恨你太像這天上月了。明月夜夜照江樓，可是，圓滿的時候，那麼少，那麼短暫；方纔為月圓欣喜，它又一天天虧缺了，就像現在，只剩得半規……」

她沈默了半晌，才黯然低問：不知是問月，還是問呂本中……

「這一缺，要到什麼時候，才能夠再團圓呢……」

❀

這一闋〈采桑子〉，是呂本中所作的一闋離歌，遣詞用字，極為淺白；其中情味，卻耐人咀嚼。說盡了臨別那種依依戀戀的幽怨，卻完全沒有一般離歌那種「哭哭啼啼」呈現於表面的淺露，以含蓄表達深情，格外感人。

**呂本中小傳**　呂本中，字居仁，金華（今浙江金華）人。

他出身世家，為元祐宰相呂公著曾孫。幼年穎悟過人，當時呂公著仍在世，絕愛之。呂公著去世，當國的宣仁太后與哲宗皇帝親臨弔唁。諸孫都立階下，宣仁太后獨召本中，以「忠於君、孝於親」勉之。及長，從二程子門人楊時遊。因公著遺表，恩授承務郎。累官樞密院編修、祠部員外郎。南渡後，高宗召赴行在，特賜進士出身，擢起居舍人，進中書舍人等職。金使前來，他諫勸高宗，力求簡約，以免啟金人戎心，為秦檜所忌，因劾免職。提舉太平觀，卒，謚「文清」。

他工詩，詩宗黃庭堅，作《江西詩派宗派圖》，列詩人二十五人，以己為殿。甚受當時學者欽仰，尊稱「東萊先生」，有《東來詩集》行世。曾有《紫薇詩話》一卷，故後人輯其詞十餘首，定名為《紫薇詩餘》。

# 南歌子

呂本中

驛路侵斜月，溪橋度曉霜。短籬殘菊一枝黃，正是亂山深處過重陽。旅枕元無夢，寒更每自長。只言江左好風光，不道中原歸思轉淒涼。

半圓的弦月，斜掛在重重山嶺圍合中的秋空上；清輝如水，照著蜿蜒的驛路漫漫，延伸向不知終結何處的遠方。

薄薄的清霜，無聲無息地爬滿了架在琤琮小溪上的橋板；為滄桑久歷、殘舊的小木橋，敷上了一層薄薄的銀光，映著微黃的月色，幽寂而寧靜……。

夜靜，山空，一盞孤燈熒熒，搖曳出一室模糊燈影。簡陋的木桌上，放著一壺茶，一碟糕；是那殷勤而誠樸的主人送來的，那樸拙的笑容中，含蘊著多少盛意：

「您趕得巧，今兒是重陽吶！吃一點重陽糕，百病不侵！」

糕是粗糲的，情是溫馨的，他吃了一口，一下咽住了；不是糕的粗糲呵，是那一份濃重的愁思，陡然上升，哽住了他的咽喉。多少年了？他一直在京師度重陽，重陽糕，是年年必不可少的應節茗點；用料的精細、講究，自不待言。久之，他認為，重陽糕就該是那樣的；一如，他認為京師就該是在那兒的……幾曾料到，地會覆，天會翻；君會蒙塵，國會播遷，半壁江山會生生葬送在胡人之手！

重陽！又是重陽！他不必再刻意登高；他來到這亂山深處，卻逢重陽！

一夜無眠，旅人，原是與夢絕緣的；何況，這國難當前的飄泊孤臣；何況，這不意卻逢佳節的情怯遊子！他何以成眠？何以入睡？在那國仇鄉思堆疊，卻無夢的旅途枕上！

夜，漫長得無邊無極；只有四壁秋蛩，和著綿長單調的漏聲迢遞，輕輕吟著愁，唱著恨，完全不顧念人何以消受；一任他繞室徊徨，一任他拍遍闌干，這淒寒冗長的夜，仍自如蝸牛般，慢慢吞吞地無聲吟唱著：夜未央！

他不曾預想到，江南也有如此冗長難挨的夜！他曾嚮往江南的；在京師，在樞密院的時候，來自江南的同僚，總誇耀著江南的山明水秀，江南的富饒豐足……在那些美麗的描繪中，江南，是無憂無慮的世界；江南是安和昇平的天堂！在他看膩了京師繁華，看膩了中原風物，他就想著江南，夢著江南……如今，他來到了江南；江南的確美麗富饒，他卻失去了欣賞的心境；只想著中原，念著京師——那他曾安身立命，曾為國忠勤，雖不美、不好，卻曾是他的國、他的家所在的地方！

憑窗而立，夜風有些寒冽；卻敵不過他心頭的淒涼；可奈那欲歸不得的故國，那淪入敵手的京師！遼闊而寂靜的夜，當頭籠罩，漫長而迢遙的路，在前面伸展，人們都已進入夢鄉；何其可羨的平凡！四野俱寂，在朦朦月色中，一點微黃，吸引了他的視線；那是在矮籬邊一朵菊花；傲岸挺立在清霜冷月中，雖殘，卻抱節枝頭，香枯無悔的菊花！

❀

這一首〈南歌子〉想是避兵南渡時作，所以有「只言江左好風光，不道中原歸思轉淒涼。」不言忠愛，而忠愛自在其間。而「短籬殘菊一枝黃」，多少是有些自喻意味，亦可見其人氣節了。

# 漢宮春

李邴

瀟灑江梅，向竹梢疏處，橫兩三枝。東君也不愛惜，雪壓霜欺。
無情燕子，怕春寒、輕失花期。卻是有、年年塞雁，歸來曾見開時。
清淺小溪如練，問玉堂何似，茅舍疏籬。傷心故人去後，冷落新
詩。微雲淡月，對江天、分付他誰？空自憶，清香未減，風流不在
人知。

朔風凜冽，彤雲低亞。大地、江天，都是一般的灰沈沈、淒冷冷。江畔那一叢猗猗翠竹，也彷彿因不勝負荷，被皚皚積雪，壓得枝葉垂垂。

江畔叢竹外，一座小茅屋靜靜地陳列著，屋外繞著疏籬；籬邊，一座小木喬，橫架在小溪上。在雪景中，宛如畫圖，完全脫略於人間煙塵之外。

呀——地一聲，深閉的柴扉打開了，年輕的李邴，陪侍著一位老者，緩步踏雪而出，走過小橋，

走向江畔。

江面，寂寂沈沈，失去了往日的艫聲帆影，使得天地顯得格外遼闊；更空曠，也更蒼涼。這被冰雪封凍的漫漫寒冬，似乎無止無休。「冬天，永遠也過不完了」的絕望，不容情的兜上李邴的心頭；這一纖塵不染的瓊瑤世界，雖然美麗，在他眼裡，卻美得森冷，美得寂滅而淒清……

老者，欣然閒眺著雪景，吟哦著柳宗元的曠世傑作：

「千山鳥飛絕，萬徑人踪滅，孤舟蓑笠翁，獨釣寒江雪。」

吟罷，他自得而怡悅，年輕的李邴卻冒失地說：

「伯父，這詩不合眼前景呢，您看，天寒地凍的，連釣寒江雪的蓑笠翁都沒有呀！」

老者，曾列於蘇軾門下的李昭玘，自坐黨籍，對宦途已心灰意冷。歸隱之後，修心養性，自號樂靜先生，豈會介意少年氣盛侄兒的冒失頂撞，藹然一笑：

「境由心生；眼中所無之景，何礙心中所有之境呢？你大概是因為連日大雪，太悶了，以致無法領略靜中妙趣。」

李邴也自覺失言，不由訕訕地，笑說：

「侄兒愚魯。可是，眼前世界淒寂如此，全無生機；就只有那一叢竹，苦撐著漫漫歲寒，實在……」

老者輕嘆一聲，打斷了他的話：

「邴兒，你對那叢竹子，可曾看仔細麼？」

李邴苦笑：

「自然看了，枝彎葉垂……」

語聲忽然中斷了；目光凝注半晌，臉上的笑容轉為欣喜；呵！在竹梢疏處，橫斜伸出的幾枝枝柯上，不知何時，竟已綴上了朵朵梅花！那麼恬淡、悠然又瀟灑地，在冰雪中嫣然展放。

人們總說，東君是眾花的守護神；東君掌管著二十四花信風，是眾花至高無上的主宰。然而，東君也不盡然是公正無私的吧？至少，他對梅花，就不似對其他花卉的呵護憐惜；其他的花卉開放時，總是陽春昭煦，和風柔軟，唯有梅花，東君總教她開放在冰雪封凍的酷寒時節；不僅如此，還縱容著北風肆虐，霜雪欺壓！而梅花，卻毫無怨尤地承受了；抖擻起精神，心不屈，志不移地挺立在風雪裡，為向人間散播一點溫暖，透露一點消息：陽和之氣已在暗中萌發，再忍耐片時，就熬過了大自然嚴酷的考驗，再度春臨大地。

似乎在看到梅花的那一剎那間，他感覺到冰雪不那麼洌，天氣不那麼冷了，不是嗎？梅花，這報春的使者，已經來到人間。

一列大雁，整整齊齊地排著人字形的隊伍，向北飛去。牠們是南來避寒的賓客；每年，在梅花初綻，陽氣方回的時節，牠們也匆匆飛向歸程。這來自塞北的候鳥，大概是梅花知心的舊侶吧，只有牠們，在北返時不忘和初綻的梅花殷殷道別。只有牠們，也有衝寒冒雪的精神，才有緣見到與牠們具有同樣志節的雪中同伴——梅花！

人們慣常坐在家裡等待棲息於畫梁的燕子，帶來春天的信息。卻不知道，燕子也如東君一般的偏私無情；牠們畏懼春寒，貪戀著南方的早春，遲遲不肯振羽歸來。就在牠們的延挨中，輕忽了梅花綻放的花期。

春天，真的臨近了。疏籬邊的清淺溪流已然解凍；潺潺溪水在亂石間濺起的白色水花，使蜿蜒小溪宛如一條白色的匹練。疏籬內的梅花，也已綻放，把簡陋的小茅屋妝點得清雅絕俗。她風姿淡雅，卻傲骨嶙峋，寧可在無人賞的寒江畔、叢竹間自開自落；寧可點綴竹籬茅舍，也不肯攀附金屋玉堂。她的風骨氣節，和高人隱士類同；不求功利，不求聞達，也因此，注定了寂寞和冷落的命運吧。不是嗎？千載以來，堪稱知音的，也只得一個林和靖啊！和靖逝後，有誰能再寫出那樣絕美絕俗、繪神繪影的詩篇呢？誰能呵之、護之、愛之、憐之，視如結髮呢！

一樣的微雲舒捲；一樣的淡月朧明；一樣的暗香浮動，疏影橫斜；可嘆的是，面對江天遼闊，更向何處託付這一腔衷素，一片幽情。

月影，勾勒著梅花遒勁又清癯的影子；微風，吹送一陣陣幽淡的寒香。姿容無恙，清香如故，她亭亭玉立，默默無語；那麼凝斂而莊嚴，彷彿沈入了幽香的回憶中。

推開柴扉，當門而立的李邴，面對著月下梅花，思潮起伏；心中混雜著說不清的情緒。他敬，敬她的傲雪凌霜；他愛，愛她的清逸絕俗；他憐，憐她一生知己唯和靖，和靖去後，無人知、無人賞、無人惜的寂寞孤寒……

「邴兒！你在想什麼？」

不知何時，老者已走到他身後，親切呼喚。他凝神回頭，恭聲答覆這愈來愈令他敬愛的老人的詢問：

「伯父！侄兒在看這一樹梅花，為她不平。」

「哦？」

「東君不仁，燕子無情，故人已遠。節，無人知；香，無人賞。如此姿容，如此風標，竟寂寞孤寒如此……」

他說著，激動起來，滔滔不絕地傾吐著。老者靜靜地聆聽，臉上是一片詳和寧靜。直到他說完，才淡淡地笑了：

「邴兒，你認為，梅花的傲雪淩霜，風華絕俗，是為求人知、人賞嗎？」

平淡的話語，卻問得李邴啞然無語；不是嗎？梅花的風標志節，只是出於天然本色，何曾求人知、人賞、人惜？不禁自慚於自己的淺俗和狹窄；真的，自己畢竟仍只是塵世間的凡夫俗子，以自己的塵俗之見，附會於梅花，雖然出於拳拳摯意，對梅花來說，反而是一種辱沒吧！

他回過頭去望著身後的伯父，想解說什麼；卻見老者臉上一片湛然，那麼安詳，那麼端凝，沒有失意仕途的憤懣，也沒有困守荒村的不平；有的，是光風霽月的淡泊，洞徹世情的悲憫……

他忽然感覺什麼都不用說了；伯父是完全了解的，因為，他自己就是一樹梅花，堅貞自持，淡泊自守的梅花！

❀

李邴的學識源於家教，他是蘇軾門下，後並坐黨籍而歸隱的李昭玘的侄子（一說，為李昭玘之子），昭玘，自號樂靜先生，由此號，可想見其人高亮雅致。〈漢宮春〉是一闋詠梅詞，《揮塵錄》云，為漢老少日作。以此詞境界，不似一少年所能領悟，想亦得自樂靜先生啟發。上片寫實，下片轉寫品格，寓意甚深，或亦有藉此自抒懷抱之意。

李邴小傳　李邴，字漢老，號雲龕居士，北宋任城（今山東濟寧）人。他出身於書香世家，徽宗崇寧五年舉進士，累官至翰林學士。南渡後，拜參知政事，資政殿學士。紹興六年卒，年六十二歲，謚「文敏」。有《雲龕草堂集》。今不傳。唯詞數首，存《全宋詞》中。

# 梅花引

向子諲

花如頰，眉如葉，小時笑弄階前月。最盈盈，最惺惺，閒愁未識，無計說深情。一年空省春風面，花謝花開不相見。要相逢，得相逢，須信靈犀，中自有心通。同杯杓，同斟酌，千愁一醉都忘卻。花陰邊，柳陰邊，幾回擬待，偷憐不成憐。傷春玉瘦慵梳掠，拋擲琵琶閒處著。莫猜疑，莫嫌遲，翡翠鴛鴦，終是一雙飛。

想起她，兒時的種種情景，就一幕幕的浮上心頭。那時，她還是一個不解事的小女孩兒，天真、活潑，白皙裡透著紅潤的面頰，就像初綻的鮮花一般嬌嫩；兩道自然彎曲的眉，又像初生的柳葉。她和他，小女孩和小男孩，小時候總在一起玩耍；她最喜歡的遊戲就是在月光下奔跑追逐，不知是追著月亮，追著他，還是追著她自己的影子。她是那樣快樂地享受著童年，是那樣單純而幸福。庭院裡，總洋溢著她嬌稚的笑聲。她真是個愛笑的女孩！那雙烏溜溜的眼睛裡，總是漾著盈盈的笑意；尤其和他在一起的時候。他，也總對她護惜有加，兩人親親密密地玩在一處，無憂無慮。他們還不懂得愁，也不懂得情，情苗卻悄悄滋長著，在他們小小的心田裡。

從什麼時候起的？他不再出現在她的生活中，但出現在她心底的次數，卻更多了。她不再是天真嬌稚的小女孩，而是亭亭玉立的少女了。她默默盼著，盼望中揉和了甜蜜和痛苦，喜悅和憂鬱。盼過了一季春、一季夏；送去了一季秋、一季冬。花開了、謝了、又開了，他沒有出現。但她並不失望。她知道，他一定會回來。他們之間，有無形的線牽繫著；不必言詞，不必文字，她始終相信，他一定會回來。

那麼偶然，在一次酒宴上，他們又相遇了。雖然兒時青梅竹馬，兩小無猜，在這個時候，也不得不矜持了。他溫文的微笑，她端凝的低眉；偶爾四目相接，她看見他悄悄向她舉杯，一飲而盡。她也飲盡了自己杯中的酒；千百個日子中相思相憶的痛苦，都融化在杯中、酒中了。

宴後，主人殷勤地邀請客人移座到後花園小憩；客人三三兩兩地談天、吟詩、下棋。只有他，是那樣坐立不安。他渴望能見到她，向她傾訴衷曲。他隱身在柳樹下等著她經過；他隱身在花叢裡等著她來臨，可是，她身邊的那一群的女伴，卻使他們連說幾句知心話的機會都沒有。但在她留下的一顰一笑、一瞥一顧間，他卻讀出了寫在眸光中的柔情、寫在笑渦中的蜜意。這些，使他的心也跳躍了，沸騰了。

自從那天酒宴中再見到他，她整個心撩亂了；變得沈沈默默恍恍惚惚的。一雙蝴蝶，能使她微笑；一朵落花，能使她感傷；美味適口的茶飯，難以引起她的食慾；粧臺前的脂粉、花鈿，被冷落了；平日她最喜歡彈奏的琵琶，也被閒置一旁，任憑絃索蒙塵。偶爾，她拿起琵琶，用她那日益纖瘦、白皙如玉的手指無心無緒地撥弄；不成曲調的音符，也彷彿是一聲聲悠長的嘆息……。

向子諲傾聽著他年輕的朋友滔滔地訴說著，那年輕的臉，是那樣煩惱、熱切。這一雙小兒女，原是他所熟識、關切的。於是他勸慰著，也祝福著：

「不要害怕，不要疑慮，安心地等待吧！就像鴛鴦、翡翠成雙成對一樣，有情人遲早終究會成為眷屬的呀！」

這闋詞，就在他的祝福中產生了。

❀

向子諲是個知名度不高的詞人，他雖然在詞壇上未享盛名，他的一闋〈梅花引〉，卻使得無數詞家為之擱筆。

〈梅花引〉是個很難填的詞牌，因為一闋詞中，要換八個不同的韻，而有六個小節，前後兩句中要重複一字或兩字。填得好，層層推展，跌宕有致；填得不好，不是疊床架屋，就是支離破碎。

向子諲的這一闋詞，是以客觀的筆調去敘寫一個美麗的愛情故事，寫得活潑靈動，流麗非常。這是他代朋友作的，帶一點戲謔的成分，或許因此而使得這一闋詞更生動可愛吧！

**向子諲小傳**　向子諲，字伯恭，號薌林居士，臨江（今江西臨江）人。

他是神宗皇后向氏之侄，哲宗元祐，太皇太后高氏當國，至哲宗元符三年，哲宗崩，無子，始遵向太后命，迎立徽宗。因而格外加恩后家，向子諲因此恩補承奉郎。他甚具幹才，累官至京畿轉運副使。靖康禍作，金人犯亳州，康王次濟州，他獻金帛錢穀以助軍費。南渡後，累官至戶部侍郎。金使議和，將入境，他不肯折腰拜金詔，忤權相秦檜，乃致仕。卒年六十八歲。

他出身世家，友愛兄弟，曾置義莊，贍養宗族貧苦。閒退後，居薌林十五年，淡泊自守。他工於詩詞，作品前期華貴妍麗，後期瀟灑亢爽，有《酒邊詞》傳世。

# 清平樂

向子諲

吳頭楚尾，踏破芒鞋底。散入千巖秋色裡，不奈惱人風味。如
今老我薌林，世間百不關心。獨喜愛香韓壽，能來同醉花陰。

一襲青衫，一雙草鞋，向子諲一身瀟灑地，來來往往於這自古來稱「吳頭楚尾」的豫章之地。遊山玩水，是他退出宦途後的最大樂趣。不再汲汲營營於功名利祿；不在栖栖惶惶為衣食奔走。對蒼生，他有著一份心有餘而力不足的無奈；對國事，在奸佞當道之下，他已心灰意冷。「薌林居士」是他為自己取的一個號，在這千巖萬壑的豫章地面，他隱居了；隱居在植滿了木犀花的「薌林」中。

春秋佳日，他趿著芒鞋，踏遍了附近明山秀水，看著一雙雙磨通了底的芒鞋，他得到一個結論：「今生願意在薌林終老！」

雖然只是竹籬茅舍，他卻有著廣廈千幢也不易的偏愛；愛這份清幽，愛這份淳樸。

當秋風掃過了群山，千林落葉，蕭瑟荒涼的時候，只有薌林，仍是一片濃綠；不僅不曾隨秋風而萎黃枯褐，而且，在枝椏葉腋間，抽出了點點幽葩細蕊；淡淡的黃色小花，沒有誘人的姿容風華，只

有四片小小厚厚的橢圓花瓣，成十字形向外輕展。它那麼小，那麼不起眼；若非是簇簇叢聚，幾乎讓人忽略了它的存在！

但，沒有人能忽略的，在這秋風凜冽的時節，這小小成簇的花，散發出了馥郁濃香，隨著秋風，飄散十里。使四周的秋山寒林，又羨又嫉；卻又慶幸自己得以沾染這世俗傳說來自廣寒的天香。

獨坐花下，獨擁天香，向子諲在滿足中，又有著些許惆悵；他並不想獨佔這薌林秋日絕塵風味，他願意有人分享；雖然，他老了，歸隱林泉了；雖然，他對世情早已參透，對世事，也早已不復縈心。但，他總忘不了他的朋友們，尤其是——

「叔夏！如果你在……」

叔夏，姓韓，他忽然想起「韓壽偷香」的故事，愛香，是韓家一脈相承的喜好吧？雖然，叔夏不似他的老祖宗那麼風流倜儻，愛的是花香，和自稱薌林居士的他一樣。

如果，叔夏能來此花下，與他同醉花下，該是如何美妙的事！毫不猶豫地，他取出了一紙花箋，題上了〈清平樂〉……。

❀

這一闋題為「詠木犀，贈韓叔夏」的〈清平樂〉，果然把韓叔夏邀到了薌林。韓叔夏並且回贈了一闋〈清平樂〉：「秋光如水，釀作鵝黃蟻。散入千巖佳樹裡，惟許修門人醉。　　輕鈿重上風鬟，不禁月冷霜寒。步障深沈歸去，依然愁滿江山。」

詞中所詠的「木犀」，就是我們一般所說的「桂花」。有白色的「銀桂」、黃色的「金桂」、紅色的

「丹桂」等數種。就「釀作鵝黃蟻」來看，薌林所植，應是「金桂」。薌，與香同義。「薌林」，也許就是因三秋飄香的木犀樹成林而得名吧！

# 臨江仙

陳與義

憶昔午橋橋上飲，坐中多是豪英。長溝流月去無聲，杏花疏影裡，吹笛到天明。　二十餘年如一夢，此身雖在堪驚。閒登小閣眺新晴，古今多少事，漁唱起三更。

夜已深沈。窗外雨聲漸歇，滿天濃雲推推捲捲地散開了。這一夜，陳與義獨對著一盞孤燈，沒有闔眼；眼看雨停了，既沒有睡意，索性披衣而起，踱出門去。

信步走著，不覺又登上了僧舍中的小閣。這小小的閣樓，素來是他所喜愛的地方；雖不寬敞，卻也精巧、潔淨，而且視野廣闊；從閣樓望出去，可以看到縱橫交錯的水道；看到往來的船隻；看到漁人在小舟上撒網捕魚。那些漁人與世無爭，樂天知命，令人羨慕。他們悠遊地搖著槳，口中哼唱著不知名的小調，歌聲配合著櫓聲，是那樣的淳樸動聽。在這寂靜的夜裡，漁人也都安睡了吧？四周靜悄悄地，只有偶然幾聲犬吠、蟲鳴，劃破沈寂。

幾曾料到自己竟也如此「沈寂」下來了？在年少時那種豪氣干雲，逸興遄飛，也只有在回憶中搜尋了。在那時，天下還有著幾分太平氣象，戰事只在邊境，未曾波及京師。在家鄉洛陽，到了春天，更是繁花如錦，賞心悅目。年輕人是不甘寂寞的，總喜歡呼朋引伴，攜帶著酒餚到城南的午橋去踏青。午橋有一座別墅「綠野堂」，景色秀美，是他們最喜歡去的地方。到了那兒，在橋上飲酒、闊論，抒發著自己的理想、抱負。在座都是有血性的青年，都期望能轟轟烈烈有所作為。「酒逢知己千杯少」；在杯盞交錯中，橋下水波載著月影，浮浮沈沈、搖搖漾漾，悄悄地向西滑去。杏花樹下，揚起了笛聲，月光把花影篩在吹笛人的身上，他卻渾然未覺，忘情而專注地吹奏著。那身影看去是那樣孤高、傲岸；笛聲是那樣清越、悠揚，在場的人們，全沈浸在笛聲中，不覺東方漸白。

此情此景，歷歷如在眼前；那夜繚繞在夜空中的笛音，也時時縈迴耳際；而屈指數數，竟已是二十幾年前的事了。當時的青年，如今兩鬢已染上了秋霜；二十幾年的歲月，竟也如那時逐波的月影，在不知不覺中悄悄逝去。二十幾年間，經歷的憂患，現在回想，猶如一場惡夢；金兵南下，直逼京師，徽、欽二帝被擄，半壁江山淪落敵手；自己經過幾年流徙，輾轉避禍來到江南。在連天兵禍中，倖得身免，真可說是不敢企盼的異數了。當年午橋飲酒的同伴們都已星散，不知下落，也不知存亡；縱使還在，也該像自己一樣，垂垂老矣，不復有當年豪情了吧！洛陽！故鄉！也阻隔在千山萬水之外了。

真的雨過天晴了；明月、繁星擺脫了烏雲的糾纏，重新閃耀在天幕上。遠處，隱隱傳來幾聲漁歌；三更天了，早起的漁人，又開始迎接他們新的一天；也只有他們，能與星月一般，不管世事變遷，而不受影響吧。

他喟嘆著，寫下這闋詞。在無言的沈重中，只有漁歌仍迴盪著……。

生逢亂世，對任何人都是一種不幸，對有志貢獻自己才學為朝廷效力，卻不受重用的文人，更是不幸。往往就在輾轉流徙中，消磨了壯懷，虛度了有為的歲月，一腔熱血，滿懷忠憤，都如杜鵑啼血般，化為血淚組成的詩篇。

陳與義的時代，正跨越北宋到南宋這一個動亂階段，親歷靖康之亂，身受流離之苦，千辛萬苦到了臨安——南宋都城，也未能一展抱負，沒有顯著的功業可言。他一生致力於詩，他的詩是宋代大家之一，詞雖不多，卻可說闋闋都是佳作。這闋〈臨江仙〉更是其中代表作，是他晚年住在湖州僧舍時，追憶少年時代而引發的種種感慨。從詞中可讀到他一生心境的轉變：少年時的豪放、瀟脫；中年的流離；晚年歸於平淡，在淡泊中含蘊著對國事的關心，對瞬息浮生，世事變遷的無奈。筆觸雖淡，卻深摯感人。

陳與義小傳　陳與義，字去非，號簡齋居士，洛陽（今河南洛陽）人。

他於徽宗政和三年登上舍甲科，累官太學博士、秘書省著作佐郎，因事謫監陳留酒稅。值靖康難作，避兵南渡，轉徙湖湘數年。高宗紹興初，以兵部員外郎召赴行在，官至翰林學士，參知政事。復以資政殿學士知湖州，以疾請閒，提舉臨安洞霄宮。卒，年四十九歲。

他為人清慎，容狀儼恪，待人接物謙和有禮，而外和內剛，不可侵犯。喜薦賢士於朝，退而絕口不言，為世所重。長於詩，人推為蘇黃之後第一人，為宋詩大家之一，有《簡齋集》行世。致力於詩，填詞為其餘事，僅得十八首，然首首可傳，以所居有「無住庵」，故詞集名《無住詞》。

# 虞美人

陳與義

十年花底承朝露，看到江南樹。洛陽城裡又東風，未必桃花得似去年紅。　胭脂睡起春纔好，應恨人空老。心情雖在只吟詩，白髮劉郎辜負可憐枝。

一冬的嚴寒肆虐，一春的陰雨芊綿，終於畫出了休止的音符。溫煦的陽光，一下就照亮了那長久以來，蒙在陰灰紗幕中的世界，還世界以本來的富麗色彩；黛綠的山；蔚藍的天；柔白的雲；澄碧的水；青葱的樹；呵！還有那姹紫的、嫣紅的、嫩黃的、雪白的樹之榮，草之華。原來，世界是如此多彩的；原來，世界是如此美麗的！

走出了寄居的館舍，陳與義漫無目的的隨意閒步；明媚春光，不經意地閃入他的眼瞼，又不經意地閃出。不是不為所動的；他不是能對大自然美景視若無睹的人，從來不是！就只在一年前呵！他還曾呼朋喚友，在故鄉洛陽的桃花林中，以綠草為茵，紅桃為帳，作竟日飲。桃花正盛，蜂圍蝶繞，一陣風來，香霧霏霏，落紅如雨。詩朋酒侶，逸興遄飛，留下佳什無數……這自他及第以來，一年一度的桃花宴，曾在士林中，引得多少欣羨！

十年，出仕在朝，他在春日總恣情地享受著春光；不是沒有憂慮的，只是，在有心無力中，總把自己交託給詩酒風流；且留連花下，化一隻飲花露的蜂，傳花粉的蝶，託庇於明知短暫的爛漫花叢中……。

桃花宴後不久，他被謫至陳留監酒稅。不意，彷彿一晝夜，天翻地覆……。

「靖康」！上皇下詔罪己禪位，新君以「靖康」二字為年號時，曾寄託了多少期望？平靖、安康，怎料，「靖康」二字的壽命，竟不足一年；集羞辱、災難、喪亂、翻覆……一切不祥字眼於一身的一年！

只一年呵，君蒙塵，臣飄泊，黎民百姓，流離失所……他輾轉渡江，來到江南。

江南，他曾在詩賦吟誦中，在管絃清歌中，留下美麗印象的江南，曾也是他夢中的嚮往；他終於來到江南，可奈，是在這樣的喪亂流離下……。

他不知走了多久；也不知腳步把自己帶向了何處。待一陣涼風，把他驚覺，他抬頭四顧，原來「君子亭」已矗立眼前，而更奪他眼目的，是亭畔竟有幾株正爛漫盛放的桃花！他像受到了震懾似的，再也移不開目光。

那淺勻的輕紅，恰似春睡方醒美人嬌靨上的一抹胭脂；這嬌柔美麗的桃紅，竟就這樣猝不及防的，闖進了他的眼瞼。

他不該震懾的；這不正是桃花該當盛放，一年中最好的芳春時節嗎？只是，只是他從沒有想到，他以前所見的那幾株枝繁葉茂的生長在君子亭畔的樹，原是桃樹；只是，他沒想到，他無意的閒步中，竟自邂逅正笑倚東風的滿樹灼灼桃花；只是，這一樹桃花，在他未及設防中，就勾起了他憂國思鄉的無際傷痛。

一樣的東風輕軟；一樣的柳嫩桃紅；他忽然了解了東晉那新亭對泣的孤臣孽子們，所謂「風景不殊」的慨嘆中，隱藏的悲慟。遙望向北方，洛陽！故鄉，如今，也該是東風吹拂的時節了，那胡人鐵蹄下的桃花，是否無恙？

「花若有知，也該為之褪色了吧！」

他強自振作，也想拾回去年對花吟詩的心情；吟詩，是不難的，但他如何能如昔日般，為詩句塗染那繽紛絢麗的歡悅色彩？

才一年哪！他就在不自覺中老了，鬢邊，添上了白髮，固然是一種形貌上的老，更老的，卻是他那看不見、摸不著的心……。

不是嗎？面對爛漫的花枝，他也只有辜負她們的美麗姿容，如一隻喑啞的黃鶯；青春之歌，已成絕響……。

❀

陳與義為人清正端肅，外柔內剛，詩為宋代大家之一，詞作甚少，共十八闋而已，然而在後人評論中，評價極高。這一闋詞，作於南渡後，轉徙江湖之時；自他入仕途，至靖康，整整十年，所謂「十年花底承朝露」，並非泛語。詞中家國之慨良深，非一般吟花弄月可比。

# 定風波

陳與義

九日登臨有故常，隨晴隨雨一傳觴。多病題詩無好句，孤負，黃花今日十分黃。　記得眉山文翰老，曾道：四時佳節是重陽。江海滿前懷古意，誰會？闌干三撫獨淒涼。

又是重陽，九九登高的時節了。

自從東漢方士費長房教桓景在重陽日登高避禍以來，重陽登高，飲菊花酒，佩茱萸囊，就成了流傳在中國這塊土地上的習俗。人人都奉行不逾；在九九重陽之日，登高臨遠，以應佳節。陳與義也是一樣的，不管天晴也罷，下雨也罷，總得登高傳觴飲酒應景。只是在心境上，不僅是隨俗而已；更因著秋高氣爽，景色宜人，藉此習俗，遊賞山水，覓句賦詩。閒情雅致的文人逸興，更超過了迷信的避禍色彩。

今年，他照樣的攜著酒，和裝著筆硯的奚囊，登上山頭。一邊飲酒，一邊字斟句酌的推敲；但，看著寫在紙上，塗改得不辨原始面目的詩稿，不禁廢然長嘆；是年來多病，體衰氣弱了吧？為什麼，彷彿是失去了五色綵筆的江淹，再也寫不出令自己滿意的佳句來？

放下筆，他站起身來，隨意閒步。真是「菊花節」呀！徑邊道旁，滿栽著燦黃的菊花；菊花也彷彿有知，知道這是屬於她的節日，努力綻放；那清艷絕俗的容顏，比之平日，似乎更燦亮，更奪目了。對著格外燦黃耀目的菊花，他只覺深為抱歉；他實在詩思枯澀，作不出美妙的句子來讚頌她，辜負了她這一年一度綻放的絕艷。

「一年好景君須記，最是橙黃橘綠時！」

那來自四川眉山的文壇前輩蘇軾，曾經寫下這樣的詩句。他又曾說：

「秋色佳哉！想有以為樂，人生唯寒食重九，切勿虛過，四時之美，無如此節者矣！」

真的！若說寒食是春日的頂峰，重陽就是秋日的極勝了；宛似人入中年，展現著一種雍容、智慧、閒適、淡淨的美！

真的是美；眼前的浩渺湖光，明淨秋色，卻又那樣的異於他的成長的地方——洛陽。那如今已淪入金人鐵蹄下的故鄉！

不忍去想，又怎忍不想？他控制不住自己神魂飛越，向北方奔馳！

耳邊，盡是遊人的吳儂軟語；這是他們的山，他們的水，不是他的！可是，他這一腔幽情，又能向誰傾訴？又有誰會了解這「異鄉信美非吾土」的悲涼？

獨自撫著闌干，把心底那聲嘆息，生生咽下，把目光向北投去；他看不見呵，但他知道，在那重重疊疊的雲山的後面，有他的故鄉……。

# 臨江仙

陳與義

高詠楚辭酬午日，天涯節序匆匆。榴花不似舞裙紅；無人知此意，歌罷滿簾風。
萬事一身傷老矣，戎葵凝笑牆東。酒杯深淺去年同，試澆橋下水，今夕到湘中。

百無聊賴地跨出房門，準備到庭院中舒散一下的陳與義，驀然停住了腳步；他的視線被門邊懸掛的一束菖蒲吸引了，那碧綠的一支支翡翠劍，長虹似的自門邊破空而出；在風中微微晃動，就好像發著龍吟，躍躍欲飛。菖蒲旁邊，還紮著一束艾草，散著淡淡的馨香。

他凝目注視著這一束菖蒲艾，猛然驚覺，又是端午節了！在不知不覺中，又流逝了一年。他總記得，小時候，最是盼望過年、過節；盼望得好苦，而年、節總是姍姍來遲，好不容易才能盼到。如今……他苦笑了，是他老了？還是萍蹤浪跡，天涯飄泊，覺得時日過得特別快？為什麼一年年倏忽如此呢？

「……余既滋蘭之九畹兮，又樹蕙之百畝，畦留夷與揭車兮，雜杜蘅與芳芷……」

他高聲吟詠著〈離騷〉；三閭大夫屈原那孤高芳潔的精神，與這字字句句在他心底深植著；自知書識理以來，對屈原就景仰崇慕得無以復加。文采如織錦鋪繡，精豔絕倫，還是其次，屈原節操的尊崇；人格的高潔；憂國的沈鬱；自沈的悲哀；是那樣震撼著他少年時敏銳易感的心靈。而到如今，經歷了動盪、離亂、流徙、偏安，眼見著國事日非，而朝廷卻為權臣把持，遷延苟安，對〈離騷〉、〈懷沙〉中流露的無奈而痛苦的忠貞，就有了更深刻、更戚戚於心的體會與了解；那份無奈、痛苦的掙扎與堅執，同樣地蹂躪著他的心！

「……時繽紛其變易兮，又何可以淹留？蘭芷變而不芳兮，荃蕙化而為茅。何昔日之芳草兮，今直為此蕭艾也……」

前人的覆轍，後人總不知不覺地重蹈；在這個紀念屈原的端午節，他除了吟誦著這位一生悲鬱的大詩人的詩篇之外，又何以表達自己對他的崇慕？而此刻，他的心境，又豈僅於崇慕之情？更多的是撫今追昔的感慨；壓抑心底，無以自解的感慨。

五月榴花紅似火，這如火如荼的榴火，卻比不上迴舞翩翻的紅裙鮮豔動人呀！看！多少人沈醉在舞裙影裡，檀板聲中！對多少人來說，端午節，只是一個可以歌舞歡慶的佳節！他們不理會屈原自沈的悲哀；對赤誠焚燒如榴火的丹心忠忱，也略不一顧，他們沈溺著，不知不覺；對他們來說，舞宴歌筵，是最好的應節方式！沒有人了解，沒有人覺醒，沒有人……

他的吟誦，在情緒激動中，有如嘯歌，有誰知道他這一份長歌當哭的激懷？

「……已矣哉！國無人莫我知兮……」

當日的屈原，竟已為他今日心境寫照！嘯歌聲歇，四周是一片闃寂；只有多情清風，兜滿簾櫳……。

多少歲月流逝？多少人事變遷？多少淪落？多少飄零？經歷了這麼多的崎嶇世途，宦海風波，他感覺他老了；不僅是年齡的老大，身體的衰邁，更是心理上無奈的倦怠和悲哀；這種倦怠和悲哀，沈重得使他感覺無法負荷。

深深地自心底發出一聲嘆息，他把目光投向長天，晴空湛藍得燦亮明朗；投向窗外，東籬外的一列蜀葵，正盛放著，迎風凝笑，喜氣洋洋。周遭的世界，仍依著它們自己的法則存在著，無憂無慮，全不管人世的滄桑。

為自己斟上一杯酒，一飲而盡，凝視著酒杯，一抹苦笑浮上嘴角；這酒杯，與去年的酒杯，大小相似，深淺相同；酒的芬芳、醇洌，也與去年無異，而人呢？怎能追回去年的舊夢，去年的心情！

擎著一杯酒，他緩緩走出門去，門外不遠處，有一條小溪，溪上，架著一座小橋。凝視著橋下潺湲清流，他默然佇立；溪水將流過郊野，流過城鎮，流向湘中，流向屈原曾停駐、曾嘆息，終於自沈的地方。

虔敬而肅穆地，他把杯中酒，向橋下的流水澆奠；這一點虔敬的心意，會隨著清溪流去。

「但願……」

他默然凝注流水祝禱著：

「在今天晚上，這一份溶於酒、溶於水的心意，能流到湘中！」

❀

陳與義和許多心存忠愛卻壯志難酬的人一樣，置身於一個動盪的時代，眼見著胡虜入寇，國家積弱不振，又身受播遷流離之苦，空有丹心赤誠，卻不為世所用，那種悲憤、苦悶，發為詩詞，常是感慨蒼涼，沈鬱感人的。陳與義以詩名世，詞作不多，流傳至今，不過十八闋，其中以〈臨江仙〉兩闋最膾炙人口，即「憶昔午橋橋上飲」一闋與此詞。

# 菩薩蠻

無名氏

平林漠漠煙如織，寒山一帶傷心碧。暝色入高樓，有人樓上愁。
玉階空佇立，宿鳥歸飛急。何處是歸程，長亭連短亭。

日落，黃昏。

這一座精巧玲瓏的小樓，就靜靜地矗立在落日餘暉的光影中。

酡紅的晚霞，暗了，淡了。遠處那一脈綿延無盡的山巒，在褪色的殘霞中，凝成一片淒冷的綠；綠的深沈，綠的慘淡，彷彿懷著無休無止的幽怨和淒傷。山前平野上茂密的叢林，被薄霧輕煙籠罩著；隨著漸深的暮色，霧漸重，煙漸濃，終於，樹林只剩下一片朦朧的煙景；彷彿是一片密織的簾幕，掩映著綽約樹影。

遙對著鬱鬱青山，漠漠煙樹，那小樓的白玉石砌上，一個孤伶的瘦影默然凝立著。他落寞的臉上，寫著倦怠，寫著風霜，寫著揉和了期盼與失望的無奈和蒼涼。他的目光，越過煙樹，越過寒山，落向那一片遼闊蒼茫。他只能望向那一片蒼茫，因為那已是他目所能及的最遠處了；他真正想望的，卻還在蒼茫之外的更遠處，那是隔在無重數的雲山之後；他的家，他的鄉，他魂牽夢縈的地方。

他凝立著，綰繫不住向故鄉飛馳的心神；那綠野平疇，那小橋流水，那鄰里鄉親，那……沈湎在綿綿鄉思中，不覺夕陽西下；不覺彩霞滿天；不覺四合的暮色，悄悄地潛入了這座精巧玲瓏的小樓。

一陣鳥鳴，劃破了黃昏的岑寂，打斷了他的冥想。他凝神回顧，發覺自己仍凝立在樓階上；空虛之情，自心底升起，他抑制著，抑制著同時升起在眼前的朦朧。

抬起頭來，群群飛鳥匆急地掠過微明的天空，撲向那一片漠漠林煙深處。那兒，一定有牠們的巢，有牠們的家；在夕陽西下，牠們累了、倦了的時候，牠們便急急飛回牠們小小的巢裡；那是牠們溫暖的家。牠們的雙翼，搧著、撲著，高山、深河，都攔不住牠們的歸思、歸路。而，人呢？他苦笑著；只能空自佇立罷了，只能空自凝望罷了！他也像鳥兒一樣，有一個小小的巢，溫暖的家，可是，為什麼他沒有那麼一對可羨的翅膀？他也累了、倦了，他也歸心似箭；可是……

「那兒是我的歸路呢？」

他喃喃地問，目光投向平野。他知道的，平野中有一條車馬往還的道路；路邊，五里有座短亭，十里有座長亭，是供來往行旅休息用的，是供親友送行用的；長亭、短亭銜接綿延，通向天涯，通向故里。他知道的，但，知道又怎樣呢？他依然只能佇立樓頭凝望，望到暮色吞噬大地，望到……

這是詞史上最早的詞之一，按時代來說，這一闋詞應算是「唐詞」。許多古今詞家認為這闋詞和另一闋〈憶秦娥〉的作者是唐朝的大詩人李白。但據考證，這一詞調創始的時候，李白早已去世了，自然無從預填。作者為李白之說，也就不攻自破了。但直至今日，還有許多選詞的人，一方面說明它在時代上不可能是李白作的，另一方面卻仍因循舊題，把它歸於李白名下。「以子之矛，攻子之盾」，不解何意。倒不如逕列「無名氏」來得恰當。本來，一闋詞的好壞，在於詞的本身，絕不能因作者有名無名，而影響它的評價。這一闋詞，自古以來，已有定評，實不必「借」李白的盛名了。

**無名氏簡介**　「無名氏」，曾在某一時空裡「存在」過的詩人，經意或不經意地留下了他的作品；就中國文人的習慣，可能在一時興起悲來之際，以詩詞「題壁」抒發；就此留下了詩詞，人卻消失在茫茫人海之間。這些無名氏的作品，雖非名家，卻不乏佳作；就所選四首論：〈菩薩蠻〉曾被視為李白的作品；〈眉峰碧〉對柳永曾有啟發之功；〈鷓鴣天〉至今仍有許多人深信出於秦觀；而〈點絳唇〉的境界，與以「樵歌漁唱」名家的張致和、朱敦儒並列，也不遑多讓。

我們實在不知道，他們為什麼沒有留下名姓，卻不能不感激他們留下了他的心血結晶，給我們做文化遺產；《全宋詞》中收錄的「無名氏」作品，總數上千！為此，以感念之心，選錄四首，以為致敬。

# 眉峰碧

無名氏

蹙破眉峰碧，纖手還重執。鎮日相看未足時，便忍使鴛鴦隻。

薄暮投村驛，風雨愁通夕。窗外芭蕉窗裡人，分明葉上心頭滴。

才鬆開緊握的手，才跨出第一步，便忍不住依戀，忍不住回頭。為了，再看一眼……

她沒有流淚，她只是把那清澈如秋水的眸光脈脈地凝注著；那盈盈的柔情，有如一面千絲萬縷織成的網；她只是把那黛綠如遠山的眉峰幽幽地顰蹙著；蛾眉間濃濃的愁緒，有如遠山前靄靄的雲煙，撕破了遠山，愁緒，也蹙破了蛾眉。

他的目光移不開了，他的腳步挪不動了，他又執起她那雙纖纖素手；那冰冰涼涼、柔柔滑滑的手，在他的掌中顫著，傳送著她心底的情愫。

哦！不！不！他怎能離她而去；即使是咫尺，即使是片刻，也是難耐的痛苦，何況，去的那麼遠，去的那麼久！他怎能忍受看不到她的日子；她那秀靨朱唇，她那明眸皓齒，她那如百合綻放的微笑，她那如黃鶯清囀的低語……哦！不！他從早看到晚都看不夠；他願意看上一生，看上一世的愛侶，怎能就這樣讓她走出了他的視線，離開了他的目光？

哦！不！不！他和她曾海誓山盟永不分離的；他們是決意做世上的神仙眷，人間的鴛鴦鳥的；那比翼雙飛的鴛鴦鳥，怎麼能忍受形單影隻的孤棲。是誰這樣殘忍啊？硬要他們成了隔著銀河的神仙眷，各自孤棲的鴛鴦鳥？

哦！不！不要抵死催著離去。他緊緊握住她的手，無聲地吶喊：

「讓我再多握著她一會兒，讓我再多看她一眼，只要一眼，再多看一眼……。」

……

黃昏，來到了這小小村落的驛站，同行的人打算就在這兒住宿。因為，天色漸暗了，而且天上層雲密布，又起風了，可能會下雨。他們尊重地徵詢他的意見，他不置可否；離她，愈來愈遠了，他一路上都鬱鬱地沈默著；想到他們不斷地催促，想到他就這樣被催迫離開了她，頓然覺得自己彷彿是被押解的囚犯似的，不由滿懷的委屈和淒傷。一步一步回頭地離開了她後，情絲如縷，仍在她身上縈繞著，自己的行程，卻置之度外了；反正，看不見她，對他來說，那裡也都是一樣的了。

住進了小驛，他負手立在窗前，百無聊賴地閒眺著。窗前，是一座小院落，這荒村野驛，自然也不會有什麼名花異卉點綴；唯一能引人注目的，是一株芭蕉；中間的嫩綠的新葉，有的欲舒還捲，如欲語還休的少女；有的重重密裹，如綠脂初凝的玉燭。還有四周分披的闊大葉片，被不經意的風，撕成寬窄不一的碎片，一道道平行的裂痕，就是一道道風的軌迹。風吹著，離披的葉片搖晃著，晃著一波波的綠浪。

天迅速地暗了下來，是暮色，也是陰霾。不知何時，房中已送來了一盞燈；暈黃的燈光，薄薄地塗在蕭然四壁上，微微地晃動著。窗外響起了一片淅瀝聲；真的下雨了。

風嘶吼著，雨飄灑著，漫漫長夜，方才展開；看來，這一夜，風雨都不會停了。這風雨交織成的一片蕭瑟，如一片愁絲織成的網，密密地罩住了這一夜的漫長。

窗外的芭蕉，在風雨中哭泣；那一粒粒自葉緣滑落的雨珠，宛如一顆顆自睫間滑落的淚珠。風聲、雨聲，就是它悲切的嗚咽。

窗裡的人兒，伴著一盞搖曳的孤燈，蕭索地悶坐著。聽著窗外的風聲雨聲，他的心，彷彿也化作了一片離披破碎的蕉葉；一片片的風撕扯著，一滴滴的雨敲打著……。

孤燈將燼，風雨未歇，伊人已遠。他黯然回首，望著窗外的一片沈黑；長夜，猶自漫漫……。

❀

〈眉峰碧〉是一闋情致纏綿的離歌，作者是誰，已不可考，但它所表現的婉約風格，絕不下於晏幾道、柳永、秦觀等以抒情見長的大家。據《古今詞話》記載，柳永少年讀書時，偶以無名氏〈眉峰碧〉詞題在壁上，反覆吟哦後，自其中悟出作詞的章法，加以變化，終而成柳永一派。《古今詞話》喜歡編造故事，附會其詞，十之八九都不可靠。這一記載的正確性如何，尚待考證。但在風格上來看，卻不能不承認柳永詞與〈眉峰碧〉頗多近似之處，此說或者可信。

# 鷓鴣天

無名氏

枝上流鶯和淚聞，新啼痕間舊啼痕。一春魚雁無消息，千里關山勞夢魂。

無一語，對芳尊，安排腸斷到黃昏。甫能炙得燈兒了，雨打梨花深閉門。

一樣是清圓如珠落玉盤的清脆歌聲；一樣是飛掠在枝頭，閃著黃燦金衣的美麗歌手；一樣是紛紅駭綠的春日；一樣是斜陽向晚的黃昏。

「不一樣的是：你不在身邊。」

落寞地倚著窗，一串清淚，又滑過了臉頰；在早已密布在蒼白如玉的臉頰上的淚痕間，更加上一條新痕。

幾曾料到過，有朝一日，黃鶯那美麗的金色翅影，也會使她害怕；幾曾料到過，那清圓悅耳的歌聲，也會催她淚下？

以前不是這樣的，不是……

「金衣公子」，這是她和他對黃鶯的暱稱。歌手是美麗而快樂的；人也是美麗而快樂的。在這個季節，她窗外的那棵梨樹，滿開著一樹如雪如雲的柔白梨花；她總喜歡讓他攜著她的手，倚著窗櫺，在繁茂的花枝間，找尋那向著窗內輕唱著的金衣公子的踪影。

「看！看哪！」

她捕捉到那一閃的金色羽影，急急搖撼著他的手臂。

「唔？」

他不經意地抬頭，早已不見了金衣公子的影踪。她嬌嗔著埋怨；怨他心不在焉，辜負了那清圓歌聲，美麗羽影。他捧住她的臉，絮語：

「它的歌聲，怎比得上你的語聲？它的羽影，怎比得上你的笑影？是你呵！是你奪去了我的心魂，還怪我心不在焉？」

每每，他吩咐廚下，安排簡單的酒食，就在這窗下，賞著梨花，賞著黃鶯，共度一個醉人的春晝黃昏……。

而如今？一聲幽嘆凝結在她的唇邊；他離開家，離開她，去到遠方。

白天，她望著長空，望著江水，盼望著天邊的鴻雁，江中的錦鱗，為她帶來一點信息；一天又一天的望著，今天盼不到，就把希望寄向明天……可是，一整個春天都快過完了，魚仍潛，雁仍杳，消息依然沈沈……。

晚上，她獨自倚枕，把心魂託付給夢神的雙翼，願隨著夢神，走遍千山萬水；她不辭勞，不辭苦，只要，在夢裡能追陪在他身側。可是，是夢神無能，還是關山路遠，夢魂也難飛越，她，找不到他……。

百無聊賴地，吩咐婢僕，陳設酒食，一如他在的時候；就假設，他，在吧。

擎起了酒杯，向他慣常坐的位子舉起，想說些什麼；往常，她總是盈盈舉杯，說些什麼的！杯在半空中舉著，她說不出來；她不記得，以前，她說的是些什麼；她不知道，如今，她還能說些什麼……。

傾盡了杯中那苦澀的酒，怎麼？當他不坐在對座，連酒的滋味，也變了？不再甘，不再醇，有的，只是一味斷腸的苦澀。

斷腸，是的，她安排的不是酒宴，是一個銜接斷腸春晝的斷腸黃昏……。

煎熬著寸斷柔腸的黃昏，終於為昏黑所取代，她乏力的摸索站起，召喚婢女，點上一盞燈。小小的火焰，在燈芯上跳躍著，搖曳出四壁模糊昏黃的光影……。

默默坐著，守著漸小、漸弱的火焰；終於，噗的一聲，火焰熄滅。

窗外，不知何時響起了沙沙的雨聲；她抬眼，感受到黑暗中，那一樹梨花，正受到無情風雨的摧殘；梨花，那麼纖潔柔白的梨花……她不忍地發出長嘆，婢女警覺的應聲而入：

「夫人，什麼事？」

什麼事？她能教婢女阻止下雨，還是阻止花落？藉著黑暗的掩藏，她矜持地吩咐：

「看看前後幾道門，是不是都關好了？沒人出入了，把門都關了吧……」

這一闋〈鷓鴣天〉作者佚名。有些版本，誤列為秦觀的作品，今從後人考證改正。

# 點絳唇

無名氏

來往煙波，此生自號西湖長。輕風小槳，盪出蘆花港。　得意高歌，夜靜聲偏朗。無人賞，自家拍掌，唱得千山響。

夕陽，歛去了最後一片金紫的餘暉，西湖上，一艘艘畫舫，泊向柳岸；興盡的遊人，三三兩兩的散去；把一湖煙水，還給明月，還給清風，還給涵容無限的寂靜的夜。

遠處的更聲、犬吠，偶然劃破了周遭的沈寂；逐著清風，飄過沈睡的大地，四處遊盪。

在淡月朦朧中，湖邊蕭蕭的蘆葦，競相捕捉著月光，來梳染她由蒼綠次第翻白的頭髮；微風，宛似一隻無形的梳篦，輕輕地拂過，留下一波波深深淺淺的齒痕。

岸邊，響起輕微的騷動，像一支將軍令傳下，蘆葦迅速地向兩旁紛披，裂出一道水路來。

一葉扁舟，悠悠晃晃地盪出長滿了蘆葦的小港灣；船上，一位老者，怡然自得地划著槳；順著風，順著水，在微波盪漾的湖面上飄浮；沒有目的，也不管方向。在這夜深人靜的時節，使他感覺，整個西湖都是屬於他的，他擁有整個西湖的統轄權；他不必如其他遊客，匆匆忙忙，走馬看花地擁向「名勝」，擁向「古蹟」，附庸風雅地隨俗應景。而能自由地徜徉；有如一個在自己封邑中巡行的王侯。這一湖煙水，十里荷香；這藏鶯柳岸，印月三潭；全都展現在他的面前，靜待著他駕臨。

誰能比他更幸運、更富有呢？人間的每一種富貴，都附帶著許多煩惱，許多責任、義務、負擔；富有的人怕盜賊搶劫；掌權的人怕一朝失勢；即使是九五之尊，普天之下，莫非王土，率土之濱，莫非王臣，但也免不了日理萬機的勞瘁。而他，卻不勞心，不勞形，輕而易舉就擁有了整個人間天堂——西湖。能無拘無束地在這十里煙波中悠游往來。

月上中天，映照著清淺碧波，水面粼粼，此隱彼出的，是波光萬點。小舟輕盈地飄浮其上，彷彿置身水晶宮中；夜色，如透明的黑琉璃，黑得那麼澄明清澈。月光，塗染著山，塗染著水，塗染著隄上垂柳，波外虹橋。在白日看來紛亂喧嘩的紛陳五色，當此月下，都呈現出剪影般的蘊藉玲瓏。

他不是沒有見過西湖：西湖的四時風貌，西湖的陰晴雨雪，不僅是他的眼前山水，也是他的心中丘壑。但是，儘管如此，西湖仍令他嚮往，仍令他著迷，仍令他情不自禁；尤其，在這行人絕跡的寂靜月夜，在這他獨自擁有整個西湖的時節。

「富甲王侯！」

想到這一點，他不禁自得地高唱，歌聲衝破了夜色沈寂，向四圍擴散；在寂寂靜夜，歌聲格外的清朗，使得他自己幾乎也被這如奇峰突起，成為天地間唯一聲響的歌聲，嚇了一跳。

一闋歌歇，周圍又回到了原來的沈寂。也許，由有聲到無聲，使他感覺更沈寂了；他的歌聲，竟被夜色吞沒，沒人聽見，沒人稱賞！他的歌聲，換來的竟是冷落，竟是沈寂？

他心有未甘，沒人稱賞嗎？天地間竟只剩下了他一個人，一葉舟了嗎？至少也還有一個人是可以稱賞的——他自己！他奮力的自己鼓起掌來，為自己叫好：

「再來一個！」

也許是沒「人」聽見，沒「人」稱賞的，他又豈必一定要為「人」而唱？他可以唱給山，唱給水，唱給隄柳，唱給游魚聽的！他又唱起了一支歌，歌聲更加的清越、嘹亮；他一邊唱著，一邊以掌擊節。歌聲夾著掌聲，向著葛嶺、向著棲霞，向著南北高峰，向著西湖周圍的千峰萬壑奔赴……被喚醒的群山，次第回響。他怡然地笑了，顧盼自得中，歌聲更高亢！歡暢！飛揚……

❀

這一闋〈點絳唇〉，不知作者是誰，也不知是哪一朝代的作品，就風格看，與元曲中的北曲相類，白描、質樸，不務雕琢，自然流露著一派天機，與南宋詞風的精雕細琢，大異其趣。不必知作者，亦可知其為超越「懷才不遇」的愁悒，而到達「自得其樂」的曠達的智者。遙想其人的朗闊襟懷，瀟灑丰神，使人不勝神往。

# 後記

每一個人，人格的塑造，性向的養成，都有源頭與脈絡可循。當我瞑目沈思，向上回溯時，時光，在四十餘年前的昏黃燈光下停格；稚弱的我，坐在父母的膝頭，隨著父母的口授，誦讀著短詞小詩。

在那與今日相較，物質生活近乎清貧的時光，對一個稚幼的小女孩而言，那是一段溫暖而幸福的時光；那時，小女孩對那些短小的詩詞，當然是談不上理解的；只是因著短小押韻，像兒歌似的，很容易就朗朗上口；並且可獲得父母的讚許獎賞，因而樂此不疲。當時，父母萬未料到，就如此「無心插柳」的，所種下的種子，竟然影響了膝上稚女的一生。

也許因為文學啟蒙得早，進入青春期，就十足是個「文學少女」；也具備了文學少女必有的特質：纖細、敏銳、善感，近於孤僻的特立獨行。在聯考失利，學非所好之際，這一種傾向，更形強烈；在那一大段青澀的歲月中，詩詞，尤其是詞，成為一種心靈的寄託與抒解；經由詞，我知道了什麼是千迴百轉的柔情；什麼是淡泊高潔的節操；什麼是九死無悔的悲壯；什麼是風清月朗的境界，對詞的喜愛也不再是表相的詞藻文采，而在經過涵泳、品味、沈思之後，更貼近了詞人的心境，感受他透過文字所曲曲傳出的情境哲思；這些，成為我成長歷程重要啟悟根源；如果說，今日的「我」還算差強人意，「詞」無疑是有其潛移默化之功的。而這些「神交」的古人，也跨越了時空，成為我生命中的良師益友；不但無形的影響了我整個人生觀的建立，和為人處世的態度，也具體的為日後我的文學之路奠基。

必得承認在寫作的起步上，得天獨厚；主持《中國語文月刊》的長輩趙友培先生，是從小看著我長大的人。我對詞近於沈耽的喜愛，和摸索自學的過程，他是耳聞目睹的。也因此，當他構想開闢一個以散文的形式，來「演示」詞的專欄時，所選擇的對象，竟不是他所交遊的當代名家，而是當時毫無寫作經驗的我。我以非國文系科班出身，獨學無友，也沒有足夠的學術根基和寫作經驗婉辭。他卻表示，他就是感於學院派的箋、註、賞析，方式太過嚴肅，只宜於「小眾」研讀，而使一般程度的人望而卻步。才希望以用一篇散文，重現詩中整體情境的「演示」方式，化嚴肅的學術面貌，為親和的文藝情味；而我不受師門與學院拘束，純從感悟出發的自學歷程，相較於科班學生，可能更「平易近人」，能使更多的文學愛好者，有機會親近並欣賞這些美好的古典文學作品，分享老祖宗的靈思與智慧結晶。

這個專欄前後寫了十五年；除了原先的《中國語文月刊》專欄，後來又加上了《農業周刊》的約稿，所撰寫的總數達三百餘篇。其間，曾在民國七十一年結集出版過一本《梅花引》；這屬於我的第一本書，雖因發行不廣，不曾深入坊間，卻因深得文藝界長輩們的青睞，而又開啟了我「創作」散文、歌詞、小說的大門；文藝前輩大多具備較為深厚的國學素養，對國學略具根基的晚輩，容易產生先天的好感，這是情理中可以了解的。也因此，《梅花引》為我帶來了前輩們格外的教導與提攜。其中最可感念的，是當時旅居香港的樂壇「松竹梅」三老：韋瀚章伯伯、黃友棣伯伯、林聲翕伯伯三位老人家的關愛之情。尤其以歌詞名世的瀚章伯伯，他收到贈書，讀後，當即填了一闋〈菩薩蠻〉，為當時算來，勢必還得再過五年，才可能累積足夠篇章出版的《梅花引續集》催生。不僅如此，他還請了名作曲家：當時我根本不認識的黃友棣伯伯作了曲；並照相製版，以便出版時易於排版。這一分深心摯意，可說是今生難報！我是因著這一因緣，才拜識了友棣伯伯，並有後續的詞曲合作機緣的。而林聲翕伯伯則特別推介給他的作曲學生閱讀，並介紹他的高足黃輔棠先生給我作「詩樂夥伴」，合作歌樂。這一因果，滿全了我當年無緣學習音樂的遺憾。而更未料及的是：黃輔棠先生，成為《梅花引》絕版多年後，「重見天日」的仲介者。

自《梅花引》出版至今，十四年了，既非篇章不足，也非乏人稱賞，卻因著莫名的原因，前書絕版，而續集遲遲未能問世。兼以個人寫作路向的轉變；由信手拈來的散文，轉到必得大量讀書，長時間全心投注的歷史小說，無力亦無暇張羅舊作重出，因而一再延擱。其間，常有朋友深為抱屈；眼看我陸續出書，至今出書總數已有十五本了，而《梅花引》卻如此坎坷，始終沈埋於書篋中，擔心因而湮沒，可惜了從自學古典詩詞迄今三十年的辛勤心血。其中關注最殷的，就是我的「詩樂夥伴」黃輔棠。對我處於「新新人類」時代，固守「舊舊人類」含蓄內斂，不善經紀，自我「促銷」的作風，深覺不滿。忍無可忍，拔刀相助，終於在東大圖書公司董事長劉振強先生的首肯下，敗部復活，重見天日。

經過一番慎重考量，將包括舊版《梅花引》在內的三百餘篇，經過一番篩選整理，淘汰了四分之一，留下的二百四十篇，則按時代先後重新整編；以北宋南渡為界，分成兩冊；上編自唐代，迄北宋南渡，書仍延襲舊名《梅花引》，以酬當年韋伯伯為我題贈新詞的雅意，也紀念這位曾對我有鼓勵、期許、教誨之恩，而如今已去世多年，欲報無門的長者。下編則從南宋至晚清；其中包括了金、元兩代在內。書名《月華清》，這取自蔡松年作品的詞牌，也算是一種對自己的自我惕勵與期許。

在進入中年後，重新檢讀這些青年時代的舊作，回首當年認真、執著，既有著唯美浪漫的少年情懷，又有著尚友古人的崇高理想，努力走入詞的情境中，化身古人，去涵泳、體會那柔情婉轉的、豁達俊朗的、憂國悲慨的、高蹈絕塵的種種心情，心中乃存在著與古人心靈脈動共鳴的深深感動。雖然，歲月的陶鑄，使步入中年的我，已失去了某些少年時代青澀而可喜的情懷。但，我仍珍惜，並高興，經由所選的古人詞作，留下了當年的成長軌跡，對於那時的執著與投入，至今反思，仍是不悔的！

文藝界流傳著這麼一個說法：少年時代寫詩，青年時代寫散文，中年以後寫小說。就我個人的寫作歷程而言，真是若合符節；少年時代，沈耽於古典詩詞，不但吟之誦之，也摸索著習作。這些「少作」，因著不合時宜，絕少示人，卻真正是屬於個人生命歷程的重要階段，且因而與音樂續當年因考藝專落第而中斷的緣分；我的兩位「詩樂夥伴」黃友棣伯伯、黃輔棠教授，與我的首度合作，都不約而同的選擇了舊詞作品。也許因此，黃輔棠極力主張我把這「錯過這一回，再無見天日之日」的少作，作為附錄，附於《月華清》書後，以為少年階段的寫作歷程留痕。因為，日後我雖還是會繼續寫作、出書，但，恐怕都與這些不相關了。而不可否認的是：先有了這些習作過程的執著努力，才有了那後續的專欄，與今日的《梅花引》與《月華清》！作為「詞作」，這些少作容或是青澀而不成熟的，作為一生的回顧，他們卻是我文學生命的源頭所在。因此，並不是這些作品本身值得「附錄」，而是它們在我文學生命中的重要性，應可「留痕存證」；因為，若沒有它們，也絕沒有今日的「樸月」。當日出版《梅花引》時，文友林佩芬的評介，則附於《梅花引》書後，以代導讀。

在筆耕的路途上，要感謝的人，實在太多，當日我於《梅花引》後記中寫：「謹以這一本小小的書，代表心香一瓣，獻給：『我生命歷程中的每一位影響者』，他們或許不知道，在他們有意無意間，合作塑造了今日的我。」這一份感念，是至今未改的。

我這樣告訴朋友：《梅花引》、《月華清》的出版，對我來說，是「了卻平生願的事！」因為，可以說是我青少年時代的一個總結。那單純唯美的青少年時代，漸行漸遠了，不復能追。但，我比別人幸運的是，有這麼具體的兩本書，提醒我，也告訴讀者朋友們：「我曾經擁有過那樣一段如詩的歲月！」

# 附錄

## 秋水為神玉為骨
### ——讀劉明儀的《梅花引》

林佩芬

「詞」在中國文學史上是重要的文體之一，「詞學」的深奧也已經成了一項專門學問；可是，「詞」原本是最迷人的一種文體，不是學究的專屬品；因此，「詞」的欣賞與愛好者把「詞」帶進了另一個天地，掙出了文字聲韻訓詁的範圍，而將它充實豐潤成更美更壯闊的園地。

趙友培先生所主持的《中國語文月刊》就擔負起了「詞演示」的工作：用一篇獨立的散文，來表達一闋詞的整體。這個專欄由劉明儀執筆，五年多來，她在詞的芬芳中融入了自己；嚼蕊吹香，食桑吐絲，六十二篇的「詞演示」匯聚成一本是詞選也是散文集的《梅花引》了。

這本《梅花引》，單只看目錄便已深得我心。六十二闋詞，光是在選擇上就費了不少心思，「名家」或「名詞」固然是頂尖的作品，「遺珠」是眾人的疏忽而名稍不彰的，作品本身並不受影響，並列同選，自有讀者涵詠；明儀所選的詞不以文名為重，而以作品本身為主，在風格上也大都趨向於清逸，而且是「言之有物」的作品；李後主、蘇軾、辛棄疾、納蘭性德、無名氏……一闋闋的詞重新呈現了出來。

然而，復活起來的不只是這些「詞」。明儀的「演示」將抽象的文字都具體化了，也可以說，她是將「詞」作了一次「戲劇化」，使讀者清楚的看到了創作者的心理背景和所表現的情感，所訴說的故事、所描寫的景物——她用散文來完成「詞演示」的工作，詞的整體全部分分明明的呈現出來了。乍看，這是項「簡單」的工作，這種「翻譯」之學從國中的國文課就已經開始傳授了。其實不然，明儀的「演示」是融考據、辭章、義理於一爐以後的再創作，而不是字面上的釋與譯。

況且，她的「演示」本身就是一篇篇絕好的散文，文清詞麗而富於韻緻，出於一名女子的靈心慧筆，純是婉約的風貌，這也是令人愛不釋手的。

如果說，文章的風格就是作者人格的投影，那麼，《梅花引》一書最重要的一點該是作者的用心與立意了；明儀在後記中道出她選用〈梅花引〉這個詞牌作書名的原因，我們也試看她是怎樣的來「演示」梅花：

「……這曾在最寒冷的季節裡傲雪凌霜的花，這曾佔春先的梅花，是不屑與凡花爭妍的。」

「她淡泊，孤芳自賞，不慕繁華，不趨富貴，常獨自開放在山坳荒村，默默吐著清香。隱逸的高人，傾慕它的淡泊；亂世的忠良，嚮往她的堅貞；狷介的寒士，心折她的傲骨，以她自期自勵，不隨俗浮沈。她凌霜傲雪，霜雪不但不能摧折她的美麗，反而更增添了她的風姿。」

多麼容易令人聯想起杜甫的詩：「絕代有佳人，幽居在深谷。」明儀選的詞，詠梅之作特別多，她的演示也分外深刻；美麗高潔的梅花，姜白石的暗香與疏影，一片冰心，這是超越了文字的範圍了！

相信文學或藝術的最高境界都是在給予人生一個啟示，詞家的大小和境界的高下早在王國維的《人間詞話》中就有了詳細的闡述和論斷，明儀選詞頗有靜安之風，尤其著重於詞的胸襟與氣度，所選的詞無不富有「梅花」性格，清明高潔，淡泊名利；詞家如蘇軾、朱敦儒等在她的「演示」中更讓讀者了解到他們「梅花」般的人格，這與他們的作品互相輝映，一闋詞的精神、生命也就呈現得更鮮明更深刻了。

因此，我相信明儀在這漫長的二千多個日子中，所下的功夫與所費的苦心已經不止是在「演示」一闋闋美麗迷人的「詞」了；借著這些涵義深遠的詞句，明儀寫出的是她自己的心聲，「詩言志，歌詠言。」她在選詞之初想必不知不覺的就挑選了能代己言志的作品了，經過她的演示，這些古代的文學作品在現代一一重生了，也帶給了現代人種種的啟示，使現代的讀者透過這兩重作品的指引，而領悟到人格上的最高修養。

《梅花引》費去了明儀五年多的歲月，雖然只有六十二闋詞，六十二篇散文，但卻無一不是佳作；古人的詞已是字字珠璣，而明儀的演示更別具匠心，不讓古人專美於前；這是一本雙重的書，明儀自述其「苦樂參半」的寫作情形，苦到如李賀，是要嘔出心血而已矣。樂當然是在靈光一現之際了：「當深陷「詞」中時，往往神魂飛越，「我」不復為我，而是東坡、清真、易安、稼軒……「時」不復為今，而是五代、宋、元、清。」——這是《梅花引》作者的心聲，對讀者而言，讀《梅花引》時卻「獨享其樂」了，那也是一種「我不復為我」、「時不復為今」的感覺了。

「詞學」的研究已經走上了高閣，可是宋詞是可以在「有井水處皆能歌之」的情況下流傳的；《梅花引》是可以當作一篇篇獨立的散文來欣賞的，明儀用「樸月」的筆名已經寫出了不少優美的散文，卻花費了更大的時間與心力在「詞演示」的寫作上，想來這也是在為即將在花果飄零的詞學在尋找一條靈根自植之道吧！

我讀《梅花引》，感念再三，因以為記。

# 滄海叢刊書目（一）

## 國學類

|  |  |
|---|---|
| 中國學術思想史論叢（一）～（八） | 錢　穆　著 |
| 現代中國學術論衡 | 錢　穆　著 |
| 兩漢經學今古文平議 | 錢　穆　著 |
| 宋代理學三書隨箚 | 錢　穆　著 |
| 論語體認 | 姚式川　著 |
| 論語新注 | 陳冠學　著 |
| 西漢經學源流 | 王葆玹　著 |
| 文字聲韻論叢 | 陳新雄　著 |
| 楚辭綜論 | 徐志嘯　著 |

## 哲學類

|  |  |
|---|---|
| 國父道德言論類輯 | 陳立夫　著 |
| 文化哲學講錄（一）～（六） | 鄔昆如　著 |
| 哲學與思想 | 王曉波　著 |
| 內心悅樂之源泉 | 吳經熊　著 |
| 知識、理性與生命 | 孫寶琛　著 |
| 語言哲學 | 劉福增　著 |
| 哲學演講錄 | 吳　怡　著 |
| 日本近代哲學思想史 | 江日新　譯 |
| 比較哲學與文化（一）（二） | 吳　森　著 |
| 從西方哲學到禪佛教——哲學與宗教一集 | 傅偉勳　著 |
| 批判的繼承與創造的發展——哲學與宗教二集 | 傅偉勳　著 |
| 「文化中國」與中國文化——哲學與宗教三集 | 傅偉勳　著 |
| 從創造的詮釋學到大乘佛學——哲學與宗教四集 | 傅偉勳　著 |
| 佛教思想的現代探索——哲學與宗教五集 | 傅偉勳　著 |
| 中國哲學與懷德海 | 東海大學哲學研究所主編 |

人生十論　錢　穆　著
湖上閒思錄　錢　穆　著
晚學盲言（上）（下）　錢　穆　著
愛的哲學　蘇昌美　著
是與非　張身華　譯
邁向未來的哲學思考　項退結　著
逍遙的莊子　吳　怡　著
莊子新注（內篇）　陳冠學　著
莊子的生命哲學　葉海煙　著
墨家的哲學方法　鍾友聯　著
韓非子析論　謝雲飛　著
韓非子的哲學　王邦雄　著
法家哲學　姚蒸民　著
中國法家哲學　王讚源　著
二程學管見　張永儁　著
王陽明
——中國十六世紀的唯心主義哲學家　張君勱著、江日新　譯
王船山人性史哲學之研究　林安梧　著
西洋百位哲學家　鄔昆如　著
西洋哲學十二講　鄔昆如　著
希臘哲學趣談　鄔昆如　著
中世哲學趣談　鄔昆如　著
近代哲學趣談　鄔昆如　著
現代哲學趣談　鄔昆如　著
思辯錄
——思光近作集　勞思光　著
中國十九世紀思想史（上）（下）　韋政通　著
存有・意識與實踐
——熊十力體用哲學之詮釋與重建　林安梧　著
先秦諸子論叢　唐端正　著
先秦諸子論叢（續編）　唐端正　著
周易與儒道墨　張立文　著
孔學漫談　余家菊　著
中國近代新學的展開　張立文　著
哲學與思想
——胡秋原選集第二卷　胡秋原　著

從哲學的觀點看　關子尹 著
中國死亡智慧　鄭曉江 著
後設倫理學之基本問題　黃慧英 著
道德之關懷　黃慧英 著
異時空裡的知識追逐
——科學史與科學哲學論文集　傅大為 著

## 宗教類

天人之際　李杏邨 著
佛學研究　周中一 著
佛學思想新論　楊惠南 著
現代佛學原理　鄭金德 著
絕對與圓融
——佛教思想論集　霍韜晦 著
佛學研究指南　關世謙 譯
當代學人談佛教　楊惠南編著
從傳統到現代
——佛教倫理與現代社會　傅偉勳主編
簡明佛學概論　于凌波 著
修多羅頌歌　陳慧劍譯著
禪話　周中一 著
佛家哲理通析　陳沛然 著
唯識三論今詮　于凌波 著

## 應用科學類

壽而康講座　胡佩鏘 著

## 社會科學類

中國古代游藝史
——樂舞百戲與社會生活之研究　李建民 著
憲法論叢　鄭彥棻 著
憲法論集　林紀東 著
國家論　薩孟武 譯
中國歷代政治得失　錢穆 著
先秦政治思想史　梁啟超原著、賈馥茗標點
當代中國與民主　周陽山 著

| | |
|---|---|
| 釣魚政治學 | 鄭赤琰 著 |
| 政治與文化 | 吳俊才 著 |
| 中華國協與俠客清流 | 陶百川 著 |
| 世界局勢與中國文化 | 錢穆 著 |
| 海峽兩岸社會之比較 | 蔡文輝 著 |
| 印度文化十八篇 | 糜文開 著 |
| 美國社會與美國華僑 | 蔡文輝 著 |
| 日本社會的結構 | 福武直原著、王世雄 譯 |
| 文化與教育 | 錢穆 著 |
| 開放社會的教育 | 葉學志 著 |
| 大眾傳播的挑戰 | 石永貴 著 |
| 傳播研究補白 | 彭家發 著 |
| 「時代」的經驗 | 汪琪、彭家發 著 |
| 新聞與我 | 楚崧秋 著 |
| 書法心理學 | 高尚仁 著 |
| 書法與認知 | 高兆仁、管唐慧 著 |
| 清代科舉 | 劉兆璸 著 |
| 排外與中國政治 | 廖光生 著 |
| 中國文化路向問題的新檢討 | 勞思光 著 |
| 立足臺灣，關懷大陸 | 韋政通 著 |
| 開放的多元化社會 | 楊國樞 著 |
| 現代與多元<br>——跨學科的思考 | 周英雄主編 |
| 臺灣人口與社會發展 | 李文朗 著 |
| 財經文存 | 王作榮 著 |
| 財經時論 | 楊道淮 著 |
| 經營力的時代 | 青龍豐作著、白龍芽 譯 |
| 宗教與社會 | 宋光宇 著 |

## 史地類

| | |
|---|---|
| 古史地理論叢 | 錢穆 著 |
| 歷史與文化論叢 | 錢穆 著 |
| 中國史學發微 | 錢穆 著 |
| 中國歷史研究法 | 錢穆 著 |
| 中國歷史精神 | 錢穆 著 |
| 中華郵政史 | 張翊 著 |

|  |  |
|---|---|
| 憂患與史學 | 杜維運 著 |
| 與西方史家論中國史學 | 杜維運 著 |
| 清代史學與史家 | 杜維運 著 |
| 中西古代史學比較 | 杜維運 著 |
| 歷史與人物 | 吳相湘 著 |
| 歷史人物與文化危機 | 余英時 著 |
| 共產國際與中國革命 | 郭恒鈺 著 |
| 共產世界的變遷——四個共黨政權的比較 | 吳玉山 著 |
| 俄共中國革命祕檔（一九二〇～一九二五） | 郭恒鈺 著 |
| 抗日戰史論集 | 劉鳳翰 著 |
| 盧溝橋事變 | 李雲漢 著 |
| 歷史講演集 | 張玉法 著 |
| 老臺灣 | 陳冠學 著 |
| 臺灣史與臺灣人 | 王曉波 著 |
| 變調的馬賽曲 | 蔡百銓 譯 |
| 黃　帝 | 錢穆 著 |
| 孔子傳 | 錢穆 著 |
| 宋儒風範 | 董金裕 著 |
| 弘一大師新譜 | 林子青 著 |
| 精忠岳飛傳 | 李安 著 |
| 鄭彥棻傳 | 馮成榮 著 |
| 張公難先之生平 | 李飛鵬 著 |
| 唐玄奘三藏傳史彙編 | 釋光中 編著 |
| 一顆永不殞落的巨星 | 釋光中 著 |
| 新亞遺鐸 | 錢穆 著 |
| 困勉強狷八十年 | 陶百川 著 |
| 困強回憶又十年 | 陶百川 著 |
| 我的創造・倡建與服務 | 陳立夫 著 |
| 我生之旅 | 方治 著 |
| 逝者如斯 | 李孝定 著 |

## 語文類

|  |  |
|---|---|
| 文學與音律 | 謝雲飛 著 |
| 中國文字學 | 潘重規 著 |
| 中國聲韻學 | 潘重規、陳紹棠 著 |

| | |
|---|---|
| 文字聲韻論叢 | 陳新雄 著 |
| 魏晉南北朝韻部之演變 | 周祖謨 著 |
| 詩經研讀指導 | 裴普賢 著 |
| 莊子及其文學 | 黃錦鋐 著 |
| 管子述評 | 湯孝純 著 |
| 離騷九歌九章淺釋 | 繆天華 著 |
| 陶淵明評論 | 李辰冬 著 |
| 鍾嶸詩歌美學 | 羅立乾 著 |
| 杜甫作品繫年 | 李辰冬 著 |
| 唐宋詩詞選<br>——詩選之部 | 巴壺天 編 |
| 唐宋詩詞選<br>——詞選之部 | 巴壺天 編 |
| 清真詞研究 | 王支洪 著 |
| 苕華詞與人間詞話述評 | 王宗樂 著 |
| 優游詞曲天地 | 王熙元 著 |
| 月華清 | 樸月 著 |
| 梅花引 | 樸月 著 |
| 元曲六大家 | 應裕康、王忠林 著 |
| 四說論叢 | 羅盤 著 |
| 紅樓夢的文學價值 | 羅德湛 著 |
| 紅樓夢與中華文化 | 周汝昌 著 |
| 紅樓夢研究 | 王關仕 著 |
| 紅樓血淚史 | 潘重規 著 |
| 中國文學論叢 | 錢穆 著 |
| 牛李黨爭與唐代文學 | 傅錫壬 著 |
| 迦陵談詩二集 | 葉嘉瑩 著 |
| 西洋兒童文學史 | 葉詠琍 著 |
| 一九八四 | George Orwell原著、劉紹銘 譯 |
| 文學原理 | 趙滋蕃 著 |
| 文學新論 | 李辰冬 著 |
| 文學圖繪 | 周慶華 著 |
| 分析文學 | 陳啟佑 著 |
| 學林尋幽<br>——見南山居論學集 | 黃慶萱 著 |
| 中西文學關係研究 | 王潤華 著 |

| | |
|---|---|
| 魯迅小說新論 | 王潤華 著 |
| 比較文學的墾拓在臺灣 | 古添洪、陳慧樺主編 |
| 從比較神話到文學 | 古添洪、陳慧樺主編 |
| 神話即文學 | 陳炳良等譯 |
| 現代文學評論 | 亞菁 著 |
| 現代散文新風貌 | 楊昌年 著 |
| 現代散文欣賞 | 鄭明娳 著 |
| 葫蘆·再見 | 鄭明娳 著 |
| 實用文纂 | 姜超嶽 著 |
| 增訂江皋集 | 吳俊升 著 |
| 孟武自選文集 | 薩孟武 著 |
| 藍天白雲集 | 梁容若 著 |
| 野草詞 | 韋瀚章 著 |
| 野草詞總集 | 韋瀚章 著 |
| 李韶歌詞集 | 李韶 著 |
| 石頭的研究 | 戴天 著 |
| 寫作是藝術 | 張秀亞 著 |
| 讀書與生活 | 琦君 著 |
| 文開隨筆 | 糜文開 著 |
| 文開隨筆續編 | 糜文開 著 |
| 印度文學歷代名著選（上）（下） | 糜文開編譯 |
| 城市筆記 | 也斯 著 |
| 留不住的航渡 | 葉維廉 著 |
| 三十年詩 | 葉維廉 著 |
| 歐羅巴的蘆笛 | 葉維廉 著 |
| 移向成熟的年齡<br>——1987~1992詩 | 葉維廉 著 |
| 一個中國的海 | 葉維廉 著 |
| 尋索：藝術與人生 | 葉維廉 著 |
| 從現象到表現<br>——葉維廉早期文集 | 葉維廉 著 |
| 解讀現代·後現代<br>——文化空間與生活空間的思索 | 葉維廉 著 |
| 山外有山 | 李英豪 著 |
| 知識之劍 | 陳鼎環 著 |
| 還鄉夢的幻滅 | 賴景瑚 著 |

|  |  |
| --- | --- |
| 大地之歌 | 大地詩社 編 |
| 往日旋律 | 幼　柏 著 |
| 鼓瑟集 | 幼　柏 著 |
| 耕心散文集 | 耕　心 著 |
| 女兵自傳 | 謝冰瑩 著 |
| 詩與禪 | 孫昌武 著 |
| 禪境與詩情 | 李杏邨 著 |
| 文學與史地 | 任遵時 著 |
| 抗戰日記 | 謝冰瑩 著 |
| 給青年朋友的信（上）（下） | 謝冰瑩 著 |
| 冰瑩書柬 | 謝冰瑩 著 |
| 我在日本 | 謝冰瑩 著 |
| 大漢心聲 | 張起鈞 著 |
| 人生小語（一）～（七） | 何秀煌 著 |
| 人生小語（一）（彩色版） | 何秀煌 著 |
| 記憶裡有一個小窗 | 何秀煌 著 |
| 回首叫雲飛起 | 羊令野 著 |
| 康莊有待 | 向　陽 著 |
| 湍流偶拾 | 繆天華 著 |
| 文學之旅 | 蕭傳文 著 |
| 文學邊緣 | 周玉山 著 |
| 文學徘徊 | 周玉山 著 |
| 無聲的臺灣 | 周玉山 著 |
| 種子落地 | 葉海煙 著 |
| 向未來交卷 | 葉海煙 著 |
| 不拿耳朵當眼睛 | 王讚源 著 |
| 古厝懷思 | 張文貫 著 |
| 材與不材之間 | 王邦雄 著 |
| 劫餘低吟 | 法　天 著 |
| 忘機隨筆<br>——卷一・卷二・卷三・卷四 | 王覺源 著 |
| 詩情畫意<br>——明代題畫詩的詩畫對應內涵 | 鄭文惠 著 |
| 文學與政治之間<br>——魯迅・新月・文學史 | 王宏志 著 |
| 洛夫與中國現代詩 | 費　勇 著 |

| | |
|---|---|
| 老舍小說新論 | 王潤華 著 |

## 美術類

| | |
|---|---|
| 音樂人生 | 黃友棣 著 |
| 樂圃長春 | 黃友棣 著 |
| 樂苑春回 | 黃友棣 著 |
| 樂風泱泱 | 黃友棣 著 |
| 樂境花開 | 黃友棣 著 |
| 樂浦珠還 | 黃友棣 著 |
| 音樂伴我遊 | 趙琴 著 |
| 談音論樂 | 林聲翕 著 |
| 戲劇編寫法 | 方寸 著 |
| 與當代藝術家的對話 | 葉維廉 著 |
| 藝術的興味 | 吳道文 著 |
| 根源之美 | 莊申 著 |
| 扇子與中國文化 | 莊申 著 |
| 從白紙到白銀 | 莊申 著 |
| 畫壇師友錄 | 黃苗子 著 |
| 水彩技巧與創作 | 劉其偉 著 |
| 繪畫隨筆 | 陳景容 著 |
| 素描的技法 | 陳景容 著 |
| 建築鋼屋架結構設計 | 王萬雄 著 |
| 建築基本畫 | 陳榮美、楊麗黛 著 |
| 中國的建築藝術 | 張紹載 著 |
| 室內環境設計 | 李琬琬 著 |
| 雕塑技法 | 何恆雄 著 |
| 生命的倒影 | 侯淑姿 著 |
| 文物之美<br>——與專業攝影技術 | 林傑人 著 |

～涵泳浩瀚書海　激起智慧波濤～